XIONGGUAN
TUWEI

——镇雄县脱贫攻坚工作纪实

尹马 罗勇 碎金 ◎著

时代出版传媒股份有限公司
安徽文艺出版社

## 图书在版编目（CIP）数据

雄关突围：镇雄县脱贫攻坚工作纪实/尹马, 罗勇, 碎金著.--合肥：安徽文艺出版社, 2021.11
ISBN 978-7-5396-7265-6

Ⅰ. ①雄… Ⅱ. ①尹… ②罗… ③碎… Ⅲ. ①纪实文学－中国－当代 Ⅳ. ①I25

中国版本图书馆CIP数据核字(2021)第157012号

出 版 人：姚　巍
责任编辑：汪爱武　　　　　　装帧设计：张诚鑫

出版发行：时代出版传媒股份有限公司　www.press-mart.com
　　　　　安徽文艺出版社　　www.awpub.com
地　　址：合肥市翡翠路1118号　邮政编码：230071
营 销 部：(0551)63533889
印　　制：安徽新航向印刷有限公司　(0551)65661327

开本：700×1000　1/16　印张：20.5　字数：400千字
版次：2021年11月第1版
印次：2021年11月第1次印刷
定价：69.00元

(如发现印装质量问题，影响阅读，请与出版社联系调换)
版权所有，侵权必究

# 目录

引子 001

第一章 "云端"镇雄的非常脸孔 004

第二章 紧迫生息中的精准谋略 022

第三章 各个击破"主战场" 109

第四章 高歌猛进，分兵突围 154

尾　声 321

# 引　子

云贵川三省接合部,乌蒙高原上的遥边之地。

山峦起伏,沟壑纵横,凭借一县连三省的特殊地理位置,这里被冠以"鸡鸣三省"的美名;风撑云际,河流萦绕,享誉全国的美酒河、英雄河在此发端,这里更有"赤水之源"的荣光;历史悠久,人文厚重,2100多年的历史沉淀书写出灿烂文明的华丽篇章,这里享有"大雄古邦"的盛誉。

翻开《镇雄县志》,我们可以看到,古镇雄的疆域,夏商两代属于梁州、雍州,周代为屈流大雄甸,战国时为夜郎领地。在这段时期,镇雄虽未以"县"的建制在史书中出现,但镇雄先民早已在这片大地上刀耕火种,镇雄人的精神气度早已在这片土地上生根发芽、开花结果。

在考古专家的眼里,大镇雄的历史显然更长,只不过还缺乏一些更有说服力的佐证。不过,如果换个角度,把时光回拨得更久远一些,就可将镇雄现有出土化石的"家世"拉长至距今3亿年至2.5亿年前。

沧海桑田间,古镇雄的疆域还在不断变化,进入一个十分特殊的年份。汉武帝建元六年(前135),隶属于益州犍为郡的南广县,正式亮相于历史舞台。据《资治通鉴》记载:"犍为郡,治鳖。元光五年(前130),又治南广。"《新纂云南通志》记载:"《南中志》曰,南广县,郡治。按符黑水,即今之纳溪;大涉水,即今之赤水河。纳溪发源于今威信,赤水河发源于今镇雄。是知威信、镇雄为南广故地。又《水经》延江水,出犍为南广县,延江水即今乌江,乌江亦发源于今镇雄南之威宁东北境,与赤水河源相距不过百里,盖南广县所属南即今之威宁北境也。"

南昌县、南广郡……掀开擦擦发黄的历史,南广的建置、名称几经演变,见证了历代王朝的兴衰更替。

如果说,"南广"这一地名诉说了镇雄更为悠久的历史,那么"芒部"这一称呼则见证了古代镇雄曾经的辉煌。

唐南诏时期,乌蒙后裔阿统与其子芒部迁到协州居住。此后,芒部的子孙渐渐繁衍强大,遂以祖名改称芒部,为拓东节度所辖。作为行政地理实体的"芒部"始见于史籍,走过了唐、宋、元、明、清的波诡云谲,走过了千年的风雨沧桑。

镇雄之名始于明嘉靖五年(1526)。

嘉靖元年(1522),芒部土官陇慰的嫡子陇寿与庶子陇政,因父死争袭正四品知府之位,朝廷诏令陇寿承袭土知府。嘉靖四年(1525),陇政用计诱杀土知府陇寿,夺走府印,发动叛乱,"衅起萧墙,骚动两省",官兵讨平,"以镇抚之",故次年兵部奏请朝议改名"镇雄",称镇雄军民府。这份奏书具体介绍了镇雄之名的由来。奏书中说,境内多雄关要塞,乃势扼极边之要,为川、滇、黔之重镇,并援引古名"屈流大雄甸"之"大雄",取"镇守大雄(雄关)"之意。

从万历三十七年(1609)镇雄军民府改称镇雄府开始,"镇雄"之名一直沿用至今,只是建制、隶属地有所不同。1950年4月12日,中国人民解放军接管镇雄,3696平方千米的大雄古邦从此翻开了新的篇章。70年来,随着经济社会的发展,一个日新月异的镇雄正向世人展现其独特魅力。

是的,无论显赫与否,置身于磅礴乌蒙怀抱中的大镇雄都是一个至纯至美的存在。这片广袤的土地,成全了无数种形态的自然与人文的完美交融,淳厚的历史、浓郁的文化、旖旎的风光、博大的气魄、独特的个性,始终巧妙地诠释着这块秘境的极致、坦荡和辽远。

镇雄境内,山多雄峭,"峥嵘延亘,河水曲折,流潴潆洄"。古往今来,自然景观众多,过去有内八景和外八景之说。而今,山川丰腴,流水妖娆,新时代荣光写就的大美景致,除了肉眼感知中的灵动生息,还有来自百万人民内心的绝唱。

有人说,一个人一辈子至少要有一次说走就走的旅行,而一次说走就走的旅行,不为跬步千里,只为怡然自得的归来。当下,步入腾飞跑道的镇雄,正翘首以盼,期待更多的人回到故乡。

关山重构,马蹄飞扬。今天,在这片古老而年轻的土地上,一场没有硝烟的脱贫攻坚战役正如火如荼地打响,镇雄171万干部群众正铆足干劲向前冲刺,向全面建成小康镇雄的目标奋力突围。

# 第一章 "云端"镇雄的非常脸孔

镇雄多山。

山是优势。连绵千里,大气磅礴,山有野珍,地有丰茗。

大山里藏有煤炭、硫铁矿、大理石、水晶石、石灰石等30多种矿藏,其中,煤炭和硫铁矿分布很广,储量丰富;大山里生长着600多种植物,不仅有银杏、珙桐、红豆杉等珍稀植物,还有天麻、黄连、半夏等100多种名贵中药材,还有竹荪、香菌、木耳等上乘菌类植物;大山里生活着150多种野生动物,俗称娃娃鱼的国家二级保护动物大鲵在当地并不少见,2015年还发现了2只我国特有物种、云南珍稀濒危保护动物——哀牢髭蟾。

山是劣势。山高坡陡,沟壑纵横,高寒阴冷。

典型的喀斯特境内,无坝区,只有二半山区、山区和高寒山区,最高点是海拔2416米的以古镇麦车村戛么山,最低处为海拔630米的罗坎镇桐坪村大滩。气候偏冷,境内大多数地方属暖温带季风气候,少数河谷地区属北亚热带气候,年平均气温11.3℃,日照1341小时,年平均降水量914.6毫米。

大山有大气魄,也有大不易。

对于生活在大山里的镇雄人而言,"靠山吃山,靠水吃水",大山给他们带来了生活的安定、物质的丰富,但也给他们带来了闭塞的无奈、落后的苦恼。大山,是资源宝库;大山,是脱贫障碍。

3696立方千米。是的,镇雄人向外界介绍国土资源情况时,大多喜欢用"立方千米"这个体积单位而非"平方千米"这个面积单位,拥有自然宝库的镇雄,也有着宝库之外的人们所不能想象的贫穷。

# 一

初夏时节,群山环抱的镇雄县中屯镇齐心村披上一身绿装。山青林茂,空气清新,俨然一个天然氧吧。村民依山而栖,分散而居。村在林中,家在绿中,好一派人与自然和谐相处的景象。

齐心村辖 14 个村民组,2016 年底有 1076 户 3996 人,其中,建档立卡贫困户 266 户 1102 人。基础薄弱,资源贫乏,发展上没有主导产业做支撑,群众生活水平不高,属典型的贫困村。按照镇雄县脱贫攻坚计划,齐心村应在 2019 年脱贫出列。

齐心村能否在 2019 年如期实现脱贫?齐心人能否像村名一样,齐心协力踏上脱贫致富奔小康的坦途?

带着对贫困村、贫困户的无限牵挂,2017 年 6 月 1 日,镇雄县委书记翟玉龙深入齐心村走访调研。

当天,翟玉龙深入一户户建档立卡贫困户家中,和他们促膝谈心,了解他们的具体家庭情况和致贫原因,帮助他们想办法、出思路,鼓励他们树立信心,在党和政府的帮助下早日走出贫困。

走进大地村民组贫困户许定良家,翟玉龙一边四处打量,一边详细询问他家的具体情况。听着听着,翟玉龙脸上的笑容慢慢消失了。

1955 年出生的许定良,与妻子常碧飞一共生养了五个女儿、两个儿子。儿多母苦,七个子女犹如七座大山,沉甸甸地压在他们夫妻俩的身上。即便如此,他们还是拼着命把一个个子女抚养长大。根据之前的计划生育政策,许定良家的窘境当然"事出有因",但现实如此,按照国家的扶贫政策,不管是何种原因,都不能让一个贫困群众掉队。

老大是女儿,名叫许绍琴,离开学校后出门打工,几年后嫁给一个山东寿光的男子。让许定良夫妻烦心的是,女儿女婿的关系一直不太好,许绍琴的户口至今都还没迁过。

老二许绍明的情况更糟,在浙江打工期间,与镇雄县场坝镇的一个女子相恋，不久就有了儿子许义田。许家添了人丁，自然是一件大喜事。许绍明向老板请了几天假，偕妻带子回到老家，准备让父母高兴高兴。谁料一家三口回到齐心老家后，媳妇脸上的笑容突然就没了——这个家实在是太穷了，大大超出了她之前的预期。一番埋怨、争吵之后，她不管不顾地提出与许绍明分手，抛下父子俩决然而去。遭受如此沉重的打击，许绍明从此一蹶不振。不久后，他将孩子留给父母，只身外出打工去了。说是打工，其实就是虚度光阴，他并未给家里寄来过一分半厘。听同村和他在一个地方打工的人回来说，他在外面的日子倒是潇洒，上一天班休息两天，每每要等钱花光了才去找工作，指望他寄钱回家赡养老人及抚养孩子，怕是够呛。

老三许绍珍、老四许绍齐都跟姐姐一样，读书时学习成绩不好，走出校门就外出打工了，也都嫁给了外地人，一个在江苏扬州，一个在福建泉州，日子过得也不富裕。

老五许绍菊也是女儿，同样没能读好书。在江苏南京打工期间，忽一日，她感觉身体不适，便去医院检查，一查就查出喉管肿大。所有积蓄全部用光不说，还不得不打电话让父母帮她凑医药费。不过是守着几亩薄田讨生活的平常农家，日子本就拮据的许定良哪来的钱？

与哥哥姐姐有所不同，老六许春燕还算有些出息，她不仅在昆明顺利地读完职高，还考上了一所大学，攻读会计专业。读大学期间，虽然有姐姐们零零星星的资助和自己勤工俭学的微薄收入，可随着学费、生活费等开销的剧增，钱照样不够用。为了节约生活费，不得不想方设法省吃俭用，早餐、中餐、晚餐，换着花样地吃方便面，硬是吃了整整半年。许定良、常碧飞知道女儿过的原来是这种日子，虽然心疼，却也无能为力。

老七许绍佐在镇雄县长风中学读高中。长风中学是一所私立学校，一年下来，学费、生活费等加起来差不多要 2 万元。2017 年高考，按照平时的成绩，许绍佐考上大学应该没有问题，许定良愁的是上大学的学费从哪里来。

的确，如果没有这么多子女，许定良家不会如此一贫如洗。

生活不能假设。2016 年，全县 254 个村（社区）中有 235 个属于贫困村；

170多万人口中,建档立卡贫困人口多达561622人,贫困发生率为32.97%。在这些建档立卡户中,不少家庭同许定良家一样,子女多、负担重,长期挣扎在贫困线上。越穷越生,越生越穷,正是造成镇雄贫困人口多的原因之一。

祸不单行。2016年初,许定良夫妻俩乘坐同村村民孟良银的微型车去集镇赶集,遭遇了车祸。常碧飞摔断了7根肋骨,腰椎受损,不仅失去劳动力,还成了他人眼中的"病婆婆",经常住院、吃药;许定良伤了头部,从医院回来后,就再也无法从事重体力劳动了。这场突如其来的车祸,让这个原本就贫穷的家庭雪上加霜。

日子还得继续。伤情基本好转以后,许定良不得不去侍弄3亩地的庄稼,常碧飞也得照料孙子许义田——不然能咋办呢?日子过得艰难,许定良倒也乐观向上,他逢人便说,现在国家政策好,自己有养老保险,老两口有低保,种地有补助,孩子上学也有补助,看病还能报销一大部分,不用太担心。让自己难为情的是,因为自己的负担太重而拖累了政府。

如果手头宽裕,许定良倒是想买几头牛来饲养。因为没钱,"买牛"只能变成"借牛",于是,他找别人租了一头母牛在家喂养起来。在他的精心照料下,母牛顺利地产下了一头小牛犊。按照之前的合约,这头小牛有一半是他的。

正盘算着如何养牛脱贫致富,牛却被偷了。2017年5月19日晚上,两个偷牛贼撬开了许定良家的牛圈,牵走了寄托了他全部希望的两头牛。幸运的是,在中屯、赤水源派出所民警的联合侦办下,两头牛失而复得,让许定良避免了近2万元的损失……

站在许定良家堂屋前,翟玉龙的心情无比沉重。

思忖良久,翟玉龙耐心地向许定良介绍建档立卡贫困户可以享受就医、就学等相关政策,并给他支了几着:一是马上把生病的许绍菊叫回镇雄,免费入院治疗,这样可以极大地减轻家庭的经济负担;二是向中屯镇党委镇政府申请,从教育救助方面想办法,通过助学贷款解决还在读书的许春燕、许绍佐的学费问题;三是召回一直在外面浪荡的许绍明,参加县里组织的技能培训,由县里帮忙解决就业问题。

"像许定良这样的贫困家庭,必须重点关注,多渠道帮扶。"翟玉龙叮嘱随行的镇村干部。

那天,看着许定良家空荡荡的堂屋,翟玉龙眉头紧锁。他推门走进一个房间,轻轻揭开被褥,看见床单之下只是一块破旧的床板,便问:"平常是谁在这里睡?"

许定良只是笑笑,并未作答。

他接着又走进另一间昏暗的小屋,也是翻开床单一看,床板上同样没有棉垫。沉吟良久,他在床沿上坐了下来,长长地出了一口气,眼眶里有泪光在打闪。半晌翟玉龙站起身,刚要出门,旋即又折了回来,再次掀开床单,对众人说了一句:"里面一床被子也没有,就直接睡到床板上,你们看看……唉!"环顾一下四周,慢慢走到许定良的身边,把手放在他的肩膀上,轻轻拍了两下,说,"老人家,你家确实捉襟见肘,我心里很难过。不过不要紧,我们一起来想办法!"

许定良有些拘谨地说:"同志,我——太感谢您了——"

翟玉龙说:"放心吧,我还会来的。"

许定良紧紧握着翟玉龙的手,热泪夺眶而出。

临走时,翟玉龙再次折回堂屋,默默地站了一会儿,似乎是在平复自己的心情。摄影记者申登朝从摄像机显示屏上看到:几滴眼泪缓缓地从他的眼眶里滑落下来,掉在鼻梁上的镜片上,慢慢散开……

诗人艾青写道:"为什么我的眼里常含泪水?因为我对这土地爱得深沉!"是啊,翟玉龙对镇雄这片土地的爱,何止是"深沉"二字!2017年1月6日,翟玉龙在中共镇雄县第十二届委员会第二次全体(扩大)会议上如是说:"我们要主动聚焦、积极作为,使出'洪荒之力',拼搏到无能为力;使出'洪荒之力',努力到感动自己;使出'洪荒之力',担当到无怨无悔。抢抓机遇、优化环境、狠抓落实,打好脱贫攻坚战,建设美丽新家园,竭尽全力为镇雄父老乡亲早日过上幸福又有尊严的生活而奋斗!"

镇雄人都知道,县委书记翟玉龙是一个安徽人,到镇雄任职后,他便从骨子里把自己塑造成一个地地道道的镇雄人。几年下来,他越来越熟悉镇雄的历史成因、风土人情及文化积淀。兢兢业业地工作,全心全意地付出,带领全县各族干部群众努力探索、积极实践,让全县各项事业实现了"非常蜕变",改变了镇雄积贫积弱的"面孔"。翟玉龙的"镇雄身份",在得到广大镇雄百姓认可的同时,也让他收获太多的感动。他曾激情创作了一首叫《我是镇雄人》的歌曲,让百万镇雄儿女自豪传唱。

翟玉龙流泪,除了同情,还有深深的自责。县委书记的眼泪,让我们看到了他内心柔软的一面,明白了他为什么要使出"洪荒之力"来改变这片土地贫穷落后的面貌。

## 二

早在1985年,镇雄县就被纳入国家级重点贫困县,也就是自那时起,国家开始对镇雄长达30多年的扶贫之路。30多年来,越来越多的贫困群众陆续走上了脱贫致富之路。但是,由于自身条件差、基础设施欠账多、经济底子薄弱、财政保障压力大等诸多原因,镇雄始终没有从国家级贫困县的大名单中脱离出来。

作为全省第一人口大县,镇雄的贫困人口也一直"稳居"全市第一、全省第二。在当地干部职工的口中流传着这样一句话:"全国脱贫攻坚看云南,云南脱贫攻坚看昭通,昭通脱贫攻坚看镇雄。"的确如此,作为全国、全省、全市脱贫攻坚的主战场,镇雄的脱贫攻坚任务十分艰巨。

镇雄之穷,主要穷在致贫原因复杂,穷在贫困人口素质不高。

据统计,2016年,全县人均受教育年限为6.4年,其中贫困人口人均受教育年限为6.1年。贫困人口中拥有大学、大专文化的仅占1.09%,拥有高中、初中文化的占30.22%,拥有小学文化的占59.8%,文盲占8.89%。

贫穷都是相似的,致贫原因却各有不同。

就拿齐心村来说,它本是中屯镇最为贫困的一个村。交通等基础设施落后,脱贫基础薄弱,教育发展滞后,村民技能素质不高。受制于落后的基础设施和教育投入,当地产业发展滞后,村民们大多选择外出务工。留守在家的,以种植苞谷、洋芋、小麦和喂养牲畜为主。全村至今没有组织化、规模化、市场化的产业,"靠天吃饭"现象较为普遍,"造血"功能严重不足。贫穷就像大山一样,压在齐心村村民们的身上。

前些年,齐心村境内没有一条主干公路,唯一的一条水泥路仅通到村委会驻地,14个村民组中,只有2个村民组直接享受到这条通村公路带来的便利。有8个村民组倒是通了毛路,但路基窄、路面差,没有边沟,被雨水冲刷得凹凸不平,有的甚至还有深深的沟壑,晴通雨阻现象十分突出。剩余的下盐井、扯开湾、野鸽营、大水沟4个村民组更糟糕,连毛路都没有,直接影响到262户939名群众的出行。据测算,这4个村民组要通公路,最少要修12.5千米。我们都知道,不通公路,就会有一大堆麻烦事——出行不便,运输全靠人背马驮,生产生活成本倍增,生产出来的粮食半价也卖不出去。

2016年,大水沟村民组岳顶云家的洋芋丰收,少说也有3万斤,可一直卖不出去,只能作为喂猪的饲料。个中原因,并非要价高、品质不好。曾有一个收购商对大水沟洋芋的质量十分青睐,以每斤5角的价格收购了6000斤,通过人背马驮运到公路边,再用拖拉机运到镇雄县城。算下来,每斤洋芋的成本价已达1元,竟和市场价一样,忙了几天,却一分利润也没有挣到。从此,再没有人上门来收购齐心村的洋芋了。那些洋芋卖不出去,村民们只好拿来喂养牲畜,或者眼睁睁看着它们烂在家里。

大水沟村民用传统方式喂养的肥猪,只吃粮食、猪草,绝对生态健康。然而因为运费太高,村民每卖一头猪都会少挣三五百元。

同样是因为交通不便,当地很少有水泥平房。一块单价在2元左右的水泥砖,运到大水沟,价格噌噌涨到了10元。镇雄人常说的"豆腐盘成肉价钱",便是这种现象。一袋50斤的大米,一包80斤的化肥,光运费就要十几元。从中屯镇运钢筋水泥到大水沟,每吨运费高达400元。

收入低,生产生活支出高,当地人怎能不贫穷?

不能回避的现实是,前些年,齐心村共有D级危房户277户,其中,建档立卡贫困户244户;需修缮加固的C级危房共250户;有6个村民组因水源枯竭,造成421户1465人饮水困难;全村连户路均未硬化。

齐心村的教育事业同样不容乐观。全村有两所完全小学：一所是顶固希望小学，正常办学的时候有 200 多名学生，2017 年春季只有 80 多名学生在读；另一所是盐井小学，现有 210 多名学生。齐心村副支书韩一方说，由于居住偏远、分散，山一家水一家的，加上交通条件落后，孩子们上学十分艰苦。像大水沟这样离学校较远的村民组，孩子们上学更加艰难，夏天要走两个小时，冬天最快也要三个小时。

关于这一点，挂钩联系齐心村的中屯镇副镇长余奇深有体会。他说，2017 年，全国高校毕业生人数 749 万人，按照全国 13.7 亿人的比例计算，全村 3996 人就应该有大学毕业生 22 个。因为教育落后，全村在校大学生寥寥无几，远远低于全国平均水平。

李琼是一名代课教师，已经在当地代了 18 年的课。一次，她带一个学生去中屯读初中，班主任老师问："齐心的？带来读一个星期还是两个星期？"这样的习惯性排外动作，乃是多年来人们对教育事业的不正确认识造成的，导致齐心村初中学生辍学率比例高。长此以往，齐心村现有劳动力文化素质普遍偏低，技能水平普遍不足，思想观念普遍落后，贫困代际传递问题相当突出。

数据显示，全村劳动力中，小学以下文化的占比达 58% 以上，初中文化程度的仅占 32.5%，高中及以上文化程度的占比不到 10%。从 20 世纪 80 年代初至今，全村公职人员总数不足 120 人，有的村民组至今还没有 1 人是国家公职人员。由于技能素质不高，村内外出务工人员只能从事体力劳动，收入不高且不稳定。

2017 年 6 月 10 日，昭通市委书记杨亚林一行到齐心村大地村民组调研走访，当询问了解贫困群众的发展意愿、倾听他们对未来发展的打算时，村民们强烈表达了改善交通和教育的愿望。

村民邓声甫激动地对杨亚林说："在齐心村的地盘上，只要把交通、教育搞好，外面先进的经验就可以带进来。文化教育、交通方面解决好以后，我们齐心村不管是养殖业还是种植业都可以发展。生产搞上去了，交通方便了，致富就没有问题。"

"路的事情,我们抓紧想办法,创造条件,大家一起动手来修。政府该补助的要补助一点,我们该动的要动起来,大家一起配合,没有什么不可以解决的。"杨亚林说,"刚刚你说得很对,种植业也好,养殖业也好,都要搞起来。我还有一个建议,就是大家要把合作社组织起来,一起搞,不要一家一户地搞。一家一户地搞,劳动力浪费了,能力也不足,市场也不好对接。"

在齐心村,和许定良一样因病致贫的还有很多。截至2017年,全村没有标准化卫生室,村级医疗服务靠租房办公,设备简陋,水平较低,开展分级诊疗十分困难,大多数群众都是到8千米外的镇卫生院就医,看病远、看病难的问题普遍存在。

岩脚村民组的汪正山和余德珍夫妇分别出生于1956年、1959年,要是在其他家庭的话,两人都应该是享清福的时候了。可是,他家是岩脚村民组最贫穷的,致贫的主要原因是疾病。

汪正山患有腰椎间盘突出,走路极不方便,需要做手术。但当听到做手术要花好几千块钱时,他犹豫了。后来又听别人说,手术后力气会变小,连抬个锅都费力,于是他也就不敢做了。

余德珍呢,40岁时就称"心头疼",什么药都吃了,就是不见好。前前后后治了多年,花了五六万元的医药费,家里就靠种四五亩地、养两头猪维持生计,哪有什么钱?

儿子汪祥伟在外打工时找了老婆,生下女儿汪雅轩后,老婆嫌他家太穷了,也就偷偷溜了。汪祥伟像丢了魂一样,在外打工也不用心,不仅挣不了钱,还要连累父母照顾2岁的女儿。

儿媳妇走了以后,余德珍因为这事哭了几十次,可这又能解决什么问题呢?再后来,余德珍不幸摔断右手,因为没钱医治,就自己挖草药来敷,这显然不会有什么效果。休养了1年多,断裂处长了一个大疙瘩,一直用绷带固定着。这样一来,就只能做一些简单的家务活了。以后的日子咋办?怎样才能脱贫致富?夫妻俩决定发展养殖业。可是,买牛买猪的资金从哪里来?

因为贫穷落后,齐心村内适龄未婚男青年找对象非常难。据了解,目前,当地45周岁以上未婚男性达46人,还有少部分跟汪祥伟一样的男青年,婚后因女方忍受不了贫困生活"外逃"而"返单"。本村女青年也在村里待不住,大多在外出务工过程中嫁往他乡。"娶进来"成了齐心男青年最具挑战性的难题,"嫁出去"则成了女青年的首要目标。

1955年出生在汤院村民组的吕怀俊,原本不是贫困户。妻子杨顺先有先天性近视,配不了眼镜。按她自己的说法,视力不好,自己就是一只无头苍蝇,自然也干不了农活。还好,有吕怀俊这个壮劳力在,因为勤劳肯干,日子还勉强过得去。夫妻俩有两个孩子,女儿出嫁,儿子在外打工。

这一切,在2013年11月的一个晚上,发生了根本性的转变。

那天晚上,同村民组的汤家"办事头",吕怀俊去帮忙,晚上回来时,一不小心,一脚踏空,从路边的一个缺口摔下崖去。人事不省的他,过了好久,才被路过的乡邻朱恒远等人发现,被背回家后,折腾了好久才苏醒过来。见他气息微弱,大家连夜把他送到中屯卫生院。住了四天院后,他又转到镇雄县人民医院治疗了一个多月。吕怀俊住院期间,云南省第一人民医院的专家对他进行了远程会诊,最终确定为脊髓损伤颈椎脱节。

人算是抢救回来了,却一时半会站不起来。出院时花掉了3万多元,除去新农合报销的2万多元,加上生活费用等,他自己也承担了2万多元。

病来如山倒,病去如抽丝。出院后,吕怀俊一时生活不能自理,为了能尽快站起来,他只要看到那些乱七八糟的医疗广告,就按图索骥到处买药吃,效果可想而知。然而,吕怀俊从来没有想到会上当受骗,他想不明白的是,骗子为什么要向他这样的可怜人下手。

那天吕怀俊接到一个电话,说他们的药能治好他的病。也是病急乱投医,他马上按照电话中提供的信息,汇钱买药。药是真的寄来了,吃了感觉真有效果。电话里的人说,只要坚持吃他们的药,他很快就能站起来。为了筹足对方所要的药费,他到处借钱,花了5000多元。再后来,电话中的人告诉他,给他特制了一条裤子,过几天还要请他去开研讨会现身说法。

他等啊等啊,好消息没等来,倒等来中屯派出所的电话。民警告诉他,他买到假药了,让他赶紧拿药去派出所退。听医生说,那是一种激素,长期吃的话,是会吃坏身体的。绕了一圈,他还得天天吃药,但只敢去医院买,放心不说,还能报60%,自己只负担40%。

休养4年后,吕怀俊能拄着拐杖进出房屋了。不过,他一点家务活都不能做,还需要妻子照顾。没有办法,妻子不得不摸索着下地干农活,把庄稼当杂草挖掉是常事。在外人看来,他们家的庄稼长得怪,疏密不均不说,还有的地方什么都没种。

在齐心村,在中屯镇,在镇雄县,像许定良、汪正山、吕怀俊这样的贫困户还有很多。这些人如何脱贫致富,成了摆在各级党委、政府面前的一大难题。

根据齐心村实际,中屯镇把该村定为2019年脱贫出列村,切实制订了脱贫计划,并将重点做好五个方面的工作。

——应纳尽纳、应退尽退、应扶尽扶,确保错评率、漏评率和错退率、漏退率为零。

——补齐基础短板,聚焦通路、通水、安居等基础设施建设,积极争取各级各部门的关心支持,整合资金,加大投入,全面改善脱贫条件。

——筑牢收入支撑,瞄准贫困群众,加大产业扶贫力度,精准开展技能培训,提升就业技能和劳务输出水平,确保贫困群众有稳定增收渠道。

——加强民生保障,加快学校、标准化卫生室、文化活动场所等基础设施建设,切实提高基本服务水平。对因病致贫的,充分利用医疗扶贫"3+1"政策进行扶持。全面落实贫困家庭子女9年义务教育政策和教育扶贫政策,解决因学致贫问题;对丧失劳动力的家庭,全面实施社保兜底,确保脱贫路上没有一位群众掉队。

——坚持扶贫扶志,围绕群众工作一个中心,抓住精准、统筹、务实"三个关键",实现思想、工作、情感"三个认同"的"133"工作法,深入开展"自强、诚信、感恩"主题教育活动,加大群众操家理务和移风易俗教育力度,激发群众依靠自力更生、自食其力摆脱贫困,追求美好生活的内生动力。

外强"基础",内提"精神",中屯镇为齐心村的脱贫出列下了这样一盘棋,可谓因地制宜、对症下药。

距离中屯镇几十千米的以古镇,同样是具体问题具体分析。

以古镇地理环境恶劣,平均海拔1840米。发展先天不足,加上后天的基础设施、教育、传统农业、产业发展严重滞后,群众发展意识不强,全镇找不到一个真正意义上的民营企业,贫穷似乎成了以古镇的标签。

在深入分析该镇贫穷落后的原因后,以古镇党委书记李超认为,以古"以穷著称"的现实不难改变。这几年来,全镇干部职工坚持"用干部的辛苦指数换取群众的幸福指数",凝心聚力地发展生产,加强产业建设,改善基础设施,再加上市政府办等单位的挂钩帮扶,以古镇有信心在2019年确保全镇农村贫困人口全部实现脱贫。

是啊,交通等基础设施落后,让镇雄没有腾飞的跑道,让镇雄产业发展缓慢,资源优势无法发展成经济优势。另外,值得担忧的是,全县人均耕地少,土地贫瘠,粮食产出不高,要养活全县170余万人口困难重重。

人努力,也要天帮忙。自然灾害频繁,也是造成镇雄贫穷落后的另一个重要因素。

镇雄地处乌蒙山东北坡,地形复杂,冬半年昆明准静止锋常在这一带摆动,夏半年又受西太平洋副热带高压影响,自然灾害频繁,冷涝灾、冰雹灾、洪灾、风灾、旱灾、冰冻灾及虫灾等自然灾害就像赶趟儿似的,轮番上阵,骚扰镇雄这块贫瘠的土地。而这些灾害一旦发生,老百姓的庄稼轻则受损,重则颗粒无收,一年的辛勤付出全部泡汤不说,生产成本也血本无归,有的甚至房物财产都会受到损失。农户因灾返贫还算小事,最严重的情况是,可能连宝贵的生命都会被灾害夺走。

以2015年5月10日发生的鱼洞洪灾为例,我们就能深切体会到自然灾害对镇雄造成的影响。

鱼洞位于镇雄县境东南部,距镇雄县城53千米,是一个比较"年轻"的乡镇。翻开1991年10月出版的《镇雄大事记》第153页、164页,里面清楚地记载了新中国成立以来鱼洞乡的建制变化过程:1984年,从原母享区分出,设花鱼洞区;1988年区乡体改,设鱼洞乡。

鱼洞风光秀美,有群鱼戏水的花鱼洞,也有飞瀑流泉的赵家岩洞,还有洞径险远的将军洞,更有景观奇异独特的白银洞。这些独特奇异的山洞,实乃大自然鬼斧神工之杰作,让不少前来探秘的参观者流连忘返。

鱼洞依山傍水,地形地貌以"三山两河"为骨架。境内群山纵横、河流交错,既有曲径通幽的"一线天"奇观、百鸟争鸣的翠谷,也有云雾缭绕的香炉峰、绿树成荫的官火地林区。这些原生态的景观,熔大自然之俊秀神奇于一炉,是一块亟待开发的旅游处女地。

而作为当地经济、政治、文化中心的鱼洞集镇,四周群山苍翠蓊郁,两条清澈透明的小河从镇中穿过。遇上好天气,登上鱼洞乡银厂村岔河村民组的一个山头往下看,整个集镇犹如一个大写的"人"字,温婉地躺在山间的平地上,别有一番风韵。

谁能想到,如此山川秀丽的地方,一旦遭遇自然灾害,会产生怎样的后果!

2015年5月10日,这是一个极其普通、平常的周日。

早晨9点左右,鱼洞乡集贸市场周边的商铺门一扇扇陆续打开。店主们像往常一样,一边整理自家的商品,一边和邻居有一句没一句地说话。有顾客登门,店主笑着迎上前去打招呼、推销商品……没人光顾时,或上网、看电视,或与家人聊天,一切平常得不能再平常了。

吃完中午饭,店主们突然发现:外面淅淅沥沥地下起了小雨!雨虽然不大,但街上还是冷清了不少。

下午6点左右,关闭了一天的乡卫生院左侧第五间店铺的门打开了。这是一家经营各种鞋子的店铺,刚从县城进货回来的店主徐琴,正冒着细雨,费力地把一箱箱鞋子搬进店内。将店铺稍作整理,累得气喘吁吁的徐琴一边关店门,一边打电话通知在鱼洞中学教书的丈夫开车来接她回家。

店门刚关好,徐琴丈夫的微型车已停在门前。打开车门,钻进车内,关上车门,由于下雨,完成这一连串平常的动作,徐琴比平时快了不少。不过,由于下雨,夫妻俩回到鱼洞中学的时间比平时还是晚了不少。

徐琴的家在鱼洞中学内一栋教师周转房的五楼,这是一个非常有利于观察校园的楼层。平时,她可以推开窗户,看看蓝天,看看白云,看看丈夫或双胞胎儿子从远处跑过来的样子。

晚上10点左右,听到窗外的雨声有点大,还没休息的徐琴习惯性地走到窗前,朝外望去:雨比白天时下得更猛了!风伴着雨点敲打着窗户,发出嗒嗒嗒的声音。她赶紧和丈夫跑到每个房间,把窗户全部关好,以防雨水被风刮进房间。

晚上10点40分左右,电突然停了,屋内一片漆黑。徐琴赶紧起身,摸索着找到一根蜡烛,然后点亮。

11点左右。"涨大水了!车子都被冲走了!"突然,徐琴和丈夫听到楼下传来一阵阵惊呼声。徐琴赶紧摸出一支手电筒,朝窗外照去:我的老天,偌大的学校操场已变成一片汪洋,自家的微型车不见了!还没等徐琴和丈夫回过神来,不一会儿工夫,逐渐升高的洪水就把教学楼、学生宿舍、教师周转房的一楼淹了。

由于从来没有见过如此大的洪水,徐琴一家人被吓得够呛。待在五楼吧,担心洪水将房屋冲垮;往楼下跑吧,一楼已经被淹,根本出不去。就这样,徐琴一家人惊恐地熬到第二天天明。惊魂未定的徐琴夫妇想上街看看自家鞋店,然而,教师周转房一楼、学校操场全是厚厚的淤泥,连接中学与街道的桥已被冲毁,想出去,简直难于上青天。

如果能换个角度,徐琴看到的场面会更加惊险。

随着雨量的增大,当晚10时左右,汹涌的洪水顷刻间超出河面(街面)两米。来势凶猛的洪水,冲毁或冲损了部分河道和临河的房屋,很快漫过河堤,漫过桥面,迅速将政府、学校、卫生院、信用社、兽医站、计生服务所等部门一楼淹没,并以惊人的力量将停放在街道上的大部分车辆冲入河道或掀翻在街道上。洪水所到之处,电线杆、大树被冲倒或拦腰折断,铺面内的商品几乎被洗劫一空……整个集镇满目疮痍,犹如世界末日来临。

鱼洞乡"5·10"特大洪灾百年不遇。据统计,本次洪灾共造成3678人受灾,3人死亡、9人受伤。

经核查后的一系列数据,可谓触目惊心!

鱼洞集镇上民房受损378户1424间,其中商铺受损478间、倒塌6户23间,严重损坏成危房的有12户72间,直接经济损失1800万元,商铺库存物资及居民家庭财物损失近4000万元;乡直机关站所房屋受损244间,经济损失1267.66万元;集镇桥梁、道路、河堤、饮水管道和电力、通信等基础设施严重受损超过3000万元;集镇附近部分农作物减收或绝收,损失近1000万元;居民耕地、树木、鱼塘等不同程度受损,农户家禽被冲走若干,损失近400万元。洪水还冲走、损坏汽车129辆,摩托车及三轮车共769辆。整个灾害共造成直接经济损失达3.1亿多元。

而在镇雄,这样的突发自然灾害并不少见。但凡遭遇此等灾害,别说是原本就贫穷的人家,就是日子过得还算富裕的人家,也是"一夜回到解放前"。

缺乏内生动力,也是一些贫困群众长期不能脱贫的原因。

一直以来,党中央、国务院高度重视脱贫攻坚工作,加大扶持帮扶力度,社会各界也持续关注脱贫攻坚工作,有力出力、有物出物、有钱出钱,让贫困群众享受到改革开放的成果、社会大家庭的温暖,加上国家诸多惠农政策的实施,这让少数贫困群众产生了"等、靠、要"的依赖思想,不愿靠自己的辛勤劳动脱贫致富、发家致富,而是一味地依赖社会各界和政府的帮扶、兜底。

在镇雄,这种现象同样存在。

有的家庭想方设法争当贫困户,个别贫困家庭甚至期望政府、社会全部包干,帮他们解决所有问题。

一些贫困群众不思进取、游手好闲、好逸恶劳、懒惰成性,没有发展动力不说,还以争当贫困户、享受国家扶贫补助为荣,一心想吃低保,希望国家一直把自己兜底养起来。

还有一些贫困户,由于文化素质偏低、思想观念落后、没有拼劲闯劲、缺乏创新发展意识,对现代科技、市场经济缺乏必要的了解,只掌握了传统的种植和养殖技术,没有掌握能够脱贫致富的一技之长,解决温饱不成问题,但长期处于贫困状态。

一部分贫困户外出务工靠苦力,很难找到能够脱贫致富的工作。还有一部分贫困户年龄偏大,劳动力差,也难脱贫致富。贫穷在限制生产力的同时,也酿成不良社会舆论的此消彼长。

因为贫穷,部分群众对政府及干部态度冷漠,恶意横生。有些群众行事蛮横、情绪过激,广大干部在做群众工作时常常遭遇冷眼,工作无法正常开展下去;有些群众对政府及干部大肆诋毁,严重破坏镇雄在外形象。更有甚者,"啸居"一隅,私立"山头",在边沿之地我行我素,无视法度、不受制约,让一些村落成为尴尬的"飞地"。

因为教育缺失,群众文化素质低下,法律意识淡薄,出门务工往往不甘受制约、不受管束、不愿融入,常常处事蛮横,解决问题简单粗暴,动辄拉帮结派、舞刀弄枪,在用工企业中造成不良影响,一个时期内,"不招镇雄人"成为大部分工厂维护企业利益的方法。

……

"只要有人的地方,就会有镇雄人存在。"镇雄人遍及中国几乎所有省份的所有地州、所有县区,因为要"活着",他们释放着内心坚强的生存意志,慢慢学会在挺直腰板出去的同时,躬身抵达平凡的"坚韧",以"乡音"为"接头暗号",活出一种与众不同的姿态。

镇雄人,用各式各样的生息方式改变着镇雄复杂的县情。10年前,外地人戏称镇雄是"离天最近的地方",称镇雄人为"天上人"。是啊,身处偏僻之地,很多人的土地只能在"天上",他们的耕作永远在"空中";雨积日稀,高高的镇雄在"云端",总有一种让人徒生"不敢高声语"的畏惧。

归根结底,镇雄的底色只有一个,就是"贫困"。如何突围四野苍茫之"贫瘠"的笼罩?

2015年11月底,党中央、国务院印发了《关于打赢脱贫攻坚战的决定》,总体目标是:"到2020年,稳定实现农村贫困人口不愁吃、不愁穿,义务教育、基本医疗和住房安全有保障。实现贫困地区农民人均可支配收入增长幅度高于全国平均水平,基本公共服务主要领域指标接近全国平均水平。

确保我国现行标准下农村贫困人口实现脱贫,贫困县全部摘帽,解决区域性整体贫困。"

自脱贫攻坚战役打响以来,镇雄县委、县政府全面贯彻落实中央、省、市扶贫新举措,以脱贫攻坚引领经济社会发展全局,举全县之力,集各方之智,组织各职能部门、挂钩帮扶部门、乡镇(街道)和社会帮扶力量,整合专项扶贫资金、部门资金、社会帮扶资金、贷款资金,紧紧围绕扶贫开发"两不愁、三保障"的目标,把稳定解决扶贫对象的温饱,尽快实现脱贫致富作为首要任务。坚持政府主导,坚持统筹发展,突出工作重点,创新工作机制,抓好制度落实,全力推进脱贫攻坚各项工作。农村基础设施状况得到明显改善,农民收入得到明显提高,各项社会事业全面进步,为镇雄经济社会发展和全面建成小康社会奠定了良好基础。

2017年5月至8月,镇雄县集中开展了贫困人口精准识别摸底调查,组织3554名市、县、乡干部和4700名村组干部,深入30个乡镇(街道)237个村(社区),对全县32万户143.2万农村常住人口进行全覆盖入户调查,采集、核查、比对、录入村信息2.2万条,到户信息186.8万条,摸清家庭成员信息、收入、住房、子女就学、医疗保障、社会保障等基本情况。在此基础上,坚持实事求是、应纳尽纳、应退尽退的原则,严格按照"三评四定"调整进出对象,并对发现疑似问题的农户进行"二次复核",坚决杜绝唯收入、唯住房、唯票数的"一刀切"评判及家族势力干扰等现象,最终将贫困人口精准锁定为78161户354007人,也就是说,在2016年末镇雄县还有贫困户78161户354007人。动态管理期间,镇雄县集中开展数据比对和信息录入,按时完成了大数据平台信息录入工作。

这场看不见硝烟的战斗,自然是有效果的。

2017年以来,镇雄累计投入资金40.6亿元,全力推进贫困村基础设施、基础产业、基本民生建设,大幅改善贫困群众生产条件、生存环境、生活质量,实现了出列1个贫困乡镇、11个贫困村、脱贫13480户63138人的年度减贫目标。通过2017年贫困对象动态管理新识别4户24人,镇雄县贫困人口减少至64685户290893人。

数据显示,截至2018年1月,镇雄还有17个贫困乡镇、128个贫困村、64685户290893人贫困人口,贫困发生率20.31%。因病致贫、因残致贫、因学致贫的占贫困人口的46.2%。调查显示,贫困群众多生活在交通不便、信息不畅、资源匮乏的边远地方,脱贫难度极大。

要想如期脱贫出列,困难极大,压力也不小。

按照党中央、国务院,以及省、市的安排部署,镇雄县没有退缩,也不能退缩,全县广大干部积极行动了起来,以五个"切实增强"保障打赢脱贫攻坚战,即,切实增强责任心,树牢责任心比能力和水平更重要的意识,大力弘扬敢拼敢干敢担当、不负良心不负党的精神,勇挑最重的担子,敢啃最硬的骨头,真正做到守一方阵地就担一方责任、促一方发展、富一方百姓;切实增强敬业心,树牢敬业比专业更重要的意识,大力弘扬工匠精神和劳模精神,珍惜时代、珍惜岗位,敬职敬业、尽心尽力,在一岗爱一岗、干一行懂一行,把职责之事做细做精做好;切实增强上进心,树牢登顶意识和先机意识,大力弘扬"跨越发展、争创一流、比学赶超、奋勇争先"精神,瞄准工作制高点,不降标准、不留余地,一步登顶、抢占先机,力争工作达到一流水平;切实增强实干心,树牢"马上就办"的意识,大力弘扬"钉钉子"精神,落实"六抓六见"要求,力戒官僚主义和形式主义,确保定下的事一件一件得到落实;切实增强廉洁心,树牢敬畏意识和法纪意识,大力弘扬清正廉洁精神,时刻保持"常在河边走就是不湿鞋"的定力,干净做事、清白做人,广泛营造由自律到他律形成共律、由己廉到他廉形成共廉的干事创业环境。

如此拼尽全力,只为实现以下目标:到2020年,全面打赢脱贫攻坚战,成功摘除贫困县"帽子",乡村振兴战略取得重要进展,与全国全省全市同步全面建成小康社会。

到2035年,通过全县各族干部群众的共同努力,全县经济社会各项事业将得到长足发展,县域经济实力显著提升,现代治理体系和治理能力基本成形,现代社会服务体系得到基本完善,文化事业繁荣兴盛,生态文明建设走在全市前列,与全国全省全市同步实现社会主义现代化。

# 第二章 紧迫生息中的精准谋略

对于镇雄这样的地方来说,脱贫攻坚这场艰苦卓绝的战役,会让每一个参与者生发出这样的感慨:"富裕的家庭都是相似的,困难的家庭却各有各的困难。"的确,导致人们贫穷落后的原因千差万别,因病、因学、因灾,缺技术、缺劳力、缺发展资金、缺发展思路……无论哪一种,都是一座陡峭险峻的"山头",要想轻松"登顶",并非易事。只有克服万难、全面突围,才能实现脱贫致富奔小康的幸福愿景。

要占领这些"山头",自然离不开一个个"冲锋陷阵"的"战士";要决战脱贫攻坚,更离不开"指挥官"的排兵布阵、全体战士的冲锋陷阵。

一

贫困大县之"贫",不仅表现在老百姓的生存境遇上,也直指当地干部和广大人民群众的内心世界,镇雄的贫困,是一种"全面"的贫困,打赢脱贫攻坚战,不仅要治顽疾,还要育良医。

2019年3月4日,镇雄县召开领导干部大会,宣布中共昭通市委有关人事任免决定,张洪坤任中共镇雄县委、常委、副书记,并提名为镇雄县人民政府县长候选人。

中共昭通市委书记杨亚林出席会议并讲话。杨亚林说:今天的镇雄不仅打开了良好的局面,奠定了坚实的基础,而且发展正当其时。全县各级领导干部要切实担负好责任、履行好使命,立足镇雄实际,打好打赢脱贫攻坚这场硬仗,推动镇雄高质量跨越式发展。

杨亚林的讲话语重心长。尤其对镇雄这样的地方，积贫积弱的现实让脱贫之路壁垒林立、关隘重重。要打赢脱贫攻坚战，需要全体"战士"披挂齐整、厉兵秣马，需要全员将士尽锐出征、勇敢叫阵、攻城拔寨。杨亚林说："市委做出对镇雄党政班子充实调整的决定，充分体现市委对镇雄工作的高度重视，充分体现做好镇雄工作在全市格局中所占的分量，充分体现对抓镇雄领导班子建设的高度重视和帮助。一个地方的发展，关键在人，关键在干部，特别在今天脱贫攻坚冲刺的紧要时刻，抓好领导班子建设，配强选优一线指挥部，是保障工作落实的最根本最关键的措施。希望镇雄县广大干部把思想和行动统一到市委的决策部署上来，落实好各项要求，并以此为抓手，促进全县各项工作落到实处。要旗帜鲜明地讲政治、讲担当、抓落实、严纪律、守规矩，增进团结凝聚力，扎实抓好班子和干部队伍建设。"

作为班长，县委书记翟玉龙在代表县四大班子做表态发言时表示，镇雄的领导干部将以清醒的政治意识和高度自觉的大局意识坚决服从市委的决定。翟玉龙说："我将一如既往地坚持'领唱不独唱、分工不分家、团结不结团'，一如既往地坚持'日常问题定期沟通、重大问题及时沟通、争议问题反复沟通'的三沟通机制，一如既往地坚持讲政治、促团结、扬正气，一如既往地坚持抓班子、带队伍、树形象，不断提升县级领导班子的组织力、凝聚力和战斗力，在重大原则、重大挑战、重大决策面前始终保持'一个鼻孔出气、一个声音出去、一个拳头出击'的战斗状态，齐心协力打好打赢易地扶贫搬迁、产业培育发展、基础设施建设、民生事业、人居环境改善五大攻坚战，使越来越多的镇雄人过上幸福而又有尊严的生活。"

85天后的2019年5月28日，在镇雄县第十六届人民代表大会第四次会议上，张洪坤当选镇雄县第十六届人民政府县长。在做履职讲话时，张洪坤说："作为党的干部，人民的县长，唯有把党的教诲刻入脑海，把人民装在心中，把责任扛在肩上，竭忠尽智、恪尽职守、忠诚履职、担当作为，方能不负重托、不辱使命。我一定紧紧依靠人民并团结我的同事们努力打赢脱贫攻坚战，努力开创镇雄更加美好的未来，以实实在在的行动和业绩，向党和人民交上一份满意的答卷。"

紧迫生息,万念于民。无论是指挥官还是战士,他们的讲话或承诺,都是那么掷地有声,振聋发聩,让镇雄县各级干部更加清醒地意识到,全力脱贫攻坚就是当前最大的政治任务,没有一个人可以置身事外。从现在起,必须全力以赴、攻坚克难;从现在起,必须奏响"集结号",勇摘"贫困帽"。

"打赢脱贫攻坚战,干部是关键。"这是普遍认同的真理。而在镇雄这样的地方,干部的关键作用往往就更加"关键"了。"人口密度大,贫困程度深,似乎每走一步都得回过头来看看身后。"这就是镇雄干部在脱贫攻坚工作中的实际处境。决策者看到:脱贫攻坚这场声势浩大的民生工程必须依靠广大干部的无私作为。这样一来,一场关于干部作风转变的思想教育如春风化雨般在镇雄各级干部中慢慢铺展开来。

庸政、懒政,不作为、乱作为,不担当、无底气……这些词不能属于今天的镇雄,这个时代不允许这些现象存在!县委在任用干部的时候,做了严密、科学的"摒弃",各乡镇(街道)、县直各部门领导干部结构不断优化,人才使用针对性不断增强,"后继"力量不断突显。2017年1月6日,县委书记翟玉龙在县委十二届二次全体(扩大)会议闭幕式上讲道:"在镇雄发展的重大历史关头,全县干部职工都要有肝胆、有血性,应该做的事,顶着压力也要干,必须负的责,迎着风险也要担,绝不能畏首畏尾、瞻前顾后、患得患失。不论我们得罪什么人、因什么得罪人,只要我们心底无私,就敢'一丝不挂';只要我们一心为公,就不怕说三道四!县委一定旗帜鲜明地支持敢担当、善担当、能担当的干部,绝不放任尸位素餐、碌碌无为不管,绝不允许投机取巧、以权谋私,绝不坐视安享太平,坚决为担当者'撑腰',让有为者'上位',坚决让不担当、不作为的干部'挪位子''丢帽子',真正让"敢拼敢干敢担当、不负良心不负党,内化为领导干部干事创业的行为准则"。

对于有理想、有抱负的干部来说,这是一剂"定心丸",而对于那些之前没有做足功课的干部来说,则是一声"警钟"。关于领导干部如何发挥"撬动"作用,让全县所有干部都把思想统一到既定的高度上来,便成为考验各级各部门领导干部真本事的一个严肃的课题。事实证明,在面对繁重的脱贫攻坚任务的关键时刻,镇雄真正做到了上下同欲、风雨同舟,真正洗除了作风上的泥垢,营造了"干事创业"的良好氛围。

在脱贫攻坚工作中,镇雄县紧紧扭住领导干部带头这个"牛鼻子",突出建好"制度"、结好"对子"、选好"人员"三个关键环节,坚持精锐出战,干部队伍向脱贫一线集结,用机关沉下去带动基层动起来、实起来,用干部扎下去促进群众站起来、干起来,推动人人参与脱贫攻坚。县"四家"班子领导分别挂钩1个贫困乡镇、包保1个贫困村、结对帮扶5户贫困户,全县机关、企事业单位等包保不少于1个贫困村,每个贫困村组建一支驻村扶贫工作队,实现所有乡镇(街道)有县级领导联系、所有贫困村都有领导和部门挂钩包保、每个贫困村有驻村扶贫工作队、所有贫困户有干部结对帮扶,形成"县级领导挂点、部门包村、干部帮户"的工作格局。与此同时,坚持"硬抽人、抽硬人"原则,仔细筛选,严把"入口",畅通"出口",把新提拔的科级干部、优秀年轻干部以及享受非领导职务待遇且农业农村工作经验丰富的党员同志作为重点选派对象,派往贫困村驻村开展工作。

"打赢脱贫攻坚战,核心是加强党的建设。"如何发挥好基层党组织战斗堡垒作用和共产党员先锋模范作用,以及各级干部的示范引领作用和各类人才的智力优势,成为镇雄县委思考的一个重大课题。2016年以来,镇雄围绕"紧扣扶贫抓党建,夯实党建促脱贫",实施"乌蒙扶贫先锋行动",努力营造全县上下凝心聚力抓扶贫的良好氛围,努力构建以"不破楼兰终不还"的担当和"敢教日月换新天"的气概抓发展的良好格局。

富不富,看支部,强不强,看"头羊"。对软弱涣散的基层党组织,实行县级挂图作战、销号管理,点上挂牌督促、亮牌整顿。2018年以来,全县有63个村级软弱涣散党组织全部实现整顿提升。围绕选优配强基层党组织书记,深入实施农村"领头雁"培养工程,建立30个乡镇(街道)青年人才党支部,对521名村级后备力量进行培养使用。同时,常态化开对村"两委"班子运行情况和村干部履职胜任情况进行分析研判、动态管理,让人才"有位可上"。围绕不断夯实组织基础,制定《镇雄县各层级抓基层党建材料清单》

《镇雄县党支部规范化建设"5个标准"材料清单》,为各类支部开展达标创建划出"标尺",通过列清单、画线路,对标准、补短板,抓示范、树典型,全力抓实工作,保证所有党支部达标提质。同步推进"小微权力"规范运行,一个流程规范权力、一套图表方便群众、一张清单接受监督,让工作推进、群众办事、过程管理可视化。"在脱贫攻坚战中,基层组织的带头性、引领性作用发挥得非常明显,在群众中树立起了良好形象。我们深刻体会到,只要党组织坚强有力了,班子示范带头了,党员勇于担当了,脱贫攻坚战就能全面决胜。"县委组织部常务副部长张松感慨地说。

党员带头,万事不愁。在脱贫攻坚这一历史性的伟大工程中,党员不仅要做给群众看,还要"带着群众干"。这当然不是独一无二的"镇雄做法",而更多的是体现在怎样把事情做实,绝不流于形式主义。比如,坚持在扶贫一线培养发展党员,就不是一句空话。镇雄把脱贫攻坚实绩作为优先发展党员对象的重要条件,吸纳在脱贫攻坚中公道正派、坚持原则、实效突出的35岁以下村组干部加入党组织。在把致富能手培养成党员的同时,也把党员培养成致富能手,近几年来,每年培养党员致富能手200名以上,每个贫困村每年至少发展2名优秀青年入党。有了党员这个"先锋",便可以以"村"为单位,整合党员力量,剑指攻坚难题。在全县所有贫困村成立由驻村扶贫工作队党员、村党组织班子成员、农村党员组成的党员扶贫先锋队,建立临时党支部,推动基层党建与脱贫攻坚深度融合。通过"一支队伍+一个支部"模式,解决"谁来帮"的问题;以"五项制度+四有目标"举措,解决"怎么扶"的难题;通过"六个带头+六个争当"举措,扎实开展帮扶。同时,开展"党旗引领示范行动",先锋队员佩戴党徽、亮明身份,深入脱贫攻坚一线,联系、服务、引领群众,切实把脱贫攻坚放在心上、扛在肩上。针对外出务工人员众多、党员流动量大的实际情况,在昆明、杭州、深圳等流动党员集中地建立党工委3个、党组织36个,通过"云岭先锋"手机APP建立网上党支部,依托流动党组织这个流动党员创业发展的"加油站"、抱团致富的"助推器"、同叙乡情的"新家园",采取创办同乡联谊会、召开镇雄籍企业家座谈会等方式,为流动党员和外出务工人员提供平台、搭建舞台,让他们增进了解、抱团发展、创新创业。

"打赢脱贫攻坚战,要会聚人才。"在镇雄这样一个"全线贫困"的地方,人才的培养和利用是助推脱贫攻坚深入开展的关键。"林子大了,什么鸟都有。"毋庸置疑,镇雄是一个极具人才塑造的地方。全县171万各族人民群众中,蕴藏着很多有创造活力的人才,他们在不同的地方、不同的场合以不同的形式喊出镇雄声音、释放镇雄能量、体现镇雄精神、塑造镇雄形象。

众人团结紧,百事能成功。镇雄在通过党组织宣传"发声"的同时,千方百计组织"内联"、出击"外引",会聚各方人才,凝聚强大合力,整合各类资源、各方力量"帮着群众干"。围绕贫困地区农村危房改造、农村基础教育、劳动者素质提升、基础设施改善、特色优势产业发展、基础公共服务保障、生态环境治理"七大重点任务",全面实施扶持一批致富带头人、搞活一批农村科技人才、培养一批农村基层干部、引进一批急需紧缺人才、转化一批科技成果、选派一批对口帮扶干部"六个一批"人才工作项目,努力实现贫困地区人才总量大幅增长、人才质量稳步提高、人才结构趋于合理、人才优势有效发挥,使之成为贫困群众脱贫致富"加速器"。切实抓好抓细抓小各项人才扶贫措施落地,实施人才扶贫行动计划,有效组织人才培养、人才引进和智力服务,最大限度地发挥各类人才在精准扶贫、精准脱贫中的生力军作用。开展以"带头协调科技项目、带头传授实用技术、带头破解脱贫难题"为主题的"乌蒙扶贫英才"争创活动,全方位服务脱贫攻坚。充分发挥县级"名家名师名医""县委联系专家"作用,结合精准扶贫、精准脱贫,以组团、抱团的方式开展服务基层、服务群众的活动,让广大人才在脱贫攻坚中建功立业。

"打赢脱贫攻坚战,争取群众很重要。"道理无可厚非,而个中深意却异常复杂。如何争取群众?这不仅是一个思想认同的问题,也是一个情感认同的问题,再具体一些,就是"方法论",是本事。

"甘于贫困、认命现实,指望政府、不思进取,争当卡户、疑患不均,不服教化、不从鼓舞……"似乎这样的现实都是"共享"的,广大干部在面对贫困群众的时候,大多的表情是一筹莫展。面对这样的现实遭遇,2018年12月,县委书记翟玉龙在接受记者关于抓党建促脱贫主题采访时说:"要让群众听话,首先干部得像话;要让群众满意,首先得让群众受益;要让群众信任,首先干部得不任性"。这一朴素的群众工作理念,随后又被他引申、总结为"四不四要",即,不做"咬刺猬的狗",要学会"有处下口";不做"拿身子去顶牛屁股的人",要学会"牵牛鼻子";不做"等米下锅的人",要学会做"无米之炊";不做"群众的尾巴",要学会"引导群众"。"四不四要"群众工作法很快在全县各级干部中生根发芽,成为检验群众工作的"对照标准"。

在情感上打动群众,不失为一种有效的方法。"情感"何来?靠干事创业,靠"看得见、嗅得到、摸得着"的具体"物证"。前些年,部分群众因为贫困,"条件反射"现象明显,不理解政府,不理解干部,动辄上网谩骂、聚集"吐槽",有情绪过激者,利用贴吧、微信公众号等各种网络平台造谣生事,"唯恐天下不乱"。近年来,县委、县政府利用为广大群众所办的一桩桩实事、解决的一个个难题作为情感端口,全力打通联系服务群众"最后一千米",在消除"杂音"的同时,争取到广大群众的支持,"用群众做群众工作"的良好态势基本形成,为在脱贫攻坚中争取群众支持奠定了坚实的基础。

2016年6月的"南博会"上,在镇雄展厅,翟玉龙与众多镇雄籍在昆企业家和创业能人"相遇"时,首次提出"汇聚正能量,镇雄更向上"的号召,此语一出,立即博得现场热烈的掌声。是的,贫困本身并不可怕,可怕的是用贫困伤害贫困。镇雄要发展,必须释放出具有镇雄色彩的"好声音",必须把有助于镇雄"一翅冲天"的正能量汇聚起来,让广大群众不再热衷于扬家丑、摔破罐,从内心支持干部、支持政府、支持发展。同月下旬,在镇雄县委第十二次党代会上,翟玉龙代表县委所做的报告,直接将"汇聚正能量,镇雄更向上"十个字作为主标题,这个报告在委员讨论时引起强烈的反响,让广大干部更加坚定信心,认为镇雄的脱贫攻坚是能够"团结一切可以团结的力量"的,要化解群众工作的难题,并非难事。

合力攻坚,勇夺高地。脱贫攻坚战打响以来,镇雄的广大干部身处在一种紧迫的"战时状态"。"只要群众能脱贫,何惧干部脱层皮",这不光是一句誓言,更是一种信念。第十二次党代会召开以来,县委历届全会都紧紧围绕"脱贫攻坚"这一核心任务铺排工作,无论是"奏响攻坚集结号,全民同心摘贫帽""铆足干劲攻堡垒,背水一战夺全胜"这些鼓舞士气、激发斗志的报告标题,还是"唯有实干作风才能干实工作""不把问题当问题就是最大的问题"等关于工作作风落实落细、工作方法底线思维的报告内容,都非常明确地指向一个具体的目标:无论付出多大的代价,无论面临多大的困难,都必须全力以赴,打赢脱贫攻坚战,确保镇雄与全国一道同步进入小康社会。

2020年5月20日,在镇雄县第十六届人民代表大会第五次会议代表团会议上,镇雄县委副书记、县长张洪坤参加坡头、花朗代表团会议。会上,张洪坤语重心长地对长期奋战在脱贫攻坚一线的代表们说:"脱贫攻坚打不赢,一切努力等于零。在这场战役中,没有人输得起,也没有人敢输。截至目前,脱贫攻坚战已经打了5年,即将收官,镇雄的各级干部要始终坚定不移地贴近大地,砥砺相携,在困难面前共同进退,齐心协力打赢这场意义非凡的民生战役。"

## 二

要想成功突围,就得做好充分的准备。

别的不说,先摸清"山头"的多寡、高低、形态等等,就显得尤为重要。换言之,就是必须深入开展精准识别摸底调查工作。只有摸清底数、找准原因,才能研究出攻克贫困的具体措施和有力办法。

正如昭通市委书记杨亚林在一次讲话中所言:精准识别是脱贫攻坚的"第一粒扣子",开展农户摸底调查全覆盖是进一步加强农业农村工作的需要。只有扣好"第一粒扣子",迈出这最坚实的一步,才能为下一步脱贫攻坚工作奠定坚实的基础。

我们发现,如果以2015年9月3日召开的镇雄县扶贫开发和"挂包帮""转走访"工作暨农村危房改造抗震安居工程建设会议作为一个重要时间节点的话,镇雄县的精准识别摸底调查工作其实早已展开。

作为一个国家级贫困大县,镇雄人口基数大、贫困人口多,加之点多、面广、战线长,开展精准识别摸底调查面临的压力和挑战实在不小。从客观上来讲,这的确是一个大问题。但是,如果全县干部职工都能发挥主观能动性,不为问题找借口,只为工作找方法,这也不是什么大问题。

这些年来,为切实摸清"贫困家底",镇雄县严格按照相关程序,组织全县帮扶干部开展多达六轮入户调查,对标对表,分值化、透明化识别脱贫户、边缘贫困户和绝对贫困户,并找准致贫原因,算细出列支撑,做实脱贫措施。通过一次又一次的入户调查,剔除了许多不精准对象,进一步避免了"富人戴贫帽"的不正常现象。

的确如此,随着时间的推移、工作的推进,镇雄县委、县政府自晾家丑:"有水分,不精准!""该进的没进,不该进的混进来了。"这充分说明脱贫攻坚工作中出现的一系列问题。追根究底,对象不精准是一个十分重要的原因,如果"第一粒扣子"扣不好,脱贫攻坚工作就会出大问题。

关于这一点,镇雄县委书记翟玉龙在很多场合都反复强调:必须引起高度重视,深入开展摸底核查,做到精准识别、精准扶贫。

2019年2月28日,镇雄县扶贫开发领导小组2019年第一次全体会议召开。在大会上,翟玉龙强调,这次会议就是要用重锤敲醒"梦中人",向全县干部群众发出"最后的吼声",让大家真正惊醒起来、振作起来,进一步转变工作作风、抢抓宝贵时间、拼命加油苦干、推进落实落细,坚决按照县委十二届四次全会的安排部署和"两会"的目标,打好打赢脱贫攻坚"2019硬仗"。

如何做到精准?翟玉龙再次要求:各乡镇、街道要组建专门工作小组,再次集中开展一轮摸底核查,彻底把错退户、错评户、漏评户找出来;各挂包部门要组织全体帮扶干部,集中开展一轮入户走访,把帮扶干部与帮扶对象之间的互动联系真正建起来;县扶贫开发领导小组要组建县级督查组,集中开展一轮专项督查,对整改不到位的坚决下狠手、重惩罚。

此次会议的核心内容,就是全县上下要围绕目标任务,坚决打赢七个标志性战役：

——再次核准对象、精细推进项目、做实后续扶持、超前谋划搬迁,实现易地扶贫搬迁应搬尽搬。

——锁定实施对象、严控建设标准、严把时间节点,实现农村危房改造应改尽改。

——全力抓建设,全面抓管理,实现安全饮水保障全面覆盖。

——坚持不懈"送出去"、想方设法"请进来"、拓宽渠道"兜好底",实现转移就业扶贫应转尽转。

——高位推进项目启动、坚持组织化发展、加大资金整合力度,实现特色产业扶贫户户覆盖。

——整合部门力量攻坚、抓紧解决突出问题、严格把握时间节点,确保义务教育均衡通过评估验收。

——从面上铺开,解决突出问题;在点上突破,强化示范带动,实现村庄人居环境干净整洁。

要打好打赢这七个标志性战役,肯定离不开"精准"二字。如何精准,就是"扣扣子"的问题,错扣、少扣、乱扣,显然是不行的。

## 久久为功谋精准

2017年5月18日,是一个看似普通却非常重要的日子。

从这一天开始,按照省市的统一安排部署,镇雄县紧紧抓住全省、全市开展建档立卡数据核准和补录工作契机,深入开展第四轮入户调查工作。

之后的两个多月,镇雄县以村民组为基本单元,以农户为基本对象,以县乡干部、驻村扶贫工作队、第三方为入户摸底调查主要力量,采取核查建档立卡贫困户、普查普通农户的方式开展工作,对全县扶贫对象进行一次全面、彻底、准确的核查识别,用"绣花"的耐心与功夫,尽最大努力把贫困对象"一户一户"摸清、搞准。

两个多月来,为精准识别贫困对象,给下一步贫困人口动态管理打牢基础,镇雄县数千名干部职工深入百村千寨、千家万户,开展了深入细致的入户摸底调查,并通过召开村民小组评议会、党员评议会等形式,自下而上地对贫困对象进行公开、公平、公正的精准识别。

用扎实有效的工作作风,逐步赢得群众对工作的理解、支持、认可,一个个令人动容的故事在镇雄大地上流传开来。

2017年仲夏的一个上午,我们刚走进中屯镇齐心村委会会议室,就看见一位老同志正在打电话。

他叫游国江,是镇雄县史志办驻中屯镇齐心村扶贫工作队队长,正在催问单位配给齐心村委会的打印机何时才能到位。

游国江告诉我们,他不是不信任单位同事的办事效率,而是村委会原来的打印机坏了,影响了工作的正常开展。"你看,现在还有一大堆入户调查问卷需要打印,时间紧,任务重,我不催不行啊。"

58岁的游国江,过去曾长期从事农业农村工作,有着比较丰富的群众工作经验。掐指算来,调到县史志办工作,已是整整12个年头了。2016年4月1日,根据工作安排,他到齐心村开展驻村扶贫工作,又回到自己熟悉的工作领域。

村干部们由衷地说:别看老游是个老同志,身体素质还不错。一年多来,他走村串寨、爬坡下坎,已走访了齐心村三分之二的群众,而辖区的建档立卡贫困户,则是户户见面,一家不落。

老游告诉我们,截至2017年6月,齐心村扯开湾、野鸽营、大水沟三个村民组到村委会驻地尚未通公路。要去这三个村民组走访,只能靠人们戏称的"11路公交车",也就是徒步前进。如果早晨8点左右从村委会出发,要步行一个多小时才能到达。工作一段时间后,午饭就在农户家中吃。"在老百姓家中,没有那么多的客套和讲究,一顿饭20分钟左右就能搞定。"吃完午饭,基本没有时间休息,换一家人继续走访。如果进展顺利,返回村委会,最早也得是下午四五点。如果走访还差点尾巴,老游一般选择在农户家中借宿,第二天忙完了才返回村委会。"白天还好,忙起来没留意。到了晚上,刚躺上床,就发觉双腿的腿肚子胀,还有些疼。没办法,年龄不饶人啊!"游国江自嘲道。

走访途中,难免会发生一些小意外。游国江记得,那是2016年8月中旬的一天,他从村委会出发,准备去良子村民组走访群众。良子村民组在一个小山沟里,只能沿着一条崎岖、狭窄的山路小心翼翼地往下走。那天刚下过雨,路面有些湿滑,游国江走得更是小心。走着走着,他还是不小心踩到一块覆盖着青苔的石块,"不好!"还没反应过来,人一下子失去重心,四仰八叉地摔倒在地上。毕竟年纪大了,躺了好几分钟,游国江才回过神来,挣扎着慢慢爬了起来。认真检查一番,没发现哪里受伤,简单处理下被弄脏的衣服后,继续往前走,直到完成当天既定的工作任务。

"人老了,身体不服输不行啊。"游国江故作轻松地说。尽管如此,他仍然坚守在工作岗位上,继续为齐心村的脱贫攻坚工作献计出力。

2017年5月,精准识别摸底调查工作启动。根据分工,游国江和本单位的杨丽搭档共事。进村入户过程中,有多年农业农村工作经验的老游,也遇到一些棘手的问题,或者说是一些新的困惑。"有少数人,明明家庭条件不差,老是要去争当贫困户!看来,我们的宣传思想工作还得抓紧啊。"说到这里,老游眉头紧锁,陷入了沉思。

2017年5月31日。当天下午,游国江和杨丽来到石头地村民组,对一户余姓人家进行摸底调查。没想到,余家男主人以自己没有享受到扶贫政策为由,对自家的收入情况只字未提,也不告知牲畜养殖的真实情况,只称家里欠了5万多元的债务。当时陪同的一名村干部不好明说,就悄悄告诉游国江:余家的条件在当地并不差,欠账更不可能。后来,在游国江的再三询问下,男主人才极不情愿地说:"我家是养了两头牛,但并不证明我家不穷啊!"

由于天色已晚,老游他们当晚只得借宿在余家。虽然闹得有些不愉快,但余家人还是热心地安顿了他们。

第二天一大早,老游起床上厕所时,无意中发现余家的牛圈里还有"内容"。好家伙,四头牛正挤在牛圈里哞哞哞地叫唤呢。向旁人打听,老游又刺探到这样一份"情报":余家实际上养了6头牛,前两天刚刚卖掉两头。

"按照市场价计算,6头牛至少价值6万元,除去各种成本,早已超过规定的贫困线了,他还想争贫困户的名额,人啊!"老游有些不淡定了。

2017年6月4日,在良子村民组开展摸底调查时,一位方姓村民又让游国江吃了一个闭门羹,游国江只好先去其他农户家走访。游国江前脚刚走,方姓村民的妻子后脚就拿着户口簿追了上来,准备配合游国江的调查。不料,尾随而来的方某将妻子手中的户口簿夺了回去。过了几天,游国江再次登门,经过反反复复做思想工作,方某才很不情愿地配合调查。方家真实的家境是,方某是一名石匠,主要从事石雕工作;妻子是一名村医,一家人的收入不低不说,在当地还算日子过得比较滋润的人家了。

善于和农民打交道的游国江,除了耐心做群众工作,让他们主动放弃争当贫困户的想法,还时不时帮助村民调解一些小纠纷。2017年5月31日,游国江到岩脚村民组开展摸底调查时,就遇到这样一件突发事件:某户伯娌两人,因争夺田边地角发生争吵,并上升到肢体冲突。中屯派出所接警后,迅速赶往现场处置。

"事情不大,又没有伤到哪里,去医院做伤检没必要不说,花掉的钱还报不了新农合。都是一家人,抬头不见低头见的,我建议大家都互相让一步算了。"获知事情的原委后,老游并没有置之不理,而是停下来从中调停。经过老游一番苦口婆心的劝解,伯娌两人不再置气,一直在旁观望的双方儿女也上前劝说,一场小纠纷最终被成功化解。"这位同志说得有道理,都是一家人,何必呢!"事后,大伯子有些尴尬地说。

在精准识别摸底调查的过程中,像游国江这样具有丰富的农村工作经验的老同志并不少。他们或是所在单位的副职,或是从领导干部岗位上退下来的老同志,或是工作阅历丰富的"老革命"。接到工作任务后,他们不推诿、不扯皮,主动将责任扛起来,真正沉到村组,开展一天又一天的入户、一次又一次的调查,耐心地向农户讲法律、谈政策,为摸清全县脱贫攻坚的底数,做了不少事情。

从2012年患病至今,刘明玺先后经历了8次病危、8次住院治疗、2次心脏手术。尽管如此,身为一名老党员的他,依然乐观面对生活,除去住院期间,他都坚持工作,不管是平常的工作也好,到木歪村参加精准识别的工作也罢。

为完成组织交给的工作任务,刘明玺坚持白天入户、晚上加班完善表册,经常要工作到次日深夜一两点才能睡下。工作期间,刘明玺曾多次出现心绞痛,偷偷服下急救药后,又投入工作中,从未向任何人说起身体不适。

6月14日晚,刘明玺像往常一样加班完善白天入户的走访信息时,不知不觉就晕倒在办公室。等他苏醒过来时,已是深夜12时。虽然身体还有些不适,但他怕影响别人休息,也就没有声张。

第二天,挂村领导发现他脸色不对劲,经过再三追问,才了解到他昨天晚上晕倒的事,也才得知他曾多次做过心脏搭桥手术。

镇领导获悉后,让刘明玺立即停下工作去医院检查治疗。他却说他还能坚持两天。这哪能行呢?经大家反复劝说,刘明玺才把自己走访的农户信息做了交接,同意去看病。到了昆明43医院,经过检查,医生十分严肃地告诉他:"再晚到两个小时,你就可能有生命危险了。"

出院后,镇领导要求刘明玺在家休养,但他坚持要回去工作。考虑到刘明玺身体的特殊情况,镇领导决定,让刘明玺回到原来的工作岗位。

"为了脱贫攻坚,大家都很辛苦。我是一名党员,又是一名老同志,更应该带好头。"刘明玺说,"我只要按时吃药,也没什么问题,能坚持就得坚持。"

57岁的谢光盛,在调查过程中总是不厌其烦向群众解释政策,反反复复地做群众的思想工作,得到了五德镇谷花村群众的广泛认可。随着彼此间关系的拉近,群众对他的称呼,由客气的"同志"变成了亲热的"老谢"。只要谢光盛在村子里出现,乡亲们都会热情地与他打招呼:"老谢,来我家坐!""老谢,快来'吃晌午'了!"

这些年来,一位位老同志老当益壮,坚持扶贫工作的事例,让我们感动不已。是他们,身体力行地诠释了什么叫责任与担当;是他们,给年轻的调查队员们树立了一个个鲜活的榜样;更是他们,让贫困户乃至广大群众逐渐理解、支持、配合调查,使调查工作取得有效开展。

马锦,昭通市外侨办驻盐源镇杉树坪村扶贫工作队队长。她的扶贫故事,同样令人肃然起敬。

马锦是回族同胞,盐源镇却没有回族餐馆,也很难买到牛肉,她只能在工作之余,自己做一点素菜填饱肚子。而远在昭通市区的家中,还有两位60多岁的老人无人照顾。尽管如此,马队长干起工作来也毫不含糊。

也许是因为长期营养不良,再加上工作劳累,在精准识别摸底调查工作中,怀有身孕的马锦意外流产了!年龄已超过40岁的她,可是一直期待着这个小生命的到来啊。去医院做了手术后,在身体还没有完全恢复的情况下,担心积累下来的工作任务太多,影响工作,于是她又火急火燎地赶回盐源镇。

女儿再大,也是母亲的心头肉。记挂着女儿还很虚弱的身子,马锦66岁的老母亲特意从200千米以外的昭阳区赶到人生地不熟的镇雄,只为照顾女儿。

得知马锦的遭遇后,身边的朋友都在心疼她:到底是命重要,还是工作重要?面对朋友们的关心,马锦很感动,却这样回答:"每个人都有每个人的工作任务,这项工作转交给谁都不是个事情,我不想给其他同志增加工作量,因为我是一名共产党员。"

对于镇雄县卫生监督所驻花朗乡法地村调查队员陈玉莲来说,工作与孩子如何权衡,不是一个简单的选择问题。她的故事,从一个挥泪送子的场景开始。

"妈妈,我跟你一起去调查,不要把我送走好不好?"得知自己要被送走,离开待了十多天的花朗乡法地村、离开妈妈,陈玉莲3岁的孩子不依不饶,奶声奶气地哀求着。为啥要被送走?"小手痒痒",这个理由也许足够。不过,小家伙并不明白,他到底做错了什么。

陈玉莲,镇雄县卫生监督所办公室人员。丈夫现在依然身在军营。作为一名"军嫂"、一名光荣的军属,平时自己带娃,已经成为陈玉莲的一种生活日常。

2017年5月,随着精准识别摸底调查工作的展开,身为镇雄县卫生监督所驻花朗乡法地村脱贫攻坚工作队员,陈玉莲理所当然地就地转为精准识别摸底调查队员,投入紧张的工作中去。妈妈的"小尾巴"——3岁的孩子由于没人照顾,便被陈玉莲带到了法地村,成为一名最年幼的"队员",随妈妈进村入户搞调查。

精准识别摸底调查工作并不轻松,严格的时间节点、高规格的走访要求,用"时间紧迫、任务繁重"来形容并不夸张。为保证完成每天的工作任务,工作队前移了"上班"时间,把清晨7时30分作为必须入户的硬性规定。这样一来,起床时间需要前移,吃早餐时间也要前移,小宝宝起床的时间也必须前移。

"每天早上,娃娃也跟我们一样,六七点就被揪起来吃早餐,吃完就拖起一起出门,跟我们一起去摸底。"陈玉莲说,"到了农户家,有小孩子还好,娃娃就跟他们一起玩,等我们调查完了,拉起他又去下一家;在没小孩的农户家,就比较麻烦,摸底调查要搞老半天,娃娃熬不住,会耍耍小性子,哭闹也是常有的事,有时候免不了要挨几下打。"法地村天气闷热,有时实在没办法,只好把孩子丢在村上,请人帮忙照看一下。现在想起来,陈玉莲觉得自己挺对不住孩子的。

白天,小宝宝陪着入户摸底调查,晚上梳理信息、讨论审核、查找问题,小宝宝也陪着。"晚上忙起来,也是管不上了,就让他自己看看电视啥的,看着看着歪头就睡着了。"陈玉莲说。

随着工作的不断深入,表册越来越多,每个同志的办公桌上都堆积如山。看着大人们翻弄表册,小宝宝手痒痒,也拉拉扯扯弄一下。这个"捣蛋虫"让陈玉莲很为难,会影响大家的工作啊。不行,不能让孩子影响工作。经过再三思索,陈玉莲决定找已经年迈的三姑商量一下,送孩子到她那儿,请她帮忙照顾一段时间。接到陈玉莲的电话,三姑从县城包了一辆车前往法地村,连哄带骗,最终把满脸不乐意的小宝宝抱上了车。

"妈妈,我跟你一起去调查,不要把我送走。"小宝宝可能感觉到自己犯了错，可怜兮兮地恳求妈妈。没有得到答允，小宝宝很委屈："呜呜呜……爸爸妈妈都不要我了……"强忍着眼泪，陈玉莲用力关上车门，朝办公室走去……

这样的女调查队员不少，有的是怀孕在身，有的是孩子还未断奶，有的是子女、老人无人照料，有的是身体状况欠佳……不同的个人情况，相同的工作态度。面对工作安排，她们努力克服各种问题和困难，努力奋战在精准识别摸底调查工作一线。

工作中，遇到带着怨气的群众，她们冷静、耐心地上前做思想工作，宣传党的政策，引导群众充分认识开展精准识别的目的，逐渐赢得了群众的理解和支持，也让不少争着当贫困户的群众自觉退出。

"轻伤不下火线"，在许多人的身上展现得淋漓尽致。他们中有的带伤工作，有的带病加班，始终无怨无悔。

作为黑树镇的一名机关干部，自从1998年分工到黑树镇后，蔡国懋已在当地工作了近20个年头。

2011年，蔡国懋因工导致脑受伤并留下后遗症，需要长期服药，有时还必须住院治疗。黑树镇人武部部长张学告诉我们，蔡国懋额头上的那道伤痕，就是那时留下的。现在，但逢天晴下雨，头都会疼。

"我的身体、业务虽然不如以前，但入户调查这样的工作，我还能干。"2017年5月，在了解到全县将开展精准识别入户调查工作时，在外地看病的蔡国懋提前回到单位，向主要领导主动请缨。

他的身体能否胜任这份工作？考虑到蔡国懋的身体状况，黑树镇党政领导反复劝他不要去一线，可以在村上或镇上搞点后勤服务。蔡国懋却一再要求，要到一线为大家减轻工作量。拗不过他的坚持，5月21日，蔡国懋成了苏木村入户调查队的一员。

"国懋，你明天去检查一下。""好的，我明天就去检查。"天气闷热，山高坡陡，农户居住分散，加大了入户调查的难度。连续20余天的奋战，给蔡国懋身体带来极大挑战。6月13日，同行队员张学发现蔡国懋吐血，就劝他去医院看看。蔡国懋嘴上答应,心里却牵挂着分给自己的100多户入户调查任务。6月14日晚,到村委会会商当天入户调查情况时,队员们惊奇地发现,蔡国懋当天不仅坚持入户调查,还赶到村委会参加当晚的会议。

"国懋,身体要紧,你这样会把身体拖垮的。""我还能坚持,我的调查任务还没有完成。真的没事。"当镇村干部再次劝他去医院时,蔡国懋心中牵挂的仍是手中的工作。

"不怕,你的工作还有我们。""你不去看病,入户调查你也不用去了。"经过镇村干部的"软磨硬泡",蔡国懋才勉强答应:"今晚开完会后,明天我就去医院。"

6月15日到17日,蔡国懋只在医院待了3天。6月18日,带着患病的身体,他返回工作岗位,又忙碌起来。

"当年我受伤后,医生说我能活下来已是奇迹了。"采访中,蔡国懋说,"我活下来是奇迹,我更要活出奇迹、活出价值。因为,我是一名共产党员,我有信念。"

2017年7月中旬的一天,盐源镇温水村村委会办公室内,一位右手手臂打着厚厚石膏绷带的工作人员,正端坐在电脑旁边,左手熟练地翻动着厚厚的表册,配合同伴录入走访调查的各项信息。

他叫李春东,盐源中学的一名教师,参与摸底调查工作,本不在他的工作范围之内。由于镇村干部的工作力量不够,盐源镇党委镇政府向上级领导请示后,从当地抽调了15名教师、5名医生、5名警察充实到入户调查队伍中来。李春东和同伴入户调查的地方,是温水村最为偏远、入村道路最为艰险的盐井、小坪、中环三个村民组。接到工作任务后,他们并没有叫苦、叫屈、叫累,而是每天都按时开展工作。当地农户居住得比较分散,大多数农户家都不通公路,车辆无法到达,只能徒步前行。采集完成山脚这一家,还要徒步爬到山顶才能调查另一家,交通不便,无形中让入户的工作量增加了许多倍。

多走点路,在李春东看来根本不值得一提,让他最为揪心的还是通往盐井村民组的路。这个村民组至今不通公路,仅靠峭壁上一条不足1米的小路连接村外,路的上方是悬崖,下方是几十米深的山沟,走在上面,随时都有可能被落石砸中,一不小心还有可能跌入深沟。

李春东告诉我们,他们每次进出该村民组都是提心吊胆的,有几处危险路段,只能趴在地上爬过去。每次去这个村民组,他们都非常小心。7月9日那天,他们去盐井村民组上盐井开评议会,结束后返回下盐井的途中,由于天气炎热,加上疲劳、饥饿,李春东的注意力受到些影响,左脚不小心绊着一块凸起的石头,右脚就一下踩空,跌在路边的坎子下。

说起这一跤,李春东语气里充满庆幸,也透着感动。庆幸的是,自己不是摔倒在最危险的路段;感动的是,一户村民得知他摔伤后,赶紧从家里取来几枚鸡蛋,非要给他"疗伤"。

得知李春东摔伤,大家都劝他赶紧到医院检查,可是他坚持要到另一个村民组开评议会,还说那是他自己调查的村民组,其他人去情况不熟,不好开展工作。就这样,直到10日早上开完村委汇总会商评议会后,他才答应去检查。领导要送他到县城治疗,他却坚持就近就诊,大家只好送他到罗坎镇南华医院。经检查,右手桡骨骨折,医生说问题不算大,只要包扎固定,配合用药休养一段时间后,就能恢复了。处理好伤情后,他立即返回工作岗位。

"农村出来的人,摔个跟斗,正常的嘛!我还能坚持。关键是到盐井村民组那个路太危险了!希望能引起有关部门的重视。"末了,李春东牵挂的,还是老百姓的难题,希望尽快修通盐井村民组的公路。

后来,随着精准扶贫工作的推进,这条让李春东牵挂的路终于修好了。当然,这是后话。

## 春风化雨润民心

人心都是肉长的,不讲道理、胡搅蛮缠的人毕竟少之又少。只要调查队员们耐心宣传政策,明事理的群众还是很多的。

随着时间的推移,通过调查队员苦口婆心地做工作,许多群众逐渐意识到,争当贫困户就是一个笑话。越来越多的农户不再纠结于那个建档立卡户名额,有不符合条件不再纠缠的,有符合条件主动退出的。这让经常深入一线采访的我们,听到不少令人欣慰的故事。

"争当贫困户可耻,勤劳致富光荣。"关于争当"贫困户"这件"大事",塘房镇白鸟村街上村民组组长邓振余的看法,与这个标语宣传的内容不谋而合。

1957年出生的老邓,1998年加入中国共产党,成为一名光荣的共产党员。年轻时,他开过拖拉机、打过工、种粮种烤烟,贫穷时期吃过野菜野草,是一个历经生活艰辛,但始终自食其力的人。

2017年5月末,脱贫攻坚精准识别摸底调查全面开展,作为一名村民组长,邓振余认真当起了勤务兵、领路员,陪着摸底调查队员走家串户的同时,还积极宣传讲解政策,做乡亲们的思想工作,劝导大家如实自报家底。

在与村民聊天的过程中,邓振余说得最多的就是这句:"我们家不富,但也不穷,比我家穷的人还有很多,我是共产党员,这份政策和好处应该让给条件更差的群众。"他还说:"我不争,大家也别争,能进的自然会评进去。只要个人勤劳一点,就能过上好日子。"在他的引导下,许多群众不再纠缠调查队员了,大家也意识到:"现在政策这么好,只要肯干肯拼,哪有整不富的道理?"

在相隔不远的林口乡硝林村岩脚村民组,年已古稀的村民高启文和邓振余的观点也不谋而合。

"要感恩共产党、感恩政府。路修好了,房子也整起来了,你还要什么呢?还有比我们更穷的人,老占着这个建档立卡贫困户的名额干啥?国家干部都还有退休的时候,吃低保、建档立卡贫困户能退的也要退出来,让那些有读书娃娃的人家享受一下政府的好政策,我家儿子的这个贫困户名额,我做主,退出来!"

那天,在村民代表会商评议分析会上,镇村干部、摸底调查工作队员还未开口,高启文就抢先发了言、表了态,主动退出儿子的"建档立卡贫困户"名额。高启文话音一落,现场群众纷纷竖起了大拇指:"他做的这个要得,很光明。""老高的这种做法确实是对头的,大家都应该学。"

"脱贫要靠自家,自家不努力的话,政府给你多少帮助,你都脱不了贫。"2017年7月12日,在泼机镇堵密村堵密村民组的一块玉米地里,正打理庄稼的邓荣全快人快语。

"人生在世,要懂得勤劳致富嘛!我的贫困是暂时的,我在政府的帮助下建起了几间圈舍养牛、养猪,又找了一些土地种起来,有现在党的好政策,不要说脱贫,再过两年,实现小康都没问题。"作为堵密村第一个主动提出退出"卡户"的村民,邓荣全对未来过上好日子充满信心。

邓荣全时年34岁,个头不高,皮肤黝黑。弟弟过世、弟媳改嫁他乡后,留下一双儿女由他照顾,加上自家3个孩子,一家七口人的开支全靠夫妻俩外出务工维持,生活负担着实不轻。

考虑到他家的实际情况,2015年,当地把他家纳入建档立卡户。去年,为照顾孩子上学,夫妻俩回到老家,租种土地、发展养殖,日子有了些起色。

2017年,经过精准识别入户摸底调查、会商等程序后,邓荣全家被初步认定继续列为建档立卡户。在公示中看到自己的名字,邓荣全却有点不高兴了:"我现在是穷点,欠了些账,但我们两口子年富力强,又养猪养牛,最多明后年就可以脱贫了。"

"年纪轻轻的当起贫困户,不好。过好日子要靠自己的双手。"站在地里,邓荣全说,"现在我最希望的,就是政府能支持、帮助我们把到村里的路整好,这样一来,其他方面就好发展了。"

看得出来,邓荣全勤劳、善良、肯吃苦,只要他认定的事情,绝不轻言放弃。现在,连同自家的包产地,夫妻俩耕种的土地已有22亩。在镇、村两级的帮助下,他还借钱建起了可养殖30至40头牛的圈舍。如今,圈舍里已有4头牛、12头猪。

"今年打底子,争取两年把欠债还清,早日过上幸福生活。同时,力所能及地帮助并带动村子里的乡亲脱贫致富。"谈起今后的打算,邓荣全信心满满。

"我叫王贵斌,今天我自愿申请退出这个穷困项目(建档立卡贫困户),

把它让给那些最需要帮助的人。听了上级领导的讲解,我更要支持工作……"2017年7月12日,大湾镇仕里村组织召开中心村民组群众评议会,村民王贵斌主动提出退出建档立卡贫困户。

也许有人会问:"他的名额是争来的吧?"还真不是!54岁的王贵斌家境并不好,妻子因患肺病去世多年,两个女儿现已外嫁,剩下王贵斌父子俩种地为生。之前,为了给妻子治病、供子女上学,家里欠了不少债,房子也无力翻修。现在,债务倒是基本还清了,但没有积蓄新修房屋,只能将原来的老房子修修补补继续居住。

这样的贫困群众是该帮扶。在镇村干部的帮助下,王贵斌成为一名建档立卡贫困户。可现在,他却主动提出,不当建档立卡贫困户了。

王贵斌是这样想的:"我有困难时,大家都帮过我。现在,我能够自食其力了,就应该把名额让给更穷的人。我现在有吃有住,我家小孩出去打工,顺利的话一年也可以找一两万块钱,他跟我说,不要担心,过几年存点钱,回来就可以把房子修到下街去了。"

在精准识别摸底调查及动态管理"三评四定"过程中,低保评议的场面最为火爆,吹糠见米的既得政策利益让部分群众乐此不疲,争相比穷争低保,吵得不亦乐乎。

果珠乡云岭村龚湾村民组,在最为激烈的低保评议环节,出现这样一幕:"我同意!""我也同意!""王续华得低保,我没话说。"是什么原因让现场所有人一致同意评给王续华一个低保名额?

王续华50多岁,是一位很本分的庄稼人,寡言少语,腿受伤后没得到很好的医治,落下了病根,走起路来一瘸一拐。一直以来,一家人主要依靠种地谋生,温饱倒是不愁,但要说条件有多好,确实谈不上。

前些年,儿媳丢下孩子离家出走。为了贴补家用,没啥文化的两个儿子便外出做点苦工。一边要种地,一边还要带孙子,王续华夫妻俩没有任何怨言。脱贫攻坚工作启动后,家境贫寒的王续华一家,自然成了建档立卡贫困户。

建档立卡贫困户有很多政策照顾,自然成了"香饽饽",少不了你争我抢,避不开风言风语。王续华却是个例外,他并不愿靠着这么好的政策在家"享清福",一直心心念念的是如何靠自己的双手早日脱贫致富。自然,主动将"卡户"名额让给其他更需要的群众,在他看来,并没有什么可惜的。

他不觉得可惜,却出乎周围群众的意料,甚至还有人背后说他"傻帽"。惊奇过后,周围群众更多的是佩服。提起王续华,村民组组长宋昭贤连连称赞:"王续华家屋头还是有点困难的,所以就把整个卡户给他。没想到,评议的时候大家都争得脸红脖子粗,可他倒好,自己要求退出来,说是让给其他更困难的人。说真的,我们很佩服他。"

提起王续华的决定,云岭村党总支副书记王虎还清楚地记得当时的情景。评议过程中,王续华认为,家里是穷,自己还有点病,两个儿子过于老实,出去打工虽说挣不到什么大钱,但也能把这个家庭撑起走。所以,就想把这个卡户让出来,给比自己还困难的人。这番话,王续华在群众会上连续说了两次,得到了大家的认可,也让大家非常感动。

群众的眼睛是雪亮的。"在最后评低保的时候,大家都说,他这种情况还不跟大家争,我们就应该评低保给他,给他解决一些困难。"王虎说,王续华主动退出建档立卡贫困户的行为让大家很敬重,在低保评议过程中,大家一致赞成评给其一个低保。

"这种人值得尊敬,我们都愿意评给他。"村民古继兰说。

"好生活要自己努力创造,不要给党委、政府带来负担,一家人平平安安就好。"说这话的,是母享镇串九村营盘村民组村民、69岁的老党员肖彩伦。平时,他常用这句话教育家人,影响他人。

这是一个普通的九口之家,肖彩伦、老伴、小儿子以及大儿子一家六口。令人唏嘘的是,这个家里竟有三名残疾人。一直以来,全家人靠着4亩地、两个老人的社保金、肖彩伦的退伍军人优扶金艰难度日。前不久,肖彩伦一家被精准识别为建档立卡贫困户。对于这样的家庭而言,算是喜事一桩。

"他家庭特殊、贫困,不论从哪个方面看,都符合条件,都应纳入建档立卡贫困户。但他多次找我们反映,要把名额让给其他人,他不愿给党和政府增加负担。"入户调查队员成胤告诉记者,"这个机会得来不易,是镇村干部、入户调查工作队多次会商,是群众认可后,硬把他家拉进来的。"

肖彩伦当过兵,干过生产队队长、会计,是一名老党员。采访中,沿着肖彩伦的人生轨迹,我们似乎找到了他主动"退出"的答案。

"老队长直性,啥子都为别人考虑。在村子里,哪家有困难,他都会力所能及地帮助。有时,上面给他的东西,他都会拿来分给大家。"看到有人来采访,村民们围过来,你一言我一语,争抢着形容肖彩伦的好。

明明家庭困难,也符合条件纳入建档立卡贫困户,为何要三番五次地推辞?肖彩伦这样回答他人的疑问:"要大家都好起来,才是真正的好。我贫困一点不怕,只要我努力,吃饭没问题。虽说暂时条件有点差,但自己的问题尽量自己解决,不给党添负担。村子里其他人都好了,我也就高兴了。"

都说巾帼不让须眉,在不争当贫困户方面,盐源镇温水村盐井村民组村民王效先的表现同样可圈可点、让人称赞。

据入户调查人员描述,在村民组评议会上,调查人员告诉大家:想要申请低保,愿意做贫困户的,个人先申请,然后再评定。话音一落,现场就闹翻了天。奇怪的是,王效先却什么也没做。

在了解王效先家的具体情况后,工作人员主动做她的工作,希望她填表申请低保。没想到,王效先并不买账,拒绝了工作人员的好意。深受感动的驻村领导再次要求她写一份申请,为两个孩子解决点生活费,她竟以要去做工没时间为由婉拒。她很直白地告诉好心的工作人员:"没必要,我要靠我的一双手养活一家人!"

事实上,王效先的日子过得很艰辛。原本,她有一个幸福无比的家庭,上有善良贤惠的公公婆婆,下有聪明可爱的两儿一女,丈夫则在采石场打碑石赚钱养家。农闲时,她会经常到采石场,随丈夫打点零工贴补家用,还抽空学了点绘图和雕刻技术。

然而,不幸却悄悄降临到她的头上。小女儿上小学三年级时不慎掉入

河中溺水身亡，6年后丈夫被一场突如其来的车祸夺去生命。两位亲人的先后离去，让王效先深受打击。特别是丈夫的离去，就像天塌了一样，整个家庭一下子陷入困境。

灾难面前，内心无比坚强的王效先没有一蹶不振，更没有选择逃避，而是毅然用柔弱的身子担起了生活的重担。

是的，过去依仗的"天"没了，可生活总得继续，公婆得赡养、子女要抚育，这个家还得靠她撑起。

为了一大家子人，王效先把悲痛压在心底，毅然接替丈夫，到离家数千米外的采石场，干起了只有男人才会选择干的碑石雕刻工作。

当初，因为有丈夫在，她只是打打下手，做一些简单的绘图和雕刻，雕工还不够精。现在，为了能承揽更多的活，王效先必须学会更多的雕刻技术。为此，她常常利用下班时间认真琢磨、勤加练习。渐渐地，她的雕工赶上并超过了许多人。技术提高了，除了采石场的活，王效先还四处接零活，帮助其他采石场雕刻石碑。

这些年，即便累如牛马、忙如蝼蚁，王效先也从未自暴自弃，反而变得更加自立自强。就像邻居所说："依靠政府等吃等喝，不存在的。"这个女人坚信，通过她的这双手，一定能支撑起整个家。

"当然，像低保这样的好事，也许谁都想要。但是这家也要，那家也要，政府哪管得过来？要想日子好过，最终还是得靠自己的双手。政府对我的确很关心，我领他们的一片心意就够了。政府哪怕说补助我1000块钱，娃娃们一个300、一个200的就用完了，政府又不可能天天都来围着你转，天天都来为你这个家庭付出。反正什么都要靠自己，政府哪怕说拿3万、2万给你，你用完了，自己不去努力赚钱的话，还不是一样穷？"别人问王效先为什么不要政府的低保等困难补助时，王效先朴实的回答令人动容。

王效先文化程度不高，却非常重视孩子的教育。现在，两个儿子在上高中。为了供孩子上学，她坚持在采石场工作，只是干起活来比以前更拼命了。小儿子相对调皮些，为防止学坏，身体硬朗的婆婆就到学校附近租房带孩子上学，留下70多岁的公公看家。由于担心公公身体，王效先经常独自驾驶摩托回家。见王效先一个人为这个家辛苦劳累,公公不止一次劝她找一个依靠,每次都被她一口回绝了。

"我能支撑下去就要支撑下去,等两个孩子读完书,一切都会好起来的!"王效先对未来始终充满信心,"只要我还在一天,就绝不会让公公婆婆冷着、饿着。"

村民们还记得,开群众会时,驻村领导让王效先记下自己的电话号码,并告诉她:"以后遇到困难,好联系。"王效先却摆摆手:"遇到困难自己会想法解决,不想给政府添麻烦。"

日子过得艰难的"女强人"王效先不愿麻烦党和政府,而许绍雄也是自强不息闯富路的男子汉。

"以我多年的奋斗经验证明,脱贫致富的内在力量还是在于自身,政府除了加强基础设施建设外,也就是起一个拉一把、送一程的作用。"在中屯镇青山村海落村民组,村民许绍雄的这番看法让我们不得不为他点赞。

1992年,许绍雄还不到18岁,因家庭条件差,负担重,加上父亲生病每天需要支付的30元医药费没有来源,时年念初二的他不得不辍学去昆明打工挣钱为父亲治病。由于没有手艺,许绍雄白天在建筑工地上干活只能挣18元钱,他便利用晚上的时间承包搬砖、卸货等零活干,艰难地换取父亲的药费和自己的伙食费。许绍雄告诉我们,劳动虽然很苦,但能挣钱为父亲看病,心头也舒服了。

不幸的是,2000年,身患绝症的父亲撒手人寰了。为料理父亲的后事,许绍雄背上了沉重的债务。2002年,许绍雄在施工过程中不慎从四楼坠下,当场昏迷不醒,虽然被及时送到医院抢救,捡回了一条命,却落下了一身伤病,这个支撑家庭的主要劳动力不得不休息养伤。2014年,许绍雄家被识别为建档立卡贫困户。

休养一段时间后,许绍雄想:以自己长期在建筑工地干活的经验,何不搞搞"承包",当个"二老板"?于是开始学习建筑知识,从看图到预算,从放线到施工,从管理到安全,一项一项地研究,最后胸有成竹,于是自己承包起

工程来。

经过多年努力,如今,许绍雄的团队已承包并按时按质按量完成了几十个小工程,逐步还清了家里所欠的债务,他还在沙坝修建了一幢400平方米的安全住房,并且积累了一定资金,为今后的发展提供了资本保障。2016年底,许绍雄在双认定表上签字,同意脱贫。

故事到这里并没有结束。

许绍雄家居住的村庄离乡村主干道将近3千米,不通公路,生产生活运输成本较高,成了村民脱贫致富的拦路虎。为修通从乡村主干道到海落村民组的公路,许绍雄把自家3亩多土地无偿提供出来,还垫付了修路资金8000元。

许绍雄的工地尽量用本地人,最多时有40多个。村里哪家建房盖屋用得上许绍雄,他也绝不推辞,而且帮忙十天半月概不收钱。村里哪家老人过世或遇到难题,他就主动站出来,发动大家去帮忙。

如今,走进青山村,说起许绍雄,很多人都竖起大拇指,青山村党支部也准备把他列为入党积极分子培养对象。

在深入田间地头采访的过程中,我们知道,邓振余、高启文、邓荣全、王贵斌、王效先等人的故事不是个例。在这些故事的感召下,许多群众逐渐冷静了下来:"比穷不是一件光荣的事,与其天天想着争当贫困户,不如好好地勤劳致富来得实在!"

争当贫困户现象的"退烧",与镇雄深入开展的精准识别、动态管理工作息息相关,与正在开展的"自强、诚信、感恩"主题教育活动息息相关。

2017年9月17日,镇雄县全面启动"自强、诚信、感恩"主题实践活动,县委书记翟玉龙出席了在县城赤水源广场召开的主会场动员大会并做动员讲话。

翟玉龙说,当前,百万镇雄干部群众正以前所未有的气概,在脱贫攻坚中战天斗地、苦干实干。物质贫困的"堡垒"正逐渐被"敢拼敢干敢担当、不负良心不负党"的镇雄精神所攻克,但思想贫困的"枷锁"越来越成了镇雄脱贫攻坚顺利推进的"绊脚石"。特别是我们少数群众以"贫"为荣、坐等"送小康",以烂为烂、不求进取,弄虚作假、骗取补助,使脱贫攻坚的一些好政策、好措施在实施中打了折、走了形、变了味,一定程度上影响了工作成效。

今后该怎么办,翟玉龙对全县广大干部群众提出三点要求。

——要始终保持自强。天上不会掉馅饼,幸福要靠自己拼。希望条件好一点的群众主动把机会留给更需要扶持的人,不要争戴"贫困帽",不要坐等"送小康"。更希望所有的贫困群众消除"等靠要""拖懒散"的思想,在党和政府的扶持下,积极做好房屋改造、产业发展、外出务工等事情,靠自己的双手致富奔小康。

——要始终诚实守信。在脱贫攻坚中,一条信息不准、一项指标偏差,都会导致工作成效打折扣。希望全县每一名群众、每一户家庭,都做到诚实守信、表里如一,在脱贫攻坚中准确提供家庭真实情况、精准落实相关工作要求,不人前一套、人后一套,不隐瞒实情、不弄虚作假,共同让镇雄的脱贫攻坚工作禁得起事实检验、禁得住良心拷问。

——要始终懂得感恩。吃水不忘挖井人。在日子过得越来越好的时候,更加不能忘记党和政府的恩情,更加不能忘记广大干部的付出。希望全县贫困群众懂感恩、真感恩,多一些换位思考、少发一些牢骚,多一分理解认同、少一分斤斤计较,共同汇聚正能量推动镇雄更向上。

当天,除了县城主会场,镇雄县27个乡镇设分会场同步召开动员会议,全面启动"自强、诚信、感恩"主题实践活动。

之后,镇雄县紧扣群众在脱贫攻坚工作中存在的思想认识问题,突出"倡导、惩戒、奖励"三个环节,充分利用各种媒介和载体,有针对性地开展主题宣传,举行文艺演出,组织关爱活动、实地观摩,开展专项整治,设立监督电话,评选先进典型,讲述脱贫故事等,激发贫困群众的内生动力。

镇雄县融媒体中心记者王毅给我们讲了这么一个故事。

2019年春节临近,年味越来越浓,各家各户都在忙着置备年货。而在镇雄县以勒镇一个叫石街路的村寨里,百余名群众忙得不可开交,他们每天起早摸黑,不畏严寒上山修路,希望在过年之前打通全村群众共同出资修建的"致富路"。

石街路是以勒镇庙埂村的一个自然村,由石街和大水井两个村民组组成,有200多户1100余人,主要以传统种植和养殖为主,而外出务工是他们最大的收入支撑。

长期以来,大量的劳动力外出务工,致使村民组后山成百上千亩土地撂荒闲置,造成浪费。因为没有通路,劳动力不足,村民们只能眼巴巴地看着这些撂荒闲置的土地干着急。想搞经济林果或者发展林下养殖,成本太高。于是,修一条直通后山的路,便成为整个村民组200余户人家多年来的共同愿望。

5年前就有村民站出来组织修建此路,但因工程量大,缺乏必要的资金支持,加之涉及农户间的土地调整,困难重重,最终作罢。

"再难,我们也要干!路修通了不仅可以盘活土地,还能激发全村发展产业的激情……"作为本地村民同时又是村委委员的王德坤,在得知大部分村民关于修路的想法后,主动参与进来,帮助出谋划策,带领村民组组长和村里的积极分子做群众思想工作;先后组织召开村民代表大会和群众大会,发动群众,听取意见,统一思想。

"没有钱,村民大家筹!要用地,群众相互调!"经过商讨,全体村民一致形成共同出资、投工投劳修建公路的共识。按每个人口均摊出资200元和号召村民自愿捐款两种方式筹集建设资金,最终累计筹集资金30余万元。

说干就干。资金就位,土地到手,2018年11月下旬正式启动工程建设。开工以来,村民们非常积极。施工人员在工地忙碌,村民就自发轮流为他们送饭;机械没油了,在家的年轻人便主动帮助送油上工地……寒冬里,这样的场面非常温馨和谐。大家齐心协力,工程推进迅速。很快,一条6.5米宽、4千米长的毛坯路完全打通,全面进入铺砂阶段。

石街村民组组长王世成告诉记者,工程建设资金还有很大缺口,群众自筹的资金预计仅够打通毛路和完成部分路面的铺砂工程。尽管如此,村民们都表示无论再难也要坚持把这条大家共同的"产业路""致富路"修好。

作为一名直接参与脱贫攻坚工作的普通干部职工,我们亲身感受了"精准""动态"的严肃性、复杂性,也看到了这些工作所取得的实际效果。

在脱贫攻坚工作启动之初,镇雄始终把贫困对象动态管理工作提高到事关脱贫攻坚大局、社会公平正义、党委政府公信力的高度来抓落实。仅2017年,中共镇雄县委常委会就先后3次专题研究贫困对象动态管理工作,制定下发了《镇雄县精准识别摸底调查工作方案》《镇雄县贫困对象动态管理工作方案》,明确了政策标准、工作程序、时间节点。按照这两个方案的部署,在接下来的时间里,镇雄精准识别工作真正实现了"全覆盖""全过程""超常规"。

摸底调查"全覆盖",不是空话。

为做实全县贫困对象动态管理工作第一手数据,2017年5月18日,全面启动贫困对象精准识别摸底调查工作,县委、县政府主要领导亲自安排部署,要求全县上下用"绣花"功夫把贫困对象"一户一户"搞精准。

挂钩联系乡镇(街道)的县级领导深入对应乡镇(街道)村组,开展指导和督促,蹲下来和干部群众一起开展工作。

镇雄县委、县政府主要领导采取不发通知、不打招呼、不听汇报、不用陪同和直奔村组、直指问题的"四不两直"工作方式,每天分片、分线开展巡回暗访和督促,掌握动态、分析形势、发现问题、解决问题,推动摸底调查工作有序、有力、有效开展。

3554名市、县、乡干部、4700名村组干部苦战37天,圆满完成了对全县32万户143.2万农村常住人口(含农转城人口)的全覆盖调查,摸清了所有农户家庭成员信息、收入、住房、子女就学、医疗保障、社会保障等六个方面的基本情况,为贫困对象动态管理做实了第一手数据。

"全过程"参与动态管理,不是大话。

按照省、市的安排部署,2017年6月27日启动贫困对象动态管理工作,7月3日召开县委常委(扩大)会议进一步进行安排部署。

在动态管理过程中,严格按照"三评四定"程序开展各项工作,县级领导带头进村入户,指导工作开展,并通过电话或短信接访、实地走访核查等方式处理群众举报,指导职能部门、乡镇(街道)对农户信息进行"二次复核",及时处理家族势力干扰工作及唯收入、唯票数评判对象等影响动态管理客观、公平、公正开展的问题。

"超常规"实行考核问责,不是白话。

为确保动态管理实现错评率、漏评率、错退率、漏退率为零的目标,县委制定了严格的督查考核和问责措施。

镇雄县委、县政府组建15个专项督查组,对"村民代表会议议定"的贫困对象按每个村不少于10户进行随机抽查,只要发现有1户对象不精准,就对该村的相关工作实行"一票否决",责令推倒重来,同时,采取"一竿子插到底"的方式追责问责。

不仅如此,还在激发主体意识、筑牢群众工作这个基础上下足了功夫。针对群众争当贫困户、贫困户"等靠要"等现象,坚持扶贫与扶志相结合,成立421个"新时代讲习所",利用"小广场、大喇叭"等优势阵地,用群众听得懂、易接受的语言集中开展脱贫攻坚政策宣传和解读,提高脱贫攻坚政策的群众知晓率。在此基础上,推行"村级小微权力"清单制度,将脱贫攻坚到村到户的项目建设和资金使用情况公示到村民组,主动接受群众监督,以公开透明赢得群众的认可度、支持度和参与度;以基层党小组为基本单元,健全完善农村妇女协会、老年人协会、青少年协会等群众性组织,把农村影响力强的妇女代表、老年人、老党员和离退休干部、青少年等组织起来,在脱贫攻坚、人居环境提升中"用群众做群众工作",切实提高宣传发动群众的实效。

功夫不负有心人,通过反反复复的精准识别摸底调查,在广大帮扶干部、驻村工作队队员的努力工作下,全面精准核实了农业户籍农村常住人口基本情况,做到建档立卡贫困户档案台账齐备、非贫困户情况清楚,为精准推进脱贫攻坚及加强农村社会治理打下了坚实基础。当然,也得出了一个客观真实的脱贫攻坚"大数据"。

这个越来越趋于精准的"大数据",就是一个十分翔实的镇雄脱贫攻坚作战图。

## 三

要将一项项扶贫措施、奋斗目标落实到位,自然离不开人。

为打赢这场等不得输不起的战争,镇雄建立了"县委县政府统一领导、县处级干部挂联推动、行业部门精心指导、挂钩单位倾力帮扶、镇村两级认真落实、驻村队员蹲点帮扶、群众发挥主体作用"的"七位一体"责任体系,清单化明确各类主体职责,做到一周一总结、一旬一督查、一月一约谈、一年一考核,动态监测工作情况,常态督促照单履责。

一场没有硝烟的战争就此打响。

### "挺在前面"的民生情

在许多镇雄人的微信朋友圈里,都转发过这样一则新闻报道。

"喂,你好,是陈锐吗?前不久在网上看到了你关于下寨村交通问题的留言后,县委、县政府高度重视。现在我正走在从军备通往下寨的山路上,和交运部门、罗坎镇领导一起查看和研究这条路的问题……感谢你充满正能量的意见和建议,希望在外打拼的你继续传播镇雄好声音,汇聚镇雄正能量!"

文章一开头,就是一段电话对白。2017年10月3日,镇雄县委书记翟玉龙深入罗坎镇老街村实地调研踏勘下寨村组公路情况,了解当地群众交通出行问题,听取群众心声,并现场接通网络平台留言者的电话,及时回应群众关切。

陈锐没有想到,自己之前的一则留言,竟会引起县委书记的高度重视,并亲自到他所提到的乡旮旯实地查勘。他更没有想到的是,翟书记居然在现场给他打电话,感谢他提出的意见建议。电话里,陈锐具体向翟玉龙说了些什么,我们无从得知。陈锐事后的心情如何,我们也无法求证。但是,镇雄某微信公众号转发了这则新闻报道后,网友们纷纷留言,为家乡有这么一位"心系群众民生事"的县委书记感到高兴。正是这则短短的新闻报道,让镇雄广大网友见识到了一位县委书记、一名党员领导干部在脱贫攻坚中的责任与担当。

"我们镇雄有这样一个好书记,老百姓的穷苦日子要出头了。"

在接下来的文字中,记者介绍了镇雄县近年来在交通基础设施建设领域取得的成绩,并详细描述了翟玉龙踏勘罗坎镇老街村下寨村组公路的情形:翟玉龙一行从军备村集镇步行出发,经风雨桥,沿着峭壁上的小路,一路查看地势环境,一路与当地的群众沟通交流,询问了解群众日常出行情况,分析探讨在现有的条件下解决当地群众出行问题的最佳路径。

这条路有多难走,记者是这样描述的:"下寨村民组群众到军备村集镇,如果经中寨,需绕行9千米,且下寨至中寨的村组路还未打通;如果直接走山路经风雨桥景点至军备村则有两三千米,但需经过1千多米的峭壁山路。"从记者配发的现场新闻图片来看,翟玉龙一行走得并不轻松。

当天,通过踏勘和现场分析,综合多方因素,翟玉龙提出"三步走"解决下寨群众出行条件的思路。

首先,军备村往谷花方向至中寨的公路必须加快建设,年底前要实现全面铺设柏油;其次是加快军备桥维修建设,确保年底前竣工;最后,调节资金打通下寨到中寨3.1千米毛坯路,解决下寨群众经中寨至军备的出行问题。

随后,县交运局继续组织专家对该路段进行踏勘、调研、论证,看是否具备施工条件和施工能力,并制定相关可行性方案,把此段路作为一个重点关注的事项,组织力量进行充分调研和论证,在此基础上再做决定,如果时机条件成熟,就立即启动建设,最终"解决有近路可走"的问题。

网友们的留言,说出了许多镇雄人的心声。而以翟玉龙为首的县四大班子领导的率先垂范,让镇雄广大党员干部职工有了学习的榜样,也激发了他们的责任心和使命感。大家积极行动起来,真正沉到基层、沉到农村、走进农户家中,为所驻村的扶贫工作奔走呼号、献计出力。

2018年1月4日上午,翟玉龙冒着严寒,深入挂钩联系的深度贫困村中屯镇齐心村,走访慰问部分贫困群众。

一走进齐心村,迎面走来的群众看到翟玉龙来了,都热情地打起了招呼:"书记,您好!这么冷的天气,还来关心我们村的发展,真的非常感谢!您辛苦了!""不辛苦不辛苦!"翟玉龙一边回答一边热情地走上前,亲切地同老乡们一一握手问好。

当天,翟玉龙先后走到许绍武、王定云、许绍清、许绍才等自己挂钩的贫困户家中,了解他们的生产生活现状,给他们送上慰问金、过冬棉被、大米、食用油,并亲手给他们穿上过冬大衣,向他们致以新年的问候,提前送上春节的祝福,认真倾听他们对脱贫攻坚政策落实情况的反映和意见建议。

走访慰问中,翟玉龙还详细地了解大家获得的帮扶情况,享受到的帮扶措施,并向贫困群众提出殷切期望,希望贫困户在接受各级帮扶的同时,要感恩党、感恩国家的好政策;贫困户当中的老党员,更要带头树立正气、传递正能量,积极支持好脱贫攻坚各项工作。

得知该村有许多贫困群众都接受了技能培训,翟玉龙要求人社部门结合全县实际,立即成立全县贫困人口劳务发展公司,加强对外的对接和对内的就业岗位开发,全力做好贫困人口劳动力转移就业工作。

翻阅新闻报道,我们发现,这已经是翟玉龙第五次到齐心村走访了。事实上,翟玉龙到齐心村调研的次数,只是一个很粗略的统计。但我们知道,千真万确的是,他对齐心村贫困户、对全县所有贫困户的无限牵挂。

让齐心村贫困户津津乐道的是,2017年11月2日翟玉龙到当地回访并和他们一道商讨脱贫良策时的情景。

那天,翟玉龙一走进他家中,就亲切地问:"老乡,你还认得我吗?""认得认得,你是翟书记,你是第二次来我家了。""对,我就是帮扶你家的干部,我叫翟玉龙,这次来是和你们一块商量'我们家'如何脱贫致富……"

寒暄中,村民发现,翟书记的裤腿上有不少泥渍,一看就知道他走了不少山路。他们哪里知道,乘车到达齐心村后,翟玉龙就冒着小雨,沿着崎岖、泥泞的山路,把扯开湾、野鸽营、大水沟、下盐井四个未通村组公路的村民小组走了一圈,专题调研村组公路建设。而在这条路上发生的故事,让齐心村贫困户对翟玉龙的敬佩之情又多了几分。

当天,当翟玉龙走到半山腰时,见一个村民迎面走来,就主动上前打招呼:"老乡,你要去哪儿?山路比较滑,小心摔着!"

"你们是?"

"我是县里的扶贫干部,今天到你们这儿来调研公路修建的情况,帮你们修路,你们支持不?"

"帮我们修路?这是我们几辈人想都不敢想的事情,要真是这样,我们肯定一百个支持!"

村民不知道和他"摆龙门阵"的人是谁,但来人传递出来的信息让他很是激动。

和老乡告别后,翟玉龙继续往上走。越往上走,雨越大,路越滑,有的地方需抓住路边的树枝才能继续前行。刚到村口,就遇到一个走在路上的小学生。

"小朋友,你爸爸妈妈在家吗?"

"不在。"

"做啥子去了?"

"打工。"

"在哪里打?"

"浙江。"

"他们什么时候回来?"

"过年的时候。"

一问一答,干脆、直白,也让翟玉龙的心情沉重下来。

"在家要听爷爷奶奶的话,在学校要听老师的话,好好读出书来才能过上好日子。好吗?"

调研完公路建设,翟玉龙先后敲开了王定云、许绍武、许绍清、许绍军、许定周等包扶户的家门,与他们促膝交谈,仔细询问家庭情况,客观分析致贫原因,共同商议制定到户到人的帮扶措施。其中也发生了不少令人动容的小故事。

当得知许绍武的三儿子许义春厌学在家的情况后,翟玉龙急了,当即把许义春叫到跟前,拉着他的小手亲切地说:"孩子,现在不读书,你会一辈子过苦日子!只有现在好好读书,将来才有能力孝顺父母……"紧接着,他用生活中一个个鲜活的例子,阐述了读书的好处。最终,许义春同意回学校读书。

"要是我,就抓住这个机遇,响应易地扶贫搬迁政策,搬到县城居住,直接断了穷根,让老婆、孩子都过上更好的日子!"走访中,许定周对易地扶贫搬迁持犹豫态度,翟玉龙耐心地向他讲解易地扶贫搬迁政策,鼓励他转变观念,抓住机遇,彻底改变贫穷落后现状。

走访结束后,翟玉龙阔步来到村民院坝,给聚集在这里的党员群众宣讲十九大精神。离开齐心村时,天色已经很晚了。怀着依依不舍的心情,翟玉龙跟老乡们一一握手辞别。一走出村子,翟玉龙就问随行人员:"我们这样做,他们会满意吗?"

"我们这样做,他们会满意吗?"在决战决胜脱贫攻坚的进程中,镇雄县广大党员干部以县委书记翟玉龙为榜样,以贫困户的满意度为工作的出发点和落脚点,谱写了一个个动人的扶贫故事。

## 干部奋力攻坚忙

古语有云:"上有所率,下有所进;上有所行,下有所仿"。在翟玉龙这个班长的率领下,镇雄县四家大班子领导身先士卒、率先垂范,镇雄广大党员干部职工积极行动起来,投身脱贫攻坚战。

2019年2月27日,镇雄县举办"脱贫攻坚好故事"主题演讲比赛,旨在进一步深入挖掘并大力宣扬脱贫攻坚中涌现出的先进典型,对驻村扶贫工作的好经验、好做法进行宣传推介,为全县打赢脱贫攻坚战凝聚信心和力量。

比赛现场,9名来自不同领域的参赛选手用饱含深情的语言,从不同层面讲述了脱贫攻坚一线感人的故事。一个个生动的故事,体现了广大扶贫干部在脱贫攻坚一线为群众服务、舍小家为大家的担当情怀。

参赛选手程圆圆说:"此次活动的举办能够让更多的人了解镇雄,能够

让广大干部群众坚定脱贫攻坚的信心,激励广大干部群众决胜脱贫攻坚。"

观看比赛后,镇雄县市场监督管理局的付湛激动地说:"听了'脱贫攻坚好故事',让我认识了许多扶贫楷模,也感受到了扶真贫、真扶贫给贫困村带来的可喜变化。扶贫工作者的质朴情怀和感人事迹,展示了新时期干部敢于奉献、乐于担当的精神风貌,也激励着我们要爱岗敬业,为扶贫工作贡献自己的力量。"

在镇雄,不管是省市县下派的扶贫工作队员、各乡镇(街道)党政干部,还是村"三委"成员、广大包扶干部,他们常年奋战在脱贫攻坚一线上,立足单位和自身实际,以"敢拼敢干敢担当、不负良心不负党"为精神引领,以"责任心比能力更重要,敬业比专业更需要"为工作行动指南,以"守得住清贫、耐得住寂寞"为动力支撑,时刻做好为工作牺牲一切的准备,切实做到攻坚克难时招之即来、来之能战、战之必胜,当好脱贫攻坚"主攻手""排头兵"。

2016年,省委办公厅派出12名同志组成扶贫工作队,深入镇雄县芒部镇开展驻点帮扶工作。省委办公厅挂联的松林村,是位于乌蒙山区镇雄县芒部镇的深度贫困村。全村国土面积24.3平方千米,平均海拔1700米,年平均气温10.8度,全年阴雨天气居多,村子常年被云雾笼罩,属典型的高寒冷凉地区。全村总人口1213户5193人,其中,少数民族1370人,占全村总人口的26.39%,大多深居大山;贫困人口有518户2282人,经过持续的脱贫攻坚,截至2016年,仍有建档立卡贫困群众261户1172人,贫困发生率仍超过20%。整个村子里,近60%的老乡是小学以下文化水平,群众缺知识、缺技能、缺产业、缺基建、缺资金问题突出。民间有顺口溜"松林松林,泥巴齐臀(大腿),人畜一圈,字不认人",便是松林村的真实写照。

"老乡,对于脱贫致富,有什么想法?"

"嘿嘿,不晓得哦。"

这是省委办公厅驻村工作队到达松林村后,和贫困群众的常见对话。"不晓得",这是不少村民对于贫困既无奈又无助的总体概括,也是驻村工作队到村后日夜思考的问题。为了解决"不晓得"这个问题,省委办公厅驻村工作队充分发挥一切能够发挥的优势,积极关注一切能够获得的信息,努力尝试一切能够尝试的渠道,找项目、引资金,先后引入蜜蜂养殖、种兔养殖等增收项目;推动开展道路亮化、环境绿化、光伏提水等民生改善工程;带头开展每周卫生整治日活动,促使贫困群众由"不会干"向"学着干"转变,尽可能为贫困群众脱贫致富创造良好的基础设施条件,用实际行动促进和带动群众奋进自强。

为了不耽搁老乡干农活,每天晚饭后,只要没有其他工作安排,驻村工作队员就拿着调查表走村入户,到建档立卡贫困户家中拉家常。这已经成为工作队员的固定曲目,万家灯火中,填完表册的他们拖着疲惫的身子返回村委会。

"老乡,您家去年的收入是多少?"

"有啥子收入哦,找钱难啊,娃娃出去打工,一分钱也带不回来,只够他在那边生活。"

"那咋个不试着换个地方工作,让收入高一点呢?"

"不好找啊。"

"我们帮他找一个好不好啊?"

"还是算了,娃娃在原来的厂里熟门熟路的,习惯了。"

看着宽敞的房子和屋里齐备的电器,驻村工作队员握着笔,真不知该如何填写调查表上"家庭收入"这一栏。为什么老乡家明明看上去过得不错,却说没有什么收入?为什么老乡说去年没挣钱还倒贴钱,而邻居说他开货车挣得并不少?为什么原本只是单纯的入户调查了解脱贫情况,老乡却顾虑重重,讳莫如深?经过走访、沟通和思考,驻村工作队员发现,贫困户的主要顾虑是担心因为脱贫而无法继续享受扶贫政策,所以才紧捂贫困帽子,不肯摘下。正是由于对政策的不知晓和不掌握,导致部分贫困户不敢透露真实收入,即使已经脱贫也不敢如实告知,进而造成在贫困识别上出现不精准的问题。面对这种局面,驻村工作队员反复走访、耐心疏导,认真讲解政策规定,解除群众顾虑,促进贫困群众如实申报家庭收入,切实履行如实申报家庭收入的义务。

"这个低保就该我吃,谁也不准动!"面对新一轮的低保评议,松林村的老乡激愤不已。

"领导,我的房子能不能再帮我重新翻修一下?"明明已经建有新房,不但不肯建新拆旧,还要求再帮助把旧房子进行翻修。

面对这种情况,省委办公厅驻村工作队员放平了心态、因人施策,主动向老乡传递党中央对贫困地区、贫困群众的亲切关怀,传达脱贫攻坚的优惠政策以及各级党政机关、社会团体想方设法为脱贫攻坚引项目、找路子的良苦用心。同时,驻村工作队依托党员活动室和讲习所,分别在店子、团山、上下街多次召开了党员和群众大会,为贫困群众讲党课,并对如何发展产业加快脱贫步伐进行大学习大讨论,引导群众从切身利益出发,树立脱贫光荣、贫困可耻的思想,不断激发贫困群众不甘落后、自强自立的意识。

目前的松林村,绿树成荫、郁郁葱葱,森林覆盖率超过50%,高标准规划建设的易地搬迁安置点,新房错落有致、健身游娱设施一应俱全,成为远近闻名的彝家特色旅游胜地;高标准建设的3所小学崭新亮丽,窗明几净的教室中不时传来同学们的琅琅读书声,新修的柏油路延展到村内18个村民组,群众彻底告别了"晴时一身灰,雨时一身泥,进出都靠雨水鞋"的日子。正如上街老党员刘昌福所说:"党的政策真是好啊!现在的松林人吃穿都不愁,住房安全稳固,娃娃读书放心,生病就近可以看,还有活动广场可以耍!日子越来越好过了!感恩伟大的中国共产党!"

1967年出生的李昌荣,是云南省委办公厅机要交通处的处长。省委办公厅是镇雄县脱贫攻坚省级挂包帮牵头单位,在脱贫攻坚这场艰苦的战役中,如何选派一位作风顽强、敢打硬仗、甘于奉献的前线"指挥官",更是至关重要。经过反复调研和慎重考虑,决定选派有27年军龄的李昌荣到镇雄县担任县委副书记、县驻村扶贫工作队总队长。2018年2月,李昌荣和他的副总队长卢俊正式进驻镇雄,迅速投身到紧张而又繁杂的扶贫工作中去。在镇雄的3年时间,李昌荣走遍了全县30个乡镇(街道)235个贫困村,深入贫困家庭,摸清贫困户所思所想,获取第一手村情贫情,精准研判、精准施策,让每一个驻村工作队都成为"驻得下村子""沉得下身子""放得下面子"的作战前哨,让每一个驻村工作队员都成为"想得出办法""拿得出措施""攻得下城池"的攻坚战士。为全面掌握村情贫情,李昌荣全然不顾恶劣天气和交通条件,每月坚持到村到组工作15天以上,时时处处想着贫困百姓。有时候,县直部门下派驻村的工作队员看见他一身泥泞地出现在老百姓的田间地头,便对他说:"李副书记,你这样没日没夜地跑,你的身体怎么吃得消啊!"他说:"要想打胜仗,就得探察好敌情。我曾是军人,就要以服从命令为天职;作为驻村扶贫总队长,必须率先垂范,冲锋在前。现在,老百姓脱贫是最大的政治责任,我不能有丝毫的懈怠。"

在镇雄,李昌荣把"铁一般的纪律、铁一般的信仰、铁一般的信念"从部队带到了脱贫攻坚一线,强化纪律担当,强化建章立制,真正让驻村扶贫工作队成为脱贫攻坚的"生力军"和"突击队",让驻村扶贫工作队队员成为脱贫攻坚的一面面旗帜。3年来,李昌荣继承和运用军事化思维管理驻村工作队,牵头制定完善了《关于进一步加强驻村工作队选派管理工作的实施方案》《驻村扶贫工作月报告制度》等12项管理制度,全面规范了驻村扶贫工作;先后组织了14次专题培训班、现场观摩会、经验交流会学习教育活动,培训队员4000余人次,全面解决了驻村扶贫工作队员想干不会干、想干干不好的问题;动员驻村扶贫工作队员发挥自身优势,争取项目386个,协调到位资金3.1亿元,竭尽全力帮助镇雄县解决一系列困难和问题;整合力量成立5个专项督察组,采取实地督察、电话抽查、视频随机抽查等方式,对全县驻村工作队驻村履职情况进行定期不定期督察,有力确保驻村扶贫队员名在人在、人在心在、心在力到,短时间内使镇雄全县驻村扶贫工作队的纪律作风得到了改善,工作能力得到了质的提升。在县委坚强领导下,他带领全体驻村扶贫工作队员与镇村干部一道并肩作战、攻坚克难,持之以恒地实施基础设施扶贫、就业扶贫、产业扶贫、健康扶贫、教育扶贫、党建扶贫等行动,镇雄县"两不愁、三保障"和饮水安全问题已经得到根本性解决,未脱贫人口、未出列村已全部达到退出标准。

高俊是云南省委办公厅下派镇雄驻村工作队员。从小在农村长大的他,对农村经济、社会、文化等方面多少有一些"耳濡目染",加之在中国人民大学农业与农村发展学院硕博5年学习,高俊有一定的理论积累,相对于其他专业的毕业生来说,他对"三农"工作和脱贫攻坚工作并不陌生。2017年10月,被定向选调到云南省委办公厅工作,主要任务是参与脱贫攻坚政策研究和文稿起草。2019年7月,他被下派至镇雄县芒部镇担任驻村工作队员;2020年4月,因脱贫攻坚工作的实际需要,被调整到镇雄县果珠乡工作。

在镇雄的2年,高俊的感悟是:最大的成长在群众工作,最大的教训也在群众工作。要解决基层实际问题,既要深入群众家里,更要深入群众心里。一直以来,高俊都把自己置于群众中间,了解群众的担心、忧虑和现实关切,可以说,他在与群众的不断交际中修炼自己、锻造自己,从而使自己不断丰满、充盈,把驻村工作干出真正的样子来。

高俊说,两年"履历"中,有三件事对自己的影响最大。第一件事是解决群众饮水问题。2020年4月被调整到果珠乡后,高俊碰到的第一个工作难题,就是环山村民组反映的饮水不足问题。乡村工作人员曾实地查看多次,每次来回爬山需要五六个小时,但始终没有和当地群众达成解决问题的共识。群众觉得,既然水量太小,换一根更粗的水管就可以了。乡水务站得出的结论则是垂直水位落差就那么大,总水压是恒定的,水管越粗,会导致水压越小。经勘查,水源点水量是充足的,那么,造成水量不足的原因,可能是管道堵塞。这个结论说服不了群众,因为他们只相信眼睛看到的。如果逐段排查管道,因为山高坡陡,投工投劳工作量太大,群众不愿意参与。经过高俊向群众反复做工作,后来采取了一个折中办法:协调新的水管从水源点重新优化路线、铺设管道到主水池,先把水管铺开,然后放水。果然,到主水池的水量非常大,群众不再有顾虑,积极踊跃投工投劳,参与挖沟、埋管,顺利解决了这个一直争执不下的饮水问题。"这件事虽小,但让我懂得,在群众工作中,如何调和看似冲突、对立的矛盾,寻找切入点和突破口以达成共识,最终推动问题得到妥善解决。其实说开了,就是有没有把群众反映的问题当问题,有没有下决心、花心思帮助群众解决实际问题。"高俊说。

高俊做的第二件事,是召开低保清理群众会。2020年5月,在果珠村荒田村民小组走访农村危房入住情况时,高俊发现,群众普遍对低保分配不公反响强烈。回村后,他对全村低保情况做了一个结构性分析:全村享受农村低保的有876户1573人,其中卡户只有502户929人,占比仅57.3%,即使加上19户享受低保的边缘户,占比也只有59.47%,不到60%。也就是说,有40%的农村低保户既不是卡户,也没有纳入边缘户。反映出的问题,要么是存在漏评,要么是优亲厚友。经多方排查,高俊发现,"政策保""人情保""关系保"现象比较严重。思前想后,高俊决定以情况最严重的荒田村民组作为突破口,召开一次低保清理群众会。会前,他让群众自由讨论,然后按图索骥,找出"症结"。此次群众会,全面清除荒田村民组不符合低保条件的群众24人,又以点带面在全村范围内清除不符合低保条件的群众123人,清除比例近8%,为提升群众对脱贫攻坚的认可度奠定了很好的基础。

"通过这件事,我认识到,触动群众利益往往比触及群众灵魂更可怕。在清除低保的过程中,很容易引发群众情绪反抗,如有别有用心者煽动、挑拨,场面就会失控,严重损坏村级组织甚至基层党委、政府的公信力。不过,我们召开群众会是有准备的,我们的策略、方法是经得起实践检验的,就是始终把群众利益摆在第一位,团结凝聚大多数,教育引导极少数。"

第三件事,用高俊的话说,是拆除"临时炸弹"。2020年6月,在组织去麻窝村民组拆除危旧房时,第一家就碰上"钉子"。看到挖掘机过来,房主马上爬上楼顶,以死相逼,坚决不同意拆除,开口要价40万。工作没做下来,反倒引起很多群众围观。眼看情况不对,只好作罢。第二天,本着不激化矛盾的态度,高俊和村支书决定再上去一次,人少可能房主的压力会小一点儿,能够心平气和好好沟通。事后,高俊发现确实前期工作有问题,该讲的政策没讲清楚,没有把拆旧拆危的政策语言很好地转化为群众语言,群众不理解为什么要拆除;同时,也没有换位思考、将心比心,在现在看来非常破旧的石头房子,当初可是他们家几代人手提肩扛垒起来的,从情感上讲是难以割舍的。最后,高俊以自己"农村人"的身份与房主沟通,详细讲解政策,然后再辅以"理解",对房主没有生产用房的实际困难表示认可,答应想办法补助一定的资金,帮助房主重建生产用房。房主在"相互理解"的基础上,不再漫天要价,事情很快就得以解决。"其实,很多看起来十分棘手的事情,通过深入细致的群众工作是可以做下来的。在争取群众理解、严格按照政策办事的同时,要设身处地考虑群众的特殊困难。在把握好原则性和灵活性前提下,讲究策略方法,就能获得群众支持。"说到这里,高俊又补充了一句:

"脱贫攻坚就是和群众一起,打一场赢得理解的战争。"

脱贫攻坚大决战五年来,一个个贫困村、贫困乡镇相继脱贫出列。脱贫出列的背后,少不了基层一线广大干部职工的呕心沥血。这当中,包括荣获"2017年云南省脱贫攻坚奖"称号的"扶贫好村干部"——罗坎镇大庙村党支部书记、村主任李上涌,以古镇小米多村党总支书记陆绍国,"优秀驻村扶贫工作队员"——芒部镇关口村第一书记、驻村工作队队长杨绍平等一批先进个人。

2015年11月27日至28日,中央扶贫开发工作会议在北京召开。那时,1978年出生的李上涌尚不足37周岁,担任罗坎镇大庙村党支部书记一职也才2个多月。

深感任重道远的李上涌,一方面觉得自己资历浅薄,缺乏工作经验,另一方面又觉得脱贫攻坚是头等大事容不得懈怠疏忽。但是,工作并不会停下来等待他成长,只有在实际工作中边学边干,带领全村7343名群众打赢这场脱贫攻坚战,确保2020年全村所有贫困人口和全国人民一道迈入小康社会,才是他不容推卸的责任和使命。

此后1年多,李上涌像上了发条似的,村里村外,都能看见他忙碌的身影——配强配齐村两委班子,确保脱贫攻坚先锋堡垒发挥作用,战斗力提升;立即进入工作状态,确保村委工作不因换届而有所懈怠,在全镇工作中掉队;深入工作实际,确保全面掌握村情民情,推进工作扎实有力;狠抓"六个精准",确保扶贫政策和资金精准滴灌,帮扶措施切实有力,脱贫攻坚出实效。

李上涌的忙碌是值得的。在配合开展农村危房改造过程中,大庙村的危房改造数量和质量在全镇18个村中名列前茅。

在此过程中,李上涌发现,大庙村桥上村民组村民王凤贵和牟家组特困人员刘友秀2户人家情况极其特殊,家庭极端贫困,属于危房改造工程中的"硬钉子",经过多次交流、反复沟通,仅仅用了1个月,就完成了这2户危房改造任务,在全村群众中引起了极大的反响,有力地促进了大庙村的危房改造工作。

李上涌深知,全面建成小康社会,最艰巨的任务是脱贫攻坚。只有结合大庙村实际,因地制宜,找出符合村情的扶贫招数,才能让群众获得利益,才能让群众鼓起钱袋子。

首先涌入李上涌脑海的,是大力加强基础设施建设,破解制约发展的瓶颈。经过多方协调,组织群众新修村级公路10余千米,几乎把全村28村民小组串联在一起,这样,彻底扭转了大庙村落后的交通局面;建设人饮管道50千米,抗旱工程建设完成投资380万元,完全解决了全村的人畜饮水问题,极大地改善了全村的生产生活环境。同时,围绕"七改三清""一拆两增"的总体要求,大力整治"两违"建筑,做到有举必查,有违必治。共叫停违建4起,拆除违建400平方米,进一步规范了全村的建房秩序,为全村人居环境提升行动的开展奠定了良好基础。

李上涌干的第二件事,是千方百计引进外资,成立镇雄县坤农白茶种植农民专业合作社,充分发挥其对贫困人口的组织和带动作用,强化其与贫困户的利益联结机制。2017年,全村种植白茶5000亩,按照每亩100元的标准补贴群众流转土地成本,前三年每亩土地管理费用和茶树管理成本,群众第一年每亩可以收益1084元,第二、第三年每亩可以收益600元,第四年起每亩群众可以收益3500元。从2018年开始,第一批成品白茶面市,每亩收入5000元左右,预计到2020年全村人均纯收入在现有基础上可提高700元,真正实现了群众在家门口就业,让茶山取代了荒山,茶山也成为全村的金山银山。

大庙村是镇雄县的油菜种植大村,油菜种植面积超过3000亩,是当地最主要的经济农作物。李上涌要干的第三件事,是在大庙村分三个阶段打造油菜经济:第一阶段,油菜开花时,积极加大宣传力度,打造油菜观光旅游经济,把城市人请到农村,住农家乐、品农家菜、购农家货;第二阶段,菜籽采收,把指标细化到每家每户,及时公示采购价格,确保油菜种植户一分钱一分货;第三阶段,成立专业榨油合作社,做大做强榨油链条,打造菜油品牌,让种植户增收。

李上涌十分清楚,当前脱贫攻坚工作任重而道远,大庙村各项工作如火如荼。作为村党委书记,他将始终站在全村脱贫攻坚工作的第一线,带领全村群众打好打赢脱贫攻坚这场硬仗,共奔小康之路。

小米多村距以古镇镇政府驻地12千米,国土面积9.6平方千米,村委会驻地海拔1640米,是一个彝族群众聚居的少数民族村。该村村支书陆绍国也是一名彝族同胞,自1995年以来,一直在村委工作,历任村治安员、村主任、村支书。

与李上涌一样,陆绍国的工作能力也得到了当地群众的认可。"村里的干部真苦呀,村支书来过我家多次,对我家的情况比我还熟悉,我儿子不在家,多亏他帮我解决了吃水和用电的问题"。家住小米多村民组的老张如是说。

陆绍国是一个钟情于板栗的人。

根据全村土地结构和土质状况,引导贫困户因地制宜发展板栗种植产业,成立小米多村雪影板栗专业合作社,将全村的贫困户优先纳为合作社成员。同时,他积极向上级争取扶贫资金和政策,请林业专业技术人员上门培训,向林业部门争取退耕还林3000亩,全部种植板栗。

群众除了免费得到板栗苗,每年还能得到每亩400元左右的补助,大大提高了种植板栗的积极性,减轻了家庭负担。退耕还林实施完毕后,全村板栗种植达到4000余亩,实现人均拥有1.5亩经济林的目标。

通过劳动力培训让群众获得一技之长,也是陆绍国的工作成效之一。他先后邀请科技局、妇联等单位对前期摸底的贫困户进行了劳务知识、电子商务等技术培训,并对培训人员进行考试,考试合格的颁发证书,有效提升了贫困户的劳动技能。2016年全村劳务输出1300多人,劳务收入在3000万元以上。

"人穷志短、马瘦毛长",注重精神扶贫,让贫困群众重拾生活信心,这是陆绍国的扶贫经。

有的贫困户内心脆弱,特别是那些因残、因病致贫的贫困户。在落实各项脱贫措施时,陆绍国十分注重对他们的心理疏导。他多次在群众会上给信心不足的群众耐心讲解相关扶贫政策,鼓励他们重拾过上美好生活的信心。对个别群众,他是登门入户,走心说教,有针对性地帮助他们想办法、找路子来增加收入。

当我们再次走进中屯镇齐心村委会时,墙上形象栏里的一个名字引起了大家的注意。他叫成龙,齐心村的领头人——村党总支书记。

2012年大学毕业的成龙,在中屯镇青山村开启了大学生村干部之路。

工作之初,收缴新农合费用、新农保费用,解决邻里纠纷,看似一件件极为简单的工作,却把这个初出茅庐的小伙子难住了。他发现,讲大道理并不是农村工作最有效的方法。

怎么办?赶紧学习呗!于是,他不停地向身边的人请教,不断地探索实践,慢慢地得到了老百姓的认同。"工作一段时间后,发现自己身上的书生气少了,多了一丝乡土气息……"回顾刚到村上工作的经历,成龙感慨万千。

2015年,因工作需要,成龙被调整到中屯镇最偏远的齐心村工作。为了尽快熟悉情况,他仅仅用了一个月的时间,就跑遍了所有村民组,走村串户、倾听村情民意。他的背包里总是装着一个笔记本,大到政策法规,小到村民家孩子的名字,他总是很认真地记录下来,随时翻阅。从哪里修一条公路,哪个村民组要修蓄水池,哪个贫困户家里还需要技能培训等事关脱贫攻坚的工作,他都能事无巨细、如数家珍地一一道来。

2016年,村级换届,成龙被选举为齐心村党总支书记。齐心村是名副其实的深度贫困村,贫困基数大、基础设施弱、村容村貌差、产业发展一片空白——摆在成龙面前的是一个又一个的难题。

要打赢脱贫攻坚这场硬仗，必须先明确发展思路。成龙和村"三委"班子成员结合村情，研究确定了"一年打基础、两年育产业、三年摘穷帽"的工作思路。贴在村委会墙上的脱贫攻坚施工图，从制作张贴至今，他不知道看了多少遍。

"成支书虽然年轻，但是办事情很稳妥、很公平，我们信得过。"采访中，大槽村民组村民秦绍祥如此评价成龙。2018年年初，秦绍祥家被列为农村C级危房修缮加固对象，但他对施工队施工质量存在置疑，导致扫尾工程迟迟没有进展。成龙了解情况后实地进行查看，果然发现了很多问题，立即要求施工方认真整改。不到3天时间，就消除了秦绍祥的置疑，也达到了施工要求。从此，秦绍祥一改过去的"钉子户"形象，在公路建设用地协调、农村人居环境整治等方面都变得积极主动了。

在齐心村要抓好脱贫攻坚工作，重点在道路建设，难点在产业发展。

谈到产业发展，成龙就打开了话匣子，算起了"经济账"："今年，齐心村委利用集体经济发展试点资金，种植猕猴桃100亩，村上出资金、出人员、出地，引进的公司出技术、包销售，预计明年村集体就有将近19万元的收益。"

刚建设猕猴桃基地的时候，群众不理解也不支持，土地流转异常困难。成龙并没有气馁，他带领村"三委"干部连续半个月挨家挨户做工作，带头到田间地头挖坑、栽苗、浇水，群众看见他们这样努力，才相信村"三委"发展产业的决心，开始理解和支持。

成龙自信地说："齐心村靠传统的种植很难达到高产出的目的，只有规模化、组织化搞特色种植才有出路。等到猕猴桃基地有经济效益了，就会有越来越多的群众种植，这也为齐心村后续的产业发展指明了方向。"

现在的齐心村，基础设施建设和产业发展全面铺开，261户群众居住条件得以改善，新建的22.1千米村组道路改善了3300余人的出行、运输条件，1600人饮水困难得以解决，新建了卫生室和文化活动广场……脱贫致富的基础得到了夯实。

"青春并非只有欢声笑语，更应有责任和担当。身处这个伟大的时代，青年人就应为之而奋斗。"这是成龙最实在的成长印记，也是他再接再厉的动力。

对于更多活跃在脱贫攻坚一线干部职工的表现,镇雄县融媒体中心副主任吴长宽很有发言权,他的另一个身份,是驻村扶贫工作队队长。不论是之前的赤水源镇银厂村,还是调整后的中屯镇青山村,在切实履行好驻村扶贫工作队队长一职的同时,他还抽空深入基层一线采访,采写了许多新闻报道。

2017年年底,作为一名记者的吴长宽向我们介绍了一次让他难忘的采访经历。

冬至过后,镇雄县气温骤降。在距离乌峰街道毡帽营村干沟、麻塘两个村民组4000多米多远的平沟,当地200多名群众在办事处和村"三委"干部的带领下,正顶风冒雪实施饮水工程。

村民组长曾维学扯开嗓门反复跟施工人员打招呼:"天气寒冷,山高坡陡,山路狭窄,凿取水池的、背沙子水泥的、抬水管的、挖沟埋管道的……大家都要注意安全哈!"

关于当时的情景,身临其境的吴长宽这样形容:山歌声、吆喝声、打趣声和锄头撞击石块的声音组合成一曲优美动听的交响乐,在深山峡谷间回荡。

毡帽营村是镇雄县2017年预计脱贫出列的村,按照村出列的十条标准要求,干沟、麻塘两个彝族村民组的安全饮水还没有保障。离新年只有几天了,干沟、麻塘每户人家至少派出一个劳动力参加饮水工程施工,街道办主任、水管站站长、挂片村干部现场督战。这两个村民组在外工作的公职人员也都利用周末时间回到村里参战。

施工现场,上自80岁的老人,下至五六岁的娃娃,有一分力气都必须使出来。"这是土地大包干以来从未有过的集体投工投劳场面。"在现场指挥施工的镇雄县工会主席曾维雄激动地告诉前来采访的吴长宽。

"由于水源地离我们村太远,政府补助的资金不够,我们每户人出资400元,如果不够还要再补点。我们总不能完全依靠政府。"说这话的是从城里回来参加劳动的80岁老奶奶汪宗飞。

"原来从一二十里远的倒槽垭口引水过来吃,一年有几个月供水不正常,一到枯水季节一滴水都没得。这次政府拨款补助,我们又下了这么大的功夫,肯定能解决吃水问题了!"79岁的曾绍基老人这样说。

"好久不走这山来,山上的清水淌下岩;清泉引进彝家寨,泡杯香茶待客来。"这边唱罢,那边又接上,"好久不走这山来,挖沟引水好开怀;清泉引进彝家寨,不忘党的好政策。"

施工现场响起悠扬的山歌。

活跃在脱贫攻坚一线的,除了有帮扶任务的普通干部职工,还有一大批驻村扶贫工作队队员,当然,还有广大的贫困群众。他们该如何在脱贫攻坚这场战役中发挥自己应有的作用?

2018年1月26日,翟玉龙到芒部镇看望慰问驻村扶贫工作队,并与驻村扶贫工作队代表和镇村干部座谈,语重心长地说了这番话:"大家要立足实际,明确职责,落实脱贫攻坚'一票否决制',切实杜绝挂包帮中'形式主义',有效解决挂包帮中'名在人不在,人在心不在,心在能不在'的问题,真正发挥驻村扶贫工作队的作用,推进脱贫攻坚工作;要加强基层组织建设,关心关怀基层干部,做好村级干部的思想政治教育工作,真正转变村组干部的作风,进一步发挥村'三委'的力量与作用,让基层这颗'针'将各项工作串联落实下去;要探索开展'农民夜校',结合'自强、诚信、感恩'教育,宣讲党的扶贫政策,丰富广大群众的精神生活;探索'党支部+'的模式,充分发挥党支部的战斗堡垒和核心凝聚作用,组织工会、共青团、妇联积极参与,引导社会力量积极参与脱贫攻坚,助推产业发展,教育引导群众操家理务、互帮互助,会过日子、过好日子。"

在脱贫攻坚一线的干部职工和沉下身去的驻村扶贫工作队队员没有闲着,他们结合单位实际,努力发挥自身聪明才智,脚踏实地地踩出了一串串坚实的脚印。作为脱贫攻坚主体的乡镇或部门,更不敢懈怠,积极发挥政府部门的优势,努力为当地的脱贫出列工作谋思路、找项目。

2018年1月20日下午,一场千亩李园提质增效现场培训会在镇雄县知名景点中屯镇小山峡景区举行。应邀前来授课的,是四川省宜宾县的林果专家。

"果苗种下后,要及时修枝整形,等到长大后再做处理,就不能达到理想的树形了……"培训现场,专家为现场近百名果农传授果树的修枝整形、田间管护等技术。

"原来种林果还有这么多讲究。以前,我们只知道种下去,以后就不管它了,只等着它挂果,难怪我们的收益不好……"听完专家的授课,参训果农们大呼受用,纷纷表示要用专家教授的方法管好自己的果林,争取来年有个好收成。

此前,中屯镇中屯村黑庆村民组至翟底河小山峡沿线一带,已连片种植了近千亩规模的茵红李,核心区挂果李树达500亩。不过,因疏于后期管护,经济效益不太明显。

为稳定当地群众增收,培育脱贫攻坚支撑产业,中屯镇在镇雄县林业部门的帮助下,邀请四川宜宾县林果专家到田间地头手把手教果农管护技术,帮助当地群众对现有的李子果园进行"提质增效",同时引导群众进一步扩大种植规模,发展壮大李子产业。

为让果农认识到做好后期管护的重要性,林果专家通过理论培训与实践操作双管齐下,对果农开展技术培训。在理论培训会上,长期从事李子种植研究的四川宜宾县经作站站长刘祚太结合自己多年的经验,详细介绍了茵红李的品种特性、种植方法、管护技术、经济效益,重点阐述了后期管护对发展林果产业的重要性。

在实践操作培训现场,专家选取了一株小苗和一株已挂果多年的成树,分类示范如何定株、修枝、整形,修剪完成后,如何拉枝、撑枝、压枝,教授何时施肥、怎样施肥等。示范完成后,由果农现场操作,专家从旁指导。

中屯镇是把外面的专家请进来,而昭通市住建局则是把一桩桩实事送到镇雄。

在中屯镇请专家给果农授课的十天之前,也就是2018年1月10日,以勒镇以堡村河边村民组连接坡头镇新场村老街村民组的大桥正式破土动

工了。

开工仪式上,一直为修建该桥奔走呼吁的 81 岁老社长黄家贵激动不已:"盼望了几十年的修桥梦,今天终于实现了。真的要感谢市住建局的帮助,感谢县委县政府,感谢中国共产党……"

不仅仅是黄家贵,对以勒镇以堡村河边村民组沿河两岸的群众来说,当天都是个值得庆贺的日子。是啊,这座"连心桥"建成之后,将直接惠及沿河两岸 10 个村民组 3500 余人,间接惠及坡头镇新场村、堰塘村、以勒镇以堡村三个村 9000 余人。

以勒镇以堡村和坡头镇新场村隔河相望,过去,两岸群众之间的往来和生产生活沟通极为不便。平时,还可以靠当地村民搭建的简易木桥勉强通行,可汛期一到,木桥就会被洪水冲毁。两岸群众要到对岸种地、走亲戚,就不得不绕道几千米外的天生桥,这显然不是长久之计。

为了通行方便,2016 年冬天,河边村民组群众自发筹资 2 万元,在河面上搭建起了简易铁索桥。人行桥面,如荡秋千,但总算勉强解决了临时出行的难题。当地村民是多么希望,什么时候能建起一座真正的大桥。

脱贫攻坚战役打响后,昭通市住建局挂钩帮扶以堡村。在入户走访中,该局驻村工作队了解到村民建桥的意愿后,及时给单位领导汇报。该局领导高度重视,迅速派出工作队实地踏勘论证,并多方协调,争取到 162 万元的建桥资金并及时启动了大桥建设。

该桥设计为 3 孔 1 联,桥墩高 7 米,桥面宽 5 米,桥长 60 米,总投资 262 万元,其中镇雄县人民政府配套 100 万元,定于 2018 年汛期来临之前竣工。届时,不仅方便了沿河两岸群众,也连通了他们的心。

修桥铺路,旨在出行。而镇雄县委宣传部挂钩联系中屯镇郭家河村则是把新思想送给村民,激发群众内生动力,效果明显,影响深远。

郭家河村位于中屯镇东部,距中屯镇政府 11 千米,东接泼机镇鹿角村,南接柳林村,西接青山村,北接贵州毕节七星关区大河乡。

2017 年末,郭家河村有农户 3044 户 10432 人,建档立卡户 691 户 3196

人,其中,2014—2016年有脱贫户204户1010人,未脱贫卡户487户2186人,贫困率达20.95%。

按照镇雄县脱贫出列村脱贫规划,郭家河村应于2020年脱贫出列。面对积贫积弱的万人大村,脱贫致富难度可想而知。

按照镇雄县委"一名县级领导直接挂钩联系一个深度贫困村"的安排部署,镇雄县委常委、宣传部部长李恩翠挂包郭家河。

近年来,镇雄县委宣传部干部对郭家河建档立卡贫困户开展"挂包帮""转走访"工作,用自己双脚丈量每一户贫困户的贫困度,进一步了解贫困户的基本情况,对照贫困户脱贫的六条标准,针对脱贫短板建立好台账,并努力补短板。

作为县处级领导干部,李恩翠工作虽然十分繁忙,却始终在想办法克服困难。率队到郭家河村走访,与贫困群众交心谈心,调研贫困原因,抓住主要矛盾和矛盾的主要方面,为郭家河村的贫困把脉开方,以便对症下药摘"穷帽"。李恩翠经常到扶贫点检查指导工作,了解该村的脱贫攻坚落实情况和驻村工作队工作和学习情况,并针对存在的问题提出具体的指导意见,形成了"人人皆愿为、人人皆能为、人人皆可为"的良好氛围。

挂钩帮扶郭家河村后,镇雄县委宣传部机关干部充分利用部门优势,主动作为,争取项目找资金,真扶贫扶真贫,为郭家河村办实事解难事培植产业。

2018年7月,工作队队员到上沟村民组走访时,发现这个村民组基础条件、环境卫生较差。面对这种情况,工作队与村民组组长、农户座谈,告诉他们国家的惠民政策很好,已经为他们村民组安排了连户路,调动了他们的积极性,教育引导他们敢拼敢干,把人居环境整治与连户路建设结合起来,想办法把环境卫生搞好,改变脏乱差的现状。

说起来容易,动起来难。为了把上沟村民组环境卫生整治好,工作队把汗水和心血洒向上沟村民组,用自己的双脚缩短自己与村民的距离,用自己的真心换群众的真心。通过反反复复地做群众工作和宣传教育引导,村民们表示,愿意结合连户路建设,主动购买管材把环境卫生搞好。这些年来,上沟村民组青壮年外出务工人员较多,在家的主要是妇女、儿童和老人,要实施连户路这项工程难度不小。余德朝找到村民组里德高望重的退休老教师余克志和六位监督员,反复商量该如何实施。

面对环境卫生脏乱差的现状,村民也想改变。现在,有项目支撑,村民心怀感恩,主动作为,建议把排污管和连户路一起规划,一同实施,从根本上解决污水横流的现状。大家商量后决定,两项工程都由余德朝负责统筹安排,公共部分由大家共同出钱出力,各家各户的就由自己出钱出力。

通过前期的宣传发动,大部分村民都表示支持,但买房在外和全家外出的一部分村民不同意出钱,也不同意出力。面对这种情况,余德朝和全体村民反复讨论,最终达成了共识,统一了思想,凝聚了民心,决定用村规民约和民风民俗来进行制约:对这次建设不集资、不出力的没有集体意识的村民,他们的费用由其他村民平摊,确保工程顺利完成。

余德朝有奉献精神,他当小组长的目的是为了给村民做贡献。余克志是退休老教师,70岁的他在村民组德高望重,积极参加村里的公益事业,出力出钱出谋划策。在他俩和六个监督员的示范带头、积极引导下,村民们的积极性提高了,外出务工的村民回来了,不能回来的请亲戚朋友代为出力,集资款也不成问题。建设过程中,村民们的工作热情日渐高涨,干劲十足。

村民余正宽是一名党员,常年在外务工,负责水电安装工作,听说村民小组要搞建设,急忙赶回来帮忙安装铺设排污管。

刘政先是一位66岁的老人了,也不顾年老体弱,积极参与到建设中来。"老人有贡献,儿女在外有脸面。"她与丈夫总共承担了17人的任务。二儿子生了二胎,叫她去帮忙带孙子,她说要支持建设,硬是把工程做完才去。

在村民的积极努力下,在各级领导的关心帮助下,很快,一条宽1米,长1000米的连户路建好了。截至2018年12月底,上沟村民组排污管安装和连户路项目建设基本完成,人居环境整治初见成效。

作为一名兢兢业业的驻村扶贫工作队员,在以勒镇驻村扶贫的杨杰更是用走心的服务诠释了镇雄扶贫干部的朴实形象。

2018年12月9日,礼拜天,天气寒冷,以勒镇以勒村长湾村民组55号,王云一家正围着回风炉烤火、发呆。这时,从村上赶来的杨杰敲开了她家的门。

王云是建档立卡贫困户,杨杰是他们家的帮扶干部。从2017年10月算起,他们的交往已一年有余。

"张勇还在永康打工吗?"一落座,杨杰就问。

"前几天跟着老板去马来西亚了,说那边电焊工的工资高,到现在一个电话都没打回来,怕是不要我们了……"一提起丈夫,王云和女儿张玉泪眼婆娑,一旁的儿子张兴旺沉默不语。

"不会不会,可能是电话费太贵了,或者就是他还没有安顿下来。"杨杰安慰道。

这家人的情况太特殊了。

2002年,王云与张勇结婚,先后生下四个子女。目前,长子张兴旺、长女张玉正在以勒中学读初中,成绩还不错。次子张俊豪、次女张丹都是患者,一家人的不幸正源于此。

2007年出生的张俊豪,在母体中就被诊断出患有脑积水。由于当时王云已临近预产期,医生说应该可以治好,怀着一丝希望,夫妇俩决定把孩子生下来。可是,脑积水并不好治。

2010年怀张丹时,夫妇俩十分谨慎,按时去镇上、县里的医院做各种孕检,医生都说胎儿很健康。10月22日,张丹顺利出生,表面上也很正常。可1岁多了还不会说话、走路,带去医院一检查——大脑萎缩!

连续生了两个患儿,对夫妇俩的打击可想而知。再难过,也不能放弃啊。这些年来,夫妇俩四处求医问药,去昆明、跑成都、上北京,家财散尽、债务缠身,可两个孩子还是不见好转。

电焊技术出色的张勇常年奔走于浙江永康的各个建筑工地,拼命挣钱供长子长女读书,为两个脑瘫孩子治病。王云在家照料四个孩子之余,还种了四五亩土地,喂两三头猪和若干只鸡鸭鹅,勉强把日子过下去。尽管如此,家里早已被掏得空空如也——房子是危房,屋内更没有一件像样的家具和陈设。

得为这个家庭做点什么！得知张勇家面临的困境后,杨杰坐不住了。他马上行动起来,多方奔走呼吁,积极争取协调,做了一件件实事、好事。

2017年7月,张勇家被纳入建档立卡贫困户管理,还收到以勒镇一位吴姓老板及其好友捐赠的4600多元善款。

2018年1月,杨杰和驻村扶贫工作队、镇村干部一道,为张勇家送去粮油、大米、煤炭等物资。

2018年春节期间,杨杰陪单位领导给张勇家送来慰问金。

2018年7月,张俊豪、张丹被纳入低保,王云成为领工资的护路员。

2019年,张勇家得到一个"农危改"项目指标。

杨杰的爱心帮扶,温暖了这家人的心,激发起他们把日子过好的信心。重压之下,张勇会不会以出国打工为由抛妻弃子？根据之前的接触,杨杰相信,这个堂堂七尺男儿不会这样糊涂。

当天下午四点,张兴旺、张玉要回学校上晚自习,杨杰决定与他们同行。一路上,杨杰安慰他们:"爸爸不会走,妈妈也不会走,弟弟妹妹也会好起来的,你们要好好读书,等将来有出息了,照顾好爸爸妈妈和弟弟妹妹。"

张兴旺终于开口了,他望着杨杰腼腆地说:"叔叔,我听你的。我们老师说过,人生就是一场接力赛。在我家,弟弟妹妹就是两根接力棒,爸爸妈妈握着他们跑前半场,等我们长大了接过来接着跑……"

听了这话,杨杰由衷地笑了。孩子都知道不抛弃、不放弃,这个贫困家庭的未来一定充满希望。

在杉树乡采访,一个叫曾小琦的年轻驻村工作队员为我们提供了一份"驻村日记"。也许是因为她驻村的那个地方叫"海子",从字面上就可以看到高原在肆虐寒风之下无尽的泥泞。的确,海子是一个无限偏远和泥泞的地方,从她的日记里,我们感受到一个普通驻村工作队员崇高的人格和坚定的信仰。

2018年3月22日 星期四  小雨

今天是我入驻海子村的第七天,这几天的心情确实有些忐忑,这里给我的第一印象和最大的触动,一个字:穷。破旧的民房随处可见,道路坑洼不平、泥泞不堪。村委会的条件也不好,每餐吃的都是反复煸炒的洋芋和煨了又煨的酸汤,刚开始肚子不适应,还因为米饭太硬老是胀气,吃的次数多了,才慢慢习惯下来。我们住的地方是租的一间10平方米左右的小屋子,里面只有一张床和一张桌子,我和刘书记睡一张床。卫生间还算近,但每天洗漱都得拿水桶去打水,很不方便。山村的夜晚静得让人瘆得慌,好在两个人一起住,我才不至于那么害怕,半夜惊醒时听到旁边规律的呼吸声,心里才稍稍踏实些。

曾小琦来自县委编办,刚从大学毕业,单位的板凳还没焐热,就被下派到村里工作。一开始,她并不适应,为了尽快进入状态,她每天都和村干部一起,挨家挨户走访贫困户,核对他们的基本信息,了解他们的生产生活情况。海子村地理环境十分恶劣,境内山高坡陡,农户居住点分散,交通设施很薄弱,60%以上的农户家都要步行超过1小时才能到达,要做到户户都见面,这对一个小姑娘来说就是个不小的挑战。况且,她还因为身体的原因,在不久前做过一个手术,状况一直很不好,走访途中时常会因为运动量超过身体负荷而头晕目眩,有时还会不停地呕吐,不得不停下来休息。

海子村副支书周某对我们说:"刚开始听说工作队要来个年轻小姑娘,我心里就很怀疑,多方了解后知道她竟然是个不到23岁的独生女,更是加深了我对她的不信任。但经过我半个月的观察,曾小琦同志绝对是一名任何时候都把工作摆在第一位,能吃苦、对待工作勤恳认真的好干部。"他说这话的时候,竟然有泪水在眼眶里打转,让我们对这个小姑娘的"日记"更加有了兴趣。

# 雄关突围
## ——镇雄县脱贫攻坚工作纪实

2020年3月15日　星期日　晴

忙过了劳动力转移的高峰期，最近来村委开证明的人一天比一天少了，我很开心，至少证明村里大多数劳动力都已经被转移出去了，今年农户们的收入就有保障了。刚吃过午饭，我就接到了一个电话，是去年年底搬迁至县城安置点的李文雄打来的。在他还没搬迁入住之前，我就时常登门造访，入住之后，我和他也一直保持着密切的电话联系，因为扶贫任务在身无法抽出时间上门探望，便通过电话了解他一家的生活现状，与他们分享新生活中的喜悦，帮助他们解决生活中的难题。这次他打来电话，支支吾吾半天，原来是想让我帮他找份工作……"事情"办完，听着电话那头李文雄的笑声，更加坚定了我继续从事扶贫工作的信心与决心。我决定，今年也继续留在海子村，不打赢脱贫攻坚战，绝不撤退！

在驻村工作队员中，像曾小琦这样刚走出校门的年轻队员其实并不少见，从他们身上彰显出来的，除了对一个地方贫困现实彻底改变的信心和决心，还有一种坚定的信仰，一种对人民群众追求美好生活的无私奉献和无畏付出。

在以古镇，麦车村是一个真正需要用"创造"去洗脱贫困的地方。麦车嘎么山是镇雄的最高峰，海拔2461米，神秘、旷远、磅礴，倒也有几分迷人。放眼望去，群山绵延，峡谷纵横，满山泛绿叠翠，秘境鳞次栉比。嘎么山山脚的麦车村，除了满目的绿色，还有一种扎眼又虐心的"底色"——贫困。

由于自然和历史的原因，2015年前的麦车村交通落后，仅有一条狭窄的土路通向外面，很多村民组不通公路，物资运输主要靠人背马驮，严重制约了当地人的交通出行、信息交换和经济发展，而当地人主要以种植玉米、洋芋等传统农作物为生，土地贫瘠，灾害频发，收入微薄，经济拮据，艰难度日。

为改变"一方水土养不活一方人"的生存现状，抹去有煞风景的家乡"底色"，不屈不挠的麦车村群众没有怨天尤人，纷纷走出大山，外出"淘金"，务工挣钱，养家糊口。

最近2年多来,一个叫文堂蕴的小伙子与麦车结下了不解之缘,与嘎么山下的群众一路同行,向贫困宣战,为梦想前行。

文堂蕴是镇雄县开发投资有限公司的职工,2017年9月,他和同事马红卫被单位安排到麦车村驻村扶贫,从此开始了他本人全新的工作旅程,也开启了他非凡的人生新篇章。

在初心和使命的感召下,文堂蕴夜以继日地探访、守望和追寻,成为麦车村的一位跑者:与大山相伴、与时间赛跑、与使命共舞,抓调研、访民情、思对策,找项目、补短板、促产业,整天累并快乐着。

文堂蕴出生于1989年8月,父亲是镇雄县一中退休教师,母亲在镇雄税务局工作。他是家里的独生子,从来衣食无忧。大专毕业后,文堂蕴在镇雄开发投资有限公司工作,妻子在镇雄果珠乡小学教书,育有两个女儿,夫妻恩爱有加,家人团结和睦,家庭美满幸福。对他来说,驻村扶贫所要克服的困难比其他人要多得多,毕竟,他从小在城里长大,不熟悉农村情况,没吃过什么苦,又长得细皮嫩肉,身材发福后体能也有一些不足。

自驻村扶贫以来,文堂蕴全心投入,入户访贫问苦,为群众寻找脱贫门路,他的足迹遍及麦车村尤其是他负责挂包的马家寨、猫鼻梁、榨房、菜籽等4个村民组。随着时间的推移,文堂蕴越发融入麦车村,与当地群众打成一片,大家对他的称呼也由刚开始的"文同志"变为"文胖子""胖子"。对此,性格内敛的文堂蕴表面上笑而不语,心里面却乐开了花。

最近几个月以来,文堂蕴睡眠不好,"不时感觉身体有点累",却仍然坚守驻村扶贫岗位,继续奋战在脱贫一线,长期超负荷地工作。

2020年3月5日下午,文堂蕴趁着轮休假去镇雄县城看望了出生才4个月的二女儿,晚上就返回驻地参加村脱贫攻坚作战部会议,又像往常一样"开足马力"地工作。

3月6日,文堂蕴早上参加闲置危旧房拆除秩序维护,中午参加帮扶干部走访业务培训,下午帮助走访人员查找资料,晚上参加走访研判会;3月7日,早上参加闲置危旧房拆除秩序维护,下午在麦车村委会接待办事群众,晚上参加村脱贫攻坚作战部研判会;3月8日,早上到六角村民组、半坡村民组核查走访,直到18点40分,才从贫困户家中返回;回麦车村委会后,顾不上吃饭,便参加19点30分举行的麦车村脱贫攻坚作战部研判会。当晚9点15分散会后,他草草洗漱完毕,便在麦车村委会的临时住房内睡去。次日清晨,文堂蕴再也没有醒来。

天妒英才,行者长眠!文堂蕴以一种让人无法接受的方式抛别年迈的父母、恩爱的妻子、4岁长女和才4个月大的次女,生命定格在30岁零7个月。

嘎么山垂泪,麦车河呜咽……

3月10日,得知小文这个"忘年交"离世后,麦车村坪子组69岁老人郎维品禁不住潸然落泪,哀叹声声:"哎,小文是我们村脱贫致富的大恩人哪。只可惜,他走得太年轻了!"

"他太累了,就让他好好地睡吧!"谈及文堂蕴驻村扶贫两年多来的工作,郎维品的评价掷地有声,"说实话,小文来我们村驻村扶贫以来,工作干得到位,虽然没有干到头!"

确实,文堂蕴驻村扶贫2年多来,不断为村里输血造血,麦车村的变化喜人。至今,郎维品老人和其他村民还依稀记得,2017年,文堂蕴通过深入调研和积极争取,从单位上争取来16万余元资金,亲自参与施工和质量监督,于次年修通了街上组至六角组、河头上组至余家湾的两座便民桥,坪子、岩脚、底古、窝子、余家湾等5个村民组3000多名村民从中受益,当地出行难、出行危险的"老大难"问题一下子得到迎刃而解。

"文胖子来我们村扶贫后,我们盼了等了六七十年的修桥问题就解决了,太感谢他了。"3月18日,麦车村坪子组70岁老人李朝贵感激地说。"河头上"便民桥修建前,李家河沟经常发洪水,李朝贵家位于桥旁的1.6亩地与露天河坝"平起平坐",几乎每年都会遭受洪灾,造成庄稼歉收甚至绝收。如今,这块地旁边有桥梁、河堤或堡坎"保驾护航",他再不用担心洪涝灾害了。

"这座桥真是我们的民心桥,现在不管开车还是走路都是安全又方便。"麦车村河头上村民组岳顶军不堪回首地回忆说。"河头上"便民桥建成以前,好几个村民组的村民去麦车村、以古镇赶集或上学,都必须要蹚过这条以河水为路的"河路",那时候大人在汛期背着孩子过河去学校上学或接孩子回家,他本人也常常用钢索去帮忙拉陷在河路中的车辆,每年要帮忙拖车五六十次以上。现在,桥建起来后,岳顶军买了一辆农用三轮车,在老家跑起了货运生意。

开展驻村扶贫工作以来,在文堂蕴等5名驻村扶贫队员的协调下,镇雄开发投资有限公司一直在竭尽全力地为麦车村基础设施补短板,不仅投资16万元修建两座便民桥,还筹资11万元为麦车村亮化工程安装路灯,筹资3万元完善村级组织党建文化宣传阵地,筹资2.5万元打通余家湾村民组的断头公路,筹资0.5万元配套22个垃圾桶,筹资3万元完善麦车村委会设施,协助实施麦车村农村危房改造和镇雄鲁家院子易地搬迁安置项目,实施麦车村的安全饮水工程项目、农网电改造项目,引进并建立镇雄县葱郁专业种植合作社,协助麦车村成立镇雄县嘎么种植合作社……

"脱贫攻坚,产业是支撑,是关键。"这是文堂蕴驻村扶贫以来始终坚守的信念,也是他倾力扶贫中极为看重的路子。

经过实地考察和请教专家,文堂蕴欣喜地发现,麦车村丢荒的山地多,气候潮湿多雨,适宜种植方竹来产笋子,具有良好的经济效益、生态效益。于是,在当地发展方竹产业的想法在他心里萌生,并迅速实施。2018年起,在各方帮助下,在文堂蕴和其他驻村队员以及麦车村委会人员的耐心劝说、引导下,麦车村群众被说服了,广种方竹3600多亩。

至今,文堂蕴挂钩的4个村民组的村民们依稀记得,最近2年来,文堂蕴为劝说大家由种苞谷改种方竹,一路入户走访,磨破了鞋底,踏破了门槛,说破了嘴皮,细算了无数次经济账,请过不少"说客"帮助"公关"。回忆起2019年冬天文堂蕴带领大家大种方竹的情景,麦车村榨房村民组的54岁农妇岳顶飞至今记忆犹新,历历往事立即浮现眼前:看着小文走路爬坡时劳累的样子,当时背着100来斤方竹苗爬坡也不觉得累的她和其他邻居并没有觉得好笑,而是心疼地叫小文不要去山上栽方竹苗了,然而小文说这是他的工作,再累也要一起去,必须看着大家按要求栽好方竹苗才放心。

如今，岳顶飞种下去的 10 多亩方竹长势良好，大部分竹子已有 1 米多高、小拇指粗，2 年后即可产笋，3 年后进入丰产期，采收期长达 50 年至 100 年，将步入长效增收的"快车道"。

然而，广种方竹只是文堂蕴在麦车村 4 个挂包村民组倾力发展产业扶贫的一个缩影。如今，包括他挂包的 4 个村民组在内的麦车村特色种植业随处可见，现有 3500 余亩方竹、290 亩香葱、440 亩魔芋、3600 亩板栗和 1800 亩核桃，孕育着生机，蕴含着希望，聚合为出路。

说起自己与文堂蕴的交往，麦车村马家寨村民组 55 岁的马绍香话语里装满了感激与敬重。

2018 年初，文堂蕴在一次走访中与马绍香相识，两人相见恨晚，过往甚密。通过交往，文堂蕴欣喜地发现，这个被自己打招呼时所称的"老马"不一般——这正是他驻村扶贫中一直苦苦寻找的脱贫能人、致富标兵，是值得麦车村群众特别是"卡户"学习的标杆、身边榜样，也是文堂蕴在驻村扶贫中向"卡户"们着重介绍的"正面教材"、励志人物。

这是为何呢？文堂蕴通过深入了解，惊喜地发现老马看上去不起眼，却具有激励、引导所有"卡户"脱贫致富奔小康的满满正能量：吃苦耐劳，勤俭持家，没有"等、靠、要"的思想，善学习、手艺多、技能广，特别重视子女教育。正是如此，文堂蕴遵循自己的扶贫理念，格外看中并努力帮扶老马这个非"卡户"，他要在麦车村父老乡亲中树立一个榜样，发挥老马在当前脱贫攻坚及今后乡村振兴中的"鲶鱼效应"、榜样力量。

"说实话，是小文彻底改变了我的养蜂路。"马绍香说，2018 年前，他还在采用传统的方法养蜂，看到老马的蜂房后，根本不懂养蜂的文堂蕴通过大量上网查阅资料，虚心请教养蜂专家，很快给他开出了创新养蜂的"方子"。2019 年初，在文堂蕴的指导和帮扶下，老马走上了一条全新的养蜂路：蜂蜜桶由传统的圆柱形变为采用新型养蜂技术的特制长方体，从贵州毕节市引进蜂种，再抬着蜂桶去林中、坡上、岩脚等野生蜜蜂较多的地方去增加蜜蜂数量。经观测，老马欣喜地发现，采用新蜂桶后，每 10 桶蜜蜂中有 8 桶蜜蜂成活。

2019年10月,老马采用养蜂新型技术的蜂房大获丰收,每个宽度为40厘米的蜂桶产蜂蜜为20斤至30斤,产蜜量几乎是传统圆柱形蜂桶产蜜量的近3倍,每斤野生蜂蜜卖价为200至260元,那一年除了送人的和自己留用的,蜂蜜卖了8000多元,产值是以前同样蜂桶数量的4倍以上。

为了感恩,老马给文堂蕴送去了一瓶野生蜂蜜,却被文堂蕴当场拒绝了:"老马,你的情意,我领了。但这个蜂蜜,我不能收,你养蜂才起步,你的娃儿还在读大学,正等着用钱呢。"

看到老马有点难为情的样子,文堂蕴立即笑着拍了拍老马的肩膀,来了一个约定:"老马,不要急嘛。干脆这样,等你把养蜂产业做大做强的时候,不需要你送来,我直接去你家拿……"

听后,老马拿着送不出去的那瓶蜂蜜,深刻地感受到自己在茫茫人海里认识文堂蕴这个亲如兄弟的朋友,"真是一种莫大的幸运和福气"。

对自己挂包的4个村民组和包保的11户"卡户",文堂蕴倾其所能,不遗余力地努力工作。而对于麦车村其他卡户和"非卡户",文堂蕴同样关心备至,献策出力,一直用心、用力又用情地下着驻村扶贫工作的"一盘棋"。王绍元是麦车村坪子村民组的"卡户",本不在文堂蕴挂包的4个村民组内,文堂蕴却同样要管"闲事",除了为他们一家申办了3万元的农村"农危改"建设资金、5万元产业发展无息贷款,还劝说并督促王绍元的老公、两个儿子常年外出帮人修房建屋,增加家庭收入。

"文同志没有一点官架子,对我们家很关心,像对待亲人一样。"王绍元噙着热泪说。

作为文堂蕴单位上的领导、驻村扶贫的队长和生活中的大哥,镇雄开发投资有限公司驻麦车村扶贫工作队队长张奎说:"胖子是长得有点胖,工作起来却从不退缩,从不懈怠,是一个百分之百合格的扶贫队员!"每每谈及文堂蕴在麦车村的驻村扶贫经历,张奎总会想起胖子在生前努力工作和服务群众的感人场景。

文堂蕴是个"多面手",靠自学成为电脑高手,熟悉各种软件,当仁不让地成为当地的免费"电脑老师",为驻村同事、麦车村委会干部及当地群众解决了许多电脑操作与应用的难题,驻村同事、村委干部涉及数据录入、表格制作、资料调取查询等方面的业务,基本由文堂蕴完成;在走村入户工作的闲暇时间,文堂蕴时常到麦车村委会为民服务站免费"打零工",帮助村委会干部调取信息,帮助群众复印资料,让负责这些具体业务的麦车村委会副主任省心又省事。时间长了,群众来办事或来访,都会习惯性地先看一看文堂蕴在不在,如果文堂蕴在的话,办事会更快更方便。长此以往,文堂蕴被大家调侃为"麦车村委常务副主任"。

文堂蕴的父亲文玉清对记者说:"这么多年看下来,我儿子基本做到了我对他的教育要求。特别是,我知道他去麦车村驻村扶贫,为当地做了一些实事,我很欣慰、很欣喜。说实话,他是我的好儿子!我为他骄傲!"文玉清老人直言,儿子文堂蕴"走"后,文堂蕴所在单位的领导、同事,以古镇、麦车村的领导、群众,还有镇雄县委、县政府的领导,都来亲切看望、慰问文堂蕴的家属,主动过问并帮忙处理文堂蕴的后事,还特事特办地为他们一家解决各种后顾之忧,让他们一家感受到了温暖,看到了希望,获得了力量,装满了感激。

文堂蕴的妻子钱慧琴是一名老师,一直以来,她始终把文堂蕴当作家中的"掌中宝"和"开心果"。"他是我的好丈夫,也是两个女儿的好父亲!"钱慧琴说。每逢妇女节、春节和她的生日以及他们的结婚纪念日,文堂蕴总会送给她各种各样精美礼物,也经常为女儿从网上"淘"来一些用品和玩具,教育女儿时以身作则、言行一致,答应女儿的事一定说到做到,而他本人的日常开销较为简朴,在家里干活勤快,在家外关心家人,大事小事有商量,两口子从未吵过架。自2017年9月以来,文堂蕴去麦车村驻村扶贫后很少回家,她又要忙着教书上课,夫妻俩一直聚少离多。可是,彼此间联系多、问候多,仍感觉到大家都快乐幸福地在一起。

今年3月5日,文堂蕴轮休回家,探亲假结束后返回麦车村,没想到这竟是一次永久的别离。

"4个多月前,我生老二,文堂蕴回来陪护了一个星期后,又去驻村扶贫了。"钱慧琴回忆说,今年3月8日下午3时40分许,正在麦车村扶贫的文堂蕴打来电话,说他从网上为女儿购买的玩具到货了,叫她去取一下快递,这也成为夫妻间的最后一次通话。"他是在驻村扶贫中倒下的,我永远爱他敬佩他!"钱慧琴坚强地表示,虽然老公"走"了,但生活还得继续,她会好好活下去,当个好妈妈,把两个年幼的女儿抚养成人,完成老公的遗愿,不辜负这么多好心人的期望。

桃李不言,下自成蹊。文堂蕴用年轻的生命在嘎么山下写就了一曲壮歌,让麦车人树立起强烈的发展共识。

温水村是高寒贫困山区村,隶属于盐源镇管辖。作为脱贫攻坚负责温水和干河两个村的指挥长的颜宏,他随时在村里走村串户,并十分熟悉村庄的人和事。但是,他对我讲得更多的,是一个叫邓豪的在两年前发生在盐源这块土地上的事情。颜宏的讲述,令我对他和他讲述的邓豪都肃然起敬!

颜宏一直记着那个日子,2018年5月11日,晚上。颜宏说,那天晚上邓豪去找他聊天,就他们两个人。邓豪是盐源镇党委副书记,分管扶贫工作。他俩都是外乡人,同在盐源工作,成了同事和朋友。所以那一晚,他们聊天时做出了一个约定,邓豪和他说:"我们两人在盐源好好地干几年,把盐源的脱贫攻坚干好才走。"颜宏说,邓豪这个人像他的名字一样,是个豪爽的人,常年对工作都非常认真。在平时,干事很有激情,像是有用不完的精力,很少见他休息。但是,谁也没有想到的是,就在他们聊天后的第二天,邓豪在去盐溪村工作的途中,突然感觉肚子疼得让他无法忍受,只有打电话告假去医院。几经辗转,在5月14日他去了云大医院做了一个全面检查。检查的结果让所有人难以接受,是急性白血病。才过了十多天的日子,颜宏听到了噩耗,邓豪走了。那一天,颜宏不知道自己都干了些什么事情,但他一直记得那个日子——5月28日。从听见邓豪走了的那一刻起,颜宏一直回想着那一晚他们的聊天,他被邓豪的话语灼伤,那是兄弟情谊的温暖。在5月30日那天,颜宏开着车,在昆明抵达镇雄的高速路出口处的泼机镇冷水洞,很想把他的骨灰盒放在自己的车上,便于和他说说话。但是,他未能如愿,邓豪的哥哥开着车直接把骨灰盒送回了家。一个充满生气和激情的邓豪,再次回到镇雄，却变成了一抔冰冷的骨灰。颜宏的心里感到一阵一阵的悲凉，邓豪上有老下有小，一是白发人送黑发人，二是还有一个八九岁的女儿就没有了父亲。

死亡就在身边，甚至就藏在人的体内。这是常识。但让人猝不及防的是，它来得如此之快，说好的一起把脱贫攻坚工作干好才走，颜宏的内心里真是无法接受。就是到了现在，两年多时间过去了，颜宏在和我们说起这件事时，眼眶里还饱含着泪水，我们也听得泪湿眼眶，分明感受到颜宏说这件事的语速和神情，瞬间有不同的变化。

颜宏说，在邓豪离开这个世界之后，他当时在心里立了一个誓言，把盐源的脱贫攻坚干好，每年去他的坟头上看望他一回，告知他工作的情况。他不断地说，今年的时间太紧了，到现在都还来不及去他的坟头看看。是的，那是个体生命的意愿与心情。

在邓豪离开时，他负责的付家寨，易地搬迁还未开始，他踏勘过的许多条乡村道路还没有硬化。颜宏是盐源镇人大常委会主任，分管扶贫工作。在他心里，眼前整齐排列的山头和寂静，或许全部是记忆、伤痛、擦痕和爱。在脱贫攻坚的工作中，他带着邓豪未完成的事业，对每村每户更加专注和深入，经过一年多时间，付家寨的易地搬迁工程圆满完成，易地群众住进了新房；邓豪当初踏勘需硬化的道路，已经全部硬化。

一直以来，颜宏的责任连同邓豪当初的意愿，就是要把脱贫攻坚干好。为此，在此后的七百多个日子里，他每遇上一件困难的事，都会想起邓豪和他聊天的那个夜晚，想起邓豪说的那句话："我们两人在盐源好好地干几年，把盐源的脱贫攻坚干好才走"。

从某种角度上来说，脱贫攻坚不但要唤醒熟睡的人，而且要千方百计唤醒装睡的人。如今，镇雄人开口闭口谈发展，一心一意谋发展，求新求变在发展。坚定的目标，强烈的共识，坚实的基础，感恩的力量，各方的帮扶，奋进的群众，一起蓄势发力，形成合力，让人们有理由相信：2020年，镇雄将顺利摘除贫困的帽子，和全国一道同步迈入小康社会。

决战脱贫攻坚,干部职工的作用不容小觑。这一点,各级党委政府十分清楚。中共云南省委根据镇雄县脱贫攻坚工作的现实需要,结合派出单位的性质和干部的专业专长,高标准、严要求,从省直部门、省属企事业单位和经济社会发展相对较好的昆明市、玉溪市选派了50名干部,到镇雄县驻村帮助开展脱贫攻坚工作。

2019年2月28日,省委下派镇雄县帮助脱贫攻坚的50名工作队员在认真学习了脱贫攻坚业务后,分别奔赴50个深度贫困村,开展脱贫攻坚工作,帮助各村脱贫出列。

县委书记翟玉龙在欢迎仪式上说:一个人的努力是加法,一个团队的努力是乘法。实现我们的最大价值,除了让自己幸福之外,力所能及地让周围更多的人幸福,希望50名同志驻村以后,充分发挥熟悉相关领域宏观政策、眼界开阔、专业素质高等优势,弘扬"假私济公"的奉献精神,在带领村组干部、驻村扶贫干部等人员把每一项脱贫攻坚短板补起来的基础上,力所能及地为镇雄面上的脱贫攻坚献计献策、争取支持。

1978年出生的徐波,是省委组织部组织三处处长、省委非公经济组织和社会组织党工委办公室主任,一个地地道道的镇雄人。得知省委即将派出工作队到镇雄县驻村帮助脱贫攻坚工作后,正值当打之年的他主动请缨,担任省委下派镇雄县帮助脱贫攻坚工作队队长,挂任镇雄县委副书记。到镇雄以后,徐波做的第一件事情,就是对50名来自省级单位和昆明市、玉溪市的干部做了一个"精准动员"。徐波说:"基于一种特殊的缘分,让我们有机会在一起做一个镇雄人,无论时间长短,在我们的生命里程中,镇雄将是我们的第二故乡。在此,我以一个老镇雄人的身份向各位新晋的镇雄人表示热烈的欢迎,同时也对各位勇于承担让镇雄如期脱贫、让镇雄人民过上幸福生活的艰难工作表示衷心感谢。"作为这50个人的"向导""联络员",徐波的心思再明显不过,他希望他们结合自身优势,努力挖掘资源,整合力量,使出洪荒之力,对50个深度贫困村下猛药、祛贫灶,真正帮出成效、帮出亮点、帮出经验、帮出后劲。

无疑,在镇雄工作的一年多时间里,徐波始终以"干好家乡事为己任"的情怀谋事创业,以"打铁还需自身硬"的敬勉正身率行,无论是推进脱贫攻坚还是工作队管理,他一贯用"身影"代替"声音",冲在一线,干在实处。为了不受两地分居给家庭带来影响,徐波动员妻子回镇雄来挂职工作,把孩子转到镇雄来上学。这一决定,让50名工作队员深受感染,纷纷亮出责任、捧出热情、拿出措施,充分发挥派出单位优势,加强省级单位和昆明市、玉溪市对镇雄的扶贫协作,立足镇雄所需、积极汇报争取、统筹力量突围,不断凝聚攻坚合力,累计为镇雄争取帮扶资金约15.8亿元,其中直接落地到50名队员所驻村达1.5亿元,为队员所在50个村脱贫出列和镇雄县整体脱贫攻坚提供了有力支撑。

下派工作队能够在短短一年多的时间里筑起一道"下派帮助"的风景线,与这个团队的自身建设分不开。作为镇雄人,徐波对镇雄的贫困成因、贫困特点、贫困程度自然是熟识于心的。在充分开展调研、走访的基础上,徐波根据不同时间节点的贫困特点和脱贫攻坚形势,及时调整团队思路,更新帮扶措施,打破一人一村的格局,按地理位置将工作队分为东、中、西片区,以工作队临时党支部各党小组所在区域为作战单元,每2到4名队员为一个互助小队,共同合力推进互助小队队员所驻村脱贫攻坚工作。同时,鼓励2019年已脱贫出列村工作队员在继续巩固好所驻村脱贫成果的同时,主动到目前脱贫任务仍较重的其他队员所驻村帮助、指导、协调,共同推进脱贫攻坚各项工作。截至目前,50名队员与镇雄各级领导干部并肩作战、攻坚克难,统筹推进疫情防控和脱贫攻坚,克服镇雄"6·29"洪涝灾害等不利影响,实现了战贫、战疫、战灾协同推进,50个村贫困发生率由队员入驻时的平均34.95%降至0,全面达到出列标准。

作为工作队长,徐波在统筹协调好工作队"帮助"工作的同时,努力把自己建设成为一个"示范队员"。徐波常说的一句话是"在上面要求人,在后面推动人,都不如在前面带动人",他自己所驻的泼机镇鹿角村,在村级基础设施、基本产业、基本服务、基层组织建设等方面都走在了前列,为全体队员提供了一个"样本"。在省委组织部工作多年,徐波深知,基层工作要实现突破,必须紧紧依靠党建引领。初到鹿角村时,他最大的感受就是村级党组织作用发挥不明显,党建工作流于形式,既不能促进工作开展,更无法凝聚干群共识。于是,他从党组织达标创建入手,认真梳理党建档案,持续推进"三会一课"、主题党日等组织生活正常化,每季度亲自为全村党员上一节党课,每个月结合产业发展、人居环境、自强自立等开展生动活泼的主题党日活动,带动全村党员认真对待党建工作;率先在全村推行"支部连到村、干部包到户""农村党员践诺承诺制度"等党建促脱贫行动,切实设计好每月"践诺"菜单,引导、教育农村党员主动认领,积极参与到脱贫攻坚中来,每月承诺办"一件好事",带头脱贫,带头提升人居环境,带头操家理务,带头传递正能量,让党员先做好自己,然后再去带动群众,切实发挥好党员先锋模范作用。同时,积极向省委组织部争取帮扶经费,为鹿角村修缮党员活动室、会议室和村级办公场所等,有效改善了村级办公和党员活动条件。今年,鹿角村党委成功创建为省级示范党组织。当然,在强化党组织战斗堡垒作用的同时,必须紧盯贫困村短板,努力夯实发展后劲。

鹿角村基础设施条件差,一直是制约全村发展的一个关键性因素。截至 2019 年 3 月,全村各村组间没有硬化道路,村民外出劳动靠走,各项物资运进靠背,给群众带来了诸多麻烦,咫尺家园若隔天堑。如此望"路"兴叹的现实,让徐波如鲠在喉,多次对全村交通情况进行调研,带着调研结果积极与有关部门协调对接,在他的努力下,协调帮助解决村组公路 32.4 千米,联户路 9.81 万平方米。同时,积极协调安全饮水工程,全面解决安桥、麻塘、山头等村民组 227 户 1084 人饮水灌溉难题;开展亮化美化工程,协调安装太阳能路灯 245 盏,购买了 1 辆压缩式垃圾车,修建了垃圾临时堆放场和 20 余个垃圾焚烧炉,人居环境得到大幅提升;筹建村史馆、文明实践超市,强化群众认同感、感恩心等。各项基础设施的改善不仅提升了群众的认可度、获得感,更为鹿角村今后发展提供了巨大后劲。

基础设施短板基本补齐后,徐波思考的如何构筑产业的问题,从"脱贫"的角度来说,在一个地方,缺少支撑产业才是最大的短板。在之前,群众增收的主要途径集中在外出务工和不成体系的种养殖业,收入种类单一、收入水平较低。为扭转这一局面,让鹿角村持续致富、长远发展产生"造血"能力,徐波带领村"两委"班子和驻村队员大力发展产业,积极融入全县"1+3+N"产业扶贫布局,通过"公司+支部+贫困户""公司代管+村集体+贫困户"等模式与华林种植发展有限公司合作,建立起5000亩毛叶山桐子和4200亩方竹基地;与福建佑康集团合作,即将完成4400头生猪代养点建设;结合特色产业发展,开展了200亩云参种植项目,使全村"短期能脱贫,长久能致富"有了一定基础。

欲问秋果何所累,自有春风雨潇潇。无论是镇雄人徐波还是工作队队长徐波,他和所有工作队员践行的是同一个崇高的使命。"帮助"只是一个工作上的术语,对于徐波和省委下派的50个工作队员来说,他们是在以一个"镇雄人"的身份担当镇雄发展中的一份责任,他们是一群看在"家乡"的分上而为美好岁月负重前行的人。

单就2018年来说,镇雄精准扶贫工作可谓捷报频传:全国社会组织助力"三区三州"镇雄交流会、云南省技能扶贫镇雄现场会等23个市级以上经验交流会在镇雄县举办,3个贫困村出列、13730户64276人脱贫,贫困发生率下降到17.6%……这一年,全县精准制定了十一大类110个项目清单,扣紧了脱贫攻坚"第二粒扣子",做到问题、措施、责任、时限"四个清";这一年,全县118个贫困村初步培育出新型合作经营模式下的脱贫产业,带动4.7万建档立卡贫困户稳定增收;培训建档立卡贫困劳动力12.71万人次,转移输出建档立卡贫困劳动力19.93万人,产业扶贫带动16.6万贫困群众稳定增收;这一年,全县全面启动1.12万户5.14万人的进城入镇易地扶贫搬迁,完成"四类对象"危房改造11241户,实施村组公路硬化2323千米、连户路144万平方米,完成14万人的农村安全饮水巩固提升,通村硬化路、动力电、广播电视、网络宽带和卫生室、活动场所达标全覆盖,实现贫困村房、水、电、路、信、校、医、所"八提升";这一年,发放各项教育补助资金7.3亿元,资助贫困学生16.11万人次,帮助11663名贫困学生申请助学贷款8802.2万元;这一年,建档立卡贫困户参合率达100%,家庭医生签约全覆盖,累计对7.99万贫困群众实施医疗救助3928.5万元;这一年,实施东西部扶贫协作项目57个。

这一年,镇雄大地发生了翻天覆地的变化

## 四

镇雄县人口众多,在县内创业、外出务工的能人不少。他们通过多年的辛勤打拼,逐渐成为某个领域的行家里手,开公司、办工厂,昔日的打工者成了人们口中、眼中的大老板和成功人士。

如何发挥县内致富带头人的传帮带作用,如何请在外能人回到镇雄或现身说法或投资兴业,助推脱贫攻坚工作,成了镇雄县委、县政府及全县30个乡镇(街道)党委政府思考的一个课题。

2018年4月4日,一场规模不大的座谈会在镇雄县牛场镇政府的会议室举行。会议的会标上赫然写着"牛场镇乡贤文化暨教育扶贫工作座谈会"一行大字。开这个座谈会的目的是抓住清明节该镇在外能人回乡祭祀的有利时机,与在外的能人共商家乡经济社会发展及社会扶贫工作大计,鼓励大家积极为家乡发展出谋献策,再掀社会扶贫工作高潮。

时间倒退到当年春节期间,该镇组织召开过一次返乡能人座谈会,鼓励大家积极反哺家乡,回到家乡发展,带动家乡父老乡亲脱贫致富。座谈会上,能人们积极建言献策,对家乡的发展方向、发展理念进行交流探讨。

"我从小在农村长大,16岁就出去打工,现在把'地肤子'(一种中药材)在家乡种起来,帮助大家一起发展。今年,我们计划捐资30万,支持牛场镇的教育事业发展,并帮助专业合作社把产业做好,与大家一起致富。"镇雄嘉美源投资有限公司董事长邓勇有自己的打算。

"去年牛场镇党委镇政府搭建了一个平台,号召本镇在外发展的能人捐资助学,我们也表示了一点心意,希望能减轻一些农村家庭的负担,让孩子们安心读书,走出农门。以后我们多做自己力所能及的事情,继续为家乡的脱贫攻坚出点力。"镇雄县长风中学董事长李克瑶表示。

"我们不但要捐资赠物,更要带回来一些发展理念,用公司化的管理方式,将筹集到的社会扶贫资金合理使用,让钱生钱,使大家捐献的资金产生效益,让钱活起来。"牛场镇能人程天周也毫不含糊,现场捐资10万元,支持地方建设。

座谈会结束后,为了让能人们对家乡的发展现状有一个更加深刻的认识,牛场镇党委镇政府还组织大家到诸宗村、和平村等地实地参观,了解家乡社会扶贫工作成效、高速公路建设以及产业发展思路与布局,鼓励大家回乡发展,带动贫困群众一起脱贫致富。

2018年2月末,《昭通日报》全媒体记者汪舒采访过黑树镇召开的一次返乡人士座谈会。在汪舒看来,这些返乡人士座谈时引发的头脑风暴,非常值得重视。

黑树镇位于镇雄县城东部,距离县城60千米,辖区的5个村,有3个村与贵州毕节市七星关区接壤,距离毕节市区仅25千米。过去,黑树镇在道路交通、集镇建设、文化公共设施、水电改造及农业产业等诸多领域打下了一定的基础。"十三五"期间,黑树镇围绕"建成小康黑树"这一主题,打牢基础设施硬件建设和党建两大基础,抓实以核桃、板栗为主的种植业和以黄牛、生猪为主的养殖业两大产业建设,以脱贫攻坚为引领,立志把黑树建设成镇雄东部最具魅力的边陲小集镇。

2018年,黑树镇进入脱贫决战攻坚的关键时刻,在扶贫项目覆盖的领域外,一些工作需要社会力量参与,比如中心集镇监控系统安装、老街升级改造、村组连户路绿化、乡村垃圾处理等。达则兼济天下,穷则独善其身。座谈会上,20多名来自昆明、深圳、昭通等地的黑树籍人士,涉足互联网营销、人才培训、工程建设、生态产品开发等多个行业,在了解家乡经济社会发展和脱贫攻坚工作后,为小康黑树的建成建言献策,并捐资助推脱贫攻坚。

大家一致认为,黑树镇要主打"区位"和"生态"两张牌,面向毕节形成的独特交通区位优势,在乡村振兴战略背景下,开发系列生态产品,面向贵州或更广泛的市场,未来前景将会更好。有人建议,可以创造条件搭建一个公司平台,用商业化的模式推动社会事业发展;可以建立助学基金会,降低全镇因学返贫的概率。

不仅是牛场、黑树,全县30个乡镇(街道)都不同程度地利用春节农民工返乡的机会,召开了座谈会,让本土在外企业家和乡贤能人为地方发展建言献策,认领乡愁。

近年来,特别是脱贫攻坚战役打响以来,随着各项强农、惠农、富农政策的不断激励引导,镇雄境内涌现出了刘业品、刘以斌、甘有贻等一大批农村致富能人,他们不仅自己创业致富,还带动周边农民共同富裕,在拉动本地经济增长、增加财政收入、扩大劳动力就业等方面发挥了重要作用。

### 刘以斌:引领展翅飞

镇雄县邦兴生态农业农民专业合作社及其核心区,位于芒部镇芒部村花园村民小组,距县城30千米,距芒部镇3千米。合作社核心区有标准化果树种植基地7000亩,其中,标准化栽培示范园3000亩,主要品种有奥德罗达李、清脆李、脆红李、神奇无核葡萄、红心猕猴桃、蓝莓等10多个品种,采摘周期持续5个月以上,2016年,实现产值6000万元。

合作社核心区依山傍水,风景宜人,是镇雄县着力打造的高原生态农业、经济林果和旅游业融合发展的示范区。

走进合作社核心区果园,一条溪流蜿蜒而过。放眼望去,果树满山满坡、浓绿苍翠,硕果挂满枝头,在阳光下熠熠生辉。置身林间,一股诱人的清香扑鼻而来,空气香甜,各种水果引诱着伸展的味蕾。

从县城来的郎先生一家玩得十分高兴。暑假期间,只要没有别的事,每个周末,读小学五年级的女儿都要来一次,摘水果、采野花、看蜜蜂、捉蝴蝶,寻找欢乐的时光。

果园现在成为庄园,它的主人叫刘以斌,是镇雄县邦兴生态农业农民专业合作社的理事长、党支部书记。

刘以斌有一本"水果经",有一条自己的"取经之路"。

从1998年开始,刘以斌便去了很多大、中城市,调研当地的水果种植品种、水果市场及销售情况、消费习惯,并引进桃、李等水果进行试种,学习、探

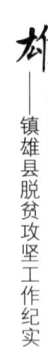

索果树种植。

2002年，刘以斌组建了农民专业合作社，以技术合作、土地流转等常规合作方式运营。当年，他凑足1万元钱，前往贵阳买回了500多株优质桃、李树苗，在自留山里种植，准备带动合作社社员种果树。第二年春天，栽下的桃李苗成活率近80%，他高兴极了，经常和妻子一起浇水、除草、施肥，像呵护孩子一样呵护果树，呵护一家人的希望。

2005年，合作社在经济林果上获得了第一笔经济收入3万多元，让乡亲们羡慕不已。尝到甜头的刘以斌并不满足，当年秋天，他再赴贵阳买回了1万多株优质苗木，把自留山全部栽满，并向乡亲们租赁了100多亩山坡地，带领社员发展经济林果，开始了规模化经营，并尝试育苗。

2008年，刘以斌登记注册了镇雄县邦兴生态农业农民专业合作社，注册社员117户。这些年来，他充分发挥自己的优势，引导加入合作社的农户从事专业化生产，提供病虫害防治及标准化生产等技术培训、销售信息和新品种引进等服务，帮助他们摆脱技术、信息、市场及资金等方面的制约，使其产品进入自己成熟的销售渠道，拓宽市场，初步实现了与大家共同发展、共同富裕的目标。

对这些敢拼敢干的创业者，镇雄县各级各部门自然非常喜欢，纷纷对刘以斌等农村致富能人给予大力扶持。

经过多年的严格对比筛选，刘以斌相继选育出产量、质量超过或达到原产地，产品档次高、抗性强、易管理的品种10余个，建起引试基地300余亩、苗圃400余亩、采穗园700余亩、标准化果树种植基地7000余亩。

刘以斌成功了，可他的水果生产还远远满足不了镇雄的消费市场。于是，他继续按照技术合作、土地流转等合作方式，把水果种植的眼光从芒部镇转向全县适合水果种植的乡镇。

在当地党委、政府和县直相关部门的关心支持和指导帮助下，刘以斌因势利导，按照依法、自愿、有偿的原则，通过土地流转，签订长期合同，把村民的土地以每年每亩400至1400元不等的价格租赁过来，发展水果种植。出租土地的村民不仅可以获得租金，还可以在刘以斌果园打工学习中密度矮化密植早产栽培法技术,每人每天的收入在80元左右。

刘以斌的果园里,种植的是美国澳德罗达优质李子、国产燕红优质桃等早熟、中熟、晚熟品种,第二年就有收成。他表示,还会继续推广自己总结出来的中密度矮化密植早产栽培法,认真做好示范,带动周边村民种植果树,共同致富。

机会只会眷恋有准备的人,抓住机会的刘以斌迎来国家的惠民政策,享受到"贷免扶补"等创业扶持,合作社的发展如虎添翼,释放出强大的活力。

2013年7月20日,以"探芒部古神韵,展镇雄新风采"为主题的芒部首届文化旅游暨邦兴生态鲜果采摘节开幕。采摘节通过文艺表演、游客采摘水果比赛、千人民歌大对唱等活动,做足了乡村旅游的戏份,也让合作社名声大噪。

采摘节期间,邦兴生态果园累计接待游客2万多人次,其中,来自湖南、四川、浙江等地的游客100余人次,游客自驾车4000余辆。短短几天,旅游经济收入就突破100万元。

刘以斌感慨地告诉我们,从来没有想到过采摘节活动的举办竟然会引起这么好的社会效应,获得这么多的经济收入。

芒部镇文化旅游暨邦兴生态鲜果采摘节每年都如期举办,吸引了县内外众多游客前来游玩,直到采摘活动成为一种常态,"采摘节"才退出历史舞台。

2015年开始,合作社依托生态自然资源优势,围绕山水做文章,将水果产业和旅游业有机结合起来,由单一的水果生产销售逐步转型为农庄经济,在芒部镇芒部村办起了邦兴生态农业庄园;在中屯镇平坝村新建了邦兴现代农业庄园,通过推出水果采摘、休闲垂钓、避暑度假等旅游项目,积极探索农村经济社会发展新模式,逐步向乡村旅游业转化,增加产业收入,给产业区百姓和社员带来更大利益。

十年磨一剑。经过这些年的发展,合作社先后被评为国家、省、市级示范社、市级龙头企业,成功创建为"农业部水果标准园""云南省科技示范园","邦欣"商标被评为"昭通市知名商标",新注册的"邦欣云之果"商标已经通过审核,生产的桃、李鲜果获得"绿色食品"认证,成为全县第一家"绿色食品"认证水果品牌。2017年,合作社申报"绿色食品"认证品牌一个、"有机食品"认证品牌三个。因为成绩突出,刘以斌被授予全国绿色小康户、云南省青年创业致富带头人、云南省拔尖乡土人才、云南省"两社一会"先进个人等荣誉称号。

"家有良田万顷,不如一技在身。"这条标语在合作社的农民技术培训学校教室外格外引人注目。教室里,被评选为镇雄县首届"名家"的刘以斌,正在对社员进行果树栽培及病虫害管理的培训。他详细讲解了桃、李的营养价值并分析其市场情况,又从产量与经济收入入手,鼓励乡亲们发展水果产业。

2008年以来,为了履行更多的社会责任,在镇雄县供销社等部门的大力支持下,刘以斌在合作社建起了每期能培训100人的农民技术培训学校,对社员及周边群众无偿进行培训。根据自己的栽种经验,将总结出来的桃、李中密度矮化密植早产栽培技术编印成册,免费发到社员手中,让他们慢慢消化吸收,掌握栽培技术,因地制宜地优化种植结构,发展水果种植。

合作社的培训讲究精准和实效。为了让农户掌握好林果栽培技术,采取理论联系实际的跟踪式教学,在田间地头实地培训,从果树栽种开始,按照果树生长周期教学,进行手把手培训。也就是说,刘以斌参照果树生长的过程,培训不同的内容,使培训更有针对性。

刘以斌告诉我们,通过政府与合作社共同出力,学员不仅不用交学费、培训费和材料费,还能享受免费的食宿。而这一切,都是为了打造出一批田间地头的技能人才,由他们组成骨干队伍,分头把技术教给他人,以点带面地推动技能扶贫工作。

2014年,村民罗启飞通过培训,掌握了选种、栽种、病虫害防治等技术后,在自家原先的几亩玉米地改种为李子树。望着长势良好的果树,她笑得合不拢嘴。3年后,她算了一账,比起种苞谷,每亩增收了6000元,两个儿子的读书费用也不用发愁了。

2015年,村民王怀忠把自家的3亩荒地流转给了合作社,他自己则成为一名合作社的工人。

王怀忠家的土地是荒地,十分贫瘠,用他的话说,就是"水浅地皮薄",以前种荞子连割都不用割,因为种了连荞种都长不起来;种苞谷,只能长那么一点点,没有什么收入。

提起自己的收入,王怀忠乐呵呵地说:"我这3亩地拿给他们栽果树,每年每亩土地给我300元租金,我给他做小工一个月有一两千,一年有1万多的收入。"

在合作社的培训下,在果园工作了1年多后,王怀忠掌握了果树栽培的所有技术。他把自家余下的近10亩土地全部种上了经济林果,开始憧憬着未来富裕幸福的生活。

合作社的技能培训,彰显了智力扶贫、智力脱贫的优势,充分发挥了人才在精准扶贫、精准脱贫中的智力支持作用。学校创办以来,开展50余期4000余人次技能培训,提升了广大贫困户脱贫致富能力,确保每户至少有1人掌握果树栽培技能,努力营造比、学、赶、帮、超的脱贫攻坚氛围,林果产业发展呈燎原之势,带动了数千名贫困群众致富。

2014年,合作社成立了党支部,有委员5人、党员53人。党支部自成立后,采取各种有效措施,不断加强组织建设,争当"乌蒙扶贫堡垒"。

一人富,不算富。带动自己周围的群众脱贫致富,理当成为每个基层党员的责任和追求。刘以斌说,合作社为了带动更多的群众致富,党支部委员每人负责一个村,由委员与村里联系,把技术由合作社先教给党员,党员再教给群众,这样一来,所有人都懂得栽培技术了。

同时,党支部还结合实际开展"乌蒙扶贫先锋行动",通过种植技术培训、市场信息交流等,提升政治引领能力,努力构建脱贫攻坚的坚强战斗堡垒。全社党员在脱贫攻坚战场上争当"乌蒙扶贫先锋",带头按照"自愿、共利"的原则,采取"党支部+合作社+村委+党员+社员"的股份合作运营模式,全力结对帮带合作社成员特别是成员中的建档立卡贫困户脱贫致富,获得了社会各界的一致好评。

2016年6月5日,时任云南省委副书记、省长陈豪在合作社调研时,为市县乡村基层干部、党员代表和驻村扶贫工作队员讲授了一堂务实精彩的"两学一做"学习教育专题党课。他说:"生态园桃李满山坡,就是本地党员干部带领群众自力更生、艰苦创业、脱贫奔小康的真实体现。"

为了能带动更多的贫困户脱贫致富,合作社党支部与村委合作、与农户合作,通过村委组织发动,党员带头以土地入股、资金入股、劳动力入股等形式增加农户信心,鼓励农户加入合作社。合作社为农户提供资金、技术、市场营销等服务,并选育优良品种,扩大规模,通过规范化、标准化种植,提高产量,增加农民收入。

针对最初的技术合作、土地流转等合作方式导致土地流转农户受益低、农户不愿加入,不能真正做到让贫困群众脱贫致富,且合作社投入大,短期难以发展壮大,给规模发展带来障碍的现实,刘以斌探索总结出了合作社+村委会+农户(主要是建档立卡贫困户)三方共赢合作模式,由合作社提供技术,做规划,做品牌,做市场,村委会组织实施,参与管理,贫困户出地出力,按收入1∶3∶6的比例分成,村委会占10%,合作社占30%,农户占60%。这种合作方式吸纳了更多的建档立卡贫困户加入。

2017年初,合作社采取集中流转土地、与村集体和建档立卡贫困户共同建基地的模式,由贫困户把扶贫切块资金作为入股资金,在芒部镇芒部村、中屯镇柳林村和平坝村、盐津县牛寨乡万和村等地,新建蓝莓、猕猴桃、李子、甜柿、葡萄基地6000余亩,保障产业村集体有收入、贫困户年年有分红、土地流转给合作社的农户在合作社务工,人均纯收入10000元至25000元。入股资金前3年按股金10%的利润分红,之后根据实际的利润分红,并且利润分红要超过股金的10%。

据了解,合作社现有长期务工人员40余人,临时工160余人,村集体收入每年10万元至30万元。目前,合作社社员由最初注册的117户发展到2017年的4000余户,种植水果近6万亩。其中,建档立卡贫困户1000余户,近5000人,建有基地2万余亩。2017年,400余户贫困户种植的果树进入盛产期,年户均可增收20000元,实现脱贫出列不在话下;其余的,在2018年、2019年相继进入盛产期,2019年可全部脱贫出列。早期加入合作社的部分社员年收入已经有10万元以上了,住进了新房,有了车子,成了当地的致富带头人。

投身脱贫攻坚,邦兴生态农业农民专业合作社大有可为。"十三五"末,合作社将在全县适宜区域建成10万亩标准化基地,带动万余户群众致富,实现产值6亿元以上,为全县决胜脱贫攻坚、推动跨越发展做出积极的贡献!

## 甘友贻:不走寻常路

核桃在我国素有"智力神""长寿果"之美称,镇雄县自古就有种植核桃的习惯。核桃是镇雄致力打造的"四大林产业"之一,目前,全县约有核桃68万亩。

作为镇雄核桃的主产区,以古镇的山上坡上,田间地头到处都是核桃树。野生的、栽种的,几年的、几十年的、上百年的……一到秋天收获时,核桃树就变成了"摇钱树"。比道角村的核桃更闻名。这些核桃,都是甘友贻带领村民种植的。

1962年3月,甘友贻出生在以古镇比道角村陇家沟村民组的一个贫穷家庭。8岁时,他上山割草时,不小心摔倒,造成左手骨折;12岁,他扎草喂牲畜,右手被扎断三个手指,落下了残疾。原本,他想通过读书改变命运,但因家庭贫困不能读下去,上完初中便只好回家务农了。

家庭的贫穷、身体的残疾并未击碎他对美好未来的向往和追求。

自1984年起,甘友贻开始担任生产队队长,1990年以后,他先后担任老官房村村主任、岩洞脚和以古村党总支书记。2000年,实行村民委员会自治后,他把发展家乡、改变家乡面貌作为自己的追求,熟练农村工作、懂经营、会管理的他高票当选为比道角村主任;2004年,他当选为比道角村党总支书记、村主任,实现支书主任一肩挑;2016年5月开始,他退居二线,担任比道角村党总支副书记。

甘友贻对核桃产业情有独钟,曾经到贵州省赫章县等地考察学习核桃种植。前些年,他抓住省林业厅挂钩帮扶以古镇的机会,大力培训村民,在比道角村种下了20012亩核桃树,人均达4.6亩。

2007年，比道角村良子村民组的曾国品死后，留下妻子杨继荣，女儿曾太米、女婿杨绪宣和曾国品的两个侄儿曾太先、曾太忠争着赡养杨继荣，目的就是希望在她百年以后能够继承她的几棵老核桃树。

三家人发生纠纷后，甘友贻去调解时发现，曾国品留下的每棵老核桃树每年的产值高达3000元，每年光核桃树的收入就能上万元。

这次调解，坚定了甘友贻发展核桃产业的信心。

2011年11月，他注册成立了镇雄县友贻核桃专业合作社。

合作社成立后，甘友贻不走寻常路，他立志要勇闯"大市场"，把以古核桃销往全国，带领村民脱贫致富。

镇雄县友贻核桃专业合作社注册资金360万元，共有社员68户153人，其中建档立卡贫困户6户25人，残疾人9户14人。社员以土地、核桃树、资金入股，利益共享、风险共担，社员按投资投劳比例分配利润。合作社成立以来，在甘友贻和广大社员的共同努力下，规模逐步扩大。

长期在村上工作的甘友贻知道，以古核桃和镇雄的很多土特产品一样，养在深山人未识。据《本草纲目》载，核桃"食之令人肥健、润肌、黑须发、通润血脉、骨肉细腻，能补气养血，润燥化痰，益命门，利三焦，温肺润肠"。甘友贻看重的就是核桃的营养价值和药用价值。

合作社成立后，甘友贻决定，选好品牌、做好商标，打响"友贻"这个核桃品牌。他把合作社生产的核桃送到云南省分析测试中心检测，结果显示，核桃每100克含粗脂肪62.4克、蛋白质19.7克、铁3.94毫克、钙101.54毫克，具有较高的营养价值。

有了这么好的产品，甘友贻更加坚定了走品牌发展之路。

经过不懈努力，合作社成为云南省核桃加工与流通行业协会会员单位，2012年12月被云南省林业厅、财政厅、供销合作社联合社认定为省级示范社。在2014年度全国优质产品推广活动中，经中国名牌企业联合发展推广委员会、中国国际品牌调查中心联合审核，镇雄县"友贻"牌核桃成功入选《中国名优产品》名录。2015年，"友贻"牌核桃获得国家有机产品认证；2016年12月，获云南省农业厅云南名牌农产品等荣誉。

随着人们对有机产品、食品需求的不断增加,有机核桃发展前景广阔,深受广大消费者的青睐。"友贻"牌核桃获得有机产品认证后,为核桃种植和销售开辟了一条新的发展之路,并带动其他核桃基地发展有机核桃种植,以满足市场需求。

目前,合作社在本村范围内带动发展核桃种植户1100余户4316人,其中,建档立卡贫困户167户596人,残疾人73户82人,面积20012亩;每年帮助社员和周边群众销售核桃100吨以上,纯收入300余万元,社员年人均核桃收入增长500余元;带动周边场坝镇罗汉村、彭家寨村,以古镇安尔村、麦车村共2100户,代销核桃80余吨,使周边几个村的群众共增加收入240余万元,为当地农民致富创造了良好的平台。

甘友贻为当地核桃销售做出了巨大贡献,得到了当地村民的拥护和爱戴,村民们对他的建议言听计从。

比道角村水塘村民组46岁的聂国亮是个残疾人,又是建档立卡贫困户。甘友贻动员他种植核桃,从种植、田间管理到采收烘烤,进行全方位技术指导。聂国亮按甘友贻说的办,如今已发展种植了5亩核桃树,核桃挂果后,他不通过政策兜底也能顺利脱贫致富。

在2017南亚东南亚国家商品展暨投资贸易洽谈会上,甘友贻带着镇雄"友贻"牌核桃亮相高原特色产业展馆,受到了消费者和客商的一致好评。他们品尝了具有环保、绿色、健康、营养等特点的"友贻"牌核桃后,纷纷竖起了大拇指点赞。

甘友贻对核桃十分入迷,不仅掌握了核桃有机产品种植技术,而且对全村、全镇甚至周边乡镇的核桃都心中有数。对有好品种、大核桃树的群众,动员他们加入合作社;对品种不好的核桃树,他建议通过高枝换头解决,担心群众不相信,就从自家的核桃树下手进行改良,为更多的贫困群众脱贫致富创造条件。

为了降低种植风险,有效预防各类病虫害的发生,减少种植户的损失,增加社员收入,甘友贻和合作社每年年初都会自筹资金聘请农业专家和核桃种植专家给社员和周边群众授课,讲授核桃种植、高产、嫁接、修枝定型、科学施用农家肥、病虫害防治、采收、加工管理、"埋青"、"除白"等方面的课程。几年来，聘请各类专家10余人，授课2000多人次。通过培训，切实提高了农民种植水平和核桃的种植效率，核桃产量提高了20%，品质得到了提升。

比道角村陇家沟村民组的段彩伦，全家五口人有三口是残疾人，在甘友贻的指导下，段彩伦和儿子段元勇学到嫁接技术后，2017年把自家三分之一的核桃换成乌米核桃，第二年就挂果，2018年全部换完。进入成果期，他家的核桃收入就翻了一番。

比道角村双山村民组的黄先发是建档立卡贫困户，他认为天干饿不了手艺人，发展核桃是长远之计，在甘友贻的指导下，发奋学习核桃嫁接技术。如今，他家不仅养牛、养蜂，还种了15亩核桃，发展起循环农业，于2018年成功脱贫。

"友贻"牌核桃是有机产品，技术要求高。甘友贻和合作社严格按照有机食品的生产程序操作，提供技术指导，走优质发展之路。合作社不仅设立了24小时服务电话，而且定期到种植户核桃树下进行巡回技术指导，提供全方位无偿服务，最大限度地保证种植户的经济利益。2016年，合作社申请打造的800亩国家农业综合开发乌米核桃基地通过验收。随着核桃树不断成长，从5年挂果到10年进入丰产期，将带动合作社全体社员和周边3000多户核桃种植户实现上千万的收入，解决2000人以上的就业，提高当地年人均收入千元以上。

无论是社员还是周边的种植户，只要产品达到合作社要求，甘友贻和合作社都帮忙应销尽销，通过服务争取让更多的种植户尤其是建档立卡贫困户加入合作社中来，壮大合作社队伍，共同提高种植效益，增加收入。如今，合作社覆盖的核桃种植户每年以30%在增加。通过几年来的实践证明，合作社的品牌效应提高了种植户的经济效益，促使群众走向致富之路。

甘友贻的合作社被阿里巴巴网站评为讲诚信6年店，先后与多家厂商建立了长期合作关系并作为固定的销售主渠道，为合作社的核桃走出镇雄、走出云南、走向全国奠定了稳定基础。

如今,比道角村发生了翻天覆地的变化,呈现出一派欣欣向荣的景象,一条条公路通往每个村寨,一片片核桃林覆盖整个村庄。天更蓝了,山更美了,水更绿了。

经过精心打造的陇家沟新农村示范点,被市县两级评为特色村、市级文明单位。放眼望去,一条小河穿村而过,沿河两旁一幢幢瓷砖白墙、青瓦、斜屋顶,错落有致的农家小院展现出美丽的风姿,文化广场、农家文化大院、健身器材,一应俱全,村民家家院坝干净卫生,屋外青山绿水,屋内摆设整洁,真可谓"村在林中,房在景中,人在绿中"。每到春夏季节,来这里参观旅游的客人不少。

下一步,甘友贻的合作社以发展核桃深加工为重点,力争引资进村开展项目合作,加工核桃粉、核桃糖、核桃油和核桃乳,延伸核桃的产业链,提升其附加值。下一步,合作社将立足镇雄68万亩核桃资源,加工核桃花,生产核桃青壳农药,生产核桃壳工艺品,进一步将核桃产业做大做强,助推脱贫攻坚。

甘友贻说,条件成熟时,合作社要利用其境内的千年长寿树、万亩茶花山、石龙南涧峪、以拉原始森林、三面小河水等旅游资源,因势利导打造核桃采摘观光旅游业。

## 高云:难忘故土情

"我们只做彩云之南的好礼物、云端之上的好板栗。"说这话的,正是云南镇雄滇龙生态科技有限责任公司董事长兼总经理高云。

"板栗""镇雄""滇龙""高云"这四个关键词的背后,都有什么故事?

小时候,镇雄县泼机镇人高云的家里非常贫苦,母亲很早就因病去世了,一家人的收入只靠种苞谷、洋芋和父亲打零工维持生计。懂事的高云心里明白,只有刻苦读书,才能改变命运。

2005年,高云以高分被湖南湘潭大学录取。大学期间,他白天上课,晚上兼职,利用课余时间打工赚取生活费和学费,毕业后进入江苏一家集团公司做职业经理人,靠着一双勤劳的双手,生活也慢慢地好起来了。

2012年，一直怀揣着家乡梦的高云回到了镇雄，打算为家乡的发展贡献绵薄之力。近些年来，镇雄大部分年轻人外出务工，造成大量山地闲置。高云想：这些山地完全可以用于发展特色农业，搞好了，既能让荒山披绿装，遏制生态恶化，又能解决大量本土闲置劳动力的就业问题。

经过两年多的市场调查，高云选择了板栗种植。在他看来，这是一个既能保护生态环境又能带动老百姓致富的产业。

2014年，高云与朋友和投资商协商后决定，成立公司种植板栗树。这一举措得到了镇雄县委、县政府的大力支持。于是，高云正式注册成立了滇龙生态科技有限公司，注册资金2200万，完成土地流转2089亩，开始带领乡亲们在家乡泼机镇的荒山上种植板栗树。

和所有的创业者一样，高云的创业初期历经艰辛。滇龙公司采取的流转土地模式，起初并不被当地一向排外的老百姓所接纳。由于他们常年受到陈旧思想的禁锢，根本不相信会有这样的傻老板、蠢投资商会做这种流转土地种树的事。但高云仍顶着非议与置疑召开群众会议，最终得到了群众的认可和接纳。

有了政府的扶持、群众的支持，滇龙公司开始走向正轨。不到2年时间，泼机镇的荒山被绿油油的板栗幼苗所覆盖。以土地流转的形式将山地从农民手里集中到公司，公司支付土地租金，获得土地使用权。农民除租地外，还可以在公司工作，获得稳定的收入。

张孟松是泼机镇张基屯人，他在滇龙公司张基屯板栗种植基地管理着600亩板栗地块和8个员工。他算了这样一笔账："我每月在这里上班，固定工资每月有1800元，土地流转的租金1500元，加上我管理600亩板栗，挂果后每斤能拿到5毛钱的提成，按照最低50吨的产量，年收入也有七八万元，我们这里的村民看到这势头都非常有信心和决心把板栗种好"。

滇龙公司采取"公司+基地+农户+食品研发+深加工+品牌运营"的全产业链经营模式，打造全球单体最大的板栗种植基地及产品精深加工基地。随着基地的不断扩大、产业链的不断完善，逐步为镇雄县农民脱贫致富起到重要的助推作用，对当地扶贫攻坚也起到了良好的辐射带动作用。

截至目前,滇龙公司已建设完成标准化板栗种植基地11000多亩,种植区域覆盖2个镇5个行政村,直接受益农户6000多户30000多人,年人均增收1200元。基地解决固定就业人员267名,其中建档立卡贫困户53人,解决8000余人的临时就业。

如今,这家公司拥有年产1800吨的全自动智能化速食板栗仁生产线和5000立方米的冷库,拥有注册商标35项、核心专利22项,与苏州大学、湘潭大学、西南林业大学进行产学研一体化合作,生产的板栗富含核黄素、淀粉、可溶性糖、维生素C及12种微量元素、16种氨基酸,具有204∶1的热比值。

滇龙公司主打品牌"云栗"上市以后,遂进入云南所有的家乐福超市以及大尔多卖场、喜玛特超市、日新达连锁超市等云南主流卖场,与中石化易捷便利店、中国石油便利店等合作,产品覆盖云南省内70%以上加油站和高速公路服务区。

高云说:"对于大山深处走出去的农民的孩子,家乡便是我们的世界;对于祖祖辈辈生于农村的农民,家庭便是他们的世界。创造更多的绿水青山,让其化作金山银山,让更多的人实现在家门口就业,享受老有所依、幼有所养的天伦,是我们创业的初衷。"

滇龙公司的下一步打算,是立足于镇雄得天独厚的立体环境,发展现代立体农业,将资源变成资产。这个模式,高云叫它农业"5.0"模式,也就是基于生态环境动态平衡而产生的立体农业发展模式。

与此同时,借助互联网营销思路,将优质的农产品做成商品。用高云的话来说,公司要做的是利用现代物联网技术结合大数据,利用生物间竞争关系原理构建高标准农田生态平衡体系,打造安全、环保、无污染的有机生态农产品;借助现代科学技术手段实现所有产品生产过程的可溯源性及种植加工过程的可控性,坚持创新引领,不断丰富板栗全产业链产品。

"互联网+现代农业"使得农业规模化、产业化成为可能,不仅在利用土地资源的同时破解了新常态下农民工返乡就业难的困境,还解决了种出来卖不出去的渠道难题。

由于企业经营管理出色,滇龙公司被评为国家高新技术企业、全国首批

CAQS-GAP 试点单位,被省、市、县评为科技型企业、龙头企业、优秀民营企业,"云栗"系列产品已通过"绿色食品"认定,被认定为云南名牌产品和优质农产品。高云本人先后被评为镇雄县优秀民营企业家、云南省第七届百名拔尖农村乡土人才,并获得"云南省青年五四奖章""全国农村青年致富带头人"等荣誉称号。

正是看中高云的这股开拓精神,2019 年 3 月 20 日,镇雄县委、县政府经过研究后决定,聘请高云担任镇雄县农业开发投资有限公司(简称"农投公司")总经理,希望他能在镇雄农业产业的发展上有一番新作为,也希望农投公司在他的带领下能为全县脱贫攻坚建功立业。

从 2019 年开始,高云计划用 3—5 年的时间,投资带动 10—20 家年产值 100—1000 万元之间的现代农业新型经营主体,投资带动 3—5 家年产值 1—5 亿元之间的开袋即食产品加工企业,启动镇雄品牌计划,投资孵化 3—5 个全国知名的快速消费品食品品牌。

## 成奎忠:以梦为马

致富带头人成忠奎的另一个身份,是中屯镇建档立卡贫困家庭的一员。

9 年前,他踏上了去广东省找工的路。9 年间,他兢兢业业致力于汽车模具设计,在广东省东莞市举办的技能大赛中荣获二等奖。如今,怀揣着创业梦返回老家的他,准备带领建档立卡贫困群众致富。

时光回到 2009 年,成奎忠还是高考大军中的一员,录取通知书寄到家里,因成绩与理想还存在一定差距,成奎忠最终放弃了上大专的机会。没有选择继续读书,就外出务工学一技之长。于是,成奎忠加入外出务工的大潮中。

初到广东,人生地不熟。要在一个极为发达的城市实现自己的价值,相当不容易。成奎忠的第一份工作,是在东莞市清溪镇的一家电池厂做品质巡检员。他是个勤学善思的人,想让自己的人生实现更大的价值,因多次想加入技术部锻炼却屡次被拒,毅然离开了这个工作岗位。辞职之后,成奎忠不得不重新思考、定位、规划自己的人生。

2011年5月,成奎忠到东莞市骏易五金模具有限责任公司上班。2011年,成奎忠开始学习设计相关知识,开启了学习模具设计的大门。

"刚开始当学徒的两年,每月仅有500元的补助金,可以解决吃饭问题,能住在公司,还能有500元的补贴,总比那些一分钱都没有的好多了。"他深知找到学习机会很难,便倍加珍惜,虚心向设计师们请教。

模具设计需要用到英语,然而仅有高中英语的词汇量是远远不够的。遇到困难就打退堂鼓,不是成奎忠的个性。怎么办?他每天早晨7点就起床,开始背诵英语单词。有时候,到了晚上12点,他还在学英语。就这样,苦学英语、勤学设计知识,他坚持了3年。

跟着师傅学习的4年里,成奎忠学会了很多设计方面的知识。

2016年3月,成奎忠被云南力帆骏马车辆有限公司聘为技术顾问。近1年的时间内,他为公司培训了16名模具设计人员。

2017年3月,成奎忠回到东莞市中际汽车模具有限公司工作,任设计部经理。工作中,他更加兢兢业业,严格要求自己,努力使自己设计的作品更有价值。

2018年,成奎忠荣获模具设计师(冲压类)项目二等奖,拿到8000元的奖金和荣誉证书。鉴于他在2018年东莞市现代制造技术职业技能竞赛模具设计师(冲压类)项目中的优异表现,同年12月4日,东莞市人力资源和社会保障局授予他"东莞市技术能手"称号。

目前,成奎忠在积极筹备镇雄县百名汽车模具设计师培训计划,让镇雄县部分18—30周岁的建档立卡贫困青年积极参与到现代制造技术的学习中来,并推荐就业,让其家庭增收致富,为脱贫攻坚贡献力量。

近年来,镇雄县建立了围绕脱贫攻坚布局产业、围绕产业发展布局基础设施、围绕基础建设整合项目资金和资金跟着穷人走、穷人跟着能人走、能人跟着产业走、产业跟着市场走的"三围绕四跟着"机制,将产业扶持专项资金测算到人、归口到户、集中投入、打捆使用,按照人均不低于1500元的标准安排产业扶持资金1.45亿元,引导贫困群众入股专业合作组织或企业,覆盖贫困人口9.6万人;引进培育了云南农垦集团天使薯片加工、福建佑康生猪养殖、黑颈鹤公司云笋加工等企业37家,引导新建家庭农场62个、各类专业合作组织940个,让贫困群众跟着能人走、跟着产业走、跟着市场走,逐步走出贫困、走向富裕、走向更加美好的未来。

# 第三章　各个击破"主战场"

2015年9月3日上午,县城金叶宾馆二楼大会议室,镇雄县扶贫开发和"挂包帮""转走访"工作暨农村危房改造、抗震安居工程建设会议召开,镇雄县委、县政府发出动员令:全县上下统一思想、深化认识,立下军令状,拿出硬措施,倾力"挂包帮",着力"转走访",坚决打好打赢全县扶贫攻坚战,与全国、全省、全市同步实现全面建成小康社会的奋斗目标。

在这个会上,镇雄县委、县政府提出:当务之急,是必须先打造出一套切实可行的"镇雄样本",引领全县扎实推进脱贫攻坚工作进程。

事实上,在2015年下旬这个时间节点召开这个会议,其针对性自不必说,单就"挂包帮""转走访""农村危房改造""抗震安居工程建设"四个方面来说,就如何突出脱贫攻坚的主要内容、如何补齐当前存在的短板、如何夯实各个环节的基础力量等作了重要的明确,算得上是奏响全县脱贫攻坚第一轮"集结号"。也就是从那个时候开始,县委、县政府正式做出了"抓实以脱贫攻坚为统领的各项工作"的号召,所有工作都必须围绕脱贫攻坚展开,所有工作都必须为摘除贫困帽子鸣锣开道,所有政令都必须指向让老百姓过上幸福而又有尊严的美好生活上来。

"镇雄样本"如何打造?在脱贫攻坚这场注定无比艰辛的战役中,如何体现出各级领导、干部及普通群众在实际行动中"抓实、抓细、抓出特色、抓出成效"的工作方法,这是一个严峻的课题,也是一项需要积极探索的庞大的系统工程。

从2015年到现在,整整5年,云南省委书记陈豪挂钩帮扶的芒部镇松林村店子、团山、上下街省级示范点,昭通市市长郭大进挂钩帮扶的以古镇岩洞脚村下寨市级示范点,镇雄县委书记翟玉龙挂钩帮扶的雨河镇乐利村、中屯镇齐心村,县长张洪坤挂钩帮扶的坡头镇德隆村县级示范点,相继闪亮登场。一个个示范点被逐渐打造成"各有所成、各具特色、覆盖本圈、辐射周边"的脱贫示范体系,进而形成了"建成一个、带动一片、致富一方"的良好脱贫攻坚效应,也成了当地干部群众津津乐道的话题。

这些年来,我们多次深入这些示范点进行采访。每一次进村入户,都会有全新的感受和发现;每一次深入采访,都会被示范点的旧貌换新颜所打动。

一

2017年6月14日,时值初夏。我们一行三人驱车从镇雄县城赶往芒部镇松林村。汽车沿着镇凤二级公路一路前行,不到半小时,我们就抵达芒部镇境内了。

地处镇雄县境中部、县城西北部的芒部镇,境内地势高阔,四时偏寒、多风积雨、云雾密担,素有"云雾古芒"之称。"古芒",即"古芒部",历史悠久、文化底蕴深厚,是镇雄历史上开发最早的地方,也是镇雄彝族土司文化的发源地。

云山雾罩中,公路左侧的一块黝黑石头上,"上下街"三个黄色大字隐约可见。车身缓缓左转,继续沿着崭新的柏油路向前行驶,我们便置身于芒部镇松林村上下街示范点了。

这是一个色彩浓郁的彝寨。依山就势的一栋栋房屋,黑瓦、黄墙、红线条,反映彝家生活的壁画,加上黑色的柏油路、绿色的树木、五颜六色的鲜花、造型别致的路灯,恍若置身于一幅色彩明艳的油画中。

这是一个充满活力的彝寨。候龙山广场上,彝族同胞围着火把纵情歌舞;文化陈列馆内,游人徜徉其间领略质朴幽深的彝族文化;微菜园里,游客们在体验着彝家农事农趣……污水处理站、雨污分离管、垃圾清运车、垃圾桶、集中畜圈、沼气池——这里的田园生活,散发出新时代的气息。

虽是农村,却像一个现代化气息浓郁的城市高端住宅小区;虽像城市,却有一派自然的田园风趣。在这个彝寨里,究竟发生了怎样的故事?

"感谢陈书记!自从他挂钩扶贫后,上下街就变得越来越好了!"说这话的,是上街村民组50多岁的彝家汉子安顺荣。他口中的陈书记,正是云南省委书记陈豪。

2015年10月18日,安顺荣刚出门不久,家里就来了一拨客人。经旁人介绍,其妻王家翠才知道,她家成了时任云南省代省长陈豪的结对帮扶户。

王家翠哪见过这样的场面!当即战战兢兢起来。不过,陈豪和蔼可亲的形象和轻松质朴的谈吐,让这个从未走出过方圆100里地的农村妇女很快就消除了内心的不安,心情慢慢地平复下来。

短短10分钟的交谈,安顺荣向陈豪和盘托出了家底:住房有些开裂,却没钱维修;丈夫患腰椎间盘突出多年,干不了重体力活;如今待在家里的女儿安宁,前些日子在外打工,却没能挣到钱……

攀谈过程中,陈豪直夸安宁懂事、性格开朗。他问安宁:"想学什么技术?想学的话,可以参加政府组织的免费技能培训。"

省长的到来,让安顺荣兴奋了许久,找到了一张当时陈豪到他家走访时的照片,冲洗装框后,摆放在电视柜上方最醒目的位置。

不过,让安顺荣一家未曾料到的,是在陈豪离开后不久,一个山村的华美巨变悄然发生了:上下街被列为脱贫攻坚省级示范点进行综合打造,包括安顺荣在内的很多贫困农户家被列为危房改造对象。不久,他们得到了3万元、4万元不等的建房补助、财政贴息贷款。一家经过招标程序的建筑公司很快进驻上下街,对这里进行了脱胎换骨的打造。

1年后,安顺荣一家住进了两层崭新的彝族民居。硬化过的院坝平坦、干净,边缘还砌了一个花台,安顺荣就在里面种上一些花花草草。远远望去,新居就像一栋别致的小别墅。

因为特殊原因,安顺荣的女儿安宁未能参加县里组织的免费技能培训,不久之后,她去了省城昆明,成为一家服装店的导购,食宿全包,月工资1500元,待遇不算太低。而安顺荣的妻子王家翠把握住了这个机会,参加了镇里、省里组织的免费技能培训,学养殖也好,学烧烤技术也罢,过去只会操家理务的她,现在却掌握了两门手艺,让她萌生了靠手艺挣钱的想法。

由于身体原因,安顺荣无法外出打工。在芒部镇镇党委镇政府的关心下,他成为松林村卫生保洁队的一员,每月工资600元,加上在周边打点零工,每年挣个1万元不是问题。

作为农民,农业生产不能丢。1亩地种玉米,1.5亩地种洋芋,收益虽不大,但能解决一家人的温饱问题。等2亩桃树挂果后,又有一笔比较稳定的收入进账。2000余元的贫困户产业发展资金,入股镇雄聚鑫源种养殖农民专业合作社,每年可参与分红……一个个看似不起眼的增收途径,汇成一家人脱贫致富的稳定保障。

在松林村委会办公室,我们看到了一份村委会与上面提到的这家专业合作社签订的《贫困户产业扶贫资金委托入股专业合作社协议》。这份五年为一个合同周期的协议显示:"以公历年度计算,每年分红一次;合作社以乙方入股资本金按比例分红,2017年和2018年按股金的12%分红,2019年、2020年和2021年按股金的13%分红。"还规定:"合作社在生产经营中如需用工,甲方要保证在同等条件下优先从入股贫困户成员中招用。"

有了稳定收入,还得看支出情况如何。

对安顺荣一家而言,除了一家人的生产生活开支、人情往来、医疗支出等,当时最大的支出,是两个孩子读书的各种开销。

儿子安伟在芒部中学读初二,虽不交学杂费,但每年1400元的租房费、每月120元的生活费等等,也是一笔不小的开支。女儿安萍还在上下街小学读五年级,倒是花不了几个钱。当然,由于他家是建档立卡贫困户,两个孩子今后不管是读初中、高中,还是上大学,都能享受到教育扶持政策,加上家里条件不断好转,上学不成问题。

值得期待的是,上下街是作为乡村旅游彝寨来进行打造的。待房屋民居、彝族歌舞、彝家生活、水体景观、火把广场、文化场馆等旅游要素建设完毕之后,这里将成为一个周边游客前来休闲娱乐的好地方。到时,安顺荣计划开个小型农家乐餐馆,让游客去自家微菜园里体验彝家农事农趣,品尝自家种的农家菜。再不济,就算在家里摆个小烧烤摊,赚点小钱贴补家用也是不错的。

我们的到访,让夫妇俩多少有些拘谨。不过,描绘着将来的美好图景时,夫妻俩的眼里满是憧憬……

"日子过得怎么样?现在主要做点什么?"

"日子过得很好,现在是生态护林员。"

2018年1月18日,云南省委副秘书长、办公厅主任刘立志一行到芒部镇松林村走访慰问困难群众。这一问一答,就出自刘立志和安顺荣之口。

安顺荣乐滋滋地告诉刘立志,自己不仅住上了安全住房,还当上了护林员,每年有七八千元钱的收入。自力更生加上政府的精准扶贫,安顺荣一家已经走在脱贫致富奔小康的路上。

也许有人会质疑,安顺荣一家的变化,仅仅只是一个特例,并不具有代表性。那么,作为云南省政府办公厅、省委办公厅先后挂联,倾注了云南省委书记陈豪更多关注的地方——上下街的脱贫攻坚之路,则是一个具有典型意义的"线",应当具有一定的代表性和示范性。

人们口中的上下街,包括上街、下街两个村民组,位于芒部镇松林村南部,距镇雄县城20千米。国土面积2.71平方千米,平均海拔1720米,耕地面积750亩,人均有耕地1.67亩。人口185户734人,其中,建档立卡贫困户38户126人,彝族531人,占总人口的72%,是一个典型的彝族聚居地。

打造一个示范点,定位很重要。

上下街示范点建设启动后,镇雄县结合当地民族聚居、生态良好、交通便利等优势,以彝族文化为灵魂、以改善基础设施为抓手、以特色产业为支撑,整合各类项目资金2248万元,对山、水、林、田、路、房进行整体规划建设,完善街道、广场、公园等基础设施,全面开展绿化、美化、亮化等提升行动,将其打造成引领脱贫攻坚的示范、改善人居环境的标杆、促进民族团结的典范。

如何打造上下街,关键在行动。上下街的嬗变之路,可用"补""抓""创"这三个动作进行高度概括——"补",就是聚焦脱贫攻坚补短板;"抓",

就是紧扣"七改三清"抓提升;"创",就是挖掘民族文化创特色。如今的上下街,"房、电、水、产"四大短板基本补齐,人居环境得到全面改善、提升,一个极具彝族特色的旅游村寨正在形成。

如今的上下街,一栋栋民居错落有致,一条条柏油路连通四方,一盏盏路灯照亮夜空,一棵棵绿树摇曳生姿,一排排畜圈干净整洁,就像一个镶嵌在山间的迷你版小城市。

如今的上下街,山水风光优美、田园生态纯粹,游客到此,可体验彝家生活、农事活动,可体验"稻花香里说丰年、听取蛙声一片"的田园生活,是一个清洁卫生、平安和谐、如诗如画的乡村旅游彝寨。

如今的上下街,每年都会举办乡村旅游节暨生态环保骑行活动,"彝家小镇"长街宴、篝火晚会、环保骑行、生态鲜果采摘、野外露营等活动丰富多彩。各方游客在这里或流连自然风光,或漫步绿色画廊,或品味农家菜肴,好不惬意。

有人认为,当今社会是一个互联网高度发达的时代。作为一个脱贫攻坚省级示范点,如果贫困户不能"触网",当地没有"互联网+"的推波助澜,无疑是失败的。但如今的上下街,手机4G信号全面覆盖,村民们通过手机,或进行网络购物,或向外界推介家乡的特产,或与在外打工的亲人视频聊天,或获取各种最新资讯……过去只有城里人才有的宽带,也走进普通百姓家,让当地村民发展电商有了依托。

上下街小学旁,有一家中国邮政储蓄银行授权的全国电子商务进农村综合示范店。在这里,村民们可以办理银行存取款等基本的金融业务,也能办理网络购物与销售、收寄包裹等业务,还可以办理车辆保险等业务。可以说,这小小的网点,让当地贫困群众轻松地和外面精彩的世界搭上线,分享祖国的改革发展成果。

在这家示范店里,还有竹笋、鸡蛋、腊肉、天麻等各种远近闻名的土特产摆满货柜,77岁的王自芬在给儿子看店,看到有客人来,脸上的笑容自然、亲切。

"以前,我们这里是真穷啊。吃的是苞谷、洋芋、苦荞饭,住的是茅草房、权权房。现在，党的政策越来越好，上下街已经完全变了样。"在和我们聊天的过程中，王自芬不小心透露了儿子的"商业秘密"：这家商店每月的收入，有五六千元。

告别王自芬老人，离开上下街，我们的汽车穿过镇凤二级公路，经过上下街污水处理站，再沿着一条新建的盘山柏油路——红石桥水库旅游公路前行，就来到镇雄境内重要的人饮工程——红石桥水库。如果继续前行，可以抵达芒部镇关口村一个山环水绕、植被丰茂的地方，是另一处脱贫攻坚省级示范点——团山。不同于上下街的集中、紧凑，团山示范点的一栋栋崭新民居依山就势，沿着新修的柏油路错落开来。

路过几个鱼塘，经过一个观光农业庄园，新建的团山小学出现在公路左侧。再沿着刚硬化不久的连户路继续前行，一栋两层楼的平房就出现在我们眼前。这是云南省委书记陈豪的另一户结对帮扶贫困户——建档立卡贫困户叶国亮的新居。

叶国亮家发生的故事，同样令人欣慰。

2015年10月18日，时云南省代省长陈豪首次跨进"穷亲戚"叶国亮的家门。

在陈豪面前，叶国亮并不胆怯，反而倒豆子一般，一五一十地将遇到的困难"倒"了出来：村组公路狭窄，路面损毁严重，运送货物进出村寨，驾驶员要么不来，要么要价太高；老房子开裂了，没钱维修；学校太破烂，娃娃读书环境太艰苦……

叶国亮说的这些实情，似乎只是为了他自己。

没想到，2年过去了，当地十六七千米的村组公路被维修改建成一条6.5米宽的柏油路，一条4米宽的连户路，直接从柏油路修到叶国亮家门口，"危房改造"也来了，补助6万元，贴息贷款6万元，加上自筹部分，叶国亮新建了一栋两层楼房；家门口的那座学校，拆除后重新建设，寨子里的娃娃们终于坐进了宽敞明亮的教室里。

看着当地发生的变化，周边群众半开玩笑地说："省委书记专门给叶国亮家修了一条柏油路！"

当然，这只是一句玩笑话。

这条环红石桥水库修建的柏油路，不只为了叶国亮一家，还方便了团山、团包、上坎、杉林等周边群众的出行，更为当地发展蔬菜产业带来极大便利，是一条名副其实的致富路。

政府补贴给叶国亮的产业发展资金入股聚鑫源合作社，参加每年的分红。妻子黄训英除了在家养猪，还建了一个占地1亩的鱼塘，进行生态养鱼，鱼食基本是自家种的蔬菜。鱼塘投产后，市场价每斤15元左右，如果供人垂钓的话，价格还会高出10元以上。以每亩200元的价格，流转7亩土地种蔬菜，市场价格高时对外销售，低迷时用来养鱼；种2亩杉树、2亩庄稼，养2箱蜜蜂，加起来也是一笔不错的收入。2016年，已经成家的大儿子叶雄打工挣了20000多元，买了辆二手货车，以运输建筑材料营生……

一桩桩、一件件，认真盘算起来，叶国亮家已经走在致富奔小康的大道上。

和安顺荣一样，叶国亮也有子女在学校里读书。2016年，女儿叶琼考上了郑州大学，每年的各种开支在20000元左右。庆幸的是，随着家庭经济情况的逐步好转，加上叶琼还按规定享受了每年3000元的贫困生生活补助、每年8000元的生源地助学贷款，顺利完成大学学业不是问题。等叶琼大学毕业并找到一份工作后，一大家人的日子肯定会越过越红火。

等待的时间并不长。2018年1月18日，云南省委副秘书长、办公厅主任刘立志到芒部镇松林村走访慰问困难群众。在叶国亮家，刘立志说："要过年了，受陈豪书记的委托，我们来看看你，现在日子过得怎么样？"

"好多了，杂七杂八的算起来，我家一年有四五万元的收入，算是脱贫了。"叶国亮自豪地说。

在松林村，日子"好多了"的，不止安顺荣、叶国亮两家，还有团包村民组的不少建档立卡贫困户。

"好个野登坝，泥巴敷齐脖。媳妇讨不进，姑娘往外嫁。"这段泥土味浓郁的顺口溜，正是野登坝过去的真实写照。

小野登坝,是当地人对团包村民组的别称。多年前,由于地处高寒山区,交通闭塞,加之常年阴雨绵绵,小野登坝的成年男性要讨个媳妇,真的很难!

如今,通过整合交通资金,两条柏油路修进了野登坝,成了货真价实的扶贫路。一条通往团包村民组,一条是红石桥水库旅游公路,均与镇威二级公路连通,彻底改变了松林村交通闭塞的现状。

交通便利了,野登坝人开始发展大棚蔬菜。当地人种植的蔬菜,由于海拔高,生长周期长,不仅生态营养,且甜脆可口,成了周边市场的抢手货,赚的钱自然少不了。

交通便利了,藏在深山少人问的红石桥水库,像一颗刚出土的明珠,一下子闪耀在世人面前。每逢周末和节假日,周边乡镇的居民、镇雄县城的上班族,扶老携幼、呼朋引伴,在红石桥水库游玩,垂钓、野炊、骑行……以农家乐为主打的乡村休闲旅游,成了助推当地群众脱贫致富的一个经济增长点。

当然,在发展乡村旅游的过程中,当地人也十分重视生态环境的保护。"绿水青山就是金山银山嘛!"村民们的环保意识是跟得上的。

安顺荣、叶国亮是多么幸运,他们成了省委书记的挂钩扶贫户。而对于松林村其他贫困户而言,省委书记的到来,省政府办公厅、省委办公厅的先后挂钩帮扶,也鼓舞了他们脱贫致富奔小康的决心。

在省委书记的关心关怀下,严格按照相关规划,松林村脱贫攻坚进程扎实推进,2016年脱贫106户410人,2017年脱贫66户254人,2018年脱贫107户412人。

这绝不是瞎话!松林村党总支书记刘以权告诉我们,近年来,在上级党委政府的关心指导下,松林村在抓好省级示范点建设、努力发挥其示范引领作用的同时,积极采取三步走的方式,逐步推进脱贫攻坚工作,于2019年全面实现了整村脱贫出列的目标。

让刘以权底气十足的,除了前所未有的机遇,还源自村里的一支特殊队伍的给力工作。他们,就是松林村党员扶贫先锋队。这是一支由驻村工作队、脱贫攻坚指挥部党员干部、镇村党员干部和群众党员代表组成的队伍,他们肩负的使命,就是做到扶贫开发与基层党建"双推进"。

这些年来,他们佩戴党徽,主动把党员身份亮出来,成为群众"学习政策、释疑解惑,自力更生、脱贫攻坚,扶贫帮困、服务群众"的先锋,逐步形成党员帮、群众帮、社会帮、贫困户赶的脱贫攻坚合力。

这些年,陈豪书记一直牵挂着挂钩扶贫户的脱贫之路,关心着芒部镇松林村这个脱贫攻坚省级示范点的建设进度,关注着镇雄县的脱贫攻坚进程。

芒部镇宣传委员、办公室主任陈定方还清楚地记得,2015年10月18日,时任云南省委副书记、省长的陈豪深入挂钩联系点芒部镇松林村开展"挂包帮""转走访"工作时,在松林村与县乡村和驻村干部、群众代表进行了一场推心置腹的座谈,为松林村的脱贫攻坚工作把脉开方。

如今,省委书记陈豪同志还会经常通过各种形式,听取镇雄县精准扶贫工作情况汇报。每年春节前夕,公务繁忙的他,都会委托身边的工作人员,给安顺荣、叶国亮等"穷亲戚"送来慰问物资,送上新春佳节的祝福。

陈豪同志的无私关怀和殷殷嘱托,不仅让安顺荣和叶国亮等贫困户充满希望,也让山下街、团山、店子的建档立卡贫困户信心倍增,更为松林村、芒部镇、镇雄县的精准扶贫工作指明了方向。

芒部镇三个脱贫攻坚省级示范点的嬗变过程,与省委书记的关怀分不开,与相关部门和当地干部群众的不懈努力分不开。

自从芒部镇松林村上下街、团山村、店子村被确定为脱贫攻坚示范点后,这三个地方的人气旺了起来。

云南省委书记陈豪、昭通市委书记杨亚林、昭通市市长郭大进、镇雄县委书记翟玉龙等各级领导,前前后后多次到示范点调研指导,了解情况、解决困难、做出指示。

指挥部成立了,省委办公厅、省政府办公厅的领导来了,省、市、县有关部门的同志赶来了,镇村干部忙起来了。

一天、两天、一月、两月、一年、两年,示范点以前所未有的速度日新月异地在发生变化。

不知不觉间,一栋栋漂亮的民居拔地而起,一条条崭新的公路在山间蜿蜓,一棵棵绿树、一朵朵红花将示范点点缀得生机勃勃,一个个贫困群众的脸上洋溢着发自内心的笑容……

数据虽然枯燥乏味,却能说明问题。现在的松林村,基础设施建设、基本公共服务已向村组延伸,建成村党员活动议事场所1处,硬化村组公路长11.8千米,硬化连户路面积2.6万平方米,人畜安全饮水工程顺利完工,停车场、市政道路、污水处理、公共厕所等基础设施一应俱全,上下街、店子、团山三个易地搬迁点178户住房建设、183户农村危房改造和483户房屋风貌改造全部完工,所有受助农户全部入住新居……

作为芒部镇省级示范点建设大会战指挥部指挥长,镇雄县委书记翟玉龙更是高度重视,定期召开指挥部会议研究部署相关工作,经常召开现场办公会解决遇到的困难和问题,不定期明察暗访,查找工作中存在的疏漏。

2016年5月28日,距离陈豪书记到芒部镇松林村开展"挂包帮""转走访"活动才七个月零十天,已经是翟玉龙在松林村主持召开的第三次芒部镇脱贫攻坚指挥部会议了,而其他相关的会议和调研更是不胜枚举。在此后很长的时间里,芒部镇脱贫攻坚省级示范点成了翟玉龙这位副厅级县委书记去得最多、关注最多的地方。

打造脱贫攻坚示范点,客观地说,并非只是一些人口中所谓的"面子工程"。试想,如果连一个示范点都打造不好,拿什么好的经验在全县进行推广?如果花了那么大的代价连一个村的脱贫攻坚工作都抓不好,全县要如何才能如期实现全面建成小康社会的目标?

令人欣慰的是,这个省级示范点终于建成了预期的模样,镇雄的城乡面貌日新月异,令人鼓舞。

省委书记的挂钩扶贫,给芒部镇带来巨大的发展机遇。作为一个"千年古镇",随着决战脱贫攻坚、决胜全面小康步伐的不断加快,芒部集镇早已无法满足经济发展和人口集聚的需求,集镇功能和形象亟待提升。在省委、省政府的直接关心帮助下,镇雄县委、县政府决定对其进行力度空前的提升改造。

短短1年时间,曾经破旧不堪的"芒部古府"焕发了新姿:高标准建成了占地3101平方米的"古芒部"石刻景区水体景观广场,境内"古芒部"石刻、石椁墓、红色石龟、芒部府官水井、金姬墓、土府基址等历史遗迹得到修缮和保护,成为一个独具当地彝族文化特色的人文景观。与此同时,市政建设也是力度空前,成为昭通市首家"五网"全部落地的农村集镇;强力推进"七改三清",高规格建成了一个绿水环绕、诗情画意、生机盎然的绿色园林集镇……

如今,人们走进芒部镇,可以游览的景致不少。镇中心莲花山上,"古芒部"石刻每字1米见方,笔力遒劲,凸显大家风范;天官府的古城墙和城门尚存,记录着芒部曾经的辉煌;凌霄崖下的石乌龟和天然溶洞里奔腾的石马,讲述着芒部美丽的传说;天崇山上的寺庙香烟缭绕,游人络绎不绝;茶园村小石林群峰罗列,气象万千;"邦兴"生态果园风光绮丽,景色迷人;蓄水500万立方米的红石桥水库碧波荡漾,四周群山环绕,绿树成荫,鸟语花香,令人流连忘返。

如此看来,作为省级示范点,芒部镇脱贫攻坚的成功典范,的确具有不易复制的标本意义。

## 二

> 大镇雄苍凉的远方
> 是高挂在天空的以古
> 安尔,麦车,岩洞脚
> 贫瘠的泥土盛产洋芋、荞子和酒徒……

前几年,有镇雄诗人写下这首《天上的以古》。诗中的这几句,诗意地再现了困扰以古多年的老大难问题:贫穷、落后、边远、经济结构单一。

有描写以古的散文,同样让人心情沉重:"萧瑟秋风中,以古似乎就是为那些阵痛着的影像而生的。"这篇名叫《秋风太萧瑟,我们去以古》的散文,有这样的开场白。

萧瑟秋风中,以古有一村寨,唤名小米多,生长荞麦、土豆和彝人苍凉的嗓音。小米多没有小米,连苞谷苗也拒绝高过自己的影子;小米多有的是彝家烧酒,清晨和黄昏,农舍里散发出浓浓的酒香。小米多之彝人祭祀舞蹈"喀红呗",很美,很干净,被搬到更大的舞台,是大镇雄民间丧葬习俗之精髓,成为全省非遗。

走出文学作品的意境,我们来认识一下现实中的以古。

拥有省级非遗荣誉《喀红呗》的以古镇,位于镇雄县境西南部,距县城57千米,其海拔较高,辖区麦车村戛么山海拔2416米,是镇雄的最高点,加之"终年无夏半年冬,春秋两季略相同;三伏不热三九冷,春秋一雨便是冬"的气候,被称为镇雄的"小西藏"。

"小西藏"生态环境是不错,但是,因其基础设施薄弱、教育发展滞后、产业结构单一、群众发展动力不足等老大难问题的存在,这个地方一度成为镇雄贫穷的乡镇之一。

以古的淳朴是深入骨头里的,以古的岩洞脚,是远方的远方,农人攀岩而作、席地而歌,事桑者,也编织古老的布匹,缝麻布而衣;事禽者,提蛋而市,往往鸡飞蛋打,空手而回,依然谈笑风生,从不抱怨。

作家笔下的岩洞脚村,淳朴、原始,说它是以古的一个缩影,倒也贴切。偏远闭塞的岩洞脚,一方水土总是养不活一方人。如此"生态"的地名,让本地人自卑、外地人止步,也就不足为奇了。

岩洞脚村距以古镇镇政府所在地17.5千米,距县城76.5千米,国土面积46.7平方千米,平均海拔1980米,辖25个村民组。截至2015年底,有户籍人口1345户5450人,其中建档立卡贫困户711户2260人,贫困发生率41.47%,群众经济收入来源主要依靠种养业和外出务工。人多地少、产业发展滞后,成了制约当地经济社会发展的主要因素。

时间回到 2015 年。"全面建成小康社会"号角的吹响,让岩洞脚人有了盼头。更让他们兴奋的是,岩洞脚成了昭通市政府的挂钩扶贫点,昭通市市长成了他们的"亲人"。

"最先是张市长,后来是郭市长。我记得,郭市长来过三次了。每来一次,都给我们带来了实实在在的好处和希望。"我们听到这句话时,是 2 年后的 2017 年 7 月 24 日。

说这话的,是岩洞脚村党总支副书记安光文。当时,他正陪着我们走村入户,他以一个受益者的口吻,生动地叙述着家乡的每一点变化。

2016 年 5 月 29 日、11 月 25 日和 2017 年 6 月 3 日,市长郭大进先后三次走进岩洞脚村,走访陶宇、杨银海、杨宗海等挂钩帮扶户,回访李群伦、李波、杨廷帮等贫困户,了解易地搬迁整改落实情况,为当地打赢脱贫攻坚战出主意、想办法。

几年过去了,岩洞脚村真的变了。

集中修建的房子鳞次栉比,"白墙灰线格子窗,坡顶青瓦两头翘",加上独特的苗族文化元素,看上去十分漂亮。

街道硬化了,文化活动广场、幼儿园、农贸市场、民族文化室、老年活动中心、卫生院、小学、停车场、驾校等公共服务配套设施相继建成,陶宇、李波、杨廷帮等贫困户过上了好日子,岩洞脚人的幸福感和满意度一路攀升。

苗族同胞陶宇住进了新房,做起了农村电商,销售小米、核桃、板栗等原生态食品以及精美的苗族服饰。他还开办了"邮乐购"综合业务,主要代办快递、邮政、金融等业务,小日子越过越红火。

提起郭市长,陶宇的话多了起来。

2016 年 11 月 25 日,郭大进市长走进他的店铺,一边查看货架上的商品,一边和他拉起家常来:"绿色、生态的产品很有市场,但必须保证质量,千万不能以次充好。如果不讲诚信,卖家就会拉黑你、投诉你,生意就无法做下去了。"

陶宇说:"那是当然。"

临行前,郭大进拍了拍陶宇的肩膀,亲切地说:"下次再来看望你了,到时候,我可是要认真查看你的销售账单的哦!"

陶宇自信地告诉我们:"自家的门面,不用租金,一年赚 3 万元不是问题。生意好的话,我还想租个大门面开一个大型超市呢。"

李波的情况有些特殊。因为家境贫寒,妻子在几年前离开了他和孩子去了远方。祸不单行,不久,父亲、弟弟不幸先后离世。要赡养母亲,还得抚养孩子,李波的负担着实不轻。

还好,老天并没有继续难为这个男人。

借助脱贫攻坚的东风,加上市长的挂钩帮扶,在当地实施的易地扶贫搬迁工程项目中,李波成了一名"小包工头",带着几个乡亲干点"小工程"。赚到一小桶金后,他决定转行发展土鸡养殖,在村后的山林里养了3000 多只土鸡,准备打个漂亮的翻身仗。

得知李波的情况后,市长郭大进大加赞赏。不久,李波不仅得以到市内一些大型养殖场"取经",还得到相关部门的技术支持。

在一次走访中,郭大进与李波约定:"先致富,再讨媳妇"。想想也是,对一个离婚后独自带着孩子的男人来说,如果不奔出个人样,想再找个女人过日子,是真的困难!

2017 年 7 月 24 日下午,蓝天白云下的岩洞脚村一派宁静。

苗族同胞杨廷帮家,是一个四世同堂的六口之家。53 岁的杨廷帮和 42 岁的第二任妻子韩兴凤,上有 70 多岁的老母亲项有芝,中有 30 岁的儿子杨学章、26 岁的儿媳韩启珍,下有年仅 3 岁的孙女杨建蝶。

这个六口之家,靠什么来脱贫致富?"发展养殖业、开店铺、开挖机。"杨廷帮、杨学章父子俩异口同声地说。2016 年 11 月 25 日,郭大进回访杨廷帮家时,就提出了类似的建议。

现在,杨廷帮家养了一头母牛、两头猪、几十只鸡。"母牛每年产一头仔牛,出栏后能卖 6000 元左右。两头猪不卖,几十只鸡下的蛋可以卖一些贴补家用,留一些自家吃。因为人手不够,暂时没有扩大养殖规模的打算。"说到这里,杨廷帮有些不好意思,因为市长反复嘱咐他,一定要发展养殖业。

"一是人手不够,二是我想做点其他生意。"接过父亲的话,杨学章说,

"我想在街上开一家烧烤店,生意好的话,一年应该有2万元的营业额,除去成本,收入也不算差。我老婆会做苗族服装,她想开一个苗族服装店,主要经营配套材料和手工做的成衣,应该有20%的利润。"

"按现在的市场价,一套苗族儿童服装能卖两三百,一套成人服装能卖800到1000多,等岩洞脚到赫章、花山的路修好了,我们还可以扩大销路。"见丈夫提到自己的打算,韩启珍也接过话来。

"退一万步讲,就算生意做不走,我还可以帮人开挖掘机,一个月挣五六千不成问题。"杨学章也很有把握地说。

2016年11月22日,杨学章和镇上35名建档立卡贫困户一道,免费参加了为期一个月的挖掘机驾驶培训,并于2017年3月28日顺利拿到职业资格证。杨学章打心底感谢党和政府的好政策,换作平时,学开挖掘机不下1万元。杨学章相信,就凭会开挖掘机,只要找到活干,就有一笔稳定的经济收入。"现在,镇雄到处都在修高速公路、盖新房子,不愁找不到工作。"

打算是很美好的。不过,杨廷帮一家还有个问题需要尽快解决,修建新房欠下三四万元贷款,必须尽快还上。

岩洞脚村有两个易地搬迁安置点,土地都是征用当地群众的,杨廷帮家就被征了9亩。按当地实行的政策,杨廷帮家用土地置换了3个建房指标,每个指标87个平方米,其余6亩土地获得16万元左右的补助。

靠着这些补助,杨廷帮家新建了占地300多平方米的两层楼房。虽然建房的许多过程都是自己干,还是欠下不少贷款。关于这一点,郭大进就劝过他家,没必要超规模建房,增加经济负担。考虑到自家实际,杨廷帮、杨学章咬咬牙,还是将房子建了起来。

"郭市长提的那些要求,真的是为我们好。我们一定会根据情况,好好发展生产,尽快脱贫致富。"杨学章告诉我们。

当地干部认为,市长的挂钩扶贫,的确给岩洞脚带来了"真金白银"。仅2015年、2016年,就在当地投入各类资金约9800万元,涵盖省级重点村、民族团结示范村的农村危房改造、行政村整村推进、易地搬迁、扶贫攻坚示范点的项目建设等。

随着这些项目的全面落实,新房子建起来了,老集镇风貌改造完工了,易地搬迁安置点建成了,岩洞脚小学更加漂亮了,幼儿园、老年人活动中心、文化广场、医院、驾校、农贸市场、停车场相继建成了……这些变化,让下寨村民组的苗族同胞杨廷兰激动不已:"没想到,岩洞脚会变成今天这个样子!"

感慨归感慨,包括杨廷兰在内的岩洞脚人十分清楚,岩洞脚能有今天,得感谢党中央、国务院实施的脱贫攻坚这项民生工程,得感谢市长郭大进的挂钩帮扶,也得感谢各级扶贫干部的辛勤工作。

一条条硬化公路在山间蜿蜒,东可到以古集镇办事,北可去以古老官房走亲戚,从南面和西面进贵州赫章,都比以前方便快捷多了。

农村电网改造全面完成,电压低、经常停电、电费高等已成为历史。

广播电视实现户户通,为老百姓了解时政大事、消遣农闲时光,又增添了一个有效的通道。

网络宽带进村入户,与山外世界的沟通不再只是梦想。

自来水引进家门,生活用水不再手提肩挑。

第二卫生分院建了起来,不出家门就能享受较好的医疗服务。

……

这些可喜的变化,让岩洞脚村群众走上持续稳定的脱贫致富之路,当然,眼下更为关键的问题是,如何抓好产业建设。

以古镇党委书记李超告诉我们,为实现"短期能脱贫,长期能致富"的目标,镇党委镇政府立足岩洞脚村丰富的生态资源优势,通过招商引资,将当地万亩草场利用起来,建养殖场饲养乌金猪。

怎么建,如何养,销路在哪里?这些问题都必须提前做好通盘考虑。通过多次接触、谈判,忆石科技有限公司最终决定到以古镇来建场。

政企双方签订的协议显示,公司投资3000万元,农户以草场、农业扶贫资金入股,采取"公司+基地+合作社+农户"的模式,大力发展乌金猪养殖业,带动贫困户脱贫致富。

与此同时,以古镇在岩洞脚村规划建设云贵两省交界处较大的牲畜交易市场和农贸市场，引进县内一家驾校在岩洞脚村开展驾驶培训，进一步繁荣集镇市场，为新搬迁的建档立卡户解决"搬进来、留得住"的问题。

李超还说，他们与有关部门积极协调对接，组织岩洞脚村建档立卡贫困户参加挖掘机驾驶技术、种养殖技术等培训，让更多贫困群众掌握一技之长，多一条脱贫致富之路。

实际上，当地的建档立卡贫困户还有一条脱贫致富之路可走，就是实施易地扶贫搬迁，"搬出深山沟，过上新生活"。

仅2016年，以古镇就有两个易地扶贫搬迁项目，一个在比道角村岔河安置点，另一个就是岩洞脚村街上安置点。街上安置点涉及150户484人，其中，建档立卡贫困户142户460人、随迁户8户24人。

在各方的不懈努力下，街上安置点建好了，不仅让受益群众过上了新生活，还带动了岩洞脚小集镇的商业发展。

"你别看岩洞脚比较偏远，集镇面积却是以古集镇的4倍左右，能辐射周边2万多人。每逢赶集日，这里都比较热闹。"李超告诉我们，岩洞脚村地理位置特殊，除了本村村民，贵州省赫章县安乐溪乡和结构乡的乡民，本县花山乡小米地村、坪上镇红岩村的村民都经常来这里赶集，小集镇商品流通日益活跃。李超说："这是有数据作为支撑的。过去，集镇上的一个门面，年租金3000元左右。现在，已涨到9000甚至1万。安置点上的贫困户，除了发展其他产业、外出务工外，还可以用自家门面做点小生意。再不济，把门面租出去，每年也有一笔稳定的收入。"

把民族聚居点打造农家乐，每年花山节为游客提供食宿服务；成立演出队，依托苗族文化，丰富群众精神文化生活……这些规划一旦变成现实，必将带来人气、增加"财气"、带活集镇，必将增加建档立卡贫困户的收入，必将提高当地群众的幸福感和满意度。

2018年，按照《云南省贫困退出机制实施方案》的相关标准，岩洞脚村已顺利实现贫困户全部脱贫、贫困村出列的目标。

岩洞脚，正踏步走向更加光明的未来。

## 三

"吱——"随着一阵轮胎与路面紧急摩擦的声音,一辆绿色面包车稳稳地停在公路右边。车门打开,一位30岁左右的男子从车里钻了出来,刚准备提行李箱,却一下子愣住了:"师傅,错了,这不是我家!"

客车司机满脸诧异:"这里就是乐利,没错啊!"

"开玩笑!我虽然几年没回家了,乐利是什么鬼样子,我还是清楚的。这么漂亮的地方,会是乐利?"男子断然否定。

"嘿嘿嘿,看来,你出去的这几年,一点都不关心家乡嘛。"司机似笑非笑地说,"你可能不知道,自从翟书记挂钩扶贫乐利后,这里可是一天一个样哦。"

"真是乐利?"被司机不轻不重地取笑一番后,男子不再说话,红着脸离开了。

一边走,一边看,男子惊叹不已。

蓝天白云下、青山环抱中,一排排红瓦、白墙、翘檐的新房十分醒目。挂着红灯笼的节能灯恰似两列纵队,沿着"Y"字形柏油路一路延伸。一条小河沟穿村而过,经过一个圆形人工湖,泻入治理过的河道,最后流出村子。小河两岸,是新建的河堤,青石护栏颇为精致。民居群中,学校、幼儿园、卫生室、小超市、村委会、文化广场、惠农支付点、电商服务点、老年活动场所等一应俱全、赏心悦目。

"要不是亲眼所见,打死我也不会相信,房屋破烂、交通落后、河道堵塞的乐利会变得这么漂亮!"男子一边走一边喃喃自语。

这是一个真实的故事!被家乡的大变化震惊到的何止是这一位妇人?

"乐利",彝语"倮底"的谐音,意为"山间小盆地",位于雨河镇西北部的乐利村。在这个14.3平方千米的"山间小盆地"上,24个村民组散落其间,汉、彝、苗等民族在这里繁衍生息。2016年,乐利村1320户共有人口5558人,其中,建档立卡贫困群众就有190户709人。

许多雨河人乃至镇雄人都知道，乐利村能够旧貌换新颜，得益于被确定为县级脱贫攻坚示范点。如果把这个原因进一步表象化和具体化，则是得益于镇雄县委书记翟玉龙的挂钩扶贫。

县委书记的挂钩扶贫，给乐利村带来了什么？

"带来了资金，带来了项目，带来了挂钩帮扶干部，也给我们带来了脱贫致富奔小康的信心。"乐利村党支部书记王顺书兴奋地告诉我们，"砂石路变水泥路、烂泥塘变人工湖、挑水喝变接水喝、电费从1.5元变4角，以前的烂泥沼上建起了农家书屋、老年活动中心、村卫生室、垃圾处理场。这些变化，让村民们打心底感谢党和政府，感谢翟书记。"

王顺书的一番话，直观地再现了乐利村实施精准扶贫的成果。

为了将乐利村打造成扶贫攻坚的镇雄"样本"，根据精准扶贫目标要求，当地抓住县委书记挂钩联系的机遇，大手笔规划、高水平布局、精准化发力，列清单、立项目、筹资金、抓落实、促进度，吹响脱贫攻坚集结号，欲借力东风，率先实现脱贫。

乐利村是镇雄县委、县政府提出"四抓四解决"脱贫攻坚新思路的生动实践。2016年，在各级党委政府的关心支持下，县、镇、村三级干部以"干部脱皮、群众脱贫"的决心，发扬"敢拼敢干敢担当、不负良心不负党"的优良作风，努力寻找脱贫致富奔小康之路，仅1年时间，乐利村就通过了县级初步考核，于2016年底脱贫出列。

脱贫出列只是第一步，如何确保小康乐利的顺利实现，才是更为重要的一步。

怎么办？当地采取了一系列行之有效的措施——规划先行，形成方向定力；整合资金，凝聚建设合力；产业支撑，提升致富能力；发动群众，激发内生动力；社会参与，注入外部活力；党建保障，汇聚攻坚战力……

随着这些措施成功实施，曾经贫穷落后的乐利，悄然变了模样、换了人间。

与个别外出务工多年、不识家乡的乐利人不同，许多坚守家乡向土地要产出、在本地思发展的乐利人，见证了乐利村每一个点滴间的可喜变化。

2017年7月27日上午,55岁的乐利村田湾村民组的付绪书正在乐利小学大门一侧的门卫室值班。

虽是暑假,天气也有些热,付绪书仍坚守在工作岗位上。

"端人家碗,就得服人家管。这个工作不算辛苦,如果我不好好干,不仅良心上过不去,也对不起学校,对不起翟书记。"付绪书说。

付绪书口中的翟书记,自然是县委书记翟玉龙。作为翟玉龙的包保联系户之一,付绪书家的故事有些特别。

原本,这是一个经济条件并不差的家庭。

1992年,付绪书家就建起了一层100多平方米、三个套间的水泥平房。房子的装修虽然不太讲究,但至少温暖舒适。从那时起,付绪书和妻子邓书萍日出而作、日落而息,过着平平淡淡的农民生活。

一晃几年过去了。

随着镇雄煤矿产业的发展壮大,给包括付绪书在内的镇雄人带来不少就业机会。作为一名煤矿工人,付绪书在当地一家煤矿一干就是6年。煤矿工人风险大,但工资高。一段时期,付绪书的年工资就有10多万元。这样的工资,放眼全县来看,也算是高薪了。

天有不测风云,人有旦夕祸福。在一次住院检查中,付绪书被查出患有肺脓肿。为了治病,付绪书先后两次到四川泸州住院治疗。手术倒是成功了,命也保住了,代价却是左肺没了。和左肺一起消失的,还有付绪书的所有积蓄,另外,还摊上一笔不小的债务。原本的殷实之家,一下子陷入困境。

还算幸运的是,付绪书生病那年,女儿付娜正在读初中,暂时花不了多少钱。如果换成现在,付娜在保山学院读大学,一年要花两三万,儿子付柱马上就要去镇上读初中,付绪书真不知道,能否让一对儿女顺利走进学校大门。

生活不能假设,但生活中不乏机遇。

大概是2015年3月,具体时间付绪书记不太清楚了,只是当天发生的事情,他至今记忆犹新。那天,几位领导来到付绪书家。一起进门的,还有大米、棉被、棉衣、菜籽油等生活用品。经旁边的干部介绍,付绪书才知道,自已成了县委书记翟玉龙的包保联系户,翟书记来走访慰问他了。

那一天,翟玉龙在付绪书家大概待了半个小时。在这个幸福而短暂的半小时里,付绪书认真回答了翟玉龙的所有问题。

听着听着,翟玉龙的表情越来越严肃。半晌,翟玉龙才说:"你的情况我已全部弄清楚,眼下最重要的,是要尽快振作起来,结合自身实际,找准一条脱贫致富的路子。"

之后的两三年,只要翟玉龙到乐利村调研、走访,基本上都要去付绪书家坐坐。"翟书记算是我家的常客了,前前后后算起来,起码来过十多次了。"付绪书激动而又自豪地告诉我们。

翟玉龙的亲切关怀,县、镇、村的大力帮助,让付绪书又萌生了过上好日子的念头。转眼之间,付绪书住进了两层楼的小"洋房",红瓦白墙翘檐,独具红色记忆元素的新房格外漂亮。关键的是,眼前这些,基本上都是政府买单。"嘿嘿,我其实也花了点钱。"付绪书说,"工人来帮我修房子,总要做几顿饭感谢人家嘛。"

让付绪书更高兴的事情还在后头。2016年9月,他成了乐利小学的一名门卫,月工资1200元,一年下来就是14400元。从2017年9月开始,月工资增加了300元,年工资涨到18000元。与此同时,当地政府还给付绪书一个农村低保名额,按每月221元的标准,一年就有2652元。

生病以后,付绪书干不了体力活,家里的2亩土地全靠妻子邓书萍耕作,主要种点苞谷、洋芋,产量不算高,经济收入更不值一提,但好歹能解决一家人的温饱。现在,随着年龄的增大,邓书萍也开始力不从心了。

好就好在,他家的大部分土地已流转给一家苗圃公司种植银杏、樱花、桂花等风景树苗,每亩租金300元,苗圃基地盈利后还可以参与分红。付绪书说,分红是按比例的,农民占45%、村委会占5%、公司占50%。钱虽然不多,但土地不会撂荒。

"泥巴路变成柏油路,臭河沟变得干净了,破房子变成小洋房,如果不是党和国家的好政策,谁会想到乐利会变得这样漂亮?"谈起乐利村的变化,付绪书的心情十分激动,"别的先不说,还得感谢人家翟书记。"感激之余,付绪书没有忘记翟玉龙叮嘱他的事情:要多做周边群众的思想工作,让大家多支持党委、政府和镇村干部,乐利村才会发展得越来越好。

关于未来,付绪书有自己的打算:"要当好门卫,不能对不起关心自己的人。要勤俭节约,两个娃娃还要读书呢。"

付绪书、邓书萍已年近花甲,发展什么产业已经不太现实。可以预见的是,等女儿付娜大学毕业,找到稳定工作后,不但能减轻家里的经济负担,还可以支援弟弟付柱读高中、上大学。

从付绪书的故事里,我们不难发现,乐利村的巨变与一个人息息相关,他既是决策者、推动者,也是参与者。没错,他就是付绪书反复提到的县委书记翟玉龙。

在乐利村,关于翟玉龙书记的故事还真不少。

一次,《云南经济日报》记者常国宝到乐利村采访,听到几位村民在摆"龙门阵":"我见过翟书记,前几天他还来过我们村。"

"我也见过,下雨天来时,他还是披着雨衣、穿着大水鞋。"

在听村民聊天的过程中,常国宝还了解到,翟玉龙还把自己的手机号码留给了村民,村民遇到困难和问题时,可以打电话或发短信找他帮忙。只要反映的问题属实,便会在一周内得到解决。遇到不好解决或暂时不能解决的,翟玉龙会耐心解释,并给村民指出解决问题的渠道。

一个副厅级干部能和群众走得这么近,让人似乎无法想象。俗话说,金杯银杯,不如群众的口碑。在乐利村民的口中,一个亲和、朴实的县委书记形象跃然纸上,让更多的"常国宝"叹服。翟玉龙去过多少次乐利,串过多少贫困户的门,付绪书给出的答案是十次以上,乐利村高家湾村民组王顺银的回答是:"没有十次也有八次!"

在乐利村的一栋栋"洋房"中,有一栋显得有些特别。特别之处,不在外观,而在门头上有"网购店"的招牌。镇雄农村有网店,虽不是什么新鲜事,但数量并不多。

这家网店的主人,正是王顺银,一个只有初中文凭的80后青年。

十七八岁时,王顺银也是一个生龙活虎的小伙子,每月靠打工就能挣

5000多元钱,是家里的顶梁柱。

1998年5月26日,广州市番禺区谭州某轧钢厂发生一起意外事故。事故中,王顺银的右手肘部以下被机械残忍咬掉!同时被咬掉的,还有王顺银一家脱贫致富的希望。

2014年,王顺银的母亲突患脑梗。为医治母亲,身残志坚的王顺银又背上一大笔债务。这对积贫积弱的王顺银家而言,无异于雪上加霜。

正当王顺银一家五口被贫穷围困得焦头烂额之际,脱贫攻坚战役打响了。可喜的是,他家不仅被评定为建档立卡贫困户,还是县委书记翟玉龙挂钩帮扶的对象。

跟付绪书的情况差不多,短短一两年的时间里,王顺银家也盖起了楼房,建起了沼气池。

"针对我家的特殊情况,翟书记给我送来了电脑,装了宽带,还送我去学电商。不久,我在淘宝网开了一家'雨河土特产专卖店',主要出售洋芋、酸菜、荞面、辣椒等农村土特产。如果能解决投资、包装、物流等问题,销量肯定会更好,每年挣几万元不成问题。"谈起翟书记引导他发展电商的事,王顺银十分感动。

我们采访时,王顺银的网店尚在起步阶段,他正在不断摸索和调整销售思路。开网店的同时,王顺银还有几笔收入进账。生态护林员王顺银,年工资8000元;农村低保户王顺银,月低保金152元;农民专业合作社社员王顺银,可以参与创收分红。对了,他的妻子游贵端在浙江打工,现在年工资也有五万元左右。

按这样的势头发展下去,王顺银不仅能顺利脱贫,致富奔小康也不在话下。

与付绪书、王顺银相比,乐利村上寨村民组的杨弟芝对翟玉龙就陌生得多。

"前2年,我和老公一直在浙江打工。回家过年时,看到门头贴了一张联系卡,单位、姓名、电话啥都有,还有一张半身照片。一问我爸,才晓得是县委书记帮助我家脱贫,都来过我们家四五次了。"杨弟芝有些尴尬,她没见过翟书记本人,这些情况都是听她的父亲杨明贵讲的。

杨明贵家现有四口人,除了妻子,就是女儿杨弟芝、上门女婿黄启勇。得益于脱贫攻坚的好政策,他家盖起了三层楼的小洋房,硬化了院坝,拦起了篱笆,吃上了自来水,用上了农网电,公路通到了家门口。这些变化,和乐利村其他贫困户的情况差不多。

在乐利村的示范引领下,不说其他地方,光是在雨河镇就引发了比、学、赶、超的浓厚氛围。在当地干部群众的共同努力下,雨河镇的脱贫攻坚工作也取得了令人瞩目的战绩。

位于镇雄县西北部的雨河镇,是镇雄县的"北大门",距县城仅47千米,国土面积136.9平方千米,辖10个行政村163个村民组,有13119户49768人。2015年,全镇有贫困村9个、贫困人口3391户13871人,如期于2017年脱贫出列。

采访中,我们了解到,为推进精准扶贫工作,雨河镇下了不少功夫。除去许多共性的东西,当地有一项工作经验值得借鉴,就是从筑牢乌蒙扶贫堡垒、以党建带团建带群建、精准识别摸底到位、加强群众思想宣传、坚持落实责任五个方面,大力改善干群关系。

干群关系搞好了,各项工作就容易推动。工作推动了,脱贫攻坚任务就能取得明显成效,甚而走在全县前列。别的先不说,乐利村的整体形象就得到了国家层面的认可:在2017年11月下旬揭晓的第五届全国文明村镇名单中,乐利村榜上有名,成为昭通市上榜的四个村镇之一。

乐利人的康庄大道,正越走越宽阔。

## 四

初冬的镇雄县城寒意阵阵。一阵冷风吹过,行人下意识地捂了捂衣领,加快了前行的步伐。早晨8点半左右,我们乘车离开镇雄县城,朝百余千米的坡头镇德隆村进发。

汽车一路向东,将云遮雾绕的塘房、林口、以勒、母享等乡镇甩在身后。

在一个三岔路口,车身向左一转,开进坡头镇境内。

车窗外,山峦起伏,云雾缭绕,一栋栋崭新的民居不时地映入眼帘,犹如一幅幅移动的水墨画。百转千回间,随着海拔的逐渐降低,德隆村到了。

地处乌蒙高原的德隆村,坐落在赤水河、渭河两岸。这个云南省昭通市最东的村落,本名叫"安德隆",是彝语"安多咯"的译音,意为"一个美丽的地方"。

德隆村国土面积10.3平方千米,平均海拔1000米左右。在全村30个村民组的土地上,生活着1264户5578人。这是一个汉、彝、白等多民族混居的自然村落,其中,白族同胞有110户405人。

德隆村的白族,在对岸的贵州叫"穿青族""穿青人"。同为一个族系的穿青人,因特殊原因,云贵两省称呼各异。

我们关注的,是德隆这个"鸡鸣三省"之地。

德隆村白车,一地连三省,东临四川省泸州市叙永县水潦乡岔河彝寨,南接贵州省毕节市七星关区林口苗寨,北抵坡头镇坡头村,造就了独特的"鸡鸣三省"。此地风景秀丽、地理环境奇特、人文和谐,彝、白、苗等少数民族混居于此,也是当年红军四渡赤水的旧址,声名显赫。

历史上,"鸡鸣三省"可能是"鸡犬之声相闻、老死不相往来"的代名词。而在当下,"鸡鸣三省"则是区域接合部具有特别象征意义的符号,是云贵川三省共有的一处旅游宝库。

这个大峡谷形成的时间有多长,我们不得而知。但我们知道,在幽深的谷底,来自云南的赤水河、贵州的渭河在此交汇,当地人称其为"三岔河"。波涛汹涌的三岔河,由此奔向四川,并入长江,汇入更加遥远的大海。在日复一日的涛声里,旧时光的影子被流水冲刷得支离破碎,日渐式微。在年年岁岁的轮回中,大峡谷的年轮被雕刻在陡崖峭壁,日渐深邃。在新朝旧代的更替中,尘世间的变迁被记录于简牍锦帛,越发清晰。

在汽车的轰鸣声中,思绪时不时被打断。定了定神,我们开始欣赏起眼前的美景来。作为新闻工作者,一次次的到访或留宿,让我们欣赏到"鸡鸣三省"不同往日的魅力。有时,如铅笔画般朦胧;有时,似水彩画般秀丽;有时,像水墨画般素雅……

多数时候,比如现在,目光所至,群山连绵、其色如黛,云雾缭绕、悄然流淌,绿树红花、点缀其间,恍若蓬莱仙境。连绵起伏的山峰,似一支队伍恭迎肃立,接受来自高处的检阅。那一瞬间,我们成为不苟言笑的将军,坐拥百万雄兵,运筹帷幄、决胜千里。

这里当是一方净土,一块荡涤心灵的世外秘境。这里还是一方热土,一个日新月异的人间乐园。

不管是世外秘境,还是人间乐园,想要推介给外人,必须发展旅游。发展旅游,就是向外人推介本地的"绿水青山",进而带来"金山银山"。

作为县委副书记、县长张洪坤的挂钩扶贫点,昔日脱贫攻坚县级示范点,已于2016年脱贫出列的德隆村,到底走出了一条怎样的发展之路?是我们此行关注的焦点。

在村干部陈涛的陪同下,我们走进德隆村李家寨村民组,准备走访几位建档立卡贫困户,听听他们讲述各自的脱贫故事。

沿着一条条硬化了的连户路,我们很快就找到了李龙显、李发明、李发坤等三位白族群众。坐在他们的新楼房里,在轻松惬意的氛围中,三个"大同""小异"的脱贫故事,相继铺陈开来。

年逾古稀的李龙显,精神头儿足,行动十分敏捷,不愧是一名老兵。对李龙显而言,1970年是一个特别值得纪念的年份。那一年,他成为一名光荣的人民解放军、中国共产党党员。在部队服役期间,是一名后勤兵,守仓库、看管枪支弹药,是他的责任和使命。

1979年,李龙显退伍,回乡务农至今。这位有着30多年党龄的老党员,始终不忘初心,从不伸手向党委政府要好处,默默地和妻子张珍先相濡以沫,养儿育女、春种秋收,过着勤劳却清贫的生活。前些年,一大家子人还挤在两个套间的破旧房子里。屋顶的石棉瓦破了,暂时弄点薄膜、木板、泥土等将就盖着。翻修房子?李龙显想都不敢想。

为什么不敢动修房子的念头,李龙显有他的苦衷。

土地倒是有四五亩,每年最多收2000多斤玉米、2000多斤洋芋,再加上养几头猪、几只鸡,除了解决温饱,能有几个余钱?余钱再少,只要能攒下来,总会积少成多。关键的问题是,妻子张珍先患有风湿病,不仅不能干农活,每月还要花掉几百元的医药费。三个儿子李发院、李发万、李发云都没多少文化,也没一技之长,外出务工也挣不了几个钱。

翻修不了房子,还不是眼前最大的问题。最让李龙显操心的是,李发万、李发云30出头了,婚姻问题还没解决。在当地,超过30岁还讨不到老婆,以后就更难找了。

在日复一日的操劳中,一家人的经济状况并没有太大的变化。不知不觉中,转机不期而至。

说起家乡的变化,70多岁的李龙显深有感触。他操着浓厚的当地方言,向我们描绘着这样一幅幅场景:坡头镇到德隆村的公路,翻修成平坦的柏油路;家家户户之间的连户路,从泥巴路变成水泥路;以前的烂房子不见了,家家都住进了漂亮的小洋楼。他家也不例外,有了政府补贴的6万多元,两层楼的新房盖了起来,大小六间,足够一家人住了。

提起县政府办,说起县上来的同志,李龙显难掩内心的激动:"每年,他们都要来看我几次。不是送来大米菜油、衣服被子,就是帮我们找致富奔小康的路子。"

李龙显还清楚地记得,2017年7月9日,建党节后的第八天,县上的领导又来看望他了。在拉家常的过程中,领导希望他保重身体的同时,带领一家人通过自力更生,早日脱贫致富。同时,继续发挥一名老党员的余热,积极主动参与到移风易俗、改善人居环境的行动中来。

在县政府办的关心、帮助下,在各级各部门的帮扶下,加上自身的勤奋努力,李龙显一家的经济状况逐渐好转。

每个月,李龙显、张珍先都领上了养老保险金;李发院继续在外打工,每个月能挣两三千,除了儿媳潘琴和孙子孙女的各种开销,还能余下部分贴补大家庭;经过县里组织的免费技能培训,李发云拿到了挖掘机操作证,按行情,开挖掘机的月工资最低也有四五千。除了会开挖掘机,李发云还是寨子里的生态护林员,年工资8000元;家里养了3头本地小黄牛,每头的市价最少6000元。一心想奔出个人样的李龙显,计划养10头牛。这不,在外打工的李发万一回到老家,就忙着扩建畜圈呢。

走进李龙显家,虽然屋里的陈设依旧简单,但他们对美好生活的向往,让我们看到了这个家庭的希望所在:老人在家养10头牛,几个儿子外出务工,加上几亩已经成活的核桃树,以及一颗上进心,要脱贫致富奔小康,不难。

李发明,一家六口人。这位"70后"的脱贫之路,与李龙显倒有不少相似之处:盖起了新房,学会开挖掘机,享受了各种补贴……

不同的是,李发明尚有四个娃娃正在读书,大儿子李玉鼎刚到昆明读职业学校,专业是五年制汽修;大女儿李洪梅在坡头中学读初一,小儿子李玉喜、小女儿李玉涵在德隆小学就读。

光靠在家种地,所收的粮食只能解决温饱。就算偶尔就近打点零工,也只能勉强贴补家用。外出务工挣钱,才是李发明这个年龄的人最好的出路。但是,如果外出打工,又丢不开正在读小学的娃娃,想脱贫致富,真的很难!

鉴于李发明家的实际情况,当地将其纳入建档立卡贫困户。从那时起,好事接踵而至。

2015年春节前夕,李发明第一次见到了他的帮扶干部。之后几年,县政府办的那位同志,每年都要来他家四五次,不是嘘寒问暖,就是帮助解决一些实际困难。在这位同志的关心、鼓励下,李发明脱贫致富的信心更足了,他是这样盘算的:暂时不能出门打工就先种好庄稼,养好2头猪和1头母牛。母牛平均每年产崽1头,可以细水长流。仔牛一年出栏,按当地市价,卖个六七千元不是问题;等儿女们外出读初中、高中了,他就和妻子出去打工。他在工地上开挖掘机,最低也能挣个四五千;妻子就算在县城餐馆做事,一个月好歹也有一两千;10亩核桃挂果后,也是一笔稳定的收入。

已经跨过贫困线的李发明,要想持续稳定致富奔小康,其实不难。一方面,正值青壮年的夫妻俩,都有过上好日子的干劲和打算;另一方面,等大儿子从职业学校毕业后,只要谋得一个汽修工的差事,月工资七八千就不是问题。就算几个子女都考上大学,需要一笔不少的学费,但作为建档立卡贫困

户,有了"脱贫不脱政策"这个保障,问题也不大。

在李发明看来,县政府办的挂钩帮扶,不仅让他家走上脱贫致富之路,还让李家寨人、德隆人看到了致富奔小康的美好前景。

别的不说,等鸡鸣三省大桥建成后,从德隆村李家寨到对面的四川省叙永县水潦乡的时间将大大缩短。"鸡鸣三省"大桥长约300米,桥型为主跨180米钢筋混凝土上承式拱桥,位于川滇黔三省交界处,横跨赤水河上游支流倒流河,连接叙永县水潦彝族乡岔河村和镇雄县坡头镇德隆村,预计在2019年年底竣工通车。大桥建成后,两岸通行时间将从现在的近2小时缩短至一两分钟,不仅能消除两岸居民水上客渡的交通安全隐患,还将为两省周边乡镇优势资源和农特产品的运输提供便捷,推动"鸡鸣三省"大峡谷旅游产业项目的落地,加速两地百姓脱贫致富的步伐。

降低李家寨人生产生活成本的,还有已经完工的农网改造项目。农网改造后,当地的电费单价从每度1.8元降至0.46元。过去,李发明家每月用电30度,电费约50元。现在,每月用电量就算是200度,电费也就90元左右。电价的大幅下降,让李发明家用上了过去不敢用的家电,电饭煲煮饭、电磁炉炒菜,日子越过越便利。

对建档立卡贫困户李发坤、张贤凤夫妻俩而言,脱贫之路似乎更为艰难一些。

时年均为55岁的李发坤夫妻俩,身体都有些残疾。因为一次意外摔倒,没去正规医院治疗,李发坤的右腿落下残疾,不仅行动不便,还干不了重活。妻子张贤凤患有严重的耳病,与人交流有些困难,对干农活也有点影响。

更加棘手的现实是,夫妻俩膝下有八女一男共九个孩子,稍大的三个女儿已嫁人,四女李满菊在外打工,工资并不高;五女李多群,是昆明学院大四学生,学的是护理学专业,每年学费6000元;六女李丹、七女李娜分别在镇雄县民族中学读高三、高二;独子李玉虎在坡头中学读初二;八女李春花在德隆小学读五年级。

子女众多,是造成李发坤一家贫困的主要原因之一。实施精准扶贫工作以后,李发坤一家被纳入建档立卡贫困户,先后享受了危房改造、低保救助、教育扶持、公益性岗位等扶持政策,倒是解了这家人不少的燃眉之急。

当下,李发坤一家的日子过得并不太宽裕,毕竟还有五个子女在校读书。话又说回来,只要子女争气,他家要脱贫致富奔小康,其实是大有希望的。短期来看,外出打工的李满菊,多少可以挣点钱贴补家用,等李多群大学毕业找到工作,就可以挣钱扶持弟弟妹妹上学。再看远一点,等李丹、李娜、李玉虎、李春花成家立业后,只要勤奋努力,不管他们从事什么样的职业,只会让这个大家庭的经济负担越来越轻,日子越过越好。

一个寨子,三户不同的人家,不大一样的致贫原因,大体相似的脱贫经历,让我们又一次感受到德隆人从大山中成功突围的别样精彩。

借助"鸡鸣三省"大峡谷的名气,2016年7月2日,坡头镇在德隆村举办首届"鸡鸣三省"李子文化采摘节。采摘节以德隆村李子产业为媒介,以"鸡鸣三省"景点为依托,把游客引进来,把李子推出去,有效地提升了"鸡鸣三省"的知名度,实现了"一日游三省"的目的。

活动当天,数以千计的游客拥入"鸡鸣三省"、拥入德隆村、拥入李子园,看风景、摘李子、吃李子、拍李子,好不热闹。

卖李子的村民发现,生意从来没有这样轻松。以前卖李子,虽然也会被采购一空,不过得自己采摘后亲自背到街上去卖;炸洋芋卖的村民也很满意,当天最少有500元的毛收入。当地村民们终于意识到,发展乡村旅游,的确能给他们带来许多商机。

"鸡鸣三省"核心景区位于白车村民组,在此发展农家乐前景看好。坡头镇党委、镇政府鼓励思想开放、干劲十足的白车村民组组长李发贵发展农家乐,带动村民发展致富。为发展当地李子产业,方便游客赏李花摘李子,镇上硬化了周边李子园的道路,建成了一条长1500米的旅游观光大道。

李发贵思想先进、眼光长远、有创新意识,在当地威望颇高。五个子女在他的教育下,靠读书改变了命运:三个在外省工作,一个在本镇工作,一个在云南大学读研究生。他们都非常支持父亲将自家两层小楼改造成农家乐。

2015年9月20日,农历八月初八,德隆村第一家农家乐开业了。农家乐依山而建，占地 2000 余平方米，有大小房间 30 间，每天可接待住宿游客 30 人、就餐游客 100 人。李发贵知道"鸡鸣三省"的名气和分量，干脆把农家乐取名为"鸡鸣三省"。这个招牌，还是坡头镇党委、镇政府帮他做的。

家里只有李发贵夫妻俩，实在忙不过来。李发贵就聘请了建档立卡贫困户李超、李波，按每人每桌餐 60 元的标准支付工资，每人每年的务工收入可达到 1 万元。

站在农家乐的院坝里，春天能观赏漫山遍野雪白的李花，夏天能看到李子挂满枝头，四季都能欣赏"鸡鸣三省"优美的风光。从农家乐到三岔河，十来分钟就到了。

因为这个优势，李发贵的农家乐很受游客青睐。生意好的时候，每天百十人就餐，忙不过来，他就地招工，吸纳更多的乡亲来打短工，增加大家的收入。第一个吃螃蟹的李发贵，每年的纯利润在 3 万元以上，很快就挣到了产业发展的第一桶金。

李发贵更看好以后的发展。是的，等"鸡鸣三省"大峡谷打造完工，大桥建成通车，农家乐一定会迎来发展的黄金时期，旅游产业一定能成为当地的富民产业。

在当地政府的指导下，李发贵还把自家 15 亩土地全部种上李子树。他算了一笔账，在丰产期，每亩产量 3000 斤，每斤按 5 元计算，每亩收入 15000 元。德隆李子味道好、品质好，不愁销路。

发现这个商机后，李发贵成立了镇雄县森农专业合作社，动员熊发友、顾恩友等建档立卡贫困户把自家李子树入股合作社，抱团发展李子产业。据统计，白车村民组有 10 多户村民，销售李子年收入已超过 3 万元。

乡村旅游逐步成为带动德隆农户脱贫增收的新兴产业，瞅准这个商机，当地在外做生意的刘茂林回乡投资 200 多万元，建成了一家集宾馆、餐饮、娱乐于一体的"德农人家"农家乐，客房、餐厅、KTV，一应俱全；停车场、鱼塘、菜园、烧烤摊，配备到位，环境优美，功能齐全。

日渐火起来的乡村旅游，一定会让更多的德隆人吃上旅游饭、走上富裕路、迈向新时代、开创新生活。对李发贵的判断，我们并不怀疑。

当下,行走在德隆村的田间地头,倾听一位位群众的生动讲述,我们知道,这样的故事不是特例。早日过上幸福而有尊严的美好生活,不正是当下所有人的奋斗目标吗?

作为镇雄县政府办的挂钩帮扶点,德隆村要在2020年全面建成小康社会,让全村群众过上幸福而又有尊严的生活,其实并不么轻松。

镇雄县政府办、坡头镇、德隆村协调联动,以提升贫困农户自身发展能力、改善贫困群众生产生活条件、培育优势稳定增收产业为重点,坚持基础设施与产业发展相结合、改善人居环境与自然生态保护相结合、产业发展与社会事业配套建设相结合,促进物质文明、精神文明、政治文明、生态文明协调发展,让全村建档立卡贫困户持续稳定脱贫,最终实现在2020年同步小康的目标。

这个目标并不空泛,它有着翔实的数据的支撑。到2020年,贫困发生率要降到2%以内,贫困户人均可支配收入高于全镇平均水平,村集体收入2万元以上,每户达到6条脱贫标准,全村达到10条出列标准,有劳动能力的贫困户,户户有产业,户均有一个劳动力掌握一门就业技能,没有劳动能力的贫困人口落实民政兜底保障,基本达到贫困户"两不愁、三保障"目标。

将这些数据变现,离不开近年来在德隆村实施的一系列脱贫举措。不论是发展生产、易地搬迁,还是发展教育、社会保障兜底,都让当地贫困群众看到了唾手可及的希望。

2019年3月23日,时任县委副书记、代县长的张洪坤首次深入坡头镇新场村、龙洞村调研脱贫攻坚工作。此后,张洪坤便成为坡头镇的常客,一次、两次、三次……为了让贫困群众早日脱贫致富,张洪坤的足迹遍及村村寨寨,"县里的张同志"成为坡头镇广大群众对他的尊称。

同年12月24日,张洪坤到坡头镇亳都村、德隆村入户走访挂钩帮扶的贫困群众,了解他们的生产生活情况、存在的困难和问题、脱贫达标情况,检查指导群众操家理务、人居环境提升等,鼓励他们树立信心、自力更生、早日脱贫致富。不管是走进亳都村赵家寨村民组王志凤、龙吕祥家中,还是与德隆村顾恩友、曹光军、张有祥、熊小华、魏康俊等群众拉家常,张洪坤对帮扶对象的事儿十分上心，用自己的工资购买衣柜、橱柜、桌、凳等物品，送到他们家中；帮助贫困户王志凤家购买电线，亲自站上高凳去换电灯泡；指导正在装修房屋的曹光军如何把楼梯间扶手装得又实用又美观，蹲下身子给顾恩友家组装简易衣柜……作为县长，张洪坤始终以一种躬身的姿态面对群众，以一颗敬畏之心承担党和人民赋予的光荣使命，以一腔为民服务的热忱履行一个扶贫干部的神圣职责，难怪人们都喜欢叫他"县里的张同志"，而不叫他县长。"张同志"无微不至的关怀，让贫困群众十分感动，大家纷纷表示，一定要靠自己的双手自力更生，把日子越过越好。

几个月后的 2020 年 3 月 7 日，张洪坤又到坡头镇走访包保帮扶的贫困群众。在德隆村、亳都村，张洪坤轻车熟路，径直走进自己包保帮扶的贫困群众家中，察实情，找差距，出举措，补短板，一心一意帮助群众早日实现脱贫致富。

"我们一定要在各级党委政府的帮助下，勤劳致富，该出去打工的要出去打工，千方百计增加收入。"走访中，看到劳动力闲置在家，张洪坤十分着急，鼓励大家借助现在的优越条件，用好政府搭建起来的良好平台，主动外出务工就业增加收入，实现脱贫致富。张洪坤说："现在政策那么好，免车费还有人接送，窝在家里既没有收入，也没有出路。"

作为一县之长，张洪坤怎能不急？脱贫攻坚已经到了越攻越难、越攻越险、背水一战的关键时刻，再苦再难、再苦再累也要坚决毫不松劲，努力努力再努力，真正高质量完成脱贫攻坚任务。他希望全县广大干部群众，一步一个脚印地干，一点一滴地抓，用凝聚辛苦和汗水的涓涓细流，汇成促进镇雄滔天巨变的江海。

在张洪坤的帮扶之下，德隆村贫困户内生动力得到有效激发，小日子越过越好、越过越滋润。全村基础设施建设走在坡头镇的前面，产业培育成效显著，乡村旅游发展风生水起。

走进德隆，独具少数民族特色的民居散落在山林间，连户路让出行更加便捷，干净的自来水流进每家每户，通信线缆连通了山外的世界，垃圾池提升了美丽乡村的魅力……

走进德隆，不论是种植冰脆李、核桃，还是养鱼、养猪，一个个特色资源优势开始转变为经济优势；实用的技能培训，让当地富余劳动力掌握了一技之长、拓宽了致富渠道。

走进德隆，看得最多的是宜居乐业的新农村景象，让人惊奇的是群众油然而生的幸福感，听得最多的是群众发自肺腑的感恩之词。

罗马不是一天建成的，德隆的发展变化绝非偶然，德隆人的明天一定会更加美好。

## 五

汽车顺着山势在平坦的公路上平稳前行，公路两旁的庄稼地里，一株株玉米威武地挺立着，似乎在等待农民的"检阅"。车窗外，不时有三五人拿着扫帚、锄头、镰刀等工具，认真地清理着路边的杂草、路面的垃圾。看到汽车经过，他们迅速退到公路两侧，并向车内的人投来淳朴的微笑。

中屯镇齐心村村民委员会驻地附近，有几户人家正在装修房子。原来，这里正在实施农村危房改造和风貌改造。

红瓦、白墙、棕色线条，把一个个农家小院装扮得甚是养眼，一丛丛格桑花、菊花在公路旁、庭院外竞相盛开，好一派优美的田园风光。

"过去，齐心村的条件太差了！公路坑坑洼洼，房子低矮破旧，垃圾遍地，污水横流。齐心人多数很穷，就算起早贪黑地种庄稼，最多只能解决温饱。"走进村庄，我们遇到了大地村民组村民李维举。

跟李维举的说法相印证的，是这么一组数据。齐心村辖 14 个村民组，有人口 899 户 3874 人，其中，建档立卡贫困人口 435 户 2057 人，贫困发生率高达 53.03%。因为交通基础设施建设滞后、教育和医疗等公共服务保障不足，产业发展基础薄弱，齐心村长期处于深度贫困状态。

见到生人，李维举虽有些拘谨，说话却带着些许调侃："以前，在中屯集镇上，要找齐心人太容易了，不消开口，裤腿上沾满黄泥巴的，准是。"

患有轻度小儿麻痹症的李维举，已经 50 出头，不能像别人一样外出务工,仅靠种点庄稼,艰难地维持生计。

穷则思变。盘算一番,李维举决定酿酒,挣点小钱贴补家用。酒是酿出来了,乡邻们的需求量依旧只是那么一点。销量要增加,必须外销到周边的村子和中屯集镇。由于只有一条狭窄的土路通往中屯集镇,酿出来的酒只能靠人背马驮运出去。这样一来,运输成本增加了,利润就降低了不少。

这条村组道路,随后被当地村民自发扩建为稍宽一点的砂石路,农用拖拉机可以勉强通行。一到雨天,道路泥泞,拖拉机也无法行走。直到2015年,这条路才变成平坦的硬化公路。就在那一年,李维举发现,村子里的变化多了起来。

"齐心村最大的变化,是在最近2年,翟书记挂钩扶贫以后,帮我们修公路、建学校、发展产业,让我们齐心人看到了脱贫致富的希望!"齐心村大地村民组组长龚声才告诉我们。

不仅如此,这些年齐心村的变化还有很多:危房改造开始实施了、村卫生室投入使用了、文化活动广场建起来了、路灯亮起来了、村集体经济组织发展起来了……目之所及,齐心村的确发生了许多令人欣喜的变化。

就拿李维举家来说,变化也不少。150多平方米的住房建起来了。屋内,电视、沙发、电冰箱等家具摆放有序。最引人注目的,莫过于那几口大缸,缸里装满了正在发酵的苞谷,往外面散发出来的酒香,恰似李维举对未来美好生活的向往,绵长、悠远。

有了对未来美好生活的向往,还得踏踏实实地通过自己的双手勤劳致富。齐心村的贫困群众还记得,县委书记翟玉龙还给他们解读过"穷"字:"'穷'字从结构上来看,'穴'字头,'力'字底,即劳动力困在家里,就变'穷'了'。"

这是2019年12月22日,翟玉龙到中屯镇齐心村入户走访挂钩帮扶的贫困群众时,即兴地解读了"穷"字的字体结构和含义,鼓励包保户中的劳动力外出务工,增加家庭收入,创造美好生活。

"翟书记说得太对了!只有外出打工,才能过上好日子!"贫困户王定云的大儿子对此深有感触。

外出务工,不仅是齐心人,还是镇雄许多贫困群众摘掉"穷帽"的有效方式。

## 六

2018年11月的某一天,我们乘车从镇雄县城出发,先是沿着镇彝公路前行2个多小时,再通过六七千米的通村柏油路,抵达花山乡铁匠湾苗寨。

夹在两座延绵山峦间的铁匠湾,绿树掩映下的一幢幢民居错落有致。走着走着,一座高大的寨门横跨在寨子入口,"铁匠湾苗寨"几个大字格外醒目。一条干净的柏油路,直穿寨门向寨子深处延伸。道路两旁,一盏盏路灯有序排列,像夹道欢迎远道而来的客人。

顺着柏油路往里走,寨中风光尽收眼底。房前屋后,竹篱笆围成的菜园中,透出浓浓的乡土气息,活动广场、篮球场、廊亭,公共活动设施应有尽有……此时此景,谁会联想到过去这里是何等地"脏、乱、差"。

"铁匠湾苗寨是一个相对原始落后的苗族聚居村寨,整个寨子共96户409人,其中苗族占78户378人。受自然条件与交通因素的影响、发展相对落后。"仅有的数据资料,无法还原曾经的铁匠湾。在尽力搜寻有关记忆终未有所获之时,正好遇见干完农活回家的村民王效洪,他给我们讲述了铁匠湾的"前世今生"。

过去很长一段时间,铁匠湾村民大多居住在茅草房、杈杈房里,甚至人畜共居。王效洪一家,过去也是挤在茅草房里的。

1993年,兄弟姐妹相继长大,茅草房住不下了。王效洪便另选地点,用石头、木头、石灰做主体,用"油毛毡"做盖顶,建起占地40平方米的"新房"。1997年,王效洪外出务工后,手头宽裕了,又增建了80平方米,依然用"油毛毡"盖顶。2006年,王效洪打工回来,掀掉"油毛毡",盖起了水泥平房。2011年,又新建了40平方米的水泥平房。每次建房,都花光了所有积蓄,王效洪再也没钱装饰内外墙体。

在铁匠湾,像王效洪一样改善居住条件的人家非常少,很多村民的居住环境一直比较差。到 2015 年底,铁匠湾仍有茅草房、杈杈房 42 间,无一处公共活动场所,"脏、乱、差"现象较为突出。

2016 年,花山乡将铁匠湾苗寨建设作为当年全乡脱贫攻坚主战场。镇雄县交通运输局挂钩帮扶此地,协调整合整村推进项目资金 100 多万元,动员社会爱心人士捐资 455 万余元,全力打造铁匠湾苗寨。

仅用 8 个多月,消除了 42 间茅草房、杈杈房,新修住房面积 8000 余平方米,实现厨卫入户、人畜分离;新修柏油路 1.7 千米,建成连户路 12000 平方米,新铺人饮管道 3.5 千米;安装太阳能路灯 30 余盏,新建 1200 平方米民族文化广场 1 个,配套建设了休息长亭和篮球场。

短短 8 个月,铁匠湾苗寨实现了华丽转身,从一个贫穷、落后的苗族村寨,变成远近闻名的民族团结进步示范点。

环境的改善,唤醒了苗族同胞传承民族文化的意识。现在,每逢花山节,铁匠湾苗寨都要举办庆祝活动,每年都会吸引数万游客前往。

经常深入农村采访的县融媒体中心记者王毅告诉我们:"近年来差不多走完了镇雄的每一个角落,但从未看到过有任何一个地方像铁匠湾一样,在短短 2 年时间里实现惊人之变。真是换了人间!"

## 七

相比于铁匠湾的打造,花朗乡这个叫"塘湾"的地方走的却是一条不一样的路。

塘湾村民组有 78 户 302 人,一半以上在外务工、创业,光是承揽各种工程建设的大小老板就有 48 人。近年来,随着脱贫攻坚的深入开展和乡村振兴战略的实施,花朗乡围绕建设"宜居塘湾、秀美塘湾"的目标,发动群众积极参与,引入社会资金,走出了一条政府投入、群众参与的塘湾振兴之路。

要将塘湾村民组打造成乡村振兴的典范,没规划不行,规划没有村民参与也不行。为此,花朗乡党委、乡政府多次召开村民座谈会、院坝会,充分听取村民意见,按照建设现代乡村、文明乡村、富裕乡村、和谐乡村的思路和理念,对房屋、产业、基础设施等进行规划,绘就了塘湾的蓝图,凝聚了干群合力。

"村民的事情村民办",这在塘湾村民组体现得淋漓尽致。其中,有花朗乡党委、乡政府的主导作用,也有塘湾村民建设美丽家园的强烈渴望。

村子里的休闲山庄,是塘湾人最先启动建设的公益活动场所,由部分村民捐资建设,一楼是停车场,二楼是大型活动室,是村民们集中规范办理各种大小事务的地方。

2016年,休闲山庄的建成并投入使用,让尝到甜头的塘湾人萌生了继续建设完善村民组公益设施的想法。不久,当地能人和其他群众共同出资、出地、出力,先后建起了活动广场、篮球场、休闲小公园、观景亭等等,同步对村组道路、广场周边进行了绿化和亮化,极大地提升了塘湾的人居环境,吸引了周边乡镇乃至威信县的游客前来游玩参观。

我们了解到,建设塘湾特色示范村,政府只花了17万元,却撬动当地人出资100万元,走出了一条"乡村振兴充分发动群众、大家的事情大家办"的新路。

人居环境的改变,促进了群众思想观念的改变。在塘湾,人人管环境卫生已成为自觉行为。篮球场上,一块公示牌非常醒目——"塘湾人居环境提升公约",明确了每家抓环境卫生的职责和要求,轮值表明确了每家负责保洁的日期、路段、保洁标准、约束措施。正是依靠这个较为完善的制度,塘湾的环境卫生提升实现了常态化。

"塘湾有今天,靠的是大家共同努力。"村民组组长郑祖云自豪地说。

## 八

在工程建设、项目实施过程中,征地拆迁是一个老大难问题。

近年来,果珠彝族乡高坡村纳支寨村民组就成功突破了这个难题。纳支寨村民不仅无偿拿出土地,还积极出资出力、投工投劳,充分整合土地资源,发展生态农业、乡村观光旅游业,取得了可喜的成就。

"纳支"是彝语,纳是手,支是手指,两个字合起来,意为"亲密无间",是一个山清水秀、气候宜人的地方,历史上多次被土匪侵袭。清同治年间,一股土匪势力想抢占这块风水宝地,在纳支寨人的英勇抵抗下,匪徒最终大败而归。听闻这件事情后,周围的人非常敬重纳支寨人,纷纷跷起大拇指。从此,纳支寨的含义便衍生为"大拇指"居住的地方。

2019年6月底的一天,我们走进纳支寨。

炎夏天气,一群人正在村口公路边挖坑。

"老乡,这里是纳支寨吗?"

"是的,进屋坐!"一位60岁左右的农村妇女热情地招呼我们。

"你们挖坑干什么?"

"种树,搞绿化。"一对青年男女异口同声地说。

"这是你们的地?多少钱一天?"

"退耕还林搞绿化,修沟引水,挖塘养鱼,修养鸡场,纳支寨的土地全部归合作社规划经营,入股分红。"面对记者的提问,62岁的村民罗贵才回答得十分干脆。

正在指导挖坑种树的罗金武,是果珠乡政府联系高坡村的干部,也是一名纳支寨人。见我们手提摄像机,便问:"你们是记者?"得到确认后,他立即把我们领到村民组组长徐明轩家。

75岁的徐明轩,身体还很硬朗,此时他正端坐在小凳子上,一边抽着旱烟,一边和身旁一位叫徐明奇的老人聊天。

徐明轩的家是一幢三层楼的小洋房,和寨子里的其他民居一样,属于典型的彝族传统民居。门窗上,贴着汉文、彝文并列的大红对联,看上去非常喜庆。

离徐明轩家不远的地方,有一个八卦形的鱼塘。塘口,白花花的水不断注入;塘边,镶嵌着藤状栏杆;塘里,不少中华鲟、甲鱼悠闲地游弋着。

与鱼塘相连的,是一个宽敞、整洁的文化广场,由文化活动场和篮球场组成。广场边,草坪、绿树、文化墙相映成趣。文化墙上,汉文与彝文并排书写的红色标语格外醒目:听党话,感党恩,跟党走。

"这个地方真漂亮！以前怎么样？"

对我们的"问东问西",徐明轩怕自己介绍不清楚,把儿子徐国勇喊过来"助阵"。

身为"群雄"种养殖农民专业合作社的理事长,提起纳支寨,徐国勇的话匣子一下就打开了。

纳支寨是高坡村古彝族村落之一,住户均为彝族,民风淳厚,彝族文化底蕴深厚。平均海拔1300米,有耕地461亩,林地、荒地812亩,全部分布在山上。全寨83户323人中,建档立卡贫困户就有39户151人,贫困人口占比近半。长期以来,纳支寨人靠天吃饭,投入大、收入少,一直是果珠乡较为贫困的自然村。

介绍完村情,徐国勇讲起自身的经历。初中毕业后,他就加入了中国共产党。常年在外务工的他,虽说没挣到几个钱,见识却增长了不少。2017年,高坡村宣布脱贫出列,徐国勇却清醒地意识到,脱贫只是第一步,离增收致富奔小康的路还很遥远。

在2017年贫困户脱贫的标准中,其中一条是"贫困户至少要加入一个专业合作社"。在别的地方,都是引进企业投入、组织贫困户用产业发展资金入股分红,但由于种种原因,不是迟迟见不到分红,就是分红收益微不足道,贫困户并不太满意。

通过借鉴发达农业地区农民专业合作社的成功经验,结合纳支寨多数劳动力在外务工、偏远坡地大面积撂荒的实际,徐国勇心想:"为什么不组建专业合作社,整合土地发展种植业、养殖业、乡村观光旅游业,带领彝族同胞抱团发展呢？"

徐国勇的想法,得到了乡党委乡政府、村"两委"及驻村工作队的认可和支持。很快,在村党总支的组织领导下,纳支寨"群雄种养殖农民专业合作社"成立了。按照合作社的章程及方案规定,纳支寨全体村民以土地入股,土地全部收归集体,由合作社统一经营。合作社产生效益后,按土地50%、人口30%、合作社15%、村集体5%的比例分红。

包括徐国勇在内,纳支寨共有4名党员,他们是纳支寨的中坚力量。为统一思想、凝聚力量,他们分头到农户家中宣传组建合作社的初步方案,征求大家的意见或建议,希望全村 83 户农户特别是其中的 39 户贫困户都能把土地使用权交给合作社统一经营,入股分红。

通过反反复复做工作,83 户人家全部同意加入合作社,并民主选举出专业合作社理事会、监事会,年轻力壮、热心肠、有见识的共产党员徐国勇当选为理事长,党员徐国东当选为监事长,贫困户徐国相、徐国敏、陈启乾当选为会员。

"理事长,合作社为啥取名'群雄'呢?"

"群众雄起的意思,大家事大家办,所以必须雄起!"徐国勇告诉我们。

怎样才能让群众"雄起"呢?"思想统一了,力量凝聚了,事儿就好办了。"徐国勇说。

2018 年以来,纳支寨整合了百村示范万村整治、传统建设项目资金 158 万元,住房风貌改造了,彝族文化活动广场、公厕、垃圾收运房、焚烧池、污水处理池、卫生厕所投入使用了,路灯亮起来了……家家都过上了路通、水通、电通、宽带网络通的日子。

通过整合产业资金、涉农资金、农户贷款,纳支寨人种植方竹、修建鱼塘、养殖蛋鸡、发展乡村旅游业等,这些项目建成后,纳支寨人就住进了花海,村里的民房变成酒店、餐馆,合作社将变成摇钱树。等这些项目建成后,前来旅游观光的游客,将体验到白天畅游花海、垂钓塘边、学彝家歌舞、择菜做饭、打鱼尝汤的乐趣,晚上住在民居中,享受世外桃源的生活。

"乡党委、乡政府十分支持纳支寨的做法,这是乡村振兴发展战略的具体实践,具有前瞻性和可操作性。"果珠乡党委书记杨才章话虽不多,却道出了纳支寨人的幸福意愿。

昭通市自然资源局驻高坡村扶贫工作队队长周淞认为,纳支寨 39 户建档立卡贫困户中,除 1 户是因学致贫以外,其余的都是因病或缺技术致贫的,这种整合土地发展种植养殖业、乡村观光旅游业的模式,切合实际,顾全大局,前景可期。

土地交由合作社经营了,村民目前的收入靠什么呢?徐明轩说,县里组织劳务输出,纳支寨家家户户都有人外出务工。土地入股后的前三年,村民的收入以外出务工为主;产业建成后,村民将逐步返乡就业。

按当地的产业发展规划,鱼塘和蛋鸡养殖场在2019年建成,方竹5年后进入丰产期。产业成形后,纳支寨的年净收入可达248万元,人均纯收入每年至少可达7600元。"加上乡村旅游业收入,纳支寨村民的小康生活指日可待。届时,人们会主动向纳支人竖起大拇指!"谈及未来,徐国勇信心满满。

采访完,正欲离开时,之前和徐明轩聊天的徐明奇拦住了我们。

"来都来了,干吗要着急着走?"徐明奇67岁,是纳支寨的"双语"老师,除了用汉语教学外,还用彝语传承彝族文化。

"饭也吃了,再打扰就不好意思了。"走在前面的司机老陈和徐明奇开玩笑,"这段时间忙得很,以后来歇几夜。"

徐明奇说:"彝族人民好客,哪有不喝一杯酒放你们走的道理!"说完,手一招,从身后的水塘边跑过来十几个年轻人,他们已经换上了彝族服装,手上端了酒碗,其中有两个妇女,抬着一根彩色的花竿。

还没反应过来,我们就被一群人推搡到村口。徐明奇说:"来的时候,大家正在干活,没有准备,现在补上一课,喝一杯拦路酒。"

披挂齐整的一群人分成两排,站在路口。徐明奇说:"也不好再留你们了,你们一个一个从中间走出去吧!"

没有劝酒,抿一口也行,但我们必须从每一个人的手里接过酒碗。喝酒的时候,他们唱歌,唱的是徐明奇老人自己作词谱曲的《彝族人家有好酒》。这首歌的汉语译文是:彝族人家有好酒,香醇的美酒敬亲人。彝家人迎来了尊贵的客人,彝乡情迎来了天下的朋友。哎!阿妹举杯来斟酒,喝不醉来不要走,只要喝了彝家人的酒,走遍天下是朋友,是朋友,是朋友⋯⋯

2020年秋天,我们再次去了那支寨。和去年相比,村庄更加美丽、精致了。曲径的小道,通向各家各户门口。小道旁有花草、树木,园子里有蔬菜,给人一种无比的清新和静谧。沿山行,清水从山间飞扬而出,去往鱼塘,去往清澈的湖中;峭檐青瓦,红叶青藤,辉映着群山和天空。广场上,青年男女

在舞蹈,音响里播放着动人心魄的《那支寨情歌》。

> 到干净的草甸上去,
> 云朵和牛羊升起。
> 到美丽的村庄里去,
> 太阳和月亮相随。
> 到开阔的山冈上去,
> 聆听祖先的谣曲。
> 到蜿蜒的小路上去,
> 情歌唱着我和你。
> 那支寨,小溪水,
> 倒映着炊烟和鸟雀;
> 小哥哥,小妹妹,
> 亲密的身影花竿上追;
> 拦路酒,一杯杯,
> 兑上了群山和流水;
> 小冤家,一对对,
> 门框里说笑心头醉。
> ……

歌声在村里回响,欢快的旋律释放着那支寨人对美好未来的追求和展望。

如今的镇雄,无论是走进一个个示范点,还是一座座美丽村庄,所看到的景象都是那么漂亮、恬淡,青山、池塘、亭阁、绿树、繁花、小径,村民们"家家生活在花园里,住在别墅中"。

在镇雄县250多个村(社区)中,上述村寨只占了很小的比重。不过,在它们的示范引领下,镇雄广大乡村无不铆足干劲谋发展、找突破,建成了一个个美丽村寨,它们就像一颗颗璀璨的明珠一样,镶嵌在3696平方千米的古邦大地,吸引着四面八方的目光。

2020年1月9日,镇雄县首个文旅类重点招商引资项目——小山峡桃源谷景区正式开门迎客。按照规划,小山峡桃源谷景区分三期建设,力争建设成为镇雄旅游的一张名片,努力打造成为云贵川的网红打卡地,全国知名的旅游景区。

这是一个不容忽视的"新动向",镇雄旅游业的兴起,将对镇雄决胜脱贫攻坚、促进乡村振兴产生十分积极的作用,一定会给上述美丽村寨带来可观的车流、人流、消费流,自然也就能为当地贫困群众带来一条条增收致富的路子。

是的,通过采取各个击破的方法,除掉了攻坚进程中的一个个拦路虎,一个个贫困村寨相继脱贫出列。

一个个示范点的成功创建,不断引领更多贫困村"比、学、赶、超",为镇雄实现全面小康社会奠定了坚实的基础。来自镇雄县扶贫办的数据显示,截至2019年底,镇雄县累计出列134个贫困村,脱贫90911户435733人。截至目前,镇雄县还有101个贫困村未出列,27186户122276名贫困人口未脱贫,要在2020年实现脱贫摘帽目标,疫情防控和脱贫攻坚两大战役逼迫镇雄绝地反击。

可以预见的是,不管是解决影响"两不愁、三保障"的突出问题,还是继续打好易地搬迁、危房改造、安全饮水保障、转移就业扶贫、特色产业扶贫、教育均衡发展、人居环境提升"七个标志性战役",以及扎实推进东西部扶贫协作工作,镇雄需要做的功课还真不少。

# 第四章　高歌猛进，分兵突围

镇雄人的梦想，曾一度在一定的地域结构中泯灭。贫穷、闭塞、偏远、落后，长期成为捆绑在这片土地上的显著标签。这些标签，自然是镇雄全面建成小康社会进程中的一个个拦路虎，显然不被新时期的镇雄人所接受。

要摘除这些标签，必须找准突破口，举全县之力合力拼搏，朝着一座座山头不断冲锋；必须万众一心，认真分析和研判县情，向着一个个目标持续精准发力；必须激发活力，切合贫困地区的实际，走出一条具有镇雄色彩的脱贫突围之路。

交通、水利、电力、通讯等基础设施建设，教育、文化、医疗体系的重建，产业培育、住房保障、美丽乡村示范点建设……为了实现新时代的伟大梦想，170余万镇雄儿女以前所未有的精气神，兵分多路，高歌猛进，在脱贫致富奔小康的征途上，踩下了一串串踏实的脚印，擂响了一个个激越的鼓点，留下了一个个精彩的故事……

## 一

抬头见山，俯首成谷。在很长一段时间内，镇雄人别说通江达海，就是要走出镇雄县都难。落后的交通基础设施，挡住了镇雄人追求梦想的脚步。早日打通出山之路，成了百万镇雄人最大的企盼。一代代镇雄人望眼欲穿，翘首期盼，在内心永不落幕的憧憬中，终于，梦想照进了现实。

"深山绝壁开天路，历尽艰险架飞虹。"要构筑经济社会发展"大动脉"，必须按照"贯穿南北、连接东西、通达川贵、辐射乡村"的要求，把镇雄建设成为"川滇黔接合部的立交桥",让曾经的交通死角融入现代化的交通枢纽。

近年来,镇雄县交通建设迎来一个前所未有的机遇期。从毛坯路到柏油路,从高速公路到高速铁路,紧紧抓住机遇的镇雄人,以敢拼敢干敢担当的勇气和毅力,筑起了一条条穿插内外、连接川黔、通江达海的大通道,潜力、通畅、枢纽、活力、超前……这些具有新时代标志的词语,已然成为镇雄交通事业发展过程中的闪光命题。

过去镇雄的交通有多落后,从镇雄第一中学退休教师陈文衡口述中可见一斑:"30年前,我组织了一批学生参加夏令营活动,从镇雄到昆明,要坐三天三夜的车;有时去昭通开会,最少也要走两天。"

年近六旬、有着近40年驾龄的赵师傅,是镇雄县客运站的一名老司机。从1980年开始,他长期往返于镇雄至昆明的长途客车上,亲历了镇雄道路交通的发展变化:"以前,我们一般是凌晨5点从镇雄出发,晚上在(贵州省)威宁县黑石头住宿,第二天早上继续出发,晚上9点左右才能到昆明。现在,一天跑一个来回不是个事。"

1999年寒假的一天,一群镇雄学生挤上了一辆从昆明返回镇雄的客车。如果按赵师傅所说的,他们将于次日抵达镇雄。谁知一路状况百出,不是轮胎被扎破、路面湿滑,就是遇到各种堵车。赶到镇雄县城时,已是三天后的晚上10点,行车时间刚好是80个小时。

1978年,全县公路里程仅为1138千米,公路密度低、路面窄、弯道多、等级低下,通行能力极弱;1985年底,全县仅有各种汽车320辆,很多运输仍靠人背马驮;2013年,全县所有乡镇修通柏油路,交通压力得到有效缓解;2017年,全县所有建制村修通硬化路;2018年底,全县5268个村民组全部通公路,县内通达时效全面提升。

一个个数据,既承载着镇雄广大人民千百年的梦想,也体现了镇雄交通事业辉煌的发展成就。

近年来,镇雄审时度势,紧紧抓住"一带一路""长江经济带发展"国家战略机遇,以及国家加大对乌蒙山片区区域基础设施投入和政策支持的机遇,把基础设施建设作为加快发展和如期打赢脱贫攻坚战的主要抓手和硬支撑，全力打好以综合交通为主的"五网"建设大会战，围绕全县综合交通体系"1223366"规划，构建"铁公机"立体交通网络，把镇雄建设成为"川滇黔接合部的立交桥"，构建交通大动脉，实现经济大发展，打赢脱贫攻坚战。

所谓"1223366"规划，就是建设1个镇雄通用机场，建设县城内外2条环线，打造以牛场为中心的西半县综合交通圈、以以勒为中心的东半县综合交通圈，实现成贵、叙毕、丽攀昭毕遵3条铁路过境，争取3条约300千米的二级公路进入省市规划并立项建设，建设宜毕高速镇雄段、昭泸高速镇雄段、宜昭高速镇雄段、镇赫高速、镇七高速、中赤高速等6条高速公路，逐步改造建设G352线、G246线、S202线、S302线、S244线、S201线等6条国道和省道。

大处谋划，高位推进，是尽快打破交通发展瓶颈、打通县域经济发展"大动脉"和"毛细血管"的重要举措。预计到2021年，这个贯穿南北、连接东西、通达川黔、连通乡村、高效便捷的"1223366"规划的最终形成，势必为镇雄百万群众聚力于乡村振兴、促进县域经济的后发赶超打开一条腾飞之路。

通过这些年的不懈努力，镇毕高速2018年建成通车，镇雄人有了首条高速公路；成贵高铁在2019年12月16日建成通车，古邦镇雄从此进入高铁时代；叙毕铁路镇雄段、宜昭高速镇雄段、宜毕高速镇威段、昭泸高速镇雄段、镇赫高速、镇七高速、镇果一级公路建设正有序推进，"镇雄速度"惊艳出世，古邦大地天堑变通途。

"十三五"期间，镇雄县综合交通建设计划总投资约500亿元，其中，机场投资约10亿元，近200千米高速公路投资约300亿元；铁路里程90千米，投资约80亿元；一级、二级公路及其他交通设施建设计划投资约110亿元。

如今的镇雄，一条条公路、一座座桥梁、一个个隧道在崇山峻岭之中穿越而过，在沟壑纵横之间凌空架设，成为这片土地上最美丽的风景，成为镇雄人津津乐道的话题，成为镇雄经济腾飞的快车道。

可以预料的是，待"十三五"综合交通网建成后，镇雄将形成一个以高速和高铁为载体，1至4小时内到达周边省、市、县城市的"4小时交通圈"。一个崭新的镇雄、腾飞的镇雄将以全新的面貌呈现在世人面前！

## 构建发展大动脉

发展交通,正是脱贫攻坚的核心战略。关于交通扶贫的成效,镇雄县交运局工作人员吉永川给我们算了一笔账:

2017年,镇雄县有263个村(社区)共36.9万户120万余人,其中,贫困村196个,贫困人口274775人。村村通硬化公路后,按生产生活运输费用计算,每年每户减少生产生活运输成本1000元,全县36.9万户全年就减少运输费用支出3.69亿元,其中,脱贫户每年可减少支出6003.7万元。按乘车在途时间节约2小时,时间成本10元/小时来计算,全县165万人按每天2万人次计算时间效益,每天效益就达80万元,年效益可达1.46亿元。

数字是冰冷的,可账一算下来,交通扶贫的效益一目了然。

2018年6月28日,对于镇雄人民来说,这一天注定要浓墨重彩地写入镇雄的历史。这天,镇毕高速公路通车了,镇雄实现了高速公路零的突破,结束了镇雄没有高速公路的历史。至此,山高坡陡、沟壑纵横、古老而神秘的古邦大镇雄,以全新的形象和崭新的面貌迎接八方来客。镇雄县构建"川滇黔接合部的立交桥"的步伐,从此迈出了坚实的一步。

泼机镇庙山村村民赵祖万目睹了镇雄城区到毕节二龙关这条公路的变化。他说:"这条公路变化非常大,它是新中国成立后镇雄的第一条公路。2008年修通了镇雄到二龙关的二级公路,2018年又修通了镇毕高速,现在我们到贵阳、上昆明都非常方便,交通的方便也带动我们这个地方的大发展。"

"以前我们上省城昆明开会或接洽业务至少要八九个小时,远不远先不说,单从路况来说就非常糟糕,遇到堵车,要在途中折腾十几个甚至二十几个小时。镇毕高速公路通车后,只需5个多小时就到了。"县交通运输局工作人员张永寿说。

镇毕高速公路是宜毕高速公路的重要组成部分,是云、贵、川三省又一重要省际高速公路通道。2020年8月26日24时,宜毕高速公路威信至镇雄段通车,2020年12月底实现全线通车。

镇雄通过镇毕高速公路和宜毕高速公路,南与厦蓉、杭瑞、毕威等高速公路组成网，北可经四川宜宾进入国家高速公路网和长江流域，从而成为镇雄沟通南北、顺达川黔、通江达海的重要通道，有力地促进了镇雄矿产资源、生物资源、旅游资源特别是红色旅游资源的开发。同时，镇毕高速公路促进镇雄融入毕节经济带，以及"成渝经济圈""珠三角经济圈""兰海（兰州至海口）经济带"，这将有力地拉动镇雄经济加快发展，助力镇雄打好打赢脱贫攻坚战。

"镇毕高速公路开通，为我们提供了便捷的物流快递渠道。今年，我们销往北京、上海、广州、深圳、杭州等城市的'金雨云蜜'有5000多千克，成交额有200多万元，快递质量高、达到时限短、资金到账快，全托高速便捷的交通运输的福。"镇雄县金雨蜜蜂养殖有限公司负责人吴学刚说。

随着镇毕高速公路的开通，一批批客商纷至沓来，一个个企业、项目落地镇雄。2019年4月27日，云南一座山文化发展有限公司在镇雄县举行签约仪式，由公司投资3.8亿元，分三期对镇雄小山峡桃源谷生态文旅项目进行开发。2019年6月12日，在2019年南亚东南亚国家商品展暨投资贸易洽谈会开幕首日，镇雄与镇雄中悦房地产开发有限公司、贵州蓝之源生物科技有限公司、镇雄兴牛旅游发展有限公司、云南磨浆农业有限公司、镇雄县黑颈鹤生物科技开发有限公司、昭通辣椒种植生物科技有限公司等6家企业成功签订招商引资项目合作协议，签约金额达62.3亿元，签约项目涉及农业、旅游、房地产、中药材等行业。2019年6月13日，在2019年南亚东南亚国家商品展暨投资贸易洽谈会经贸合作项目省级签约仪式上，镇雄县与天津亿联投资控股集团有限公司"牵手联姻"，公司将在镇雄投资85亿元打造镇雄伴山智慧生态城项目，投资15亿元打造镇雄亿联国际商贸城项目……

回过头来看，这一步走得并不轻松。关于镇毕高速公路建设的故事还很多，别的不说，张基屯隧道的修建不仅一波三折，还拖慢了整条公路的通车时间。

张基屯隧道左幅长3343米，右幅长3358米，地质情况复杂，围岩级别差，是一个煤系地质层隧道，也是一个瓦斯特别突出的隧道，加上隧道出口段存在采空区，治理难度极大，属于世界性难题。

为早日攻克这个难题,确保工程质量,建设者们不敢大意,千方百计地研究建设方案,建设工期也是一拖再拖。投资超出预算,追加投资;要是还不够,继续追加。最终,以增加投资 2 亿元,总投资近 6 亿元的经济代价,经过建设者们的艰苦奋战,张基屯隧道顺利完工了。

贵州桥梁建设集团龙镇高速 T1 标段项目经理段长高告诉我们,为保证隧道质量,贵州桥梁建设集团没有犹豫,不惜一切成本,竭尽全力把张基屯隧道打造成"五年无小修、十年无大修、寿命一百年"的品质工程。

镇毕高速的建成,是镇雄高速公路"从 0 到 1"的关键突破,是百万镇雄人民冲刺全面小康的铿锵鼓点,也是镇雄县紧紧抓住"一带一路""长江经济带发展"国家战略机遇和国家加大对乌蒙山片区区域基础设施投入和政策支持的机遇的产物。这条高速的建成,毫不夸张地说,改写了镇雄县经济社会发展的历史。

有了"1",就有"2""3""4""5""6"……如今的镇雄,走进每一条高速公路施工现场,都是一派繁忙的景象。

宜毕高速威信至镇雄段通车,昭泸高速镇雄段通车,宜昭高速镇雄段建设火热,镇赫高速建设进展迅速,镇七高速、中赤高速项目推进顺利……

不难想象,随着一条条高速公路的建成通车,曾经的交通末梢将摇身一变,成为连通四面八方的交通前沿。到时,不说去昆明、贵阳、重庆、成都,就算跑两湖、两广乃至更大的地理范围,镇雄人也将走得更加方便快捷。

数字背后,我们看到镇雄迎来高铁新时代的希望。

"现在去浙江、上海或者广州,80 元钱坐机场客运车,40 分钟就到毕节飞雄机场,只需用原来三分之一的时间,而且比原来方便、便宜得多。"外出务工人员邓声灿说。高速公路带来的便捷并没有使邓声灿满足,常年在外面,看到高铁从眼前呼啸而过,他又开始向往有一天可以坐高铁回家,因为他所在的城市,坐高铁更便捷也更划算。2019 年 12 月 16 日,邓声灿的愿望实现了:成贵高铁通车运行。镇雄县正式进入高铁时代,融入全国高铁网,开启加速度发展模式。

成贵高铁起于四川省成都市，途经乐山市、眉山市、宜宾市、昭通市、毕节市，止于贵阳市，连接西成高速铁路、渝贵铁路、贵广高铁、沪昆高铁，形成四川乃至西北地区通往珠三角长三角华东华南东南等沿海地区的快速大通道。成贵高铁在昭通市途经威信县、镇雄县，在镇雄县途经花朗、大湾、以勒、母享、鱼洞、黑树6个乡镇，设计时速250千米，站点设在以勒镇庙埂村，全长38.9千米。

这是一条穿云跨壑进乌蒙的高铁。随着高铁的开通，隐藏在乌蒙大地的美景、美食将向更多的朋友揭开它的神秘面纱。

作为镇雄乃至昭通历史上第一条开通运营的高铁，成贵高铁即将改变的不仅仅是人们的出行方式，更是一座城市的对外交通格局。千呼万唤的高铁时代，这一次终于来到了家门口，一种说走就走的生活方式也将成为镇雄人民生活的新常态。

王世美是以勒镇毛坝村人，活了大半辈子，从未坐过高铁。如今，高铁不仅修到了家门口，竟然在家门口设站。高铁开通运营当天，王世美激动得热泪盈眶，买票去宜宾玩了一趟，尝试一下坐高铁的感受。他说："终于可以到全国各地去了，家乡有这样大的发展，我们镇雄人民感到骄傲和幸福！"

"火车一响，黄金万两。"成贵高铁除了给镇雄人民带来方便快捷的出行体验，还给沿线人民带来致富的机会和条件，带来了巨大的经济效益。

呼啸的高铁，将带动人才、资金、技术等生产要素重新配置，它让镇雄重新焕发生机与活力，让镇雄到沿线城市的时空距离大大缩短，和成都、贵阳人享受同城生活不再是梦想。同时，让镇雄人民看到了追赶时代脚步的希望，迸发出全面决胜小康社会的新激情。

周主林是坡头镇堰塘村人，在成都做亮化工程，经常在成都和堰塘之间往返。高铁开通前，他要从堰塘坐车到县城，再从县城坐车到成都，要两天时间。高铁开通的那天，他从堰塘坐车，约1个小时就到镇雄高铁站，再坐高铁约2.5小时就能到成都。周主林一脸满足地说："以前坐大巴车去成都的话，前后需要两天时间，来回一趟很不容易。生意好的时候，连回家的时间都没有，现在坐高铁只要半天就到了，方便快捷又安全，随时都可以回家啦。"

成贵高铁是我国"八纵八横"高速铁路网的重要组成部分。成贵高铁全线通车初期,铁路部门安排开行动车组列车20对。成都将开行至上海、广州、昆明等地动车组列车,成都至贵阳间最快2小时58分可到达。在镇雄坐上列车就可以直接到达上述城市,融入全国交通网络。2019年12月16日至29日,每天在镇雄停靠的列车有12辆。12月30日,全国铁路运行图调整后,安排开行动车组列车日常线44对、高峰线14对,在镇雄停靠的列车增多。

2020年7月1日,镇雄始发昆明专列G4359开行,可载客600人,这对于在昆明上班的常伟来说,是个天大的好消息。常伟是镇雄人,之前在镇雄上班,一家老小都在镇雄,2018年,他考上了昆明的单位,回家便十分困难。他说,每次都是要等到节假日才能回去,双休回家基本在路上了,现在有了高铁,缩短了回家的时间。

2020年8月26日24时,宜毕高速公路威信至镇雄段通车,将之前县城和镇雄高铁站之间1.5小时左右的行程大幅缩短至半小时左右,两地交通通行更加方便快捷。这段高速公路开通后,选择乘坐高铁的人更多,成贵高铁镇雄站日客流量达到8000人次。

路好了,同样路程花费的时间更少了,心也近了,心情更好了。方便快捷的交通让人们来去匆匆,笑脸盈盈,幸福满满。

圆了说走就走的梦,本地农特产品、外地大宗货物运输成本高的难题如何破解?火车运输,是不二之选。换言之,镇雄还需要一条货运铁路。现在看来,这已经不是一个遥遥无期的梦,而是触手可及的现实。因为,真有一条建设中的货运铁路——隆黄铁路途经镇雄。

北起四川隆昌,南到贵州黄桶,全长497.4千米的隆黄铁路,是孙中山先生在《建国方略》中就规划建设的铁路。它的建成,将贯通成渝铁路和贵昆铁路,形成西南地区大宗货物出海的又一重要南下通道。

作为隆黄铁路的最后一段,四川叙永至贵州毕节铁路,设计为客货两用单线一级铁路,设计时速120千米,北起已建成的纳(溪)叙(永)铁路龙凤站,向南进入云南镇雄、威信后至贵州毕节,与毕(节)织(金)铁路相接,是川渝地区与北部湾地区货运交流辅助通道隆黄铁路的重要组成部分。

而叙毕铁路镇雄段,途经雨河、大湾、果珠、林口、以勒、鱼洞、黑树7个乡镇,境内设果珠云岭站和以勒庙埂站,全长52千米,已于2016年10月开工建设,计划2022年建成通车。

数字背后,我们也看到镇雄融入周边航空网的优势。

2017年10月29日,在上海结束为期一周的培训后,镇雄县文体广电和旅游局职工李朝云得返回镇雄上班了。早上8点,在宾馆吃完早点后,他坐地铁赶到浦东机场,登上当天上午11点5分上海飞毕节的航班。2小时后,飞机在毕节飞雄机场着陆。下午3点半,李朝云平安归家。

从大上海到镇雄城,前后只花了4个多小时。换作以前,这是不可能发生的事情。如果没有上海飞毕节的航班,按常规,他只能从上海飞昆明,再从昆明乘车到镇雄,时间就会多上一天。

正是毗邻镇雄的毕节机场,让镇雄人融入了全国航空网,享受到了飞机出行的方便和快捷。

其实,这些年来,镇雄人的航空梦一直没有断过。

2017年4月25日,中国国际工程咨询公司交通业务部民航处处长孙丽萍率评审专家组到镇雄县尖山乡尾坝村通用机场拟选场址进行实地踏勘;2018年6月26日,镇雄通用机场空域使用方案军地协调会召开,各单位参会代表对镇雄通用机场空域使用问题进行了研究论证并达成了一致意见,原则上支持镇雄通用机场建设,这标志着镇雄航空梦想迈出了实质性步伐。

按此前的规划,镇雄通用机场预选址在尖山乡尾坝村,投资约10亿元,按A1通用机场建设。拟建的镇雄通用机场是一类通用机场,能承载10—29座航空器经营性载人飞行业务,主要承担航空运输、通航物流、测绘、应急救援、抢险救援、农林播撒、航空护林等通航作业。

机场建成后,将与周边运输机场形成短途航空运输的网络,发挥通用航空拾遗补阙的作用,有助于镇雄投资环境的优化,助推镇雄与周边或其他地区的互联互通,推动区域间的合作和发展。不仅如此,它还能够提高航空救援、短途运输的能力,提升应急救援响应能力,最大限度地降低灾害赞成的损失。

如今,镇雄已经实现了以毕节机场作为中转,顺利进入周边航空网;镇雄机场建成后,镇雄就能顺利融入1.5小时至3.5小时的飞行圈,不管是辐射川滇黔渝1.5小时飞行圈、珠三角2小时飞行圈,还是长三角、福建3小时飞行圈,乃至京津冀3.5小时飞行圈,都将极大缩短镇雄与发达地区的时空距离,必将助力镇雄经济社会的新一轮腾飞。

融入航空网的镇雄,正打破时空距离、历史常态,为促进经济社会快速发展装上了一个强劲的引擎。

## 全力畅通微循环

2013年3月,镇雄县28个乡镇全部通柏油路。2017年12月底,镇雄有254个村(社区)通上硬化路。

这是镇雄公路建设史上的两个大事件,其意义不言自明。

长期以来,由于县域宽、财力穷,镇雄的交通基础设施建设十分落后,县域区位优势难以转化为发展优势,农村群众生产生活成本居高不下,镇雄区域性整体贫困和深度贫困的标签粘成烙印。

镇雄交通建设的近期目标,是实现全县所有村组公路路面硬化,规划硬化建设总规模达5449.28千米,其中,新建并硬化482.53千米,改建硬化4966.75千米。

为切实改变镇雄农村交通状况,镇雄锁定"打通大动脉,畅通微循环"的工作目标,在全力构建以航空、铁路、高速公路为骨干的综合交通运输体系的同时,创建全民参与建设、全民参与管理的建管机制,着力打造全国"四好农村公路示范县",为全县脱贫攻坚提供强有力的交通运输保障。

不难看出,镇雄县正以脱贫攻坚为统领,狠抓交通扶贫工程。以打通服务群众"最后一千米"为目标,以为人民群众谋幸福为根本落脚点,拟订村组公路建设方案。计划到2019年底全面实现村、组道路硬化"全覆盖",畅通交通毛细血管的"微循环",为改善群众生产生活条件、实现脱贫摘帽创造先决条件,铺就贫困村人民群众脱贫致富的小康路,促进群众快速脱贫致富。

因一条路而改变的朱家坪,就是一个让人惊叹的例子。

朱家坪海拔1800米,是镇雄县旧府街道松林湾村的一个边远村寨。人们常说的朱家坪,是朱家坪、发地寨、关地坪、潘家梁子四个村民组的统称,统计人口1400多人。

长期以来,一座大山横亘其中,把朱家坪与县城阻断成两个不同的世界:一边是恬静安宁的世外桃源,一边是繁华喧嚣的现代化县城;一边是低矮破旧的房屋散落山间,一边是高楼大厦矗立在城市中央;一边是人背马驮,一边是车水马龙……

是什么原因造成这种现象?归根到底还是贫穷——穷得修不通一条通往县城的公路。很多驴友说,朱家坪是镇雄县城的"后花园",可要去这个"后花园",无路可走,或者说没一条像样的路可走。

进出朱家坪,只有一条崎岖的山路。有的路段就在悬崖峭壁边,走一趟,让人胆战心惊;有的路段在山谷中,十分陡峭,爬一坡,下一坎,非常辛苦。一到雨天,泥泞湿滑,加上碎石很多,只要一踩滑,轻则摔倒,重则跌下山崖。这样的路,朱家坪人走了280多年,前后14代人。

朱家坪到镇雄县城,看似近在咫尺,实则望"城"兴叹。进一趟城,村民至少要跋涉10多千米的山路,少说也要两三个小时。买卖东西就更难了,只能人背马驮。在朱家坪,几乎家家都养马。马,是当地人的好伙伴、好帮手、大功臣。

2017年4月,县委书记翟玉龙在北京的一次以"五级书记抓扶贫"为主题的演讲中提到:"2014年,我去一个叫朱家坪的村庄。在县城东北面的大山上,巴掌大的地方,居住着1400多人。山高坡陡,峭壁林立,只有一条没有硬化的毛坯路。在这个离县城直线距离不过2千米的地方,人们只要竖起耳朵,就能倾听到城市近处的喧嚣,但要走进,却如攀蜀道,如登绝顶。面对那些趴在斜坡上的低矮的土墙房、田间懒洋洋生长着的玉米和土豆,以及那些对所有'不速之客'都一脸漠然的乡亲,我无法用'贫穷'两个字来打发内心的苍白！脱贫攻坚,谈何容易!"

岁月不语,时光无言。

2011年9月,朱家坪村民发扬愚公移山的精神,在自身的努力和相关部门的支持下,开始修筑朱家坪到县城的公路,引起了社会和媒体的关注。中央电视台的记者来了,云南电视台、昭通电视台、《昭通日报》、镇雄电视台的记者也来了。

2018年4月20日,我们也到朱家坪采访。放眼望去,在青山绿树的映衬下,一栋栋崭新的小洋楼煞是惹眼,房前屋后,村民们怡然自得地忙碌着……此时的朱家坪,宛如一本精美的画卷,在我们眼前慢慢展开。

有关朱家坪的故事,得从10年前讲起。

2009年初,在镇雄县交运局工作的朱启尧回朱家坪老家时,与村民杨洪祥在村头相遇。闲聊时,两人不约而同地提到:我们为什么不修一条路,将朱家坪与县城连通?

与杨洪祥提起这个话题,朱启尧并非一时心血来潮。他了解杨洪祥,这位老党员做事有激情、有干劲,前些年带头干了几件"大事"。1999年,杨洪祥带头集资捐款,带领村民抬电杆、架电线,硬是在除夕夜让朱家坪通了电。几年后,他又带领村民上山找水、建蓄水池、架管引水,让朱家坪人用上了自来水。

有了修路的想法,两人很快就达成一致:朱启尧负责技术指导,杨洪祥负责发动群众。

面对巍峨大山、悬崖峭壁,要修公路,不打隧道就得绕行。不管是哪一种,都得面对投资大、施工难的问题,许多朱家坪人并不抱多大的希望。如果仅靠村民投工投劳,没有项目、资金支持,困难之大可想而知,修路简直就是"天方夜谭"。

铁了心的杨洪祥并不这样认为。他想:我们这一代人能修多少就修多少,剩下的由第二代人继续修,如果第二代人还是修不好,就交给第三代,子子孙孙修下去,总有一天能修通。这不就是当代版的愚公吗?想想也是,这么多年,杨洪祥正是凭着这股精气神,干成了几件大家都认为不可能的事情！杨洪祥想修公路的消息，很快传遍了朱家坪。

因为交通不便，朱家坪生产生活不便，增收困难，至今还有很多人在贫困线上挣扎。人越穷，越不被外人待见，"有女不嫁朱家坪"的俗语让一个小地方的人抬不起头来。

村里没有学校，当地孩子只能到附近的松林湾小学上学。山路陡峭，多数孩子要走2个小时。他们必须早上5点起床，简单收拾一下就出发，鞋子常常被泥水打湿。一不小心，带去的午饭就会洒在路边，中午就只有饿肚子了。刚读一年级的孩子，因为实在太小，常常是由家长用马驮着去上学。

修路，得马上修路！这种念头早已深入朱家坪人的骨髓，就差一个人振臂一呼了。

除了杨洪祥，当时还有11个人发动群众修路。很快，这12个人就组成了一支修路先锋队。经过反复商议，大家决定采取投工投劳、群众集资的方式修路，每户先集资2000元。没钱的农户，由发起人担保到信用社贷款；40岁以上但没有成家立业的男子，不用集资，但必须出劳动力。

为了得到乡亲们的支持，杨洪祥一行要么挨家挨户地做思想工作，要么召开群众大会统一思想，很快就得到全体村民的一致同意。修路的提议，激起了朱家坪人对美好生活的向往，乡亲们积极响应。

当时，朱家坪人大多不富裕，有些甚至穷得吃不上饭。就拿杨洪祥来说，要马上拿出2000元也很困难。盘点了所有家当，家里最值钱的就只有那匹马了。不卖马，2000元就没有着落；卖了马，生产生活物资只能靠自己背了。这对瘦小的杨洪祥来说，是一个比较艰难的抉择。

2009年腊月，杨洪祥忍痛把相依为命10多年的老马卖了，凑到了3000元！

其他村民的条件也差不多，卖牛、卖马、卖猪、卖鸡、卖粮食，成了大家唯一的选择。部分村民实在没有办法，把唯一的年猪都卖了。如果还凑不齐，就只有向信用社贷款。

村民田正美就是靠卖年猪来交集资款的。3000元的年猪款，她全部给了杨洪祥。但是，随着预算增加，修路资金缺口越来越大，还需要集资，田正美只好去信用社贷了2000元。"路修通了,幸福就来了。现在艰苦点,不怕!"田正美说。

卖牲口、卖粮食、贷款……2010年3月,朱家坪人先后筹到48万余元,可以动工修路了。

根据朱启尧的勘测,修一条200米长的隧道,虽然能缩短公路里程,却增加了资金投入和施工难度。这样一来,千辛万苦筹到的启动资金绝对不够。怎么办?杨洪祥等人决定,先开工再说。只有开工了,才能让大家看到希望。

2010年3月的一天,没有举行任何开工仪式,朱家坪人心心念念的公路动工了。

修路期间,杨洪祥把家里所有的事情都丢给老伴,食宿都在工地上,把全部心思和精力都用在修路上。饿了,吃个烧洋芋充充饥;渴了,喝碗凉水解解渴。就连春节,他都是一个人在工地上度过的。路还没修好,杨洪祥就患上了风湿性关节炎,但他并不后悔。

村民不忍心他操心劳累,劝他回家休息,他却担心爆破物品会引起安全事故。"工地在山上,你们胆子小,我看还是算了。"

为了加快施工进度,尽量节省修路资金,真正做到用最少的钱办最多的事,修路组的几位村民不计报酬,翻山越岭去背挖掘机所需的柴油、爆破所需的炸药。

发地寨村民组组长朱启顺,就是修路人中的一员。开工后,一些村民的思想认识有偏差,多多少少有畏难情绪、抵触心理,不愿意继续投工投劳。了解到这些情况后,朱启顺就给他们做思想工作、算经济账。在他苦口婆心的说服下,这些村民又积极参与到工程建设中来。

即将退休的朱启尧,一直为修这条路而奔波。后来,争取到了单位的大力支持,单位直接安排他到朱家坪蹲点负责修路。一次,面对记者的采访,他说:"如果这条路修不通,我就延迟退休,直到修通为止。"

在杨洪祥等人的影响下,朱家坪的男女老少行动起来了,上到七八十岁的老人,下到十几岁的少年,挖边沟、挖土、抬土、铺路,力所能及地为修路出力。整个施工现场，挖掘机轰鸣，铁锄挥舞，300多位村民各司其职，忙得不亦乐乎，好一派战天斗地的动人场景。

随着工程的不断推进，资金不足、公路用地无法保障、购买炸药无渠道等一系列问题接踵而至。要解决这些问题，核心问题都是钱。朱家坪又搞了两次集资，加上第一次，集资80多万元。与此同时，杨洪祥、朱启顺等发起人各负其责，或组织人力、物力修路，或想办法协调土地、跑资金、联系贷款。

功夫不负有心人。朱家坪人最终得到了当时的乌峰镇党委镇政府领导的关心、支持，县政府及乌峰镇、交运局、教育局、农业局先后划拨了150万元资金，并帮助协调解决了公路用地等相关问题。

凿悬崖、越峭壁、绕沟壑、剖山腹、打隧道，经过400多个日夜的艰苦奋战，朱家坪到县城的公路终于修通了，朱家坪人几百年的梦想终于实现了。

毛路打通，几辆汽车沿路穿过山梁，钻过隧道，到达朱家坪。人们围在汽车周围，惊奇、激动、欣慰等表情浮现在脸上。

72岁的村民宋盛华十分激动，挥笔写下这副对联："党员人不多，发动群众力量大；修通出村路，百年天堑变通途！"

公路修通了，朱家坪到城里的距离近了，许多村民要么进城务工，要么做点小生意，要么种点蔬菜瓜果等运到县城销售，收入得到稳步提高。

有一条安全、快捷的公路，才是朱家坪人的终极梦想。

2017年，县委书记翟玉龙走访朱家坪以后，安排了300余万元专项资金，用于朱家坪隧道改扩建、部分路段防护网建设，镇雄建设投资有限公司还提供了硬化朱家坪至镇雄县城公路的混凝土……从山间小路到公路，从毛坯公路到硬化公路，朱家坪人从此有了一条"平安路""小康路""永富路"。

这些年来，在各级党委、政府的关怀下，朱家坪人用尽全力修通的这条公路，让当地百姓开启了幸福生活梦想。

村民朱绍扬原来靠编织驮箦售卖为生，公路修通后，村民们几乎都把马卖了，他的驮箦自然没了市场。没有怨天尤人，面对县城这个大市场，他改种蔬菜和中药谋生。事实证明，他的选择没有错，如今的他，不仅修起了一栋漂亮的二层小洋楼,生意也一天比一天红火。

宋德巧、陈绍飞两位家庭妇女,过去经常牵着马到县城驮煤炭,辛苦操劳不说,还没有多少收入。公路修通后,她们卖掉马匹,参加了县里组织的厨师培训,很快就分别在镇雄县城的一所学校和看守所谋得一个差事,每月工资2000多元,收入虽不高,但日子更加安逸。以前,宋德巧还非常担心两个儿子娶不到媳妇,如今,他们都结婚了,其中一个还成了国家公职人员。

说起朱家坪的变化,杨洪祥十分兴奋,他眉飞色舞地说:"公路修通后,经济发展了,收入增加了,村民们开始买摩托车、拖拉机、小车。现在,朱家坪有3辆拖拉机、30辆摩托车、50辆小车,家家户户都过上了幸福安稳的生活。"

初夏的以古,生机盎然,蓝天白云下,山山岭岭披上了绿装。崇山峻岭中,一条条公路仿佛丝带一般挂在山间,何等醒目!

2017年7月的一天,我们前往以古镇老官房村采访。

老官房村是以古镇比较偏远的村,山高坡陡,地广人稀,与以古镇岩洞脚、以古、黑塘三个行政村及坪上镇红岩村接壤,村委会驻地距离镇政府8千米,平均海拔1800米,全村共19个村民组798户3910人。

以古境内有一条沟,名叫风岩沟,沟内流水潺潺,将老官房村分为两个区域。风岩沟两岸,有9个村民组1000多人,祖祖辈辈生活在封闭的大山深处,过着人背马驮的生活。村民们到镇上办事,要翻山越岭10多千米,步行2个多小时才能到达。昂贵的生产生活成本、微薄的收入,极大地制约了发展。修路,成了当地人最迫切的愿望。

这些年来,当地村民和县、乡人大代表多次建议,尽快修通老官房村到岩洞脚村的公路,解决当地群众出行难的问题,为他们开辟出一条脱贫致富之路。

修通这条路,最大的难点在于,在风岩村民组境内,部分路段位于悬崖峭壁上,投资大,施工难度也大。

再难也得干。以古镇镇党委、镇政府决定,想方设法克服一切困难,积极向上级部门争取资金,早日把这条"民心"公路修通。

2016年初,在昭通市政府办的协调下,云南中烟集团捐资500万元,支持老官房村启动公路建设。当地群众对此举无限感恩,自觉地用实际行动支持公路建设,有的无偿出让了自家土地,有的表示愿意无偿贡献劳动力。

2016年6月,老官房村到岩洞脚村的公路正式开工。

施工进程中,对于风岩村民组一段垂直高度约50米的悬崖峭壁该如何处理的问题,人们的意见出现了分歧:有人建议架桥,避开悬崖;有人建议炸开峭壁,在巨石上凿开一条公路。

经过再三论证,为节约资金,确保公路早日修通,施工方最终选择炸开悬崖。怎么炸?经过多次现场勘测,不断优化施工方案,施工方决定从崖顶实施爆破,再由挖掘机从上到下逐步推铲,降低岩体高度。在炸了半边岩体、推铲土石方20万方、花掉100多万元的投资后,这段悬崖边的公路终于凿通了。

2017年5月,这条长7.2千米、宽5.5米的硬化公路建成通车,从此,两个村的群众往来,乘车只需要10多分钟。公路是云南中烟集团捐资修建的,村民们亲切地称它为"中烟路"。"中烟路"的贯通,连通了坪上到以古的柏油路,也连通了外面的世界。

"洗衣粉、洗洁精、蔬菜、水果……"随着一阵阵欢快的叫卖声,老官房村的"流动超市"开张了。

所谓"流动超市",其实就是一辆辆行驶中的微型车,车厢内的商品有日常用品、蔬菜和水果等。"流动超市"路过时,附近村民有采购需求的,只要一招手即停。没村民光顾了,"流动超市"就往下一个村寨赶,叫卖声又回荡在山间。据我们的观察和了解,以古境内,这样的"流动超市"并不少,有些车还挂着贵州牌照呢。

公路是希望之路,也是致富之路。现在,村民们从岩洞脚赶集回来,只需花5元钱的车费,就能快速、安全地回到家,再也不会像过去那样"晴天一身灰,雨天一身泥"了。修房建屋的成本,也大大地降低了。当地人测算过,公路修通后,一年下来,每户群众可节约生产、生活、运输等成本1500元,相当于创收1500元。

"要致富,先修路。"在盐源镇温水村盐井村民组,忙着筹钱修建村组道路的8户人家,自然十分明白这个道理。

盐井是温水村最为偏僻的村民组,长期以来不通公路,只有一条从峭壁上开凿出来的小路连通村外。这条长约2千米、宽约2尺的小路,上方是悬崖峭壁,下方是几十米深的山沟,行人既要避让不时滚下的落石,又要防止跌入深沟,可谓步步惊心。尽快修通一条安全的公路,成了世居于此的几十户村民的梦想。

不过,要从满是岩石的半山崖上修一条公路,谈何容易,哪来这么多钱?

"就算砸锅卖铁,也要修通这条路!"村民组组长、代课教师危开元急了,"政府现在精力有限,可能一时还顾不过来。我们自己要积极主动先想办法。"

在危开元的带领下,临近河边下盐井的8户村民开始自发筹集修路款。卖牛的卖牛,卖猪的卖猪,找亲友借的找亲友借,他们硬是在短短几天内,集齐了20万元。

得知当地村民筹款修路的事迹后,挂钩帮扶温水村的镇雄县林业局及时伸出了援手,协调争取到40万元建设资金。很快,公路启动建设。不过,由于施工难度大,工程推进比较缓慢。另外,资金也还有很大的缺口。

无论遇到多大的困难,当地人都没有退缩,一直在建设"致富路"的进程中忙碌着、奋斗着,他们的梦想正在一步步变成现实。

架一座桥,修一段路,健全内畅"毛细血管",就能促进一方经济发展,带动一方百姓脱贫。芒部镇松林村到红石桥水库的柏油路在2017年4月建成通车之后,杉林、团山、团堡、上坝四个村民组的村民非常高兴,他们种植的反季节蔬菜不愁销路了。

"以前,只要稍微偏一点的地方,收购蔬菜的商贩就不大乐意去。现在不同了,只要一个电话,人家直接把货车开到菜地边。"谈及修通公路的好处，松林村上坝村民组种菜大户朱大聪深有感触。

这些年，通过流转土地，朱大聪家种了 30 多亩蔬菜。一年种两季，一季亩产 4000 多斤，主要销往镇雄县城、四川泸州、贵州毕节等周边地区。前不久，他还成立了镇雄芒部绿康种植农业专业合作社，带领村民种菜发家。

在朱大聪等种菜大户和当地专业合作社的带动下，团山附近的不少贫困户或自己种菜，或流转土地给种菜大户和专业合作社，或给他们打工，钱袋子逐渐鼓了起来。

过去，这里仅有一条毛坯公路连接外界，陡峭、泥泞、坑洼大，出行靠走，运输靠人背马驮，给当地人的生产生活带来极大的不便。

门前万重山，抬脚行路难。解决出行难的问题，成了全村群众的头等大事。在村"两委"和党总支书记罗维忠等的带领下，他们不等不靠，齐心协力修成了一条条充满希望的幸福之路。

2012 年初，芒部山村党总支充分利用"一事一议"财政奖补项目资金 112 万元，发动当地人通过集资、投工、投劳等方式，筹措到资金 52.6 万元，硬化了 11 个村民组 5 条村组公路、3 个村民组连户路，修筑堡坎 2268 方，安装石梯 628 级，11 个村民小组 684 户 2896 人直接受益。

谈起芒部山村探索建设乡村公路的经验，罗维忠神采飞扬。他说，芒部山村高度重视改善交通，对全村发展有规划有思路，并按照规划思路逐步实施。对公路建设所需的资金，芒部山村探索出资金来源的"三点"办法：群众集一点——按照"一事一议"的农民集资标准由群众自愿集资；社会捐一点——村委会倡导在外工作、创业当老板的村民为家乡公路建设发展自愿捐献；政府补一点——积极争取政府"一事一议"奖补资金。

这样的经验是否可以全面推广，没有定论。但我们知道，公路通了，一个地方才有发展的基础。芒部山人不等不靠、主动作为的精气神，值得点赞！

2018 年 9 月，镇雄县荣获"四好农村公路"全国示范县荣誉称号，全省农村公路建设推进会在镇雄县召开,学习推广镇雄"四好农村公路"经验。省交通厅领导到镇雄检查时指出:"镇雄县的交通建设在市委市政府的大力支持、县委县政府的正确领导下,均走在了全省最前列。广大交通人爱岗敬业、甘于奉献,以实现交通大发展为己任,为镇雄早日脱贫打下了坚实的基础。"

创新"四好农村公路"示范县,镇雄的诀窍主要是念好两本"经":一是落实"13454"工作思路,二是探索"一事一议"修建村组公路的"1561"工作方法。

所谓"13454"工作思路,就是实施乡村振兴战略、打赢扶贫攻坚战"1个根本";在"建设好"方面,强化工程投资、强化工程质量、强化工程安全"3个强化";在"管理好"方面,狠抓管理责任制度、狠抓乡规民约、狠抓畅安舒美、狠抓超限超载"4个狠抓";在"养护好"方面,提升养护体制制度、提升道路列养率、提升道路路况率、提升道路绿化率、提升道路安防率"5个提升";在"运营好"方面,深化运营主体责任、深化"互联网+"交通、深化客运站建设、深化AAAA及以上城乡一体化发展水平"4个深化"。而"1561"工作方法,则是建立县级指导、乡级统筹、村级实施、村民参与的"1个建设机制";坚持设计和建设方案、项目建设预算和资金管理使用、筑路材料采购使用、筑路机械租用、建设成果"5个公开";严把党政领导靠前指挥强化组织领导,搞好宣传培训把握政策标准,搞好资金监管着力保护干部,搞好审计监督节约建设成本,搞好检查验收严把工程质量,加强督促检查确保施工安全"6道关口";实现村民"要我修路"向"我要修路"的思想转变和工程进度快、质量好、环境优、降投资,全县上下合力推进农村公路建设的"1个目标"。

在整个创建过程中,共争取国家、省、市资金支持40多亿元,硬化农村公路6000多千米。

"交通兴,百业兴。"这些年来,镇雄县正是通过坚定不移地实施交通先行战略,做到"大""小"并举、"建""管"并重,着力建成了"铁、公、机"融合发展的综合交通运输体系,成为"川滇黔接合部的立交桥",为摆脱贫困落后面貌、实现经济社会跨越发展装上"加速器"。

如今的镇雄,已然成为出滇入川进黔的重要通道,具有融入黔西北、川渝经济圈、长江经济带的区位优势,是第三亚欧大陆桥的重要节点和攀西至六盘水经济圈的重要组成部分,经济社会发展盛况空前。

如今的镇雄,一条条高速公路,犹如一根根"动脉血管",打通了镇雄经济社会发展的"主动脉",缩短了通往外界的时间,将镇雄纳入国家交通大动脉;一条条宽广、平坦的乡村公路,像长龙、似蛛网,直通乡村、贫困村组和农户家,在城镇和乡村间蜿蜒延伸,不断为当地贫困百姓脱贫致富奔小康输血造血;如今的镇雄,交通迎来大建设、大发展的春天,建高速、修机场、拓省道、造铁路、通村公路等路网建设多点开花,不断完善的交通条件成了镇雄招商引资的"催化剂"。

"十二五"以来,镇雄县协议引资800多亿元,不断增长的交通红利,让越来越多的客商捕捉到了宝贵的机会。

## 二

在拧开水龙头之前,坡头镇笔花村张成美的内心是忐忑的。这个75岁的老人,她的手在刚刚触摸到水龙头的那一瞬,忽地颤抖了一下,不得不收回来。她始终不敢相信,几十年来背水吃的岁月将一去不返。

当哗哗的自来水冲向洁净的脸盆时,张成美整个人差点蹦起来,激动的泪水从眼角流到腮边。"还以为这辈子都甩不掉肩上的扁缸了,没想到,老了还喝上了自来水。"

张成美一家人以前吃的是"望天水""水窖水",背一次水,来回至少需要1小时,要是"等水"的人多,排上半天的队也是常有的事。

2019年5月,国家水利部副部长田学斌到坡头镇调研群众安全饮水问题,在笔花村组织召开院坝会,了解群众的生产生活用水现状后,指示一定要想方设法让高寒山区贫困群众用上放心安全的自来水,彻底告别靠天吃水的历史。

笔花村位于坡头镇南部,海拔高,是典型的喀斯特地貌。由于受20世纪六七十年代土法炼硫的影响,这里石漠化程度比较严重,森林覆盖率仅为18%。老百姓常说,这个地方的土是漏水的,老天下大雨,顺着山沟流,井里没有水。一遇到干旱,群众要到几千米以外的地方去取水,一天要耽搁半天。可以说,饮水安全严重制约着笔花村3000多名群众脱贫致富进程,没有饮水安全,就没有笔花群众的小康,笔花成为坡头全镇饮水安全攻坚战的最后堡垒。

为贯彻田副部长的指示,坡头镇决定在辖区新场村小农水灌溉工程建成通水的基础上,在堰塘村境内实施三级提水工程,解决笔花村及堰塘村上半山饮水安全问题。经过可行性研究、批复立项,县水务局明确由坡头镇自行组织实施。工程于2019年11月2日开工建设,计划12月30日前完工并开始供水。该工程建成后,可解决长期被生产生活用水所困扰的笔花、堰塘、仁和、亳都等6个村158个村民组5310户22544人的饮水问题。

由于工程建设任务重、工期短、难度大,要攻克这个堡垒,困难重重。为了保证工程质量和工期,坡头镇成立了书记镇长为双组长、人大主席为指挥长的工作领导组,绘出作战图,排出时间表,严肃工作纪律,细化工作目标,落实"四清"(时时清、天天清、周周清、月月清)责任,倒排工期,紧逼进度,主要领导亲自督战,一线领导靠前指挥。

为了按时完工,让群众早日用上安全放心的自来水,坡头镇人大常委主任、指挥长沙光阳把由两顶小小的救灾帐篷构成的临时指挥部搬到施工现场,办公随着工地走,工程进到哪里,指挥部就进到哪里,群众戏称指挥部是"流动指挥部"。

沙光阳和2名政府职工以及水务局的2名工程师白天在现场做技术指导,夜里在应急灯下召开专题会议,分析当天情况,研究部署第二天的工作,总结得失,完善措施,整理资料。夜深了,山风掠过村庄,发出呜呜的声响,冷雨落在帐篷上,沙沙沙敲个不停,县水务局工程师范贤军幽默地说:我们以长天为被、以大地为床、以青山为枕,山风为我们奏乐,赤水为我们鸣曲,何等豪迈。镇政府职工、共产党员罗文祥参加过"两山战役",腰部受过伤,一遇寒气就隐隐作痛,彻夜难眠,但是第二天一早,他贴上几张膏药,又和大家一道出现在工地。沙光阳信心满满地说:再大的困难也吓不到坡头镇的干部群众,虽然困难摆在我们面前,但它是暂时的,最终将被我们踩在脚下。

笔花是坡头的"小西藏",常年有雾,能见度比较低,老有一种"空山不见人,但闻人语声"的意象,指挥部一行人手持弯刀,身背胶线,拿着对讲机,在密林里穿行,湿滑的林间小道有时候会让他们摔跟头,但是他们总会迅速爬起来,继续工作;树木上的水珠滴落在身上,湿透了衣服,大家生一团火,烤得湿气腾腾,烤干后又投入紧张的寻路工作中。一天天、一月月,指挥部全体成员忘记了疲劳、忘记了寒冷、忘记了摔跤带来的疼痛,望着铺设管道的路线布置得清清楚楚、标标准准,他们长长地舒了一口气,露出了胜利的微笑。

11月15日,笔花冻雨不断,寒风刺骨,浓雾笼罩。笔花山、打牛、车棚、香椿、塘子、红星等村民组上百村民,在镇村干部的带领下,手拿撮箕,肩扛锄头,来到作业现场,他们有的几个人一道扛水管、背配件,有的挖沟,有的抬土,吆喝声、嬉笑声此起彼伏,好一派热闹的劳动场景。近3000米的饮水管道一天就铺设完毕。下午6点左右,人们的外衣僵硬了,头上、胡子上全是冰凌,个个都变成了"冰花人",但大家一点也感觉不到隆冬的寒冷。已经退休的老领导童正祥激动地说:"好多年没有这种场面了,说明我们的干部是有担当的,我们的群众是有觉悟的,干群一心,小康不难。"

11月25日,主体工程进入试通水阶段;12月1日,提水工程试通水取得圆满成功,比预计提前了10天。望着白花花的泉水从水管里喷涌而出,群众欢呼雀跃,他们对所有参加提水项目实施的党员干部投以赞许的目光,大家终于放下紧张的心情,脸上露出了欣慰的笑容。

2015年以来,镇雄县争取各种重点水利投资17661.91万元,先后建设完成小农水重点项目、高效节水项目、中小河流治理、抗旱应急水源工程、鱼洞集镇饮水恢复重建、芒部镇松林小流域、木卓镇新桥小流域等重点水利工程。

2015年度,完成第五批中央财政小型农田水利重点县项目,工程总投资2636.66万元。2016年度,总投资1238.98万元,实施木卓镇环山村农田水利整村推进项目;投资650万元,建设完成2016年度鱼洞集镇饮水恢复重建工程,有效地解决了19个村民组、1个集镇9929人的供水问题;投资1000万元,完成罗坎、以古抗旱应急水源工程建设,切实解决了8909人的饮水水源及1300亩耕地灌溉问题;投资4952.42万元,完成塘房河林口娃飞段治理工程、五德镇大营河堤工程及母享镇湾沟河堤工程建设,完成治理河长15.113千米。2017年度,完成第九批中央财政小型农田水利重点县建设项目,总投资1348.88万元;完成以勒镇以堡片区山区"小水网"建设项目,总投资300万元。2018年度,投资1409.11万元,实施坡头片区高效节水灌溉工程"小水网"建设项目;投资1283.86万元,完成2017年度芒部镇松林小流域及2018年度木卓镇新桥小流域国家水土保持重点工程建设;投资2842万元,完成多条村组公路、移民区房屋改造、道路改造等建设项目,切实推进移民安置点基础设施建设和产业发展。

2015年以来,镇雄县强势推进胡家山、坝口河水库工程建设,完成红石桥水库引水至县城工程建设,扎实推进苏木水库、安尔水库、坪上水库3座中型水库及摆枝娃水库、罗家老包水库、石板沟水库3座小(一)型水库前期工作。

2016年以来,镇雄县紧紧围绕脱贫攻坚"两不愁、三保障",严格按照上级有关文件和会议精神,全面落实脱贫攻坚工作部署,认真压实县、乡政府主体责任,坚持将脱贫攻坚农村饮水安全作为造福百姓、惠及民生的大事要事抓好办实,分类施策,精准发力,立足精准脱贫,抓早抓实抓细,做到出列乡镇、出列村"饮水安全到村、到组、到户全覆盖、全达标",同步推进非出列村和非脱贫户饮水安全达标保障工作,大力推进农村饮水安全工程建设,全力破解群众饮水困难,确保全县如期实现饮水全面达标。

2016年至2020年,累计投入农村饮水安全项目建设资金55660.55万元,巩固提升了120.1443万人(其中,建档立卡对象34.7579万人)的饮水安全。通过省、市、县水利行业主管部门认定,全县30个乡镇(街道)235个贫困村(社区)建档立卡对象 117863 户 561622 人已达到农村饮水脱贫标准,全面实现了农村饮水安全达标保障。全县已建成 20 人以上的集中供水工程 3495 件,已全部建立管理机制并定价,已收缴水费 3361 件、占比 96.2%。

　　熊成兵今年 45 岁,部队退伍后转业安置到了盐源镇,在水务所工作了 23 年。根据工作安排,熊成兵要配合县水务局下派的技术人员刘华在一个月的时间内对全镇所有村民组进行地毯式饮水安全核查。

　　盐源境内山高林密,沟谷纵横,25 度以上的坡地占国土面积的 80%。全镇 211 个村民组中有很多都隐藏于崇山峻岭之中,有的村民组甚至不通公路。工作量大,任务艰巨,在旁人眼里,是不可能完成的。

　　时间不等人,说干就干。熊成兵计算了一下,核查踏勘工作要在一个月内完成,每天就要核查完 7 个村民组。只有提高工作效率,坐车到村到村民组才能完成。然而,盐源镇并没有公务用车,熊成兵和刘华也不会开车,租车更是不方便。为了尽早完成任务,熊成兵决定请妻子马亮英帮自己一把,由她开上自己家的小轿车,给他俩当驾驶员,私车公用。妻子二话没说,当天就从县城赶回盐源。"夫妻之间,他工作上遇到困难,我得帮他一把。"马亮英理解地说道。

　　就这样,马亮英也成了"水务人",下乡核查成了熊成兵的"家事"。早上 8 点出发,晚上 7 点回家,车上带上饼子、方便面和矿泉水等生活物资,中午不用回镇上或者村上吃饭,就这样,熊成兵他们过上了"朝八晚七"的生活。通过节约来回吃中午饭的时间,核查踏勘工作的进度得到了提高。

　　不到一个月,熊成兵他们按时完成了 211 个村民组的核查工作,精准锁定了 189 个村民组存在饮水问题,需要进行安全饮水提升改造,并提出了下步饮水工程实施的基本方案。这期间,3 人喝了 10 件矿泉水、吃了 5 箱泡面和 200 个饼子。

　　盐源镇年平均降雨量 935 毫米,辖区内有白水江、以者河、盐溪河、田坎河越境而过,水资源十分丰富,但由于境内海拔落差大,立体气候明显,水资源分布不均衡,加上受供水设施老旧、蓄水池漏水、水管老旧等因素影响,全镇211个村民组不同程度地出现供水不稳定、供水量不足、水质不好等问题。

在熊成兵、刘华等水务人的辛勤努力下,盐源镇干群勠力同心,在2019年12月底全面完成了158件农村饮水安全巩固提升工程,实现了自来水入户,户户喝上了安全水、放心水,摆脱了以往的饮水困境,群众饮水得到了有力保障。

盐源镇杉树坪村山背后组常开伦家有5个人,只有他和儿子两个劳动力。以前,他们家每天要去1.5千米以外的地方挑水吃,因为都是山路,路不好走不说,有时停下来休息时水桶都放不稳,所以父子俩疲于奔命。用水量大的时候,一天得往返几个来回挑水,其他事情都做不成,吃水问题成了他和儿子的忧心事。

2017年,盐源镇饮水工程建设共涉及温水村3个村民组、木歪村7个村民组,2018年有所增加,涉及仓海村3个村民组、铁炉村14个村民组。但是,这些饮水工程都没有实施到常开伦家。

为彻底解决全镇群众安全饮水难题,确保全镇如期实现高质量脱贫,自2019年以来,盐源镇全力打响打好农村安全饮水巩固提升攻坚战,实施安全饮水工程158件,新建水池661个,新铺设水管1221.9千米,累计投资1900余万元。

千呼万唤,常开伦家这次终于受益了。2019年10月,他家旁边的蓄水池建好了,通过2000多米的管道引水至蓄水池,最终解决了饮水难题。"我家原来都是挑水吃,有了自来水后,扁担就退休了。"常开伦一遇到乡村干部们,就从兜里拿出香烟,热情地递到他们手里,说,"要不是你们想着咱老百姓,我可要一根扁担扛到底了。"

温水村是盐源镇的"矮处",在境内"最高地区"仓海村的"脚下"。近年来,盐源镇结合温水地形、气候等实际,大力发展采桑产业。桑叶养蚕,桑葚酿酒,传统采桑产业悠久的历史,让成片的桑树有了"金贵之身",为盐源镇盘活"沧海"脚下的"桑田"奠定了良好基础。截至目前,全村种植桑树数千亩,其中,乌蒙桑果种植农民专业合作社有桑树600余亩,吸纳当地建档立卡户劳动力50人就地就近务工就业。

据合作社果园管理者王朝书介绍:桑树不同器官的含水量与其生长强弱有密切的关系,桑叶的生长速度最快、量也最多,桑叶本身的含水量也很高,在桑叶生长的不同季节,水分作用有很大区别,冬季桑树休眠期,长期干旱对桑树的影响并不明显,而在夏秋季,只要桑园土壤连续缺水数天,枝叶生长就会明显变慢,随着干旱时间延长,枝条顶端会停止生长而封顶,可以说,水对桑树生长有着至关重要的作用。

2017年,合作社桑园由于长期干旱,致使当年桑葚减产3万公斤,造成直接经济损失18万元。桑园的减产,使灌溉问题得到重视,2019年12月,经申报选址规划建设,桑园内新建蓄水池3个,保证了种植灌溉用水需要,经济效益从原来的每年200万元增加到230万元,带动更多群众增收致富。

水流天下,众生无枯。饮水安全是脱贫攻坚的"金指标",是镇雄这个身处高原极地、拥有170余万张嘴巴的"远方"斩断穷根的关键硬仗。要实现水"惠"一方,必须战胜一切困难,做到水"来"一方。事实证明,镇雄在饮水安全方面所做出的努力,不仅解决了全县百姓的"饥渴"问题,还用破解"水往高处流"的难题让一个地方赢得了发展的先机,赢得了现实的尊重。

## 三

"万家灯火照长夜,百姓福禄在枕边。"当镇雄县供电公司职工王永祥将这幅自己撰写的条幅挂在公司党政办墙壁上的时候,着实难掩欣慰的表情。镇雄电力人在短短几年里缔造的"神话",是全县在脱贫攻坚这场艰苦的战役中不可隐去的神来之笔。

从靠柴油机发电到首座35千伏变电站投运,从农村电网建设改造到云南大电网进入镇雄……镇雄电力发展的步伐越发稳健,愈加扎实。党的十八大以来,在波澜壮阔的脱贫攻坚战中,镇雄致力于发挥资源、技术、管理、服务优势,大力实施包括农网全覆盖、村村通动力电工程、易地搬迁入户工程,努力为脱贫攻坚提供稳定可靠的电力支撑,助力镇雄早日实现全面脱贫。

国家打响脱贫攻坚大决战的 5 年,也是电网建设最关键的 5 年。5 年来,镇雄电网建设实现了农网全覆盖、主网网架的不断延伸;5 年来,从"输血"到"造血"——电力人始终把电网扶贫的使命和责任扛在肩上,把实现百姓美好生活的愿景放在心中,扎根乌蒙,顽强斗争,通过不懈努力,点亮乌蒙大地的万家灯火,续写着新时代历史的辉煌。

2017 年,我们去大贵山采访。大贵山是镇雄县乌峰镇松林湾村的一个村民组,离县城直线距离只有 10 千米。当年,去大贵山的路,有一大半是二级公路,另一"小半",却是连绵横亘且海拔高达 2000 米的大山,需要翻越大山后,往前斜下一千米多,才能到达村寨里。由于长期交通不便,这个地方仿佛与世隔绝。

花了近三个小时来翻山,我们终于到达目的地。原始的大山深处,新架的电力线路在阳光下泛着银光。村庄错落有致,不时看见房顶上显眼的电视接收器,让人感觉不出山村的原始。挨家挨户走访,我们看到村民们都有了电视机、洗衣机、电饭锅和电磁炉。村民组组长说:"以前电力线路老化、线路长、电压低,电视基本无法用,好多人家的电视机都闲烂了。通电正常的第一天,大家坐在一起看电视,把声音开到最大,村里的狗以为来了'不速之客',狂吠不止。"

一年前的 2016 年,是农网改造全覆盖攻坚年,由于全县镇、村所在地和交通方便的地区都已全部改造完成,剩下的基本都是交通闭塞、山高路陡的地方,施工难度相当大。

镇雄县供电公司宣传干事周克伦告诉我们,像大贵山这样的地方,在镇雄比比皆是,电力施工的难度无异于修路架桥。在以古镇黑塘村的院子、黄家坡,30 多人一天才能抬两根电杆上山;在碗厂乡长岩,所有材料必须通过人背马驮,才能运到施工点……电力施工人员最熟识的,是每一次线路架通的操作现场,村民们都会排成长长的队伍观看,把家里最好吃的东西送给他们吃,有些村民,会流着眼泪翻山越岭送施工人员出山。

镇雄县农村电网建设改造开始于2001年11月,到2015年底,共计完成投资11.23亿元,完成"一户一表"改造约22万户,农村户表改造覆盖率达65.66%。2016年,镇雄县的整个农网升级改造工程相当于前15年工程量的总和,当年投资8.15亿元,新建及改造10千伏线路1352.19千米,低压线路4035.48千米,安装变压器1694台,容量238.305兆伏安,"一户一表"改造11万余户。在整个昭通农网工程施工总量上,镇雄成了全市最大的"主战场"。

纵观镇雄县历年以来的农网改造工程,总体可概括为三个三分之一。即,从2001年开始到"十一五"末,花了10年的时间完成全县三分之一的户表改造;"十二五"期间,加快步伐,花了5年的时间,又完成了三分之一的户表改造;2016年,作为"十三五"开局之年,仅用1年时间,便完成全县剩余未改造的那三分之一。2016年底,镇雄电网实现全覆盖时,10千伏及以下电网投资已达19.38亿元,完成户表改造33万户,所有自然村均已通上了动力电。

坡头村梯子岩位于云、贵、川三省交界处,两河交汇,面临滔滔赤水背靠万丈悬崖。没有公路,外出要经过一爿垂直的木楼梯爬上绝壁,十分危险。交通不便,给当地群众出行带来了很大的困难。梯子岩村民组处在大山的"半空",上是绝壁,下是悬崖,村民们祖祖辈辈只能沿着往山上开凿的绝壁小路攀爬,翻山到坡头镇上去。梯子岩村民组又分上梯子岩和下梯子岩,人口户数"上2下9"。多年前,梯子岩的村民用电是自费从河对岸10多千米外的威信县架线过来的,因路程远,线径小,电压不够,只能作照明使用,如果要辗磨粮食,还得沿悬崖翻山出去才行,生活艰辛可想而知。

2015年底,农村电网改造全覆盖工程正式进入梯子岩,但是,面对如此陡峭的悬崖,电力施工人员如何才能将电杆等材料运进去呢?经过分析后,大家决定从 800 米高的悬崖上架钢索,将电杆、导线和其他材料用滑轮吊下去,然后又用搅拌磨把电杆一根一根地拉到杆坑处。整个施工中,共运送电杆 30 多根,前前后后 10 多天才把电杆运完。参与施工的张雄说,每次在索道上往悬崖边推送电杆时,虽拴着保险绳,但看到万丈悬崖下的村庄,两腿直打战,晚上睡觉眼一闭,自己就在悬崖边,怎么都睡不着。施工人员住在 5 千米外的德隆村,每天都要攀爬两次悬崖,每次都让他们胆战心惊。

镇雄从 2017 年起,每年都对全县电网进行升级改造,持续解决电网薄弱问题,全力保障电力供应。2019 年,配网在建工程项目(含续建)共计 7 个批次,投资 20900.11 万元,新建 10 千伏线路 147.644 千米,400 伏/220 伏线路 494.279 千米,新装及改造配变 301 台,容量 82.555 兆伏安,安装一户一表 12190 户。

2016 年 8 月 18 日,《中国电力报》"重走长征路"记者来到镇雄县,在镇雄山区实地走访,深切感受到长征路上的光明来之不易。当赶到罗坎镇纸槽村大湾组农网改造施工现场时,这里正为海拔 1600 米处山中的用户运输电线杆等物资。记者身处之地,上是绝壁,下是悬崖,右前方不远处有条清晰的小路,据说当地村民祖辈只能沿着山间开凿的这条绝壁小径进出大山,即使年轻力壮的小伙,最快也得用上个把小时才能下山。可以说,这里的人常年过着"与世隔绝"的生活。

面对如此陡峭的悬崖,怎么才能将电杆等材料运上去呢?现场施工人员指着记者面前那根已经架设好的溜索,说,在悬崖上架钢索,以"走钢丝"的方式运送。10 千伏的水泥电杆,在垂直落差约 400 米的山崖间传送,这就是人们所说的"溜索电杆"。据悉,这种高崖运输电杆的情况在昭通山区并不少见。此番农网改造,罗坎镇 27 个点 1400 多户需要索道运输电线杆、电线及变压器等物资。

近年来,镇雄县紧紧抓住"一县连三省"的区位优势,加大招商引资力度,引进企业入驻,推动经济社会跨越发展。大火地工业园区的兴建、成贵高铁以勒站的建设、县城城镇化的不断推进……区域用电负荷急剧上升。为此,镇雄县坚持电力先行,高度重视电力基础设施建设,从2015年到2017年,南广、五德、以勒三个110千伏输变电工程先后建成投运,至此,镇雄县110千伏变电站增至5座,加上一座220千伏镇雄变电站和19座35千伏变电站,镇雄电网目前已形成了以220千伏变电站为核心,110千伏变电站为主网架,35千伏变电站为辅、10千伏覆盖全县的县域电网网架,有效助力革命老区脱贫攻坚。

崇山峻岭之间,一棵棵电杆挺拔耸立、一座座高铁塔拔地而起、一条条银线划破长空,完美地把山里和山外的两个世界连在一起,屋檐下,透明计量表箱及白色PVC管进户线延伸到农户家里,好一幅优美动人的乡村电力画卷。

"电足了,心暖了,奔小康的干劲更足了。"多年的电网建设改造,让全县有了充足可靠的电能。电网的发展,为镇雄发展工业和农业、实现产业升级创造了有利条件,它就像一盏明灯,照亮了全县脱贫致富之路。

## 四

中国建设新闻网2020年6月28日刊文指出:"2015年以来,镇雄县累计实施农村危房改造67710户,涵盖建档立卡贫困户39666户。至此,当地贫困户存量危房全面实现清零,所有建档立卡贫困群众全面实现安全住房有保障目标。镇雄,胜利交出了脱贫摘帽的'住房答卷'!"

也就是说,如果以2015年作为一个时间节点,在这个时间节点前,镇雄有大约30万人住在非安全住房内。

从投入上看,2015年以来,上级下拨镇雄农村危房改造补助资金共计15亿,县级通过整合配套资金3.2亿,农危改户专项贷款贴息补助资金0.45亿。

以上数字足以将镇雄农村危房改造工程塑造成"神话"。这个神话的背后,是成千上万的镇雄干部和广大镇雄人民用时间和心血共同浇筑镇雄住房安全的惊人之举,是脱贫攻坚这一伟大战役中镇雄人不畏艰难、砥砺奋进的不凡写照。

农村危房改造的"镇雄神话",究竟是如何打造出来的?木卓镇茶卓村村民安大林给我们讲了一个故事。

几年前的一天下午,安大林正在庄稼地里干活,突然接到孩子打来的电话,说有人到家找他。回到家后,他看到他家的帮扶干部正站在院子里察看他的房子。

安大林原来的住房是石混结构的,修建于1999年,由于当时经济条件不好、材料投入不足,房子质量太差,多年来地皮一直没有硬化,墙体没有抿糊,年复一年,墙体出现多道裂缝,板面数处漏水,部分门窗更是腐烂不堪。

那天,干部们重点察看了他的住房板面、墙体、门窗,认真在笔记本上做了记录,还用手机拍了房照。几天后,县农危改办的几名同志在包保干部的带领下,又来现场复查,最终把他家住房定为C级危房。

"你的房子需要修缮加固。"包保干部说。

"要是垮不了,我想将就住几年再说,眼下孩子们在读书,家里没有这个经济条件。"安大林对"修缮加固"感觉压力较大。

"钱的事情不用你操心,你只管做好工程服务就行。"包保干部向安大林讲解了农村危房改造的相关政策后,叮嘱安大林抓紧归置好家里的粮食及生产生活设施,过几天就要开工。

安大林所讲,是镇雄县开展农村危房精准识别解决"应改谁"的问题。要让贫困人口住上安全房,首先得搞清全县危房底数。在这项工作上,镇雄县本着"危房不住人、住人无危房"的原则,采取"以房找人、以户找房"的方式,对全县农村危房情况进行全面摸排。为确保实施对象精准,县农危改工作领导小组组织扶贫、民政、残联、财政、市场监管、交警、自然资源等部门对排查对象属性进行比对,筛选出所有重点对象,纳入农村危房改造范畴,力求做到实施对象精准。

对象锁定后,需要思考的问题是"怎么改"。结合实际,镇雄提出"五个务必",即,务必提高政治站位,把农危改作为当前极为重要、最为紧迫的工作任务来扎实推进;务必细化落实责任,列出问题、措施、责任、时限"四个清单",责任捆绑到户到干部,倒排工期、挂图作战,一天一汇总一调度;务必强化施工组织,统筹调配好人员、建材等要素和做好群众工作,不能简单交给施工队;务必加强政策宣传,明确专人负责解答群众疑惑,组织力量进村入户宣传农危改政策;务必严查严办严处,发现问题及时挑选典型案例严肃处理,倒逼工作推进。

除此而外,县里还推出两条奖励措施。首先,对四类重点对象进行补助。具体如下,修缮加固改造户,根据编制的"一户一方案"合理控制工程造价,据实进行补助,每户最高补助不超过3.5万元;拆除重建户,1至3人户每户补助3万元;4人户每户补助4万元;5人及以上户每户补助5万元。其次,对非四类重点对象的,政府予以适当补助,拆除重建,按每户2万元标准进行补助(2020年为2.2万元);修缮加固改造户,根据编制的"一户一方案"合理控制工程造价,据实进行补助,每户最高补助不超过1.5万元(2020年为2.2万元)。

2019年开始,对四类重点对象在规定时限前完成建房的,修缮加固每户奖励1000元;拆除重建户1至2人户每户奖励1000元,3人户每户奖励5000元,4人户每户奖励7000元,5人户及其以上的每户奖励8000元。非四类重点对象在规定时限前完成加固改造或拆除重建的,每户奖励1000元。

尖山乡53岁的刘自林讲,以前一到雨季,他家就出现"屋外下大雨,屋内下小雨"景象,一家老小不得安宁。经鉴定,他家住房属D级危房,乡、村干部在多次征求意见后,委托工程队帮他家制定详细改造方案,干部们隔三岔五登门检查工程质量,自始至终自己没操一点心,感觉特别暖心。

牛场镇田坝村煤洞村民组赵高富是典型的无力改造户,全家三口人,其母年逾90且常年带病在身,妻子有轻微智障。"村委会、驻村工作队请来施工队,帮我买砂石、钢筋、水泥等建筑材料,房子主体起来后还帮我硬化了地皮,安装了门窗、电表,接通了自来水。"

这是确定"谁来改"的问题。农村危房改造工作中,最先遇到的问题往往是"群众找不到工人怎么办"。镇雄的做法,就是"发动群众和社会力量,县内没人县外找,县外没人省外找",从相邻威信县、彝良县及四川、贵州等地引进工人,是常有的事。

针对建筑材料运输不畅导致工期进度迟缓的问题,由干部协调施工单位、爱心企业出动挖掘机、装载机保障道路畅通,动员各种货车、拖拉机、摩托车、马匹、人力齐上阵。"就是用衣服口袋装,也要把材料弄到工地上。"在罗坎镇,党委书记丁勇这样对包保干部说。

"政治路线确定之后,干部就是决定因素。"镇雄县十分重视农村危房改造中的干部工作,全力破解"谁来改"的问题。

一方面,夯实各方责任。全县形成"县级主导、行业主管、乡镇主责、村委主抓、群众主体"工作机制。县委、县政府成立以县委书记为指挥长的农村危房改造指挥部,由县处级领导联系乡镇,统一指挥、统一调度全县农村危房改造工作。县住建局作为行业主管部门,在提前组织做好农村存量危房摸底及鉴定工作的基础上,优先整合100余人的工作力量,实行班子成员分片挂钩、工作人员具体督导,全天候加强政策技术指导,全力推进改造进度。严格落实乡镇实施主体责任,建立乡镇党政领导班子全员参与、镇村干部和驻村工作队员包组、包户的包保责任制,形成网格化管理,按照脱贫时限倒排工期,做到责任到人、措施到户、工期到天,确保按时完成目标任务。

另一方面,强化施工保障。乡镇(街道)纷纷建起群众工作组、施工保障组、材料供应组、技术指导组、收方计量组、资金支付组、档案建设组"七支队伍",每支队伍的组长至少由副科级干部担任,统筹调度好施工队伍、材料供应等工作,每个村至少有一支施工队伍保障,确保工程顺利有效推进。

在干部成为拉动农村危房改造火车头的前提下,要注重"改得好"。

"为改而改,不如不改!"县里态度十分鲜明。

为此,住建部门按照改造对象的多少,合理配置技术指导员,安排技术人员下沉到基层一线,全天候加强政策技术指导。一方面,技术人员严格按照"控制面积、风貌统一、厨卫入户、人畜分离、院坝硬化"的技术要求,结合农户家庭人口等具体实际,指导群众使用农村危房改造推荐户型图,与第三方共同编制修缮加固"一户一方案",实现局部区域风貌相对统一和解决有新村无新貌的问题。另一方面,技术人员从规划选址、地基平整、放线等基础工作开始,围绕成本核算、材料需求和调度、工匠组织、风貌管控、进度质量、施工安全、档案建设等方方面面进行全程跟踪监督指导,全力确保工程质量。

"我们8个指导组,除每周一在单位集中办公外,其余时间全部走村入户,服务、指导、监督农危改,局机关常常出现'车辆一两张、人影三五个'的冷清局面。"住建干部反映。

尽管如此,县委仍不放心。针对农村危房改造工程,县纪委监委专门出台《关于严格农村危房改造工作责任追究的通知》,将对象不精准、履职不到位、资金使用不规范、工作推进不力、质量要求不达标、问题整改不彻底、档案建设不规范等内容纳入追责范围。县脱贫攻坚专项督查组、县纪委专项督查组不断派出人马,针对农村危房改造专项督查,确保工作顺利有效推进。"2019年,9名乡镇党委书记因工作推进不力被县纪委约谈,10个乡镇因施工进度缓慢受到风险提醒。"

大湾镇妥泥村在2018年迎来一个很好的机遇,当年的农危改因为扶贫精准识别的要求,有了对照的规程和标准,"符合政策"的农户争相要求建房。按照有序推进、保质如期完工的原则,只能先从家庭有劳力的群众开始。当时,全村大部分劳动力都外出务工,建房压力太大,群众准备并不充分,所以,前两年妥泥村未向上级争取农村危房改造指标。但当年的底数清、情况明,为后来的农村危房改造确定对象和快速推进奠定了基础。

2018年底,随着脱贫攻坚底数清晰了、目标明确了、任务压实了、时间节点卡死了,妥泥村大规模的农村危房改造开始纵深推进。按照群众意愿,结合危房改造的总体要求,对危房认定有了标准,拆除重建、修缮加固和无房新建等农危改项目有序展开,许多群众在这一年完成了砌房盖屋的大事,妥泥村建档立卡贫困户的住房问题就此开始快速推进。

2018年至2019年,妥泥村共实施农村危房改造164户,全村30%的建档立卡贫困户享受了农村危房改造政策,20%的群众享受了易地搬迁政策,真正实现从"农村人"到"城市人"的跨越式发展。

家住田坎村民组的蔡有万吃了晚饭,一个人独自漫步在妥泥河边。向晚,雨停了,河水汹涌,村子里那座简单搭建的小木桥早已被冲走,要过河,就要走更远的山路了。

蔡有万坐在河边闷头抽了两支烟,不时拿出手机翻看工友从浙江发来的图片,叹了口气后,起身到小时候经常去玩耍的郑公桥。路上,他用手机拍了些照片。"这一去,要年底才能回来了!"

站在百年前修建的郑公桥头,自小就在田坎居住的蔡有万却不肯过桥,村里人有个说法,过了桥就是离开故乡了。在桥头溜达了一阵,他起身回家。回家的路赶上脱贫攻坚的连户路建设好政策,已经修成水泥路面了。回到家,他有点伤感,家里去年享受农危改政策修建的砖房,接通了水电,简单抿糊下,就算入住了。今年受疫情影响,他一直出不去打工,心里干着急,房屋很简陋,按照某种说法是"真的只能遮风避雨",看来房屋精装修今年无法进行了。

蔡有万的房屋就在竹林边,面积不大,与两个哥哥的房子相邻。在2018年,村里驻村工作队了解到他的情况后,经过反复核查,为他争取了农危改的建房指标。自己懂水电,他找了几个人就自建了现在的住房。农危改补助的3万元远远不够建房所需,房子主体修好后,他欠了一些外债,简单购置了床、橱柜后,他总算有了一个属于自己的栖身之所。

有压力才有动力,蔡有万之后开始外出打工,挣钱还债后,没有攒下多少。

一个人的生活总是艰难。蔡有万的房子在村里很普通,掩映在竹林深处的家,现在已上锁,跨过妥泥河,走出村子,他不知何时才能返乡。

像蔡有万这样,修完房子,简单地购置几件生活必备的家当就搬进农危改新居的村民在妥泥村很多,为了生活,他们在疫情基本稳定后,纷纷选择外出打工。这些农民工在异乡奔波,而他们近几年修缮的房屋,有的已经很长时间没有打开过。

作为督战队员,《昭通日报》的杨明在要求所有农危改户实现真搬实住,对照"三室九有四无",检查完他们的房屋的同时,也有一项重要的工作,催促他们早日外出务工。

在乌蒙山连片贫困山区,走出大山,山中有一所房子,临河而居,靠山而活,老人和孩子留在大山,耕田种地、读书上学,联系他们的就是家和割不断的亲情。

2019年,妥泥村迎来了脱贫攻坚大决战农危改起底清零的主要节点,全村对照扶贫工作中建档立卡贫困户的住房问题进行全面排查,筛选出148户实施农危改的农户,其中,132户实现拆除重建、16户修缮加固,全村实现了大面积的住房改造。

窝凼村民组的徐正才已经74岁了,他老伴66岁,一子两女早已成家,但儿子前几年不幸去世,留下一个孙子,儿媳随后改嫁。女儿出嫁后,两个老人带着一个孙子住在破败不堪的老房子里艰难度日。在脱贫攻坚战鼓擂响后,丧失劳动力的老两口和孙子被列为民政兜底保障的建档立卡贫困户。

从2015年起,每年的农危改指标都向徐正才家倾斜,但是因为家境贫困,家中无劳力,仅靠农危改补助资金难以完成建房,徐正才总是无奈地选择放弃。2019年,帮扶干部和驻村工作队、村委会多次上门做工作,徐正才和女儿商量,四处借钱,加上补助资金,去年年底终于建起了房子,但因为经济所限,添置了简单的家具后,再没钱进行外墙抿糊等全面装修,只能暂时实现安全稳固、遮风避雨。

当杨明顺着村子里刚建好的水泥连户路,七弯八拐找到徐正才时,他正在打扫卫生。走进他家中,一个煤炭回风炉摆放在沙发前,一台老式的电视机还在播放着新闻,中宣部发的TCL牌液晶电视摆在另一张干净的桌子上,老人舍不得用。

"党的政策好啊,帮我们修了路,建了房子。人老了,其他的事情做不了,卫生还是得做好。"老人最大的愿望很简单,就是将房屋抿糊后刷白,刷白后房屋里亮堂堂的。

在妥泥村,一些房屋确实还存在未抿糊的情况,村委会没有专项资金,解决这些问题也有心无力。当然,扶贫要扶智、扶志,让这些家庭外出务工、挣钱还债是毋庸置疑的,有压力才有动力,很多远在外省务工的群众对当前的扶贫政策满意度是高的,电话里聊起他们尚未抿糊的房子,他们都说,出去一趟不容易,挣点钱后就回来继续装修。

这,也许违背"硬性"要求,但不违背自力更生发家致富的发展理念,让贫困的老百姓活得有尊严、有骨气才是扶贫的根和源。

家住头道河村民组的熊宗阁肢体残疾,行走不便的他,原本住在路边低矮陈旧的老旧房中,妻子张祖翠有智力障碍,二级残疾,两个儿子一个上小学,一个上初中。夫妻两人享受低保,家庭收入低,但是因为无劳力,在孩子日渐长大后,家中房屋无法满足实际居住需要,本人申请并通过多次复议后,成为妥泥村脱贫攻坚农危改最后一批实施户。

2020年3月开始,经过紧张建设,熊宗阁房屋已建成,门窗安装后,还简单进行了房屋抿糊装修,家里安装了热水器。因为肢体残疾出行不方便,去年熊宗阁花1.8万元购置了一台电动车!

"现在,政府帮助修建起房子了,我最大的愿望就是孩子有个好的前程。"居住在公路边的熊宗阁最大的愿望就是孩子能好好读书,帮助家里自力更生,实现真正意义上的摆脱贫困。

如果按照时间维度来说,妥泥村建档立卡贫困户都真正实现居住在安全稳固、能遮风避雨的房屋内,按照深层次、高质量脱贫的总体要求,一所农危改政策下修建的房子,只是贫困群众、贫困村发展的基础性保障措施。

家住芒部镇新地方村回龙村民组的李远松,父母健在,但年事已高。由于家境贫寒,房屋破旧,靠种庄稼、打零工为生的李远松,40多岁了还没娶到老婆。大概是心里有事,李远松干什么事情都没有激情。村里偶尔让他做点零工,他总是能拖就拖、能缓则缓。

自2016年开始,经过政策比对,李远松家享受到农村危房改造项目,补助加上贴息贷款,一家人终于住进了崭新、安全的水泥平房,硬化了的连户路也修到家门口。李远松一度怀疑,自己是不是在做梦。

梦无止境!圆了新房梦,李远松又做起了娶妻梦,每每到了晚上,李远松总是梦见自己当上了新郎官!稀奇的是,没过多久,"好事"还真的来了。

2017年农历五月,经人撮合,43岁的李远松结婚了,新娘郭志先是芒部镇口袋沟人,小他8岁,天生不能言语,但聪明勤劳。自打有了老婆,李远松变得乐观多了。夫妻俩共同操持家务、侍弄庄稼、种植李树,日子一天天好起来。

李远松如此"高龄",还能娶到老婆,绝对是当地人口中的一桩美事。一些群众善意地取笑道:"李远松肯定向县上的同志说过那句话!"据传,一位县上来的扶贫干部到村里走访慰问时,有单身汉说:"同志,我什么都不缺,就缺个老婆。"

不用怀疑,李远松肯定没说过这句话,扶贫干部也没办法给贫困户"发老婆",不过,在1年之后,2018年5月底的一天,李远松收到了一个"大礼包"——郭志先在镇雄县人民医院为他产下一个胖嘟嘟的儿子。这个孩子是他们生命的延续,更是他们一家人创造美好生活的动力。

## 五

"山高谷深、沟壑纵横""人均耕地不足、产出低""天无三日晴、地无三尺平"……如此种种因素,让镇雄经济社会与民生发展饱受桎梏。从生存环境来看,镇雄县域内绝大部分地区均是符合易地扶贫搬迁的"六类区域"。

既然一方水土难养一方人,山长水远阻隔了村民分享现代化发展红利的脚步,贫困赶不走、小康进不来,那么,最好的选择就是一个字:搬!唯有搬迁,才是破难解困的根本出路!世世代代挣扎存活于穷乡僻壤间的村民们,也许不止千百次企盼生存环境的改变,而这一次,"决不让一个贫困地区、一个贫困群众掉队"的铮铮誓言,如此真实地以希望之光点亮困窘已久的穷苦现实。

搬不动大山就搬人!

"看似寻常最奇崛,成如容易却艰辛。"要一朝斩断存续千年的穷根,难!让数万人搬离世代繁衍生息的故土,很难!要筹集资金,在有限财力、既定时间内完成大规模建设任务,更难!镇雄县易地扶贫搬迁人口多、建设规模大、经济基础差、产业配套难,曾一度让不少干部将搬迁安置工作比作"烫手山芋"。面对困难,镇雄立足县情实际,将易地扶贫搬迁作为全县脱贫攻坚工作的头号工程和重中之重,多次召开专题会议进行研究部署,出台了《镇雄县易地扶贫搬迁三年行动计划方案》并纳入全县脱贫攻坚"十三五"规划,对全县易地扶贫搬迁工作的总体目标、资金来源、支持政策、项目管理、后续产业发展、成效考核等方面进行了系统、全面规范。2016年3月,下发《镇雄县易地扶贫搬迁三年实施方案》,坚持"挪穷窝"与"换穷业"并举、安居与乐业并重、搬迁与脱贫同步,聚焦"搬得出""稳得住""能致富",全县易地扶贫搬迁工作就此正式启动。

蓝图既定,持贵有恒。中屯镇齐心村泥泞的山路上,留下县委书记翟玉龙访贫问苦的脚印;高山大地安置点的施工现场,奔忙着县长张洪坤调度指挥的身影……高位推动,层层担当带动实干。建立了由县委书记、县长任双指挥长和一名副处级领导任安置点点长的领导机制,及时下发文件明确县处级领导担任乡镇(街道)第一书记的具体工作职责,确保了工作方向有人把握、问题清单有人认领、工作措施有人制定、具体责任有人落实、时限目标有人督促。各乡镇(街道)党政一把手靠前指挥、亲自调度,相关工作人员密切配合、众志成城,为搬迁安置工作提供了坚强堡垒。

2019年3月,镇雄组建了搬迁安置局,负责贯彻落实中央和省、市、县有关易地扶贫搬迁政策措施,推进工程建设。

功成不必在我,功成必定有我。正是基于广大干部树立起这样的使命担当,抓石留印、抓铁有痕,整个"十三五"期间,镇雄投入易地扶贫搬迁资金43.68亿元,建设集中安置点60个、分散安置点1个,全县14752户65464人受惠群众"挪穷窝""奔富路",实现了"住有定所"的安居梦,开启了安居乐业新生活。易地搬迁项目的成功实施,为全县抢抓发展机遇赢得了极佳的时间和巨大的空间,为2020年实现整体脱贫目标打下了坚实的基础。

## 易迁局的"紧急"日常

2019年3月19日,我们在镇雄县搬迁安置局局长彭向东的日记本上看到这几句话:"真是难啊!连续这么多天的加班加点,同志们吃得消吗?我心疼你们,可对于我,还是那句话:担子再重,我们也要埋头干、使劲干!"而就在8天前的3月11日,一份工程进度报告摆在彭向东的办公桌上,报告的内容让他的心情无比沉重:鲁家院子二期16栋安置房,4栋建一层、1栋建三层、2栋建二层、6栋浇地梁、3栋未启动;高山大地安置点28栋安置房,1栋建一层、2栋建二层、3栋建三层、21栋未启动;呢噜坪安置点44栋安置房,28栋完成桩基础、16栋挖桩;以勒安置点32栋安置房,"三通一平"未完工,仅11栋开始挖孔桩;母享安置点43栋安置房,"三通一平"未完工……所有安置点学校、幼儿园皆未启动……

告急!以勒民房未拆,母享干线未拆,施工班组不力,多点人力不足、机械不够,安置点建设"遍地狼烟"。省易迁指挥部下令,要求"7.30必须封顶断水、10.30工程完工、12.30搬迁入住"。县委、县政府紧接着下达死命令,"必须铆足干劲,背水一战攻堡垒"。一道道军令如"泰山压顶"。

压力就是动力。必须靠前指挥,破解难题。每周,彭向东和副局长李涛辗转奔忙于县城和乡镇安置点之间,往返一趟有上百千米路程。现场调研、现场把脉、现场办公,解决施工机械不足、人员组织不力、建筑材料供需矛盾等问题,协调部门、乡镇为施工创造条件……坚持"一天一研判、一周一例会、一月一调度",压实施工单位责任,明确时间节点,采取倒排工期、挂图作战、驻点督导、穿插作业、压茬推进等方式,落实"三保一控",对工程建设进行全面管理。他们就这样争分夺秒地与时间赛跑,和效率较劲,压实责任,抓速度抢工期,以"铜齿铁牙"啃下"硬骨头"。

一天一个样,几天大变样。2019年5月,各安置点把拖欠的工程赶抓了上来,逐步实现赶超;7月10日,碗厂三期安置点18栋安置房率先实现封顶;8月25日,所有安置点安置房主体全部实现封顶断水。

初冬时节的镇雄,气温有些寒冷。碗厂、鲁家院子、高山大地、呢噜坪、母享、以勒安置点人潮涌动,走出大山的乡亲们脸上洋溢着搬入新居的喜悦,亲身体会了新家园的美好。所有参与服务的工作人员都被这浓浓的喜悦气氛感染着,忘记数月以来的艰辛劳累,他们有的帮老乡们搬东西,有的教老乡们乘电梯,有的带老乡们熟悉小区周边环境……全县2018年新增搬迁卡户 10158 户 46872 人,同步搬迁户 183 户 794 人,依照省、市要求,按时全部实现搬迁入住。

## 从"云上"到"人间"

2019 年 12 月 10 日早晨,初冬的盐源镇飘起了小雪,政府门口的公路上,80 张大小车辆一字排开,从四村八寨搬迁到县城呢噜坪安置点的群众陆续集中到政府门口。天气虽然寒冷,但大家的心里是暖暖的。"我们终于搬离了山旮旯,感谢恩人们啊!"盐溪村香树组的贫困老党员严柱呈激动地说。9 点 15 分,随着党委书记汪继金一声"出发",80 张大小车辆一齐启动,向县城驶去。

盐源镇地处镇雄西北部,山高谷深,有大型地灾隐患点 19 处,滑坡、崩塌点 190 余处,因气候、地质引发的自然灾害每年数百余起,2016 年末,全镇贫困发生率高达 39.7%。区域内山高坡陡,土地贫瘠,自然气候条件恶劣,大部分属典型"六类区域","走出大山"是祖祖辈辈的夙愿。

2020 年 8 月,著名作家徐剑到盐源镇仓海村采访。汽车从"矮山河谷"温水村的地界开始爬坡,抬眼望去,绵延的公路一直往上,近 30 道拐的曲折蜿蜒中,仿佛就没有"一米之距"是平行的,坡度至少也有 30°。行到一半,车子停了下来,无论怎样加油、挂挡,车轮始终在不断地与水泥地面"撕咬",发出嚓嚓嚓的声音。人们下来推车,到了坡度相对较小的地方,才上车赶路。中途,停车看农户居住环境,徐剑对盐源镇的镇长赵毅说:"还以为已经到山顶了,不想这路好像是要通往天上似的。"

赵毅苦笑,说:"天上要是有安身之所,估计人们已经去了。"

"这地方叫什么名字?"

"云脚。"

"那就是离天不远的地方了。"徐剑没有开玩笑的意思,他是觉得,有这样贴切的名字,就会有一种与众不同的生息,这样的生存状态远离人间,让人陡生寒意。

赵毅说:"徐老师应该对上面那个村子的名字更感兴趣。"他手朝空中指

了指。其实不是空中。他指的地方，距离停车点大约还有一华里，因公路一直往上，肉眼中显然"高高在上"。

徐剑顿了顿，说："我不敢想象，还有什么名字会更陡峭。"

"云上。"赵毅说，"听起来是不是很有诗意？"

徐剑沉默了。那天，他们走了仓海村等很多个村子，每个村子都有一些旧房拆除后留下来的"烟火印记"。气候恶劣、山高坡陡、地质灾害隐患突出、交通条件落后……美丽的诸如"云上""云脚"这样的名字，实在是承载不了新时代群众的梦想，他们大多搬到县城的易迁点去了。

每一个地方的搬迁，都有一部难以言说的"辛酸史"。就拿盐源来说，镇村干部何止是"体验"到工作的不易，简直就是"身处其中"的艰难"体味"。

实施易地搬迁工程以来，盐源镇按照"该搬的一个不能少，不该搬的一个不能多"的要求，精准识别，精准施策。早在2017年，盐源镇党委镇政府在充分调研的基础上，广泛征求群众意见，针对性地制定了《盐源镇"六类区域"群众易地扶贫搬迁工作规划》，搭建总体框架，为顺利完成盐源镇易地扶贫搬迁工作打下了坚实的基础。围绕总体方案，各挂村领导牵头制定各联系村的"六类区域"划分、对象识别、群众动员、"三块地"盘活、组织搬迁、安置后续扶持发展等实施意见，一户一策，因人施策，拟定了细化到每户劳动力就业、迁入地转学、危旧房拆除复垦，量化到各类物品如何处理，粮食、牲畜转移等的搬迁措施，确保易地扶贫搬迁工作有章可循，各个环节的工作相互衔接，有条不紊。

易地搬迁关乎群众切身利益，多少群众从此可能改变了自己一生以及后代的命运，盐源镇坚持"人民利益至上"，在政策宣传和对象识别上倾力而为，200多名镇村干部披星戴月，寒暑不惧，深入196个村民小组召开群众会议200多场次，用心用情地宣传县委县政府对易地搬迁拔除穷根、斩断贫穷的决心，把易地扶贫搬迁政策讲清说透，明确搬迁条件，引导权衡利益，既立足现实，也着眼未来，让群众理解接受。不过，故土难离的传统观念始终深深地束缚着部分群众的头脑，他们有的觉得搬迁就是背井离乡，以后政策一变，机会一无所有；有的认为城里生活不方便、不自由、不轻松，不愿意搬迁。

木歪村50多岁的黎家贵是个倔脾气,他说:"共产党分给我们的一亩三分地,是我的祖根福业,坚决不能丢。城里有啥好?吃片菜菜要过钱,吐泡口水要罚款,不自由;上街走得出去,走不回来,打死我也不搬!"负责包保的镇村干部汪帅忠、常开慧三番五次到他家做工作,就是做不通。其他群众看不下去了,对他说:"不干就拉倒,你这种人,穷一辈子活该!"但是,干部仍然没有放弃,他们陪黎家贵到山上、下河坎,一次不行,又来一次;一次失败了,又从头开始。

"搬了吧,在这个屙屎不生蛆的地方,只能是让你的子孙和你一样接受贫穷的命运。"汪帅忠对黎家贵说。

"我祖祖辈辈生活在这里,到了我这一辈,你们要让我当逃兵,我下不了这个决心。"黎家贵指了指坡上他们家埋着祖坟的地方,说,"你们让我丢下老祖人的尸骨,我做不到。"

他们的交际过程中,有很多时候是沉默的。沉默的原因,是黎家贵不愿意说话,使汪帅忠和常开慧无话可说。他们不是不理解黎家贵,而是希望黎家贵也"互相理解"一下,到一个更好的地方,让子孙后代看到"有希望"的未来。

"祖先们已经只剩下一个坟头了,最重要的是魂。你搬了,他们的魂会随你到新的地方。"汪帅忠想了半晌,冒出一句。

黎家贵听了后,若有所思,好大一会儿才说:"你是说,我可以把神龛也搬走?"

"应该是可以的吧。"常开慧在一旁说,"其实,祖先在你心中,无论你走到哪里,他们都不会丢失。"

"我搬吧。"黎家贵说这句话的时候,他们从河坎上爬坡回到山腰上的家。此时,天已经黑了。

为了做到"搬得出",盐源镇以开展"三讲三评""自强诚信感恩"为依托,对搬迁对象每户户情进行分析,包括搬迁意愿、家庭贫困状况,就业、就学意愿等,确定"先易后难"的搬迁思路,明确每户验房、搬家时间以及搬家责任人等,确保搬迁工作稳步有序推进。搬迁的当天,盐源镇党委镇政府给易迁群众送上了三个"礼包"——一副贺岁春联、一份服务指南、一个春节红包。气氛热闹了,故土难离的情绪就转化为对"挥手别故土,搬家日子甜"的美好憧憬。

热热闹闹送群众,欢欢喜喜迎亲人。汽车到达县城呢噜坪安置点,上百名镇村干部、志愿者举着对应的号牌迅速走到各人负责的汽车旁,他们有的扶老人下车,有的帮忙抬家具,有的引导乘电梯、进房间,干部和群众一道铺床铺、贴春联,俨然一家人。"屋里亮堂堂,心里暖洋洋",居住在盐源山旮旯里的温水村友寨组刘飞动情地说:"做梦都没有想到,我会在城里有一套大房子……"

"搬得出"只是走完第一步,如何做好"稳得住、能致富"后半篇文章,成为盐源镇党委镇政府接下来的重要工作。"我们一直在后续帮扶上下功夫、见成效,实现安居与乐业并举、脱贫与致富共兴。易迁群众中,1911名义务教阶段学生全部就近入学,1365名符合社会救助条件对象全部民政兜底,3756名劳动力通过各种渠道稳定就业,基本做到户户有就业、家家保增收,易地扶贫搬迁1613户7414人整体提前实现脱贫目标。"盐源镇党委书记汪继金说。

## 走一条"从农村包围城市"的路

众所周知,易地扶贫搬迁进城入镇是有效解决群众安全保障住房的有效举措之一,是脱贫攻坚战役中的重要战略部署。在镇雄所有的易地搬迁点中,南部新城的三个易地搬迁点算得上是大手笔。

2011年,镇雄县启动南部新区建设,规划面积约为15.7平方千米,涉及用地2.3万亩,总投资达120亿元,相当于新建一个镇雄县城。"文化镇雄、生态镇雄",这个新区被定位为镇雄的标杆和示范中心。

时间进入2018年,新区建设中的三大民生项目发展势头良好,城南中学(云南师范大学附属镇雄中学)即将送出第一届初高中毕业生,新客运南站成为镇雄的新兴客运综合枢纽,城南医院(新建镇雄县人民医院)建成投入使用并成为四川大学华西医院联盟医院,与此同时,城市服务功能得到进一步完善,城市对外形象得到进一步提升,广大市民的生活品质得以有效提高。

为充分发挥南部新区的"虹吸效应",将易地扶贫搬迁进城入镇工作融入新区建设中来,镇雄结合县情实际,决定在南部新区全力打造"南部新城易地搬迁点"。

这个"点",确切来讲,就是鲁家院子、高山大地、呢噜坪三个高品质的易地扶贫搬迁安置点,建成后将迁入1.6万名贫困群众。按照规划,除了要让迁入的贫困户在县城有房住,还要系统解决好产业配套、公共服务等问题,真正让他们搬得出、稳得住、能发展。

让农村人口搬迁进城,是一项惠民大政策,也是一个系统的大工程,稍有不慎,就会导致稳不住、富不了,最终造成严重的社会问题。

鲁家院子也好,高山大地、呢噜坪也罢,他们就像三角形的三个顶点,相互交错、融合、辐射,必将成为镇雄县城南部新区的一个显著的地标。随着一栋栋新居的拔地而起、一个个设施的配套完善、一项项产业的蓬勃发展,这些曾经的贫困户、镇雄县城的"新市民"将过上更加富足而有尊严的生活。

鲁家院子易地搬迁安置点紧邻城南中学、新客运南站和城南医院,区位优势明显。整个安置点占地199亩,拟建安置房23.07万平方米,计划安置2088户9785人,项目计划投资9.2亿元。安置点一期计划搬迁安置1149户5338人,二期计划搬迁安置939户4447人。其中,建档立卡贫困户1129户5248人,同步搬迁户20户90人。

2019年6月28日起,首批来自多个乡镇的建档立卡贫困户,离开世代居住的大山,先后迁往镇雄县城的"新家"——鲁家院子易地扶贫搬迁安置点。

自己帮扶的建档立卡贫困户搬进了县城,帮扶干部不可能坐视不管。其中,就有镇雄县委书记翟玉龙。

2019年7月8日下午,知道自己挂钩包保的群众搬进了南部新区鲁家院子易地扶贫搬迁安置点的"新家",翟玉龙从乡下走访深度贫困村回来,就风尘仆仆赶往鲁家院子"走亲戚",为乔迁新居的亲人们送去祝福。

翟玉龙的"亲戚",是镇雄县深度贫困村——中屯镇齐心村的10多户贫困群众。

"翟书记,非常感谢,我一定好好表现,闯出一条路子来。"听说书记来"串门",正在搬东西的许绍才非常激动,急忙放下手中的活计,握住翟玉龙的手,不停地表达着感激之情与奋发之意。

走进许绍才家的新房,翟玉龙从客厅到卧室、从卧室到厨房逐一认真察看,并与许绍才亲切交流:"你之前是在县城租房子带小孩读书,现在可以直接搬进城里来,有了新住房,不但省下了房租,还可以名正言顺地让孩子在县城读书,多好啊!"

送上祝福的同时,翟玉龙也要求许绍才一家要认真带头,主动支持和落实"一户一宅"与"搬新拆旧"政策,搬进新房子、拆掉旧房子,远离苦日子、过上好日子。

"现在你家这个房子要值70多万元,当然,最关键的是孩子能在县城读书,起点就不一样,以后一定要好好把日子过好,并继续想办法谋发展,如果想出去打工,就去东莞、芜湖,工资都挺高的。"临走之前,翟玉龙鼓励许绍才一家,要在新家园走新路子、实现新发展。

"主人公"进城入镇后如何发家致富?这是一个十分关键的问题。那么多人进城入镇,除了让他们"搬得出""搬得好",还要在"稳得住"上做功课。鲁家院子安置点的做法,是紧紧围绕"就业产业",千方百计实现迁移人口顺利转型和可持续发展,让搬迁群众走好5条"致富路"。

——组织好劳务输出。抓好转移就业工作,紧盯返乡人员和未转移就业劳动力,精心组织、无缝对接,实现务工人员"出家门、上车门、进厂门"一条龙服务。安置点共有劳动力5364人,目前已就业4881人,其中县外输出3356人。

——运营好配套商铺。在易地搬迁安置点规划配套建设了人均5平方米的商铺,结合市场需求和商业业态布局,通过统一招租方式,最大化获得商铺租金,年终按住房受益人口给搬迁群众分红,预计人均每年可分红

1000元。

——经营好扶贫车间。借助县级劳务平台,积极引进潮州宝涛制衣有限公司、讯力通电子科技有限公司等企业入驻建厂,利用闲置车库建设扶贫车间,提供300个就业岗位,引导和帮助群众在家门口就业。

——培育好产业基地。在陈贝屯村打造订单农业产业基地3000亩,采用"公司+党支部+合作社+农户"运营模式,项目覆盖鲁家院子易地搬迁卡户,解决搬迁群众和陈贝屯村卡户就业800人。目前,鲁家院子有250人参加了该项目。

——盘活好"三块土地"。按照"承包地确权到户、集体地及资产股权到户"的思路,对搬迁户迁出后,原有承包地、林地、宅基地承包关系维持不变,享受迁出区承包地、山林地的可耕地、退耕还林、草原生态平衡等各项惠农政策补贴;通过土地入股、土地托管、代耕代种等方式,依法采取转包、互换、转让、出租、入股等形式,将土地经营权向新型农村经营主体流转,盘活承包地经营权,切实保障搬迁户的合法权益。

2019年7月,旧府街道松林湾村麻塘村民组建档立卡贫困户赵高先家一家三口搬迁到了南苑社区,并成为南苑社区的一名保洁工,月工资1500元。麻塘村民组山高坡陡,土地贫瘠,水、电、路不通,辛辛苦苦种一年的庄稼,纯收入八九百元。"现在的工作比种地轻松了很多,收入却翻了几番。"谈起现在的日子,赵高先很满足,他说,"一定要好好享受幸福的晚年。"

与赵高先有所不同,从林口乡熊贝村搬来的蔡连树,决定自己创业,从事室内装修。需要人手时,就在小区临时招聘贫困群众。"住在这里,各方面的条件都比老家好得多。现在,我每个月都有七八千元的收入。"蔡连树表示要靠自己努力拼搏,迎接幸福生活。

为解决易迁群众的就业问题,不只是社区、街道在忙,县委、县政府也不敢怠慢。2019年9月26日,镇雄县在南苑社区举办2019年易地扶贫搬迁"万人安置区"专场劳务招聘会,来自省内外82家企业带来21000余个岗位上门招聘,许多搬迁群众找到了心仪的工作。与此同时,宝涛制衣有限公司入驻建厂所有工作已全部就绪,群众在家门口就业已经从梦想变成现实。

易迁点劳动力在这家公司务工,月工资最低也有 3000 元。与此同时,社区多措并举,发动一切力量,为搬迁户找门路、想办法,把社区这个大家庭盘活,为所有搬迁户解决后顾之忧。

从泼机三宝地搬到鲁家院子裕和社区的张仪宏,7 年前和现任妻子结婚的时候,是一名厨师学徒,在上海一家餐馆打工,收入微薄,生活勉强能过得下去。张仪宏的母亲在他只有 3 岁的时候就过世了,父亲也在 6 年后不堪家庭重负积劳成疾撒手人寰,留下 12 岁的哥哥和 9 岁的他。全靠邻居周济长大的哥俩,早早离开学堂外出打工,成家立业,把"家"安放在异乡的土地上。家里房屋破烂,住不了人,逢年过节回来,几乎都是在亲戚邻里家里"打转转"。10 年前,张仪宏的妻子以"没房子住"为由,与他离了婚,留下刚满周岁的孩子走了。张仪宏内心被伤得千疮百孔,几欲崩溃,幸好 3 年后,在自己打工的餐馆里遇到刷盘子的老乡付贤珍,两人组建了新的家庭。付贤珍比张仪宏大 8 岁,是 7 个孩子的妈妈,1 年前丈夫患病逝世,把一家子的担子撂给了她。付贤珍的悲惨遭遇,让饱受生活疾苦的张仪宏深感同情;付贤珍对现实的不惧不悲,让内心荒芜的张仪宏油然而生敬意。这样的女人,恰是他需要的。两人走在一起后,张仪宏把付贤珍的 7 个孩子当成自己亲生的看待,同时,义不容辞地承担了付贤珍婆婆的赡养义务。两个沉重的家庭组合在一起,担子自然更加沉重。然而,生活即便有多么艰辛,还得挺住。孩子们在学校读书,张仪宏和妻子付贤珍在餐馆里打工,随着手艺的精进,工资也提高了,一个月两人有 1 万元左右的收入,日子就这样紧巴巴地过了下来。1 年前,付贤珍的婆婆身体每况愈下,需有人在家照顾,于是两人便弃了工作,回到泼机三宝地付贤珍的老家,靠伺候少得可怜的土地和在周边打零工维持生计,同时负担 8 个孩子的学费。当政府工作人员动员他们搬到县城的时候,张仪宏犹豫了。

"到县城生活,有一套房子倒是好事,关键是,没有土地可种,也就没有收入。"张仪宏对前去接他的高山大地安置点裕和社区党总支书记成涛说。

"你这个大厨师,不炒菜倒去种地,是不是很可惜呢?要我说,你去到城里,可以发挥你的一技之长。"成涛说。

"去人家的餐馆里打工,工资也高不到哪里去,生活还是捉襟见肘。"张仪宏的顾虑不无道理,最关键的是,他认为,在镇雄这样的地方,要找到一个长期开得下去的餐馆也不容易。

"那就自己开一个餐馆。"成涛说。

"说的比唱的还要好听。"张仪宏说,"一无地方二无钱的,用手去指,也指不来。"

"地方我帮你找,垫本我帮你想办法贷款。"成涛承诺。

"真的?"

"可不是!"

张仪宏当即收拾家当,带着妻子和妻子的婆婆连夜赶到城里,在裕和社区安家落户。一个月后,他们在社区对面租了一个商铺,开起了餐厅,取名"仪宏餐馆"。由于地段上佳,加之张仪宏手艺不错,生意异常火爆,一个月能挣2万元以上。

谈及今后的打算,张仪宏说:"现在一切都走上了正轨,我再也没有什么后顾之忧了,一直这样干下去,说不定我还会成为一个有钱人。"极有可能成为"有钱人"的张仪宏,现任妻子的两个大女儿已经出嫁,第三个孩子就读于昆明医科大学,理想是当一名医生治病救人,让更多的人不至于像自己的亲生父亲一样年纪轻轻就死于疾病;其余几个孩子还在读高中和初中,学习很好,有望考取一所好的大学;张仪宏和前妻所生的孩子乖巧伶俐,就读于县城的文武学校,在学校里经常受到老师的表扬……所有这些,让搬迁户张仪宏有满满的幸福感。

"我们把易地搬迁群众当作自己的亲人,把社区视为自己的家园,用心用情为每个群众服务。所以,自他们搬进来以后,我们多次召开群众会,教育引导他们怎样操家理务,怎样使用公共设施,怎样安全用电用火。"鲁家院子安置点南苑社区党总支书记赵高彦说,"除了帮助搬迁群众快速融入社区生活,社区还想方设法解决他们的就业问题。"

赵高彦是一位非常精明的中年汉子,在接受采访时,他眼眶湿润。这位40岁上下的"新兵",与搬迁户打了半年多的交道,自是感慨颇深:"若不是真的生活困难,也无搬迁的必要;既然搬来了,就应该让他们搬出幸福感。"对所有搬迁户,赵高彦都把他们当作亲人。他对社区工作人员的要求是:既然他们是我们的亲人,我们的工作就不能说是"服务",而是"照顾"。

"照顾",这是一个温暖的词。从母享串九村范家坪村民组搬到鲁家院子南苑社区的刘世珍,今年 84 岁,家里三个孩子皆是智障,只有一个儿媳"略通人语",在家照顾孩子的同时,也照顾他们。这样一来,这个家的日常用度及正常运转还得由刘世珍来操持。在偏远的母享串九村居住了一辈子,突然就搬到城里来,当然无法适应,人生地不熟不说,城市生活的诸多习惯让人"摸不着头脑":找不到路,忘记了单元楼层,不会使用电梯,钥匙与锁孔"没混熟",锅瓢碗盏规整糊涂……一下子冒出了很多影响生活秩序的问题,让这个老人陡生身处异乡的孤独,于是去社区找支书赵高彦,远远把钥匙一掷,说:"我还是滚回老地方去吧,这里简直待不下去,懒得动脑筋。"

所谓"动脑筋",指的自然是城市生活的常识,刘世珍认为,在这个没有邻居的地方,生活是对自己的一种折磨。

"老人家,是不是我们做得不够好?"赵高彦笑着问。

"好不好与我有啥关系?我们非亲非故。"老人头也不抬。

"不是这样吧?"赵高彦说,"你们搬到这里,我们就是一家人了,一家人就不能说两家话。"

老人听赵高彦这么说,当即把困难一一陈述。赵高彦对她说:"你莫着急,你的困难我们会帮你的,从现在开始,只要你有事,就直接来社区找我,或者给我打电话。"

从那天开始,支书赵高彦就安排一个年轻的工作人员专门负责刘世珍一家的饮食起居,每天早晚,工作人员都会上门了解情况,经常把刘世珍背到电梯里,陪她下楼后,又从电梯里把她背出来。这样反复磨合,老人开始熟悉小区的生活节奏,慢慢地也就适应了。

在接受我们采访的时候,刘世珍老人刚从乡下老家走亲戚回来,手里拎着一个塑料袋,里面装满从亲戚家带来的麻糖。在社区办公室,老人把麻糖一捧一捧地分给工作人员们,有些人不忍心接受她的"馈赠",委婉谢绝,老人不高兴了,说:"你们口里说是我的亲人,吃点东西还这么见怪!"

"我们吃,我们吃。"社区工作人员从她手里接过麻糖,扯了一块送进嘴里,眼睛里噙满了泪水。

"我现在生是南苑的人,死是南苑的鬼。"刘世珍对我们说,"虽然我的孩子们都是些'包子(智障)',但我现在生活得很安逸,因为社区工作人员让我感到温暖,他们比我亲生的孩子还要亲。"

刘世珍一家属于整户"兜底"供养人员,生活保障没有问题,也就无从谈起"生产",而对于其他搬迁户来说,"搬得进来"不算什么,"稳得住""能致富"才是关键。

呢噜坪易地扶贫搬迁安置点位于镇雄县南台街道新村社区呢噜坪居民组,是县内搬迁规模最大、人口最多的易地扶贫搬迁安置点,也是昭通市九个万人安置区之一。安置区项目占地 940 亩,共安置县内 19 个乡镇(街道)3064 户 13985 人(建档立卡户 2956 户 13532 人,同步搬迁户 108 户 453 人)。如今,上万群众从大山搬出来,进入城镇集中居住,他们的生产生活方式发生着巨大转变。为确保搬迁群众能融入、稳得住、可发展,呢噜坪安置点聚焦社区管理服务精准化、精细化,探索创新"345"工作法,让搬迁群众享受高效、优质、便捷的管理服务。

——扎实建好"三本台账"。一是建实民情台账。精准掌握易迁群众的生产、生活、创业、精神、文化等方面的需求,建细建实台账。群众搬迁入住后,社区工作人员分楼栋、分片区挂片,包保到户到人、逐户走访,全面掌握搬迁群众基本信息。根据家庭情况不同,进行"特殊户、重点户、一般户、先进户"分类走访,特殊户一天一走访,重点户一周一走访,一般户一月一走访,先进户不定期走访。同时,公开网格化管理人员信息,互通信息,强化管理。二是建准劳动力台账。逐户逐人摸清安置区劳动力情况,尊重群众就业意愿,充分发挥个人专长,因人就业,做到一人一策。对劳动力台账实施动态管理,每月 10 号、25 号定期更新务工情况,不定期对外出务工人员进行电话回访,实时掌握务工群众就业动态。三是建细收入台账。依托民情台账和务工台账,每月精准测算每户易迁户收入,监测其脱贫出列收入达标情况,若有风险隐患,立即采取民政低保、"三块地"盘活、门面收益等有效措施补齐短板;针对家庭收入较低的家庭,有针对性地开展服务工作,精准匹配务工岗位或鼓励自主创业,稳定增收促脱贫,让易迁群众心无挂碍、无搬迁后顾之忧。截至目前,安置区劳动力6671人,已就业6047人,就业率90.64%。

——着力打造"四个中心"。一是物管中心。把物业服务和社区管理深度融合办公,明确责任主体,加强职责落实,高水平高效率管理,使各项管理工作井井有条,为易迁群众打造了舒适、整洁、有序的生活环境。二是综治中心。畅通群众诉求通道,倾听群众心声,指导搬迁群众学会合理反映诉求,确保群众合理诉求件件有回应,事事有着落,解决了群众的难心事、烦心事,进一步密切了党群、干群关系。三是安全中心。建立健全安全管理机制,每日开展巡查工作,及时排除安全隐患,通过开展用火用电等安全知识培训和演练活动,不断提高群众安全防范意识和自我保护能力。四是培训中心。围绕"市民意识、生活技能、家政服务、文明新风、健康知识、职业技能"等内容,定期组织开展培训,提高群众城市生活适应能力,尽快融入新家园生活,真正实现由"农民"到"市民"的转变。

——用心开展"五类服务"。一是亲情服务。社区把群众当亲人,热心接待群众、耐心倾听诉求、细心周到办事、诚心服务群众,不断增强群众的归属感。二是保姆服务。依托便民服务大厅,全方位提供政策咨询、用工需求等便民服务,积极帮助解决群众就业、就医、就学、维修维护等实际问题,切实提高为民办事效率,让群众在"家门口"就能办好事。三是融合服务。社区党员干部积极帮助群众引路,手把手教群众使用电梯电器,指引群众购物,与其他社区活动联办、资源共享、信息互通,提供多元化娱乐方式和文化服务,让易迁群众快速融入城市社区新生活。四是志愿服务。街道招募组织志愿者,以搬迁群众的需求为导向,从搬家入住、居家生活、操家理屋等方面提供一对一贴心服务,为群众送去温暖和帮助,积极传播助人为乐的奉献精神。五是功能服务。社区依托党群服务中心、老年之家、妇女儿童之家、青年之家、阅览室、新时代文明实践中心等功能活动场所,充分发挥功能用房的作用,为搬迁群众提供学习、培训、文化娱乐等方面的贴心服务。

文德苑社区的老党员庹必本说:"从搬迁来到社区那一刻开始,我就发自内心地感动,社区为我们搬家、为我们操家理屋,为高龄老人、儿童举办生日宴会还有其他活动。停水的时候,社区干部想尽办法到城管局借用拉水的车,为我们拉来了饮用水,社区同志还有很多志愿者,挨家挨户地为我们送水,我深深感受到了作为一名易地搬迁群众的幸福,真正的在党的关怀下让我们能够搬得进、住得下、稳得住、过得好。"

呢噜坪安置点康苑小区28栋的刘波是一名残疾人,谈及搬迁后的新生活,他激动地说道:"自出车祸致残以来,没过上一天好日子,经济压力让我差点崩溃,身体的疼痛让我痛不欲生,妻子的远离更是让我失去了生活的希望。搬迁到了康苑小区之后,社区支书入户走访了解了我的情况,对我关怀备至,疫情期间我需要一些日用品,打电话给社区工作人员,他们就会帮我去外面买好送到家里给我。有时需要去医院就医,社区支书也会开车送我去医院,结束后又送我回家。病情慢慢有了好转,可以正常行走后,社区考虑到我虽然装上了义肢可以行走,但外出务工会有诸多不便,就给我在社区安排了公益性岗位,我重燃了对生活的信心。我的身体是残疾的,但我的生活是不残缺的,我感到政府就是我的依靠,社区就是我的家。"

高山大地易地扶贫搬迁安置点位于镇雄县旧府街道高山村大地组,与鲁家院子安置点相距不远,搬迁点占地278亩,总投资65605.9万元。如今,这里建成了28栋2158套安置房,来自19个乡镇的9988名群众,住进了明亮舒适的大房子;9248名建档立卡贫困户,乘着扶贫政策的春风,和贫困落后的过去正式告别。

为了帮助搬迁群众"住上新房子,过上好日子",安置点辖区内的2个党总支4个党支部87名党员,坚持党建引领,以完善公共服务、强化网格治理、建设红色商圈为目标,从提高入迁群众自治能力入手,帮助群众一步步融入社区,开启幸福新生活。

在社区，党员总是走在最前面。他们坚持入户家访，和住户谈心，为住户答疑解难，用真心解开搬迁群众的心结，以真情改变他们陈旧的思想观念，让他们养成健康的生活习惯，使其更好地融入城市，开始新生活。同时，社区在街道党委的支持下成立妇联、工会、共青团等群团组织，医务室、警务室、老年之家、妇女之家、儿童之家、音乐广场等公共服务场所有序开放，最大限度地服务迁入群众的日常生活。

搬迁群众来自四面八方，而群众是否满意，事关社区服务工作的成败。为帮助搬迁群众快速融入社区生活，社区立足新区开发优势，以党总支为主、居委会为辅，灵活建立两套"以人为点、以楼为块"、一岗多责的线下"红网格"，借助监控集成、微信集群、政务公开，建起智能互联线上"微网格"平台，使服务管理更加精细化、及时化、现代化。同时，以支部书记、居委主任为平台长，支委成员、居委委员为片长，党员、居民组组长为楼幢长，三级"红网格"的管理服务模式细化责任，升级打造指尖上的"微网格"，竭力让搬迁群众接受服务"不打烊"、了解社情"不跑路"，共建"连心桥"，共画"同心圆"。

在党总支的指导下，社区成立劳务公司和就业服务站，建起农贸市场和大型超市，并筹办裕和酒楼，让搬迁住户在家门口就能找到好工作，楼上居住、楼下就业。截至目前，安置点有劳动力5049人，已就业4645人，就业率高达92%，户户能增收，家家有收入。

## 乔迁之喜，喜上心头

林口彝族苗族乡是镇雄四个少数民族乡镇之一。境内山丘起伏，沟壑交错，为镇雄东部海拔最高的乡镇。全年阴雨多、日照少，可谓"一方水土难养一方人"。"十三五"期间，全乡共统筹实施易地扶贫搬迁305户1303人，彝族、苗族贫困群众占比达到95%以上，其中乡内安置165户661人；县内乡外（以勒庙埂物流城）安置33户145人；县城安置107户497人。乡内共设两个易地扶贫搬迁安置点，分别是木黑村湾子安置点104户400人，其中卡户49户213人，随迁户55户187人；林口村高家老包（集镇）安置点61户

261人,全为建档立卡贫困户。

故土难离当然是几千年承继下来的一种精神情愫,要让成百上千的群众搬离世代居住的故乡,始终是一个"弯子",许多群众一时还转不过来,特别是生活在大山深处的彝族、苗族同胞。林口乡自然有一套因人施策方案,不过,能否做好贫困群众思想工作,才是易迁项目建设成败的"先手棋"。通过实地考察,确认木黑村小龙潭、沙家屋基两个村民组中有104户少数民族群众属于公共基础设施建设成本过高的六类搬迁区域对象,必须让他们搬出,要做到"少数民族一个都不能少,一个都不能掉队"。

了解群众意愿,动员群众搬迁,签订"一申请三协议",既然是当务之急,就得把使出去的力气放对地方。

挂村干部、木黑村两委成员开了群众会,听取村民们的意见和想法。群众会一开,就反反复复开了不下20次,有时候从下午3点开到晚上10点,收效甚微,工作一下子陷入僵局。

及时调整工作思路!时任林口乡党委书记的高才看情况不是很乐观,提出"充分发挥党员干部,特别是民族干部的资源优势,主要领导包村,科级干部包组,一般干部包户,一对一结成帮扶对子"的思路,上百名乡村干部尽锐出战,进村入户,走入田间地头,和少数民族群众交朋友、攀亲戚;帮助他们打扫卫生,指导操家理屋,参与农业生产;与他们一道谈现实、绘蓝图、谋发展,释难解困,将心比心、以心换心。终于,群众心中的"坚冰"慢慢消融,陆陆续续地签订了"一申请三协议",工作逐步打开局面。

苗族同胞陶兴江是一个"钉子户"。村委做工作不同意,通过亲朋好友劝说也无济于事,始终不愿搬迁。乡村干部使出"洪荒之力",却也奈何不得。最后,乡长陶绍林站了出来。陶绍林本身也是苗族,他去做工作,心中自是有底。去到陶兴江家,用苗语和陶兴江攀谈起来。谈什么呢?谈生活、谈收入、谈发展,当然也谈到了理想。作为乡长的陶绍林,用自己作为正面教材,动员陶兴江改变生存环境,为子女创造一个好的学习和生活条件。陶绍林在陶兴江家吃饭,像亲戚一样相互为对方夹菜,像兄弟一样"吃酒",拉近了相互之间的距离。

"搬家是喜事,乔迁之喜嘛。"陶绍林说,"按照镇雄之前的风俗,搬家是要放火炮吹唢呐庆祝的。大哥搬家后,我在林口街上给你摆一桌,迎接好运气的到来。"

陶兴江举起酒杯,眼眶湿润。

此后两天,陶绍林又抽时间走访陶兴江,问他有什么困难,有什么打算,力所能及地帮他解决一些生产生活中的实际问题。陶兴江动情地说:"我们都是一家人了,哪能不听乡长兄弟的话。"

陶绍林的"高招",用他自己的话,就是"做群众工作,把脉要准确、药方要有效、火候要适当。民族情结当然是打开群众心锁的金钥匙,但最重要的,是要敞开胸怀,动情、入理。"

为让搬迁群众搬出幸福感,林口乡充分尊重群众意愿,在选址上综合分析自然社会条件,依托城镇一体化发展规划,注重区域布局、面积管控、功能设计、风貌特色、人文情怀,拿出最好的地段、最好的位置,靠集镇、靠学校、靠产业基地进行安置,按照统一规划、统一建设、统一标准、统一建筑风格、统一配套基础设施和公共服务的方案,因地制宜实行"一户一档""一户一帮""一户一策",加强就业创业和产业发展政策扶持,解决搬迁群众发展之虑、后顾之忧,让群众纷纷从"不愿搬"到"乐意搬"。

搬迁只是第一步,为确保搬迁群众住得舒适、舒心,林口乡把基础设施配套作为搬迁工作的重心和搬迁入住的基本要求来抓,通过争取县委、县政府大力支持,创新工作思路,水、电、路、排污、绿化等项目统一规划、同步实施。在完善基础设施、打造优美环境,为搬迁户提供一个美好生活家园的同时,因地制宜地成立安置点党支部,开展感恩教育、文明创建、公共文化、民族传承等活动,增加搬迁群众认同感,增强主人翁意识。

整齐美观的楼房、干净整洁的院落、设施齐全的文化广场、郁郁葱葱的绿地、平坦宽阔的道路……木黑村湾子和林口村高家老包易地扶贫搬迁安置点,美得像"电视",格外引人注目,成为林口乡一道独特的风景。

住上好房子不算,还要过上好日子。林口乡着眼搬迁群众能致富的目标,按照县委、县政府加快建立完善"五个体系"要求,实施组织、培训、就业、帮扶、产业、服务"六个全覆盖"。

一直担心搬迁后找不到事情做的龙平国夫妇，怎么也没想到，他们搬迁后，参加了服装加工培训，竟然成为中润服饰服装厂的员工，他家每月有将近 7000 元的收入，这比他们家从前一年的收入还要多。中润服饰服装厂自从建成投入生产以来，一共吸纳了林口以及邻近的以勒、塘房等乡镇 300 多名易迁建档立卡群众入厂务工。林口香葱种植基地也做了很大的贡献，他们采用土地流转的方式，既拓宽了致富渠道，又增加了群众收入，100 多名易迁群众实现了家门口就业的愿望，顾家找钱两不误。

"搬进新房后，小日子越来越安逸了。"搬迁户龙平贵从娃飞村干部院组搬迁到集镇搬迁安置房，在他看来，搬家是生活的一个转折点。"以前一家六口挤在老房子里，发展产业没条件，对未来也没有方向，孩子上学不方便，出门务工不知道干什么。"如今，四个孩子在安置点附近上学，妻子在家不仅能照顾孩子，还可以在楼下的扶贫车间上班，每月有将近 3000 元的收入；他在外省，每月能挣 4500。

截至 2020 年 3 月，林口乡 1303 名搬迁群众全部挪出穷窝，实现了挪穷窝、换穷貌、改穷业、拔穷根。

## 昔日知青点，今朝魅力村

从镇雄县城出发，驱车沿着泼塘公路行驶，只需 20 分钟就可抵达塘房新集镇。公路左侧，有一条盘山柏油路向山顶延伸，沿着这条蜿蜒的路往上行驶，一幢幢红瓦、白墙、翘檐的楼房相继映入眼帘，宛如走进一座别致的"山城"。

徜徉在雾霭间、新雨后或霞光下，那时隐时现的"一星拱斗"、玉带般挂在山间的公路、清澈透明的草堂水库、白墙红瓦的小洋楼……恰如人间仙境。

这里是享有"云南省三十佳最具魅力村寨""昭通市文明风景旅游区"殊誉的镇雄外八景之一"一星拱斗"所在地。2 年来，这里已然成为县内外摄影家聚焦美丽光影的天堂，是远近游客观光休闲的绝佳去处——塘房镇芒部山村。

40年前，为响应毛主席"知识青年上山下乡，到广阔的农村去，接受贫下中农的再教育"的号召，原昭通师专校长陈季林、成教院院长张承志、镇雄县文联原主席杨毅波、审计局职工沐成姣等30余名年轻人曾在芒部山村插队落户。时光荏苒，转眼这些人已经大多从奋斗了几十年的岗位上退休，而当他们谈及这个曾经让他们度过2年知青岁月的地方的时候，语气中还是充满着无限的感叹。2013年，当年的知青中的半数人曾经"回来"过，面对旧日山河，"物是人非"的感觉自然无比强烈，他们扎堆居住过的人家，有的人已经故去，有的人是那么陌生，而不陌生的，是那个几乎没有什么变化的小山村。茅檐草顶，枯树寒鸦，让缅怀者心中涌起了一阵阵凄凉。回到县城，张承志有感而发，用毛笔在一张宣纸上写下："此去三十余载，芒部山贫下依旧；经年半倍有多，过往者笑视何堪。"

2017年7月25日，芒部山村草塘水库周边，风和日丽，扎堆怒放的格桑花在微风中争奇斗艳。

坐在白墙红瓦的新房前，望着眼前水波不兴的草塘水库，芒部山村双山村民组建档立卡贫困户刘仕举感慨万千："要不是共产党的政策好，要不是罗支书的帮助，我家不知道要到哪个时候才修得起这种房子？"

刘仕举口中的房子，是一栋建筑面积116余平方米的两层平房，一楼有两室一厅一厨一卫，二楼是两个卧室、一个天井，一家四口居住绰绰有余。就算以后两个儿子结了婚，也还能住。

这个四口之家，原来住在双山村民组的高海子。

刘仕举，1965年9月出生，妻子张孟琼大他一岁，两个儿子刘文、刘胜和他们一起挤在两间石墙房里生活。由于没钱，屋顶盖的是石棉瓦，时间长了，逐渐破烂，"天点灯、风扫地"。刘仕举心想，是该把房子翻修一下了。

然而现实是无比残酷的。1998年的一天，张孟琼病倒了。送到医院一检查：脑血栓！经过治疗，命倒是保住了，却落下了后遗症，不仅完全丧失了劳动能力，还需要有人长期照料。

20年来，为了给张孟琼治病，刘仕举前后花去十三四万元钱，欠下了一大笔债务。刘仕举和两个儿子种地或打工挣来的钱,远远不够还债。在这种情况下,翻修房子只能作为一种"家庭远期规划"了,一家人不得不在破旧狭窄的石墙房里将就住着。

2016年5月,芒部山村大地易地搬迁点启动建设,让刘仕举一家重新燃起了住新房的希望。根据相关政策,建档立卡户刘仕举一家得到了一个指标,修房款和怎么修的问题都不用他操心,全部由政府埋单。

"刘仕举家是建档立卡贫困户,按照每人补助2万元的标准,能领到8万元的补助。新房修好后,拆掉老房子,每人还能领到6000元的奖励,合计2.4万元。两笔相加,超过10万元了。没花一分钱,他家就住进了新房。"村党总支书记罗维忠对有关政策十分熟悉。

2016年12月,大地易地搬迁安置点竣工,刘仕举家在完善相关手续后,住进了新房。

刚搬进新家时,刘仕举根本没有能力添置家具,客厅里空空荡荡的。没过两天,村支书罗维忠派人送来了一套全新的简易沙发、一个回风炉。"我后来听人说,这是罗支书向上头反映,跟我家要来的。说真的,太感谢他了。"提起这件事,刘仕举激动不已。

新房子有了,如何找门路脱贫致富,刘仕举自然有自己的打算:发展养殖,开个小卖部,督促两个儿子外出打工,一年下来,应该有六七万的毛收入。

对于刘仕举的想法,罗维忠十分赞同。

按照塘房镇党委和芒部山村"三委"的思路,他们采取争取上级有关部门支持、招商引资和引进技术的方式,以芒部山草堂水库和周边土地及小山包为载体,打造一个集观光旅游和休闲娱乐为一体的水滨乐园,并选择适宜地块打造千亩连片的向日葵花海和百亩连片的中药材基地,为芒部山增添更加壮观、更具魅力的景点和支撑,给芒部山村民拓宽脱贫致富奔小康的途径。

目前,这个规划正在推进中。不过,随着大地易地搬迁安置点的成功打造,这里的环境变好、变美了,这让水库村民组的邓书胜看到了商机,他与同组的邓雪剑合伙,用自家房子在水库边开了一家生态鱼庄,两人都属于享受了 6 万元财政贴息贷款、2 万元补贴的搬迁户。

不是建档立卡贫困户的邓书胜,想得最多的,是如何通过自己的双手,发家致富。"鱼庄已经开业半个多月了,每天两三桌客,大概有 800 元的毛收入。一年下来,赚个五六万不是问题。等生意更好了,我再请两三个小工。"邓书胜认为,以后的芒部山会有更多的人前来娱乐休闲,鱼庄的生意应该会更好,一年的纯收入上 10 万也不成问题。他还有一辆农用车,帮人拉货的话,一年也能挣三四万。

对于邓书胜这样的致富带头人,不仅是村支书罗维忠,就连前来当地调研的镇雄县委书记翟玉龙,都鼓励他带动兄弟姐妹、亲戚朋友、村邻四舍脱贫致富。

邓书胜没有推诿:"以后,来芒部山玩的人应该会更多。我计划发动周边的人,在草塘水库开个五六家农庄,让大家一起赚钱。"

刘仕举、邓书胜的故事,在芒部山大地易地搬迁安置点具有十分典型的意义。作为芒部山村的领头羊,这个安置点凝聚了罗维忠太多的心血。回忆起建设过程中的点点滴滴,罗维忠如数家珍。

芒部山村草塘水库大地易地搬迁点共涉及松山、水库、草塘 3 个村民组,总建筑面积 15164.2 平方米,受益群众 126 户 492 人。其中,建档立卡户 44 户 198 人、非卡户 82 户 294 人,73 户为统建户、53 户为自建户。项目总投资 2282.67 万元,其中建房投资 1622.67 万元,配套工程 660 万元。

建设过程中,以罗维忠为首的村"三委"全体成员,顶风冒雨、不分白昼走进施工现场,或查看工程进度,或监督工程质量,或做群众思想工作,或帮助贫困户解决实际困难和问题。

分房过程中,村"三委"全体成员不怕苦不怕累,或帮劳动力少的农户搬家,或动员不愿意搬的农户尽快入住新房。搬迁入住后,他们思考得最多的是,农户今后如何脱贫致富。"难是有点难,但我们有信心!"

2019 年 10 月,当年的知青张承志回乡办事,在众亲友的撺掇下,再次回到芒部山村,看到之前居住的地方如今变成了一个集中打造、集中安置的花园式家园,内心泛起了阵阵幸福。张承志的心思是,再过2年,他要把所有的伙伴都叫回来,用另一种面目"回家"。"知青生活为我们开启了人生的第一个通道,如果有机会,我要让他们都回家认领'乡愁',为我们的父老乡亲做点什么。"

这是一个美好的承诺,让芒部山的村民们充满期待。

## 左家沟不一样的景致

走进雨河镇龙井村左家沟,一幢幢二层小楼错落有致,进村道路干净平坦,栅栏围住的小院甚是亮眼。崭新的青石板路,沿着一个个小院,向村中央的荷花池延伸。放眼望去,小院、小径、亭子、绿树、广场相映成趣。

在一栋小"洋房"里,沙发、电视、电冰箱、取暖炉等家具家电一应俱全,村民张学瑞已经在这里生活了一段时间。除了早晚送三个孩子到2000米外的集镇读书,闲暇之余,她最喜欢在广场上和邻居们拉家常。

"我家原来住在新河村的三等坡,房屋破烂不说,离雨河集镇还远,买点油盐酱醋,来回少说要走三个小时的山路。孩子们到村小学上学,一趟就是一个小时。因为是土路,经常晴天一身灰、雨天一身泥。"得知我们的来意,张学瑞有些激动。"现在好了,我家搬到左家沟,住进了新房。你看,这里就像公园一样,孩子上学也只需要10多分钟。"

张学瑞在家带孩子读书,丈夫在外务工,他们都希望,孩子们能学到更多的知识,比自己过得更好。

张学瑞很清楚,能够在这个花园式的地方生活,得益于国家政策的扶持,也得益于云天化集团有限责任公司驻村扶贫工作队的努力。张学瑞更清楚,幸福生活不能完全依靠政府,还得靠自己勤劳的双手。

这也是左家沟村民们共同的看法。

提起左家沟,云天化集团有限责任公司驻村扶贫工作队队长谢忠泽认为:"居住环境改变了,后续发展还需要产业支撑。"

2017年,谢忠泽来到雨河镇龙井村,开始了他的扶贫之路。

"自然灾害频发、基础设施薄弱、卫生医疗条件差、产业结构单一;因灾返贫、因病致贫、因学致贫等现象突出。"经过一番全面调研之后,谢忠泽找到了龙井村贫穷落后的原因,并及时确定了以改善基础设施建设和扶持产业发展为主、兼顾建设易地扶贫搬迁安置示范点的工作思路。

1年后,这个思路在左家沟成功实施。一共建成安置房150套,已搬来138户587人,其中建档立卡贫困户67户327人,来自雨河、新河、龙井、黄坪等8个村47个村民组。

随着搬迁点建成和各项工作推进,谢忠泽和村民们熟络起来。每次进村入户,村民们老远就吆喝起来:"谢队长,又来啦!来我家里歇会儿嘛。"

贫困户吴学均是一名残疾人,无法外出务工,也没有稳定收入。三个孩子读书需要用钱,可钱从哪里来?面对生活的压力,他无计可施,干脆借酒消愁。

了解到这一情况后,谢忠泽坐不住了。经过沟通协调,不仅通过"助学圆梦计划"解决了三个孩子的上学问题,还给吴学均谋得一个生态护林员的差事。

和张学瑞、吴学均一样,许多只能留守乡村的村民,要想在搬迁安置点住得长远,在当地能就业是最好的选择。

2年来,谢忠泽的"东家"云天化集团有限责任公司,先后在龙井投资近2000万元,不仅让贫困户们搬进新家,还与当地政府共同谋划如何助推当地的产业发展,其中最有典型意义的,莫过于发展乡村旅游。

左家沟所在的雨河镇历史悠久,文化底蕴厚重,自然风光优美,是"一个无法用眼睛记录的地方"。自公元前135年成立"小京州"至今,已有2100多年的历史,素有"白酒之乡"的美誉,农耕文化、白酒文化、红色文化、知青文化的传承和优美的自然风光在这里相互辉映。作为一个旅游处女地,这里可供开发的景点比比皆是,按照规划,有那么几个地方被规划为景点打造的重点:茶山知青上山下乡点、茶坝村"桂矶秋钓"景观、瓜雄村邓墨林故里、龙井村寸田坝风光。

再过几年,随着宜毕高速公路、叙毕铁路的建成通车,全面融入成渝"一小时经济圈"的雨河镇,要打造"游在雨河"乡村旅游品牌,将迎来前所未有的机遇。

随着旅游产业的发展,左家沟搬迁群众将迎来更多的就业机会。"到那时,我就可以边带孩子读书边打工啦!"张学瑞憧憬着。

### 青山夕照,云破天开

无论从历史还是从现实来看,出过"流水运木"的"天官"的芒部镇,其地位和影响力在镇雄来说都是显赫的。

第一次去芒部镇新地方村青山易地搬迁点,是2017年6月14日,正是盛夏时节。不巧的是,当天的阳光并未挤出云层,一阵阵小雨从灰暗的天幕飘下来,滋润着节节拔高的庄稼。站在一个山坳放眼望去,小雨淅淅沥沥,云雾弥漫山间,满山的青翠和白墙灰瓦相得益彰,那若隐若现的雾中之境,让这个小山村多了些诗情画意,恍若人间仙榻。作为外来者,我们看到的只是一派美丽的田园风光,而作为当地人,他们眼中只有房前屋后、田间地头的一株株果树。

目前,全村发展李子、桃子等经济林果5000亩。从2016年开始,果树陆续开始挂果。如果管理到位、市场行情好,村民年人均纯收入达到8000元。

自脱贫攻坚开展以来,挂钩帮扶干部一次又一次地来到新地方村,与村干部、挂钩扶贫户促膝长谈,给他们出思路、想办法,解决了诸如改善公路基础设施等问题,因势利导发展林果产业,"新地方"正式开启走进"新时代"的步伐。

对建档立卡贫困户陈定全来说,他们是真的遇到了"好事"。

修房盖屋,不管在城市或农村,都是一件大事、好事。2016年3月,青山易地搬迁点正式启动。户型要如何设计?建设多大的规模?整体该怎样布局?建设工期定多久?资金预算是多少?产业应如何发展?教育卫生设施怎样?群众就业如何保障……在青山易地搬迁工作启动之初,村干部们对这些问题进行了一次又一次的讨论、谋划。同时,认真完善地勘和地质灾害危险性评估报告,加强建筑安全和资金管理,把资金用在刀刃上,只做"雪中送炭",不做"锦上添花"。

2017年4月,青山易地搬迁点全部完工。

远远望去,让人不由得产生这是某个单位大楼的错觉。

"不是单位,这就是青山易地搬迁点!"村支书黄佑俊告诉我们,易迁点共有198户606人受益,其中建档立卡贫困户66户247人,其余均为随迁户。补助方面,贫困户可享受6万元补贴、6万元贴息贷款,随迁户可享受2.5万元补助、6万元贴息贷款。结合当地实际,采取了统规自建的方式,即农户按照统一的规划设计方案自建住房,层高、风貌、面积等必须符合规划要求,村委会主要负责抓好质量监管和资金安全。

具体建设过程中,条件好的农户可单独修建两层半、不超过120平方米的住房。条件差一点的,为降低建房成本,在自愿协商的基础上,几户人合建一栋楼房。李朝高、郑贵聪、陈应龙、陈应坤、陈应军、李成等6户贫困户,就合建了一栋6层楼的住房。

建成后怎么选房,会不会产生纠纷?"不会!楼层低是要方便一点,还有门面,但是修建成本高啊。建房之初,几户农户早已根据楼层投资成本的高低、家庭经济情况进行了分配,不存在什么纠纷。"黄佑俊说。

上湾村民组的贫困户陈定全,就属于单独建房的一类人。严格来讲,他家其实也属于几户合建。与他合建的两户,是他的两个儿子,不过早已结婚分户了。父子三人,三个户口,合建一栋楼,还是一个其乐融融的大家庭。

陈定全的户头上,还有两个人:妻子和小儿子。陈定全家是典型的因病致贫户,陈定全患肝硬化10年有余,妻子常履萍的左脚因摔伤而导致行动不便,小儿子还在芒部中学读初中。更糟糕的是,两个已经成家立业的儿子,日子也过得紧巴巴的,虽然有心赡养他,也是心有余而力不足。即便生活如此艰难,陈定全的心态还是十分乐观的:"房子修好了,每年再喂几头猪、种几亩庄稼,加上我还懂点兽医,想把日子过好,并不太难。"

除了易地搬迁脱贫,新地方村还综合开展了生态补偿脱贫、发展教育脱贫、社会保障兜底等措施,力求让贫困群众走上一条稳定、持续的脱贫致富之路。

世人眼中，人口众多、山高坡陡、气候恶劣的镇雄，"一方水土难养活一方人"的实际问题是很难解决的。在易地搬迁这项关乎莫大民生的扶贫工程中，"镇雄现象"就这样在所有搬迁户和党委、政府及广大干部的温暖交际中汇聚成一种非常得体的"镇雄做法"，收到了良好效果。"搬不动大山就搬人！"随着这项民生工程的顺利实施，部分贫困群众相继进城入镇，逐步走上了新征程，开启了新生活。

## 六

2019年7月24日，对于寒门学子廖旭东来说，非比寻常，一纸清华大学录取通知书，飞越迢递关山，送到他手上。那一刻，他泪眼模糊——这薄若蝉翼的几张纸，是他梦想启航的"更路簿"，更是他挥别艰难突围岁月的完美见证。

廖旭东是镇雄县塘房镇顶拉村人，在家排行老四，前有读大学的三个姐姐，后有正上高中一个弟弟。这样的一个农村家庭，说是因学致贫而家徒四壁，简直一点也不为过。然而最艰难的是，廖旭东常年卧病的母亲，让一个本身肩负着五个孩子上学费用的支出体系雪上加霜，生活的重压，使唯一一个有劳动能力的男人——廖旭东的父亲喘不过气来。而他，仅是一个在工地上夜以继日挥汗如雨的普通民工。

或许，是磅礴大山给予了古邦儿女不屈不挠的崇高品格，在苦难面前，廖旭东的父母并没有向现实缴械，而是和生活在这片土地上的许许多多镇雄人一样，咬紧牙关，勇敢地承担了一切。为了能够多攒点钱，廖旭东的父亲向工头申请多做活计；为了节省开支，这个被现实问题填满的中年男人，一日三餐通常是两大碗米饭和一碗酸汤，没有一滴油水的饭菜，居然也维系了身体最基本的能量。廖旭东的母亲，更是因为舍不得花钱看病，心存"拖一会儿就好"的侥幸，硬生生地把自己逼到了病床上。

2016年，廖旭东的父亲为了照顾生病住院的妻子，不得不搁下了工地上的活儿。面对昂贵的医疗费用和五个孩子的学费，他东奔西走，四处借钱，几乎踏遍了所有亲戚和朋友的门槛,最终还是差了好几千元的缺口。眼看吊瓶空悬,妻子无奈出院;开学在望,孩子们却默不作声,心生走投无路之感,遂拖着瘦削的身体去到医院血站,他要掏空自己,卖血换钱!

也就是在这一天,扶贫工作队敲开了廖旭东家的房门,按照相关识别条件将他家纳入了建档立卡贫困户。工作队员正要起身出门时,廖旭东的父亲跌跌撞撞地走了进来,一脸惨白的他,居然在脸上挤出一丝牵强的笑容,颤抖的右手从上衣口袋里掏出几张百元票子,对妻子说:"办法是人想出来的。"随即昏倒在地上。

助学补助、医保、养老保险、产业扶持……一系列扶贫措施急速跟上,党的政策解了廖旭东父亲的燃眉之急,在一定程度上减轻了他的经济负担,在他感慨着"总算可以松口气了"的时候,他的孩子——廖旭东,正在借助恰到好处的阳光雨露野蛮生长,以优异的成绩考入云南师范大学附属镇雄中学,成为这个新办学校的第一届高中毕业生中的一员。

"朝为田舍郎,暮登天子堂。将相本无种,男儿当自强!"这个叫廖旭东的男孩,从小就非常懂事,不仅会勤俭节约,而且勤奋好学。读小学时,为了节约一本辅导练习册的钱,向同学借来誊抄,往往一本练习册要连续抄上几晚,每到油尽灯枯,墨上笔记已成为心中文章。很多次,为了抄下某本辅导教材上的内容,常常在天刚蒙蒙亮时就到书店去"蹲守",书店一开门,他就一头扎进去,即便是数九寒天也一样。进入云南师范大学附属镇雄中学就读以来,廖旭东更是奋发图强。他始终记得那个父亲卖血回家的日子,他的心被贫穷的现实刺得千疮百孔,他发誓要用自己的力量颠覆过去,以此赢得不一样的未来。

在镇雄这样的贫困大县,和廖旭东一样的寒门学子成千上万,在贫困中沉沦下来的不在少数。而廖旭东不一样,他奉行的是自己的理想,在内心决然地刻下了"清华"两个字。这绝不是一种冒犯,因为他不相信命运,他相信的,是自己改变命运的勇气和态度。古诗云,"书卷多情似故人,晨昏忧乐每相亲",廖旭东之于读书,就像他的父亲之于有担当的劳作和无私的付出。把考取清华作为目标后,他更加废寝忘食,有时候,宿舍关灯了,他还在过道上借助灯光坚持学习。为了省钱和节约时间,他总是那个最后进入食堂的人,通常只打一碗花钱的饭,要一钵免费的汤,三两下解决饥饿问题,便投入到紧张的学习中去。

"读书就是要把别人认为已经用完的时间再拿出来挤一挤。"这是廖旭东的座右铭。廖旭东敢于做时间的敌人,敢于和时间赛跑。他成功了,"功夫不负有心人"。而就在他拿到清华大学录取通知书的那一刻,他哭了。这不难理解,此刻他是幸运的,也是幸福的,他打败了时间,打败了贫穷,打败了那些托词,为一所新办学校开了一个好头,为镇雄莘莘学子树立了一个好的榜样。

"教育就是未来。"多么精辟的一句话。一个地方的贫穷,需要用教育托底。遥边之地的镇雄,要实现过去、现在和未来的完美映衬,还得靠教育。贫困地区的教育事业,需要得到全社会的关注和关心,廖旭东考取清华大学,就是一个有力的说明。一个曾经风雨飘摇的家庭,在党的脱贫攻坚政策的照耀下,实现了命运的逆转,从而反映了一个地方的崛起和奋进之路。

廖旭东说:"这份录取通知书,凝聚着父母多年的艰辛,凝聚着党和政府的关怀之情,凝聚着老师的悉心教诲和自己的不懈努力,尺幅千里,无比沉重!"扬帆远航不负同学少年,撸袖奋进不愧初心使命。廖旭东是一所学校的骄傲,也是那片被称为大雄古邦的神奇土地的骄傲,更是昭通的骄傲。

说到教育,就必须说到一所被人们称为"城南中学"——云南师范大学附属镇雄中学——的学校。

走进道路笔直的镇雄县南部新区时,依山就势、巍然矗立的云南师范大学镇雄附属中学格外引人注目。校园内,一栋栋崭新的教学楼拔地而起,一间间宽敞明亮的教室不时传来琅琅读书声,一张张稚嫩的学生面孔挂着开心的笑容。

一方是云南省著名大学,一方是国家扶贫开发工作重点县,两者之间是如何擦出火花并成功牵手的?其中的文章值得一读。

2015年末,镇雄县30余万学生中有贫困学生70156名,其中农村学生占90%以上。由于全县教育基础设施薄弱、师资队伍紧缺,学生教育成本高,优质生源外流问题突出,使得地方办学难以形成品牌效应。

来自镇雄县教育局的数据显示,镇雄县每年外流到昆明、曲靖、会泽、昭通的六年级、九年级优秀毕业学生有3000余人,从七年级到高三每年累计外出学生近1万人,每年支出费用高达2亿元以上。

为补齐"教育短板",镇雄结合县情实际大力实施"教育兴县"战略,坚持把教育事业作为脱贫攻坚的重要抓手,通过多方努力,引进云南师范大学合作办学,借助名校的先进管理经验、师资力量和办学模式,通过实施教育精准扶贫工程,让所有贫困家庭子女接受良好教育,努力从根子上阻断贫困代际传递。

2016年8月,云南师范大学附属镇雄中学开学,首批高一、初一年级新生1300多人在这里开始了新的学习生活。

学校按省一级一等完中标准规划建设,整个学校设计依山就势,环境优美,功能设施高规格配置,校园文化和景观设计内涵丰富、层次清晰,是一所标准化的园林式学校。学校占地面积300多亩,建筑面积8万多平方米,绿地面积近6万平方米,计划投资2.35亿元,办学规模96个教学班,在校学生5000人,可住宿学生4000人。

"引进品牌名优学校联合办学,这在镇雄历史上是从未有过的大手笔,现在的娃娃在家门口就能读师大附中,真想不到!"作为一个常年在昆明打拼的镇雄人,家在中屯集镇的朱锋十分感慨。他的女儿,就在云南师范大学附属镇雄中学读书。

"云师大附中",这个源自省城昆明的著名教育品牌,激活了镇雄县教育发展的一池春水,镇雄县委、县政府穷县富办教育的举措,赢得了各级领导的肯定,赢得了当地老百姓的连连称赞。

2018年,新年伊始,我们来到云师大附属镇雄中学校园,与贫困学生及其家长、学校教师面对面交流,听他们讲述在家门口共享优质教育资源的切身感受。

已读高二年级的熊付靖,是云南师范大学附属镇雄中学清北班一名成绩优异的学生。因自幼家庭贫困,熊付靖立志要通过读书改变自己的命运。

中考时她考了568分,这个分数足以让她选择一所自己心仪的学校。但是,要去哪儿读高中,却是这个建档立卡家庭面对的一道难题。

熊付靖的父亲熊家才告诉我们:"看到周围很多孩子都是送到外面去读,我当时也有这种想法,但是家里有5个孩子读书,这个费用实在是承担不起。"

关键时刻,经过反复权衡,熊家才有了主意:就去云师大附属镇雄中学就读!

事实证明,熊家才的决定没有错,熊付靖也没有后悔。

在家门口读高中,除了节约了大量的经济成本,还享受了不少资助。熊付靖说:"我来这个学校,一年减免了2000元钱的学费,又有1000多的助学金,再加上国家给建档立卡户的补助,还有其他方面,加起来就有七八千,在生活和学习方面也没有太大的压力,我会好好学习,考一个重点大学。"

熊家才当然很高兴,"在镇雄比较近,我们来开家长会,看小孩也非常方便,她在学校读书也非常用功,老师也尽职尽责,教得非常好,她在这里读书,我们非常放心。"他说。

数据最有说服力。据不完全统计,云南师范大学附属镇雄中学开办以来,累计资助像熊付靖一样的贫困学生2479人次,总金额226万元。学校每年可以为镇雄县留住优质生源1500人左右,按照每生每年外出就学2万元的开支计算,一年可以节约3000万元以上。

成绩更有影响力。2019年高考中,云师大附属镇雄中学成绩斐然。2名学生被清华大学录取,1名学生被北京大学录取,3名学生达到北京大学录取线选择就读其他大学,多名学生被多所国内名牌大学录取,前面提到的熊付靖,则顺利考上昆明医科大学;2020年,云师大附属镇雄中学高考成绩更是一路攀升,清华大学录取2人,北京大学录取1人,3名学生达到北京大学录取线选择就读其他大学,在参考的660名高考生中,有231名学生考取一流院校,有251人斩获600分以上,全校一本达线率84.09%。

一时之间,这所中学成为镇雄、昭通人民群众热议的话题,"云师大附属镇雄中学现象"更是引起了各方的讨论。

"名校"培植的效应在成就"名校"的同时，自然也"温热"了周边。云师大附属镇雄中学的声名鹊起，让全县其他学校也不甘寂寞，在积极的探索和科学的实践中，纷纷全速挺进，大胆亮剑。"乡镇完中"芒部中学不甘示弱，在2020年为北大输送了1名学子。与此同时，西南大学镇雄中学及全县其他学校也在抓紧和时间赛跑，狠抓教育改革和管理，枕戈待旦，以图大显身手，在镇雄教育事业的崛起中展现自身的力量。

　　翻开镇雄近百年教育史，不难发现，先辈们前赴后继的治穷史，俨然就是一本鲜活的教科书，不但让人们在脑海中清晰地还原先人们一路走来的那些深深浅浅的脚印，也为今后的努力方向铲除了重重荆棘，指明了前进的方向。但是，这并不意味着以后的路就会是宽敞的、平坦的。教育扶贫，镇雄始终在行动。面对脱贫攻坚这部鸿篇巨制，近年来，镇雄县委、县政府坚持把发展教育作为一种执政操守、政治责任来担当，深入实施"教育兴县"战略，带领全县广大干部职工，以前所未有的投入保障、制度供给和创新引领，优先发展教育，加快发展教育，全县教育破茧化蝶，实现了从"积贫积弱"到"强大领跑"的历史嬗变，已然成为"十三五"全县实施的"六大战略"中成果丰硕、深入民心的工作之一。

　　镇雄教育的成功突围，有三点经验值得总结和推广：一是坚持项目、设施设备等向农村学校、薄弱学校倾斜，大力实施校安工程、全面改薄工程及附属工程，科学合理推进学校布局调整，加快学校标准化建设步伐，全面改善办学条件；二是通过引资源、育品牌、提质量，加快普通初、高级中学和职业中学发展；三是坚持"引进来、走出去"相结合，抓好教师培训，促教育教学质量提升。

　　2015年以来，镇雄县大胆尝试，采用系统思维和系统方法，全面梳理掌握教育领域的各种关系，统筹处理各种矛盾。其中一个重要举措就是将乡镇初级中学从中心学校中剥离出来，收归县教育局直管，让乡镇初级中学成为独立核算单位，享有独立的管理权限和经费收支。初级中学的独立，把乡村教育推向了一个新的高度，为广大农村学子提供了一个相对优质的教育环境,使优生获得脱颖而出的舞台,普通学生不出乡镇就能就近入学,极大程度地减轻了老百姓的教育负担,满足大部分学生的就学意愿。

曾经一度,镇雄城区学校、乡镇中心点班级学生人数普遍突破百人大关,少数班级更是令人咋舌到了一百五六十人的"蜂拥"地步,优质教育资源一席难求。为有效缓解"大班额""择校热"难题,2015年以来,教育部门顶住一切压力,排除各方干扰,在城区学校率先推行划片招生,并逐步扩大到乡镇、延伸到村办。时至今日,以前比比皆是的百人大班从80人、70人、60人、55人一路递减,"大班额"现象在我县已基本消除。为有效解决城镇容量不足、校点分散等问题,结合城镇化建设预期、易迁安置点规划、城镇人口数量变化等趋势,统筹规划,整合资源,完善学校布局调整,实现强校带弱校,共同发展。完成县一中高中部新校区迁建,6个易地扶贫搬迁安置点学校办学,赤水源中学与洗白中学、塘房中学与白鸟附中等12所学校合并办学工作,优化撤并义务教育阶段教学点114个。大力度搬迁闭塞、落后地区人口,高质量地兴办优质教育学校,大范围整合各方教育资源,高姿态推进义务教育各项工作,不仅催发了镇雄教育的勃勃生机,还为镇雄的脱贫攻坚书写了浓墨重彩的一笔。

通过以下数据以及数据背后的整体调度,可以看见一条非比寻常的镇雄教育嬗变之路。

2016年以来,全县共完成投资33.16亿元教育专项工程建设,新增校舍55.17万平方米、运动场156.97万平方米,净增办学规模1.9万人。特别是2018年,高规格推动,多频次调度,采取"打捆招标"的总承包方式,概算投入资金13.2亿元,以超常规手段全力推进学校基础设施建设进度。全县"改薄"项目建设全面完成,用1年半的时间完成了以往需5年才能完成的教育项目建设,彻底改变了长期以来绝大多数学校无围墙、无大门、无运动场地的办学历史。顺利实施"千兆到校、百兆到班"义务教育专网工程,全县义务教育阶段学校基本实现"网络校校通、设备班班通、资源人人通"。投资4.65亿元,新建功能教室328间;配备交互式教学电子白板4680套,计算机24690台,音体美及实验器材3498套;新增图书446.38万册。

2015年至2020年,分别完成职教招生5093人、7498人、8744人、9977人、10800人。全力扶持县职业高级中学扩容提质,投入资金1358万元改善学校办学条件,加大双师型教师培养力度,打造品牌拳头专业,改革智能化人才培养模式,提升职教吸引力。投资6.8亿元新建办学规模为9000人的县中等职业技术学校,积极寻求合作伙伴,打造镇雄职业教育"新航母",提升职教普及率,助推全县职业教育跨越式发展,实现质的飞跃。

2016年以来,通过"特岗""三支一扶""补员""专项招聘"等方式,新招聘教师5123人,全县教师达到16961人,师生配比逐年提高。投入经费5353.56万元,培训教师4万余人次,实现在职教师每五年一轮全员培训。实行交流轮岗制度,交流校长37人,城乡间、乡镇间交流教师1216人,全县教师双向流动机制不断完善,教师队伍活力不断迸发。落实乡村教师"500+X"差别化补贴,县级财政划拨资金800万元(每年200万元),省级财政配套下发资金233万元,补助边远艰苦校点教职工2563人次。筹措资金107.2万元,为全县50周岁以上的教职工免费体检7962人次。统筹安排廉租房1504套8.2万平方米,最大限度安排教职工入住,切实缓解乡村教师住房难题。

2015年以来,全县累计免除学杂费8.41亿元、教科书费1.14亿元,补助贫困生生活费5.09亿元;累计落实营养餐专项资金11.53亿元,惠及学生150余万人次;累计发放各级各类补助资金13.24亿元,惠及学生172.6万人次;实施生源地助学贷款3.2亿元,惠及学生4.4万余人次;落实社会救助资金0.27亿元,惠及学生1.8万余人次。

……

一系列动作,一系列措施,从根本上夯实了镇雄教育事业发展的后劲,为镇雄如期实现脱贫、长足巩固脱贫铸就了智力保障。

2019年7月5日,云南省教育督导评估组向镇雄县反馈,镇雄县义务教育发展基本均衡工作通过省级评估复核,镇雄县基本达到国家规定的义务教育发展基本均衡县评估认定标准。督导评估组将把此次督导评估结果向云南省教育督导委员会办公室报告,提请审核公示,公示无异议后,报请云南省政府批准,由云南省政府向国家教育督导委员会申请认定。

镇雄教育事业,正迈向一个可喜可贺的未来。

这个"未来"是什么样的?镇雄县委、县政府已有预判,以翟玉龙为班长的镇雄广大干部已有思考。

2019年8月12日,镇雄县2019年全县教育工作会议召开。会上翟玉龙为镇雄县的教育事业勾画了这样一幅蓝图:全县上下要坚持守住"教育保障"这个基本,牢牢抓住"品牌效应"这个机遇,合力书写镇雄教育"奋进之笔",全力将镇雄打造成云贵川三省接合部的区域性教育中心,为镇雄的开放发展再立新功。

提及镇雄教育事业取得的成绩,翟玉龙自豪地说:"2019年,师大附属镇雄中学'一炮打响',成功创下了镇雄教育史上单校高考一本上线率历史之最、名校录取数历史之最、班级平均分历史之最、社会影响力历史之最的'四个历史之最',全县高考取得了历史性成果,强势打破了19年来没有县内就读学生考取清华、北大的魔咒……"

"纵观今天的镇雄教育,我们的成功又何尝不是万里长征迈出的第一步!"就如何抓好当前和今后全县教育工作,翟玉龙说:"必须突出抓好明确'一个定位'、树牢'一种意识'、打造'一支队伍'、拓展'一项机制'、强化'一个保障'这'五个一',变压力为动力,持续推动全县教育事业在新的起点上实现长足进步,为实现镇雄经济的腾飞和社会的发展奠定坚实基础、提供关键支撑。"

这"五个一"的具体内容是什么呢?就是明确"一个定位":把镇雄打造成云贵川三省接合部区域性教育中心;树牢"一种意识":质量强校;打造"一支队伍":具有镇雄特色的一流师资队伍;拓展"一项机制":合作办学;强化"一个保障":支持教育、发展教育。

随着"五个一"的顺利实施,镇雄县的教育事业已经蓄势待发、扬帆启航!

2020年5月5日,镇雄县委召开会议,研究解决"六所高中"项目建设中存在的困难和问题,着力推进项目建设。所谓"六所高中",即在建的雄华中学、南广中学、乌峰中学(高中部)、第四中学(高中部)、镇雄中学(分校)、芒部中学(分校)6所普通高中项目,项目建设采用省级统筹、州市负总责、县抓落实的工作方式,由省教体厅统一招标,以工程总承包模式实施。根据省定时限,须于2020年7月31日完成建设。6所高中规划学位21405人,概算总投资166266万元。

"六所高中"是省委省政府2020年在镇雄落实的十大惠民实事之一,是解决我县普通高中建设短板、改进高中办学条件的重大建设项目,是名副其实的民生工程,对于完善镇雄县宏伟的教育蓝图有着重大的历史意义。随着工程的打紧实施和招生办学,镇雄教育事业的崛起指日可待,办"大教育"托底扶贫的高端战略必将书写镇雄经济社会发展的完美之笔。

## 七

长期以来,拘囿于阻滞闭塞的交通和信息,困顿于原始落后的经济与文化,受制于保守蒙昧的风俗习性,镇雄这块土地发展缓慢,直至进入21世纪,依旧贫瘠如初,民生多艰。江山天然,人居其中,文而化之,乃成家国。深入推进宣传思想文化和精神文明建设,通力构建大宣传格局,实现"汇聚正能量",达到更新观念、振奋精神、移风易俗、重塑灵魂、促进和谐之"镇雄更向上"的目的,便是当前镇雄实施文化扶贫的重大使命。

2020年1月15日,是三下乡活动开展的第二天。上午下班后,县文联干部常开佑未来得及回家吃饭,便与旧府街道办事处的邓云波联系,计划当天要到旧府街道大地易地搬迁安置点开展送春联活动。今年的送春联队伍,分了八个组,每组配置了带队领导、随行书法家,分赴各乡镇(街道)、以勒高铁站和县城三个易地搬迁安置点开展工作。到了大地易迁点,常开佑和同事把新印制好的15套春联各准备了1袋,提到一楼门口过道上作好发放准备。

作为文艺助力脱贫的重要内容之一,送春联活动选择万和这个主要由新搬迁而来的卡户组成的社区作为实施地点之一,具有重要意义。对这些刚离开故居来到易迁点居住的群众来说,春节前的关怀尤为必要,因此这次活动不仅任务艰巨,意义也较为重大。

社区提前安排各栋楼"楼长"通知群众前来领取春联,现场人越来越多,越来越热闹,大人、小孩、老人、学生……大家纷纷夸赞:"党的政策好,知道我们刚搬新家就把春联送来了!""大红对联一贴,今年的春节红火热闹哦!"寒冷的气候和飘落的小雨并不影响大家的兴致,到场的人都耐心地等待着、观望着、期盼着。

"一个包装装的就是一副对联,短的是横批,拿回去打开就能贴了,贴的时候用胶布、用浆子都可以!""要根据自家情况领对联,每种内容只领一样,领重复了没用的,拿回去了一定要贴掉,千万不能浪费哦!"负责发放的同志一边叮咛,一边给排到跟前的群众拿对联。

现场写春联和发放印制春联同步开展。四位随行书法家各选一张桌子,把墨汁倒到碗中调好,给毛笔开了锋,再把对联专用红纸铺好,就开始现场挥毫。

看到有现写的春联,很多群众立马来了兴趣,一下子聚集了很多人,分别把四位老师围在了中间。这次活动现场准备了一百多种春联内容,和印制春联的主题一样,这些用于手写春联的主题也是脱贫攻坚、建设小康、感恩奋斗、勤劳致富和欢度春节等,群众要哪副,书法家就写哪副,四位老师一边耐心地听周围群众的想法,一边认真地写下他们所中意的内容。

现场书写引来不少年轻人驻足,传统经典书法艺术的一笔一画一撇一捺,让他们看得津津有味、如痴如醉。年轻人一边观看着,一边也选择了自己喜欢的内容请老师们写成对联,在他们的巧手点化下,一个个汉字神奇地呈现在纸上,很快就变成一副副优美隽永的传统春联交到他们手中。

"对联有左有右,你们拿回去贴的时候要注意区分,不要搞错了。"四位老师不忘嘱咐在场的群众。不少拿到刚写好的春联的群众表示:"现写的对联就是好,还可以自己选内容,这样的春联贴起来肯定很特别,也很有意义。"

领到对联的群众,有不着急回家的,和相识的熟人攀谈了起来。人人手中的对联都是火红火红的,光彩夺目,格外耀眼,整个社区里里外外一派喜气洋洋的气氛。看到群众脸上洋溢着的笑容,发放春联的干部和书法家由衷地感到高兴。这是异迁群众搬到大地安置点后即将要度过的第一个春节,一定是一个欢乐、祥和、喜庆、文明的春节。

作为送春联活动中的"书童",常开佑在他的日记中写道:这一天,我看到的是一个无比喜庆的场面。我相信,在各级党委、政府的共同努力下,搬迁群众一定能"搬得出、稳得住",也一定能依靠自身努力如期实现脱贫致富,以良好的精神面貌迎接全面小康的到来。

小小的送春联活动,折射出来的是广大老百姓对文化生活的热切向往和美好未来的追求。贫困不仅是经济问题,更是政治、社会、文化等综合性的问题。镇雄要战胜贫困,首先要用先进的思想、文化占领广大干部群众的头脑,用丰富多彩的文艺活动去激活贫困群众内心的"荒芜"地带,用坚强有力的文化阵地去捍卫大雄古邦广大人民群众的尊严。

在3696平方千米的镇雄大地上,文化的缺失呈现出不同的表现形式,多年的积贫积弱、多年的蛮荒经营、多年的思想沉寂、多年的"集体无意识",造就了山川无欲、草木无光的灰色格局。如何发挥文化建设引领脱贫攻坚的先锋作用,让"扶贫先扶智"成为真正的思想先导,切实增强贫困人口自我发展能力,激发内生动力、巩固扶贫成果、推动镇雄经济可持续发展,是一个非常严肃的课题。

在"规定动作"上,镇雄这些年做了以下工作:举办讲政策、讲理论、讲法治、讲奉献、讲境界、讲发展、讲变迁、讲形象的"镇雄八讲"和"古邦论坛"等活动;开展形式多样的理论宣传宣讲8000余场,覆盖100万余人次;用好"学习强国"APP等学习平台,组织引导党员、干部学习党的理论成果和法律、科技、文化知识。

形式服从内容。在"规定"之外,镇雄还突出构建新闻舆论新格局,在认

知上凝聚脱贫攻坚新合力,突出"四抓":

——把握方向抓载体。坚持政治家办媒体的原则,推动广播电视台与新闻网、微镇雄(微信公众号)等新媒体深度融合,整合应急广播设备,着力建设党的新闻舆论重要阵地县委县政府信息发布主要平台和引导服务群众的重要载体,确保县融媒体中心以崭新的形象开展新闻舆论工作;

——重心下移抓内宣。针对"部分干部群众对扶贫政策知识知晓率不高、脱贫攻坚氛围营造不够"等问题,累计发布和转载扶贫信息100万余条(次),指导制作宣传海报、横幅、标语等1000余万条(幅),借助应急广播体系在自然村开展宣传3000余万次,利用干部走访开展宣传1000余万次,印发《脱贫攻坚鲲镇雄在行动》简报17期,印发《脱贫攻坚宣传手册》6万余份,营造了全县上下铆足干劲决胜脱贫攻坚的浓厚氛围;

——扭转形象抓外宣:着眼于扭转外界对镇雄的固有偏见,组织在《人民日报》《半月谈》《新华网》等各级媒体,推介刊发脱贫攻坚文章,展现镇雄脱贫攻坚的积极作为;协调央视广告扶贫栏目连续两个月播放"云笋"广告,将"天坑群"等自然资源和优美风光进行全方位、多角度宣传,集中展示在教育、交通、医疗、人居环境等方面取得的成就,全面树立了镇雄新形象。

——突出重点管舆论:抓好网络舆情应对处置工作,夯实脱贫攻坚"护城河"。

而这些,也仅仅是从宣传党的大政方针政策上来谋划的"常规"工作,仅仅是"从镇雄实际出发"的拓展和体现。要在全县广大群众中掀起价值培育新热潮,展现脱贫攻坚新气象,镇雄在抓文明创建树典型方面,可谓下足了功夫,做足了"戏份"。近年来,在成功创建省级文明城市的基础上,成功组织创建国家级文明单位1个、文明村镇2个,创建省级和市级文明单位文明村镇文明校园57个,评选命名县级文明单位文明村镇文明校园160余个;创造性提出并推广"十讲镇雄人",组织编发《镇雄好人快报》,开展"最美教师""最美司机""好婆婆""好邻居"等先进典型评选活动,县内道德模范陆续登上"中国好人榜",荣获"云岭楷模"等重要荣誉,形成道德领域"群星璀璨"的阵势。

文明创建带动广大群众从意识上向文化靠拢,在"细胞生成"上获得对思想境界的提升欲望。镇雄依托新时代文明实践中心的建设,指导注册志愿者3万余名,成功挤进全国新时代文明实践中心试点范围;指导组建43个分中心、30个实践所、254个实践站、10个实践基地,开展各类志愿活动1.2万次,形成"有困难找志愿者,有时间做志愿者"的社会氛围。立足于打造新时代文明实践点,争取资金1500余万元,在全县贫困村和易地搬迁安置点建设"新时代文明实践超市"246个,成为全省精神文明建设品牌项目。通过"新时代文明实践超市",组织群众开展脱贫攻坚文明实践活动15000余次,通过积分物品兑换,激发脱贫攻坚精神力量,形成讲文明、除陋习的浓厚氛围;扎实开展"自强、诚信、感恩"主题实践活动,引导贫困群众摈弃"等、靠、要"思想。通过开设"曝光台"和"光荣榜",曝光不良行为80余起,大力提倡文明生活;制作印发"自强、诚信、感恩"活动伴手礼10万册,分《政策法规篇》《脱贫故事篇》《道德文明篇》等5辑,引导形成讲文明、树新风的良好氛围;编辑印送"招贴画"23万余份、春联10万余幅,开展社会主义核心价值观进家庭活动,拉近了党群关系;积极争取"中国煤矿文工团"、中国文联、云南省文联到镇雄开展送文艺下基层活动,把群众喜闻乐见的艺术作品带到贫困群众中间;开展丰富多彩的文艺活动,以举办"青歌赛""才艺大比拼""书画展""送春联"等方式,释放文艺力量,开发脱贫攻坚智力……

　　在阵地建设上,镇雄以"从无为到有为"向"从声响到声色"的强势过渡,打造人口大县与众不同的"大"和"美"。

　　"过去,全县文化活动载体较少,群众文化生活相对匮乏,已有的设施不能满足人民群众日益增长的对丰富多彩的文化生活的追求和向往。为进一步补齐短板,打造平台,县委宣传部多方筹措资金、争取项目,在上级各部门的关心支持下,我县文化基础设施建设实现了新的突破,取得了新的成绩,这些成绩一定程度上'富'了群众脑袋,提升了群众的获得感和幸福指数。"县委宣传部部长李恩翠说。

　　5年来,多方争取项目、筹措资金,推进文化惠民工程,在"富"群众脑袋的同时提升群众的获得感和幸福指数。争取资金780万元,实施"贫困地区百县万村综合文化服务中心示范工程"30个,实现了乡镇(街道)全覆盖;争取资金799万元,在全市范围内率先组织实施应急广播体系建设项目,30个乡镇(街道)254个行政村全部安装了乡镇和村平台,并安装了245个自然村终端及4个应急避难点,全县广播电视覆盖率达到99%以上的脱贫出列标准;累计建设农家书屋244个,覆盖城乡,辐射到村。通过健全考核督查制度,实行"星级化"管理,按每年每个书屋不少于60册的标准定期补充更新图书,推出"农民点书我买单"的贴心服务,最大限度地满足群众的阅读需求;争取中央文明办向全县卡户赠送电视机24163台,组织发放到户、安装到户、调试到户,解决了贫困群众看电视难的问题,保障了贫困群众的基本精神文化需求……

一个地方,人的思想意识的觉醒,往往是从某种现象诞生之日开始的。镇雄是一个"民间色彩"异常突出的地方,镇雄的文化产业、文学艺术在不断的提速与嬗变中,慢慢成为一种地域标志,具备了成为镇雄文化名片的潜质——镇雄紫砂石、尖山刺绣等产品,成功入驻深博会、云南文博会、金沙江奇石博览会等展会,成为新的经济增长点;镇雄的文学艺术从某一天开始声名鹊起,创作活力日渐增强,以劳动力转移为内容的打工题材长篇小说《回乡时代》、旅游题材电影《天坑》以及一系列反映脱贫攻坚的文学作品,《一个红包》《我是镇雄人》《亲人来》等语言、声乐类作品,均具有一定影响力,文艺感染力得到有效发挥,助力脱贫攻坚的作用得以彰显。

市委下派镇雄场坝镇安家坝村脱贫攻坚工作督战队员、昭通市委宣传部干部毛利辉在他的"督战日记"中写道:

> 西藏昌都军分区副政委徐洪刚回家探亲,电话邀约我去他家耍。我在安家坝,走不了。他说他可以给我驻村的孩子们写几幅字。我说,刚哥,要不你来我的安家坝吧!
> 
> 27年前,亦是回家探亲的徐洪刚在开往筠连的一辆班车上,赤手勇斗多名歹徒,在身中14刀、肠子流出50厘米的紧迫状态下,还勇追歹徒

不放,被江泽民、胡锦涛两任总书记亲自接见并号召全国军民向他学习,并进入了思想品德课本。20多年来,在军旅生涯的空隙,徐洪刚苦练书法,颇有建树。

那天,安家坝迎来了英雄徐洪刚。出发的时候,纸墨他带了几大口袋,塞满了我车的后排,可头晚上就收好的毛笔忘记带了。我俩去村里超市买了两支小的毛笔,刚哥就在村小摆开了阵势,用浓厚的昭通普通话向孩子们问好,说了一大段语重心长的肺腑之言。

就在此时,村小李校长递过一支大毛笔,说,英雄不介意的话,可以用我这支笔。"好好学习,志存高远……"英雄挥毫泼墨,字写好了,逐一展开,和孩子们合影留念。

群山环绕的校园里,欢声笑语,久久回荡。

不得不说,偏远山村的孩子对文化艺术的渴求是纯洁到骨子里去的,全然没有一丝杂质。也不得不说,这个时代除了需要时间无法打败的英雄,更需要塑造英雄的摇篮。在这个文化复兴的美好时代,在镇雄这样的地方,我们在见证英雄传播文化力量的同时,需要摆正一副向阳开放的姿态,做一个引领文化大发展大繁荣的英雄,让山川更加明媚,让古邦换发英姿。

如果以一个时间节点来回首过去,镇雄文化助力脱贫攻坚工作的成效是明显的;如果以同一个时间节点来展望未来的话,每一位文化工作者的热情和智慧还需进一步释放和展现。如何立足新的实践、适应新的要求,更好地发挥文化服务社会、传承文明、教化育人的功能,让每一个人都在文化的观照下,建设和谐美丽乡村,让生活在大雄古邦的每一个人,都能完成诗意的栖居,又成了镇雄下一步思考和行动的重大课题——因为文化始终没有极限,在一个贫困地区,要真正盘活文化资源,推动特色文化产业建设,从而实现经济转型发展,提升贫困地区人民群众的生活水平,需要一个漫长的过程。但是,我们坚信,当一曲《我是镇雄人》铿锵唱响,百万古邦儿女的万丈豪情当托起镇雄腾飞的翅膀,广大奔忙于文化战线上的干部职工,必将以更加昂扬的姿态,在一条条泥泞的道路上留下深深浅浅的脚印,用汗水和智慧见证和记录每一个镇雄扶贫工作者、每一个平凡的镇雄人……我们不得不承认,在扶贫攻坚的大决战中,"文化"这个词,正包含着无穷的力量和情怀,激励着一颗颗不甘于贫穷和困顿的灵魂,树立着人们向往美好生活的最为坚定的理想和信念,正润泽出一个和谐而美好的未来……

## 八

2017年12月26日,《云南日报》第八版刊登了一篇学习贯彻习近平总书记扶贫开发战略思想征文的稿件:《健康扶贫是打赢脱贫攻坚战的重要保障》。

这篇稿件的来头可不小!"云南省人民政府办公厅、镇雄县委、县人民政府"的署名,足见其重要性和权威性。稿件的副标题是"形成'保险+扶贫''龙头+兜底'的健康扶贫模式,构建'3+1'的健康扶贫保障机制,有效解决贫困群众最关心的看得起病、方便看病、看得好病和少生病问题",直观、明了,让人印象深刻。

文章指出,没有全民健康,就没有全面小康。健康扶贫是脱贫攻坚战中的一场重要战役,事关群众切身利益,事关脱贫攻坚大局。实践证明,抓好健康扶贫工作就牵住了脱贫攻坚的牛鼻子,如期脱贫、全面小康就有了坚实的基础和保障。

就如何抓好镇雄县的健康扶贫工作,文章认为,精准识别、分类救治是推进健康扶贫工程的首要前提,兜底保障、精准救助是实施健康扶贫工程的治本之举,夯实基础、建设队伍是实现健康扶贫目标的重要保障,培育龙头、引进资源是提升健康扶贫质量的关键一招,预防预控、培育观念是巩固健康扶贫成果的前沿阵地。

文章一出,立即在镇雄县引起极大的反响。

"辛辛苦苦奔小康,得场大病全泡汤。"如果不抓好健康扶贫工作,不解决好贫困群众"看病贵"和因病致贫、因病返贫的问题,不解决好贫困群众乃至广大人民群众的这一后顾之忧,如期实现全面建成小康社会的目标将大打折扣。

由于经济落后、医疗资源短缺,镇雄一度医疗服务能力与水平低下,看病"远繁难"一直成为困扰广大人民的棘手难题,疾病始终是致贫返贫的罪魁祸首之一,因病致贫返贫率高达15.65%。

如何推进健康扶贫?镇雄县有自己的安排和部署。这当中,让镇雄人民奔走相告的喜事,莫过于镇雄成功引进四川大学华西医院合作办医的"头号新闻"。

在脱贫攻坚战役中,镇雄县大力实施医疗卫生教育脱贫攻坚战略,主动走出去、引进来,争取创办一流学校、一流医院,积极解决群众就医就学难题,最大限度地减轻群众就医就学负担。

在2016年成功引进云南师范大学办学后,在农工党中央的协调帮助下,经过不懈努力,2017年10月中旬,镇雄正式与四川大学华西医院签订《医疗卫生对口帮扶协议书》,开启了与这所全国著名医院合作办医的新时代、新征程。

根据协议,四川大学华西医院在位于镇雄南部新区的镇雄县人民医院(城南医院)挂牌"四川大学华西医院区域联盟中心医院",不定期选派5—8名医疗专家及管理专家到镇雄进行帮扶指导,帮助提升医院管理水平、临床医技科室管理水平和诊疗水平;根据协议,四川大学华西医院帮助镇雄县人民医院创建重症医学科、肿瘤科,对重症医学科、肿瘤科、神经外科、心内科、心外科、病理科等科室的临床及科研教学工作进行指导;根据协议,在具备相应条件后,四川大学华西医院积极为镇雄县人民医院提供远程会诊、远程查房、远程教学、远程病理诊断等技术指导和支持,并以在线为主的方式持续为其培养相关专业人员;根据协议,四川大学华西医院指导帮助镇雄县人民医院申报云南省临床重点专科建设项目;根据协议,镇雄县每年选派10名以上管理人员、30名以上医护人员到四川大学华西医院进修培训。

与四川大学华西医院的合作,离不开农工党中央的高度重视。

来自《云南日报》的消息,2019年3月18日至19日,全国人大常委会副委员长、农工党中央主席陈竺赴镇雄调研健康扶贫工作。19日,陈竺专程来到新迁建的昭通市镇雄县人民医院(四川大学华西医院区域联盟中心医院),走进骨科、儿科、重症监护室、远程诊断中心等科室,深入病房,与基层医护人员、帮扶专家和病人交流,现场听取工作汇报,了解医院规划、建设、运行情况和当地健康扶贫工作开展情况。

陈竺对云南省、昭通市、镇雄县和四川大学华西医院医疗扶贫工作取得的成就给予充分肯定。陈竺强调,农工党中央将一如既往地发挥好联系界别的特色优势,对云南脱贫攻坚给予力所能及的支持。同时,坚持问题导向,做好脱贫攻坚民主监督工作,更好助力云南脱贫攻坚。

陈竺第一次到镇雄,是在2年前。

2017年7月3日至8日,陈竺带队赴云南省开展脱贫攻坚民主监督专题调研。7月4日,陈竺率调研组来到镇雄,先后考察了建设中的镇雄县城南医院、云南师范大学附属镇雄中学、中屯镇深度贫困村齐心村和雨河镇乐利村。在城南医院,陈竺表示,一定促成镇雄与华西医院的合作,让贫困大县的医疗水平与国内一流医院接轨。

回过头来看,镇雄与华西医院的合作并没有简单地停留在挂个牌子的层面。作为一个百万人口大县,镇雄需要与华西医院进行长期的深度合作。

2019年1月10日至11日,镇雄县委书记翟玉龙率队赴四川省成都市,与四川大学华西医院洽谈前期合作办医、深化下一步合作等相关事宜,与四川大学华西口腔医(学)院对接医疗卫生帮扶和镇雄县第二人民医院合作办医工作。10日当天,在与四川大学华西医院常务副院长黄勇等进行座谈时,翟玉龙动情地引用著名作家冰心"踏着荆棘,也不觉悲苦;有泪可落,亦不是悲凉"的诗句,真诚表达了作为奋战在脱贫攻坚一线的贫困县县委书记被华西人情系革命老区县、心怀贫困群众的家国情怀所深深感动,并希望华西医院能在前期帮扶基础上,进一步加大对镇雄的帮扶力度,强化双方合作深度。会上,双方就2019—2021年度帮扶计划、成立四川大学华西妇产儿童医院镇雄工作站及指导县人民医院建立卒中中心、胸痛中心等相关事宜达成一致共识。

11日那天,翟玉龙一行与四川大学华西口腔医(学)院院长叶玲、党委书记谭静、副院长杨征等座谈,洽谈医疗卫生帮扶、合作办医事宜。会上,双方就"在线在位"帮扶、人员培训进修、暑期义诊支教和挂牌四川大学华西口腔医院定点帮扶医院及建立华西口腔医(学)院大学生社会实践基地等方面达成共识。四川大学华西口腔医(学)院将组织专家团队赴镇雄考察调研,为进一步实现对口帮扶奠定基础。这意味着继四川大学华西医院品牌落地镇雄后,在国际上享有盛誉的华西口腔一流医疗品牌也将落地镇雄,百万群众的优质口腔健康梦指日可待。

在家门口就可以得到大院名医的诊疗,对镇雄人而言,那绝对是大好事一件,用"功德无量"四个字来形容,绝不夸张。

过去,由于县内医疗水平有限,得了大病、重病,镇雄人不是往毗邻的贵州省毕节求医,就是往省会昆明的大医院看病,下四川泸州、跑华西医院更是常事。为了治病,要花去一大笔钱。医疗费是可以按政策报销大部分,可来往的车旅费、照顾病人的生活费等杂七杂八的费用,可不是一个小数目!

现在好了,在家门口就能请华西医院的医生看病,除了节约一大笔开支,还避免了长时间的舟车劳顿。当下,每每提到华西医院与镇雄合作办医这事,很多老百姓都会由衷地竖起大拇指,给县委县政府点赞!

2019年3月18日至19日,受镇雄县人民医院邀请,华西医院、上海市儿童医院等医院专家到镇雄县人民医院(四川大学华西医院区域联盟中心医院)开展门诊诊疗活动。

两天里,在医院的专家诊疗楼层,一大早就来了很多候诊的群众。他们在候诊区内有序排队,在医院工作人员的引导下办理注册就诊卡、预约挂号,然后等候呼号进入专家诊疗室。一名候诊群众兴奋地告诉我们,此次诊疗活动太方便了,既节省了时间,又减少了开支,而且就在家门口就可以得到华西专家的诊断。在各个诊疗室内,专家们耐心详细察看前来就诊病人的病情,询问病人的病史,现场对病状做出诊断,并向病人及其家属给出治疗建议。

我们了解到,本次前来开展门诊诊疗活动的15名专家分别是来自四川大学华西医院、上海市儿童医院、昆医附一院、广东东莞企石医院、广东东莞桥头医院等国内知名医院,有着精湛的专业技能和丰富的临床经验。此次诊疗内容包括胸部、神经、消化、口腔、皮肤等常见病和多发病。

从专家门诊出来后,那些就诊病人都很满意,纷纷对专家竖起大拇指,都称这些大医院的专家的确了不起。

自2018年9月以来,镇雄县人民医院已先后邀请四川华西医院、上海市儿童医院、昆医附一院等国内知名医院的专家100余人到镇雄开展了诊疗及学术研究交流培训活动15次,对保障镇雄群众的医疗健康提供了有力支持。

据镇雄县人民医院院长胡翊介绍,2年来,华西医院的专家不停地来医院进行业务指导,他们也不停地派遣医务人员到华西去医院的进修、学习,通过请进来、送出去,使医院的医疗技术和服务水平得到了明显提升,让县内群众不出家门就能享受到华西医院的优质资源。

不只是为镇雄干部职工点赞,作为一个国家级深度贫困县,镇雄能够举全县之力发展医疗事业的壮举,也得到了县外相关各方的关注。

2019年7月23日至24日,全国政协委员、农业和农村委员会副主任、中国工程院院士、中国医学科学院阜外心血管病医院院长、国家心血管疾病中心主任胡盛寿率调研组到镇雄县调研医疗卫生工作。"建了最漂亮的学校、医院,切实解决群众就学、看病难题,为你点赞!"走出镇雄县人民医院(四川大学华西医院区域联盟中心医院)大门,胡盛寿竖起大拇指,对镇雄县跨越式发展的健康与医疗卫生事业高度肯定。

胡盛寿的赞誉之词,也表达了镇雄县广大干部群众的心声。在家门口就能享受优质的教育、医疗服务,不正是大家多年来梦寐以求的事!

做实健康扶贫,镇雄的重点是实施好"三个一工程",按照健康扶贫"全县至少有一所二级甲等综合医院、每个乡镇有一个标准化乡镇卫生院、每个村有一个标准化卫生室"的要求,快速推进相关项目建设,不断夯实基层医疗卫生基础。在把县中医院创建为二甲医院、县人民医院创建为三级医院的基础上,为实现乡镇卫生院和村卫生室全面达标,2017年至今,全县累计投入资金5634万元,新建乡镇卫生院6个,新建村卫生室155个,全面完善乡镇卫生院、村卫生室功能布局和科室设置,配齐基本医疗设施设备和医务人员;2019年,整合资金357.26万元,对较为陈旧的94个村卫生室进行提质达标建设,乡镇卫生院、村卫生室基础设施实现了从"蓬头垢面"到"风仪秀整"的华美蝶变,27个乡镇卫生院和235个贫困村卫生室全部达到贫困退出基本标准要求。另外,融资9.65亿元,按三级医院标准新建县第二人民医院,规划床位1500张,当时计划2020年底完工投入使用。群众就医环境实现质的飞跃。

针对乡村医疗资源缺乏、群众看病就医往县级医院跑、县级医院人满为患的问题,积极探索医疗人才、医疗资源下沉,提升医疗服务水平、服务效率的"双下沉、双提升"县乡村一体化管理试点,推行县级医疗卫生机构托管乡镇卫生院,乡镇卫生院定期轮岗到村卫生室坐诊、指导等模式,让群众在村卫生室享受乡镇卫生院诊疗水平、在乡镇卫生院享受县级医院诊疗水平,实现小病不出村、常见病不出乡镇,真正让群众在家门口就能看得好病,切实减轻群众负担。

为切实减轻建档立卡贫困群众医疗费用负担,奋力突破"因病致穷,因穷不能就医"的怪圈,让贫困群众能够"看得起病""看得上病""看得好病",在省、市健康扶贫医疗保障政策未出台之前,设立镇雄县脱贫攻坚健康扶贫医疗救助基金,开展医疗救助。2016年至2017年,全县共救助1144户1437人次,补偿金额349.21万元;落实政策,确保建档立卡贫困人口100%参加基本医疗保险和大病保险,并按规定享受基本医疗保险、大病保险、医疗救助和兜底保障"四重保障"等优惠政策。2017年初至2020年6月30日,2295040人次贫困人口100%参加基本医疗保险和大病保险,省级财政和县级财政共资助全县建档立卡贫困人口医疗保险参保费22896.85万元;倾斜报销,全面落实建档立卡贫困人口医疗费用报销倾斜政策,2017年至2020年6月,建档立卡贫困人口就诊住院共减免报销166818.01万元;争取项目,实施"顶梁柱健康扶贫公益保险项目",进一步提高医疗保障水平,降低医疗返贫风险,2017年初至2020年7月,共计受益9433人次,获得理赔报销资金2287.88万元。

按照健康扶贫"大病集中救治一批、慢病签约服务管理一批、重病兜底保障一批"的政策要求,根据贫困患者病情、病种实际,制定了针对性的治疗方案,认真开展家庭医生签约服务、大病集中救治等工作,分批分类救治成效明显,农村贫困人口因病致贫、因病返贫问题得到有效解决。按照"四定两加强"(确定定点医院、确定诊疗方案、确定收费标准、确定费用报销比例,加强质量管理、加强责任落实)原则,做到五核准两建立(核准需要治疗人员、核准失联人员、核准已死亡人员、核准拒绝配合人员、核准无须救治人员,建立"一人一档一方案"、建立大病集中救治台账)",切实做好大病集中救治工作。与此同时,扎实开展家庭医生签约"五个一"活动(签订一份服务协议书、发放一份政策宣传单、进行一次健康体检、组织一次医生会诊、完善一份健康档案),重点做好常驻贫困人口和高血压、糖尿病、严重精神障碍、肺结核四种慢性病患者健康服务与管理,不断提高服务质量。

针对旧府鲁家院子、高山大地、南台呢噜坪、母享集镇、碗厂集镇、以勒物流城6个易地扶贫搬迁安置点搬迁量大、群众医疗保障矛盾集中、死角频现的问题,根据易迁点卫生服务站功能定位和业务需求,分阶段依次合理配齐所需设施设备,方便易迁安置群众看病就医。同时,加强易迁安置点迁入人群的健康扶贫惠民便民政策的宣传,制作了健康扶贫惠民便民政策宣传小折页52000份,由各乡镇(街道)卫生院(社区卫生服务中心)分两次对易迁人群进行入户发放宣传,积极宣传华西医疗、在线医疗等优质资源,引导病患者到华西区域联盟中心医院就医,享受县域内最优质医疗服务,增强易迁人群迁入后在健康需求方面的获得感,为确保易迁群众搬得进、稳得住做出积极贡献。

通过几年来的努力,全县建档立卡贫困户三十类三十六种大病患者救治率达99.66%,全县925个家庭医生团队共签约卡户430393人,卡户中四种慢性病签约50979人,卡户政策范围内医疗费用报销比例达93.82%,群众就医支出大幅下降。

2017年12月,云南省第三人民医院。当拿到检查结果,得知自己患上乙型肝炎肝硬化时,胡林和他的父母都蒙了。

这个年轻的小伙子,家住镇雄县泼机镇平天村鱼塘村民组,半年前刚从临沧师范大学毕业。由于家庭困难,他一边在昆明世纪水汇从事管理工作维持生计,一边信心满满地备考教师岗位,他和他的家人正朝着充满希望的未来走去。

然而,就是这一纸诊断书,让这个怀揣梦想的家庭变得沉重和灰暗起来。

2018年,胡林先后到复旦大学华山医院、四川大学华西医院治疗,病情进一步恶化为肝癌,一个巨大的黑洞正在吞噬着他们一家。胡林父母四处张罗,东拼西凑,整整借了50多万元。2019年,胡林到西安交通大学医学院附属第一人民医院进行了肝移植手术,手术很成功,但他们一家愁眉深锁,因为花去手术治疗费42.09万元,扣除城乡居民基本医保报销封顶线15万元,还有近30万元的自付费用,让他们不堪重负。所幸村支书告诉他家,他们家是卡户,有大病保险,享受健康脱贫政策。最终,胡林的医药费通过云南省健康扶贫基本医保、大病保险、医疗救助、医疗费用兜底保障机制"四重保障"和"九个确保"各项救助措施逐一落实,他只承担了自付费用8675元。一家人卸下重担,终于有了久违的笑声。

胡林是扶贫攻坚中享受医疗保障制度红利的人,胡林家的故事,是一个濒临绝望又重燃希望的家庭的故事。在镇雄,胡林仅是从医疗保障中受益的万千群众之一。医疗保障制度,是人类社会防范疾病和健康风险的重要手段和工具,是展现社会团结与社会凝聚力、强化人力资本投资、维护社会和谐安定、保障可持续发展的重要制度保障。而如何实施好医疗保障制度,尽力降低贫困群众的疾病风险,正是镇雄县医疗保障局所有工作人员辛勤谋划、默默工作的目标所在。

为推动医疗保障尽快落实,镇雄县充分利用医保扶贫调度系统,实行一日一调度,挂牌作战工作方案,组建工作专班,分片联系乡镇(街道),督促和引导建档立卡贫困群众参加基本医疗保险和大病保险;组建四个参保完成情况检查组,到全县30个乡镇(街道)检查参保完成情况,进行查缺补漏,按时完成了全县建档立卡户100%参保的目标;全面落实"四重保障"待遇,实施"先诊疗后付费"、"一窗口"办理、"一站式"结算服务,为办事群众提供优质高效便捷的服务;千方百计缩短报账周期,简化备案程序,减轻群众负担,提高群众满意度。

2019年,全县建档立卡贫困人口门诊和住院就诊199.04万人次,医疗总费用65598.79万元,减免报销54147.21万元。其中,普通门诊和慢性病特殊病门诊就诊184.77万人次,总医疗费用10021.57万元,报销6608.04万元,报销比例65.94%;住院就诊14.27万人次,总医疗费用55577.22万元,"四重保障"共报销50140.69万元,报销比例为90.2%。截至2020年6月30日,全县建档立卡贫困人口门诊和住院就诊112.37万人次,医疗总费用34158.89万元,减免报销32151.41万元。其中,普通门诊和慢性病特殊病门诊就诊104.54万人次,医疗总费用6026.86万元,报销4019.38万元;住院就诊7.83万人次,医疗总费用28132.03万元,"四重保障"合计报销25348.17万元,报销比例为90.1%。

2013年以来,为深入贯彻中央、省、市关于脱贫攻坚的决策部署,减轻建档立卡贫困群众医疗费用负担,保障农村贫困人口享有基本医疗卫生服务,防止因病致贫、因病返贫现象发生,镇雄县着力清除盘踞在扶贫攻坚道路上的"拦路虎",认真组织和落实各级健康扶贫医疗保障政策,确保建档立卡贫困人口100%参加基本医疗保险和大病保险,并按规定享受基本医疗保险、大病保险、医疗救助和医疗费用兜底保障"四重保障"等优惠政策,充分发挥了医保的经济补偿功能,增强了贫困人口的抗风险能力,倾力解决贫困人口因意外事故、因病致贫返贫问题,为全县高质量打赢脱贫攻坚筑牢了一条坚实的健康防线。

2017年9月2日,家住镇雄县中屯镇的朱润没有像往常一样,开着运输车去拉渣土。清晨起来,他觉得双腿疼得厉害,无法下地走路。在妻子的陪护下,朱润忍痛来到镇雄县人民医院。经初步诊断,他患了血栓。

一开始，朱润不太当回事，以为找医生看了，随便吃点药，就可以解决问题。但是医生非常严肃地告诉他：这不是小事，必须马上住院检查。他在医院里住了下来，一天、两天、三天，病情始终没有好转。妻子把他送到昆明医科大学第二附属医院血液科，一番检查下来，最终确诊朱润为T淋巴细胞性白血病。医生告诉朱润，病情不容乐观："就看你能不能挺过开始的三个月了！"

一个贫困家庭，一个五口之家的顶梁柱，一个承担着家庭所有开支用度的男人，在刚刚看到生活希望的时候突然遭遇了巨大的撞击——如果病情得不到救治，这个家庭从此便会陷入生活的泥沼，看不到任何希望。

朱润挺过了最初的3个月，顽强地抓住了生命的希望，却躲不开几十万的治疗费用。家里失去了主要的经济来源，加上巨额的医疗费用，已十分困难。在最初的3个月治疗期间，家里的钱已经无法应对沉重的医疗费用。朱润的兄弟姐妹，加上妻子邓思凤的兄弟姐妹，是两个大家庭一起支撑着这场搏命的战斗。

家里能借钱的亲戚都借了个遍，巨额债务已经沉甸甸地压在了朱润妻子的肩上。2017年，为了减轻朱润的医疗费用负担，帮助他尽快脱离苦海，中屯镇将朱润一家纳入了镇雄县的建档立卡贫困户。

8个月，12次强化治疗，14次腰椎穿刺加鞘内注射治疗，其中的痛苦，常人无法想象，朱润咬牙挺过来了。

身体遭受折磨的同时，医疗费用累计了一大堆。3年来，朱润花去住院治疗费用31.77万多，基本医疗保险和大病保险报销了24.68万元，其中基本医疗报销17.11万元、大病保险报销7.57万元，但是自付费用仍然需要7.09万元。对于家庭宽裕一点的人家来说，这点钱似乎也能承受，但对朱润这样的贫困家庭来讲，却是一个庞大的数字。

朱润在昆明治疗期间，邓思凤一直在他身边照料他的日常起居。家里的一儿一女，都交给亲戚代为照管。为了缓解家里的经济压力，邓思凤抽空悄悄地在医院附近的餐馆、商店打零工，一个月最多时也只能拿到七八百元收入。"下个月的生活费怎么办？"邓思凤经常被这个问题困扰得一宿一宿睡不着觉。

2017年9月27日,云南省人民政府办公厅出台了《云南省健康扶贫30条措施》;同年10月31日,镇雄县也相应出台了《镇雄县贯彻落实云南省健康扶贫30条措施实施方案的通知》,对如何贯彻落实"30条措施"做出了明确规定。12月,镇雄县医保局联合卫生局组织县乡村医保、卫生工作人员,对2017年以来住院报销比例未达90%的建档立卡贫困人口进行"二次回补",朱润也在"二次回补"人员名单中。通过医疗救助和政府兜底"二次回补",朱润的住院费用再次报销了4.63万元,3年来累计个人自付住院费2.46万元,平均每年自付8000多元,大大地减轻了他的医疗费用负担。报销后的钱又用来还账,压力小了很多,朱润一家觉得能够承受得住了,对未来又充满了希望,脸上终于露出了久违的笑容。

民为邦本,本因邦宁。民众身心疾患的解除不仅关系个人的安危与幸福,还关系整个社会的稳定与发展。镇雄县无数扶贫干部、医护人员、医保工作者戮力同心,在共建共享健康的征途上做出了艰辛的努力和无私的奉献。5年的医疗健康扶贫,凝聚着他们的汗水和心血。每一个建档立卡户的医疗参保、每一次患者的医疗报销、每一份签约家庭医生写下的家庭健康档案,无不体现着对贫困群众就医问题上的创新、坚持、温情和尊重……毫无疑问,这是医疗健康领域在脱贫攻坚工作中做出的壮举。随着健康扶贫的深入推进,惠民政策措施的落实落地,医疗服务能力不断提高,医疗保障制度不断完善,医保功能不断强化,全县医疗保障目标得以充分实现,贫困群众真正享受到了健康扶贫带来的实惠,享受到了脱贫攻坚带来的红利,"小病不出乡,大病不出县"已然成为现实,每一个镇雄人也正从干净整洁的就医环境、完善高效的医疗保障、方便快捷的就医体验中见证着镇雄医疗卫生健康事业的蓬勃发展。

## 九

"自己不努力的话,靠谁都不行,只会穷一辈子。"精准扶贫工作开展以来，走进镇雄广大乡村，在与贫困群众交谈时，我们听到的大多是这样质朴无华的语言。当然，其中也不乏抱怨的声音："凭什么只扶他家，不管我家？"

流自己的汗，吃自己的饭，自己的事自己干；靠天、靠人、靠祖宗，不算好汉。对于大多数建档立卡贫困户而言，他们不一定知道大文学家郑板桥的这句名言，但他们都知道，要想早日摘掉贫困帽，自力更生发展生产才是根本。

显而易见的是，对于大多数贫困户而言，如果还是按老办法种庄稼，就只能解决温饱，离小康生活还差得远。

发展生产，首先是要让贫困户有一技之长。

近年来，为了让更多的建档立卡贫困户拥有能持续稳定脱贫的一技之长，镇雄县大力开展精准扶贫劳动力技能培训，为助力全县贫困家庭脱贫致富做出了卓有成效的工作。如今务工收入已成为贫困群众"两不愁"的重要保障，也成为他们脱贫致富最主要、最有力、最有效的支撑。

镇雄县的技能培训工作的特点主要体现为"五个必须"，即培训对象必须精准，确保建档立卡贫困户家中有培训需求的劳动力至少有一人参加培训；培训方法必须创新，确保贫困户劳动力掌握至少一门实用技能；培训工种必须丰富，让贫困户劳动力根据自己的意愿选择培训工种的空间更大；培训后服务必须优质，积极做好镇雄籍民工跟踪服务工作；培训监管必须严格，确保培训和项目资金用在实处。

2017年2月20日，在雨河镇乐利村村委会的一间会议室内，戴着红色帽子的雨河镇乐利、龙井、官庄村的20名妇女，正认真地聆听如何从事家政服务的免费课程。

作为一家以百货零售业为主营业务的百货零售集团，银泰集团在自身取得长足发展的同时，始终坚持公益与商业融合，把商业目标和社会责任结合起来，并决定对镇雄实施脱贫攻坚对口帮扶。开展免费技能培训，就是其中的一项重要举措。

银泰公益基金会秘书长金波认为,授之以鱼不如授之以渔,希望通过技能培训,让农村劳动力掌握技能、提升本领,通过勤劳的双手摆脱贫困,走上致富之路。

乐利村举办的这次培训,由银泰集团出资,邀请山东潍坊鸿星职业培训学校教师对镇雄县建档立卡贫困户进行免费培训,分家政服务和瓦工两个工种,共培训100人。其中,家政服务培训让雨河镇乐利村、五德镇大水沟村40名建档立卡贫困户劳动力受益;瓦工培训让芒部镇松林村、五德镇五德村60名建档立卡贫困户劳动力学到一技之长。

这样的培训场景在镇雄并不少见。先参加技能培训,再外出务工,逐步提升了镇雄务工大军的技能水平。因为有了一技之长,不管是在异地他乡,还是在镇雄本地,找工难、工资低等问题得到逐步缓解。

发展生产,打造支柱产业是关键!

结合县情实际,镇雄提出建立"三围绕四跟着"机制,即,围绕脱贫攻坚布局产业、围绕产业发展布局基础设施、围绕基础建设整合项目资金和资金跟着穷人走、穷人跟着能人走、能人跟着产业走、产业跟着市场走,来带领贫困群众稳定脱贫致富。在实施过程中,将产业扶持专项资金测算到人、归口到户,再由贫困户以入股方式集中投入、打捆使用,建立"村委+合作社+贫困户"等产业发展模式,增强产业培育的精准性和可持续性,最终实现贫困户通过发展生产稳定脱贫致富的目标。

发展生产脱贫一批,是实施精准扶贫"五个一批"的措施之一。这既是动员令,也是"施工图"。要确保镇雄贫困群众如期脱贫,时间紧、任务重,镇雄县各级各部门铆足干劲,倾力而为,取得了实实在在的成效。

对于绝大多数没有外出务工的贫困户而言,脱贫致富奔小康,得有产业来支撑,否则一切都无从谈起。

脱贫攻坚以来,镇雄县根据"1+3+N"产业发展布局(1即"一县一业"竹产业;3即马铃薯、生猪、蔬菜三大主导产业;N即肉牛、板栗、水果、中药材等传统特色产业和养兔、养蜂等新兴特色产业），建立完善"双绑"发展机制（农业企业绑定专业合作社等其他新型经营主体发展，专业合作社等其他新型经营主体绑定贫困户发展）。全县引进、培育农业龙头企业57家，其中省级1家、市级13家、县级43家；农民专业合作社980个，其中"党支部＋合作社"149个，实现了新型经营主体对所有贫困村和贫困户的全覆盖。按照"企业＋合作社＋贫困户""合作社＋基地＋贫困户"等模式，带动贫困群众稳定增收。截至2019年，全县产业覆盖建档立卡贫困户115425户544150人，带动人均实现产业收入4041元（贫困户产业总收入21.99亿元，其中竹产业总收入2.85亿元，马铃薯总收入4.46亿元，生猪总收入5.13亿元，蔬菜总收入3.16亿元，肉牛等其他产业总收入3.67亿元，产业项目收入2.72亿元）。

2015年以来，全县累计投入产业发展资金13.34亿元，覆盖贫困人口89.35万人次，通过资金入股、土地流转、劳务用工、订单农业、代养等方式，带动人均增收500元以上。

## "竹"梦路上，拿下"春天"经济

前些年，镇雄县杉树乡、碗厂镇的农民，就把致富的希望锁定在漫山遍野的竹子上。

2017年2月4日，《人民日报》头版刊发了一则题为《我的存款在山上》的新闻，讲的就是以镇雄县杉树乡细沙河村苗族汉子张江海为代表的当地群众，在云南省林业厅的帮扶下，通过发展竹笋产业脱贫致富的故事。这则新闻的结尾，是张江海指着满山的竹子，对《人民日报》记者说："靠山吃山，吃得长久才心安。我的存款在山上。"

两年多的时间过去了，杉树乡细沙河村又迎来了几位中央电视台的记者。这次，他们是来免费为镇雄的特色产品"云笋"拍广告的。"乌蒙山区的青山绿水间，孕育着中国罕见的野生云笋。品味春天的味道，彩云之南出云笋。"

从2019年5月13日起，这则精准扶贫广告在央视15个核心频道连续播出，平均每天的播出频次近20次，播出一整月，2019年6月12日截止。

由于中央广播电视总台的联动效应，"镇雄云笋"精准扶贫广告也将延伸到中央人民广播电台进行同步播出，播出日期为5月1日—5月30日。播出频道包括中国之声、经济之声以及交通广播三个频道。

负责拍广告的央视记者刚走不久，负责网络直播的央视记者又来了。2019年6月14日，"2019中国电商扶贫行动"第二站走进镇雄，央视财经频道栏目组走进镇雄县杉树乡细沙河村云笋加工基地，以网络直播的形式，再现云笋系列产品的生产、加工、储存等，宣传推介以云笋为代表的明星脱贫产品。当天的活动，央视财经微博、微信和"今日头条""百度百家""一直播"等新媒体平台也进行了同步直播。

这么多媒体平台缘何如此关注云笋？原来，依靠得天独厚的地理位置和气候条件，香脆可口、清甜爽嫩的原生态山竹笋，已成为镇雄县贫困群众脱贫致富的助推器，云笋的品牌越来越响亮。

直播中，记者从一桌丰盛而又独具特色的全笋宴开始，全面展示了云笋各个系列产品。随后，记者走进产品展示厅、加工生产车间，通过直播镜头，现场展示了腌笋、存储、洗笋、脱盐、蒸笋、切笋等一道道生产工艺，一步一步揭开了云笋的神秘面纱。同时，记者还向网友呈现了竹笋手工切片切丝等生动有趣的互动比赛。

直播过程中，镇雄县委书记翟玉龙还为云笋、云栗、云蜜、核桃、白茶、蚕丝被等镇雄明星脱贫产品"打call"（做广告），向广大网友介绍镇雄的脱贫攻坚、产业发展、生态文明建设等工作。翟玉龙告诉网友，在镇雄的青山绿水间，小小竹笋已成为当地群众脱贫致富的一大支撑。2018年，全县鲜笋产量1.5万吨，笋总产值1.2亿元，为部分区域户均增收8000元以上。

"镇雄为何把云笋作为全县扶贫主打产品？"

面对央视记者的提问，翟玉龙说："镇雄大多数地区是山区，为兼顾生态保护与产业发展，把竹产业作为全县'一县一业、一县一品'的主打产业来发展建设，云笋产品就是发展竹产业结出的一个硕果。"

县委书记在央视向全世界推介镇雄的农特产品，在镇雄可是一件从未有过的事。当天，这条消息刷爆了镇雄人的微信朋友圈。大家都认为，有这样的传播力度，何愁云笋、云栗、云蜜等镇雄明星脱贫产品不火！何愁镇雄的产业发展走不出一条可持续发展的路子！

做大做强竹产业，对于镇雄的脱贫攻坚来说是一个强大的产业支撑。截至2020年9月，镇雄竹产业发展也初见雏形，竹林保有面积已达65万亩，除杉树、碗厂、花山、牛场、罗坎、盐源、以古、林口等重点分布区外，其余乡镇、村（社区）均有不同规模的分布，竹业覆盖3.56万户13.53万名群众。年鲜笋产量突破1万吨，笋总产值实现9000多万元；竹材产量800吨，实现产值320万元。有竹笋经营企业10家，年鲜笋加工能力超过了8000吨，主要以清水笋、开袋即食笋等系列产品为主。

这些年来，为做"细"竹产业，镇雄县委、县政府着力培育龙头企业，推进品牌建设。通过招商引资，引入黑颈鹤生物开发科技有限责任公司，培植以方竹种植和竹笋加工为主的市级龙头企业。该公司已完成标准化方竹种植基地1万亩，带动杉树、碗厂两个乡镇农户种植方竹10万亩，带动农户2000余户，户均增收8000余元。在杉树乡细沙河村投资3655万元建设完成一条年产3200吨鲜笋的全自动标准化生产线，解决固定就业65人、临时就业2000余人，固定员工人均年收入3.5万元，临时员工人均月收入3000元以上。在碗厂建设占地面积60亩的笋加工厂，其中一期新建生产加工区约1.5万平方米、研发中心综合楼3000平方米、产品展示展销区4000平方米，建设周期计划半年；二期开始投入建设生产加工区1.5万平方米及相应配套设施。建设总投资约4000万元，目前笋厂建设基本完工。

这些年来，为做"恒"竹产业，镇雄县委、县政府多方筹措资金，加大产业投入。2019年，通过积极争取上级项目资金和整合县级产业扶贫资金，整合县级资金1782.98万元，对全县5.94328万亩低效笋用竹林进行提质改造；整合县级资金1238.16万元，对新种植的8.22514万亩幼竹林进行除草扩塘、施肥和盖膜；整合县级资金1730.92万元，在竹子基地建设营林生产管护道116.3千米，建设管护房10间。2020年，完成林产业抚育24.1896万亩，其中幼竹林抚育15.5299万亩；建设营林生产管护道300千米、管护房30间，完成投资4944万元。项目的实施，有效推动了全县的竹产业向规模化、专业化、品牌化方向发展,竹产业正在成为竹区群众脱贫致富的支柱产业。

2020年秋笋收购已近尾声,碗厂镇庆坝村村民杨发全说:"今年收成还行,我家17亩收了5700斤,卖了2.5万元左右。"庆坝村村民张廷富抢着说:"我家15亩,有5200斤左右,卖了2万元多一点。"杉树乡细沙河村火山村民组的贺大林说:"今年收成不太好,我才有6万元不到。"白岩村张明辉接过贺大林的话说:"你家算好的了,岩上吴远强、杨邦富和我三人都才只是三四万元呢!"……村民算账是谦虚的,内心的满足写在了脸上。

"云晴天宇阔,山静水声幽。竹海邀夕照,峰峦醉客流。"镇雄作为赤水河的发源地,赤水、夕照、峰峦、竹海是这里最美的风景。在这片广袤的土地上,作为真正的"绿色银行",气势如虹的镇雄竹产业,正带领广大"竹农"走向更加美好的未来。

## 地头"金疙瘩",家中钱袋子

"吃洋芋,长子弟。"这是镇雄人用以自嘲的一句话。在镇雄,洋芋是多年来人们的"救命疙瘩",广大农村因为有易种易收的洋芋,才不至于在突围贫困的艰辛历程中倒下。

时间进入2018年3月中旬,洋芋无意中"火"了,上了镇雄新闻网的"头条"。"洋芋"是镇雄民间对马铃薯的普遍叫法。"小家伙"引起社会的广泛关注,成了"大热门",看似突然,实则正常。近年来,镇雄县把马铃薯产业作为农民增收、精准脱贫的支柱产业来抓。镇雄马铃薯种植面积位居昭通市各县区之首,是镇雄仅次于玉米种植的第二大粮食作物。

深秋时节,正值马铃薯收获期。五德镇鹿角坡村马铃薯基地已经看不见马铃薯的枝叶,一垄垄的马铃薯已经成熟,正待挖收。作为助力脱贫攻坚发展的产业之一,马铃薯已成为鹿角坡村群众脱贫致富的"金元宝",拓宽了群众增收致富路。

鹿角坡村大麻村民组的殷仁权一家五口人,是建档立卡贫困户。曾经因为患有慢性病,殷仁权无法外出务工。2018年起,村民们把大部分土地流转给了镇雄县祥宏农机化种养殖农民专业合作社种植马铃薯。殷仁权家7

亩土地也以每年 2700 元的价格流转给了合作社，他在马铃薯基地务工，管理仓库、组织种植、挖收等。活不累，但收入不低，一年能挣 4 万多元。其他时候他还可以在家附近打零工，每年也能有两三万元的工资。这让殷仁权感到很满意，一家人的生活也是过得红红火火的。

2020 年，祥宏农机化种养殖农民专业合作社共流转土地 500 亩种植马铃薯，经测产亩产为 2.6 吨。为了推动全村马铃薯产业更加专业化、多样化和标准化，鹿角坡村还专门引进了"青薯 9 号"，延长贩卖周期，进一步降低了市场风险。

鹿角坡村双山村民组的代元斗老人一家有 10 多亩土地，由于土地不平，多是山地，机械不能操作，老人便从合作社免费领来种薯种植，在合作社技术人员的指导下，产量比之前的传统种植提升了很多。看着堆在楼里的一个个"金元宝"，代元斗老人乐得合不拢嘴。

近年来，昭通市委、市政府把发展马铃薯产业作为助推脱贫攻坚的六大农业产业之一，对发展马铃薯产业进行了全面系统的安排部署。镇雄县委、县政府高度重视，紧紧抓住国家大力推进马铃薯主食化战略契机，利用贫困山区土地多和马铃薯产业门槛低等特点，把马铃薯作为农业产业扶贫的三大主导产业之一，出台了马铃薯产业助推脱贫攻坚的意见，制定马铃薯生产技术标准，狠抓种薯繁育、示范样板、基地打造、精深加工及组织、投入、技术等保障工作，着力推进由注重马铃薯生产向产业培育转变，把"小土豆"做成"大产业"。

如何打造"大产业"？镇雄有一套结合实际的方法。首先，积极申报马铃薯高产创建、马铃薯极量创新、马铃薯栽培试验示范等项目，通过不断试验示范，将积累的栽培经验付诸实践，其中高厢垄作、双行垄作、测土配方施肥及病虫害统防统治、全生物降解膜覆盖等栽培技术被广泛应用于生产，还特别制定了相应的绿色高产高效种植技术规范，大幅提升马铃薯标准化生产水平和农户种植水平。其次，在建好种植基地的基础上，充分考虑气候、地理等条件，解决马铃薯在镇雄不同区域增加农民收入和消除贫困中存在的关键性技术问题，规划布局适宜马铃薯种植的区域，加大机耕路、排涝沟、灌水池等必要设施的建设力度,推动马铃薯规模化、标准化生产。在这方面,重点打造了以泼机、林口、芒部、花山、以古为核心,覆盖周边乡镇的五大商品薯种植区45万亩,其中鲜食马铃薯20万亩、加工型马铃薯20万亩、饲用型马铃薯5万亩。与此同时,精心打造能充分展示马铃薯产业组织化、规模化、标准化发展的核心示范区,充分发挥农技推广的示范引领作用,提高马铃薯生产水平,辐射带动全县马铃薯产业整体提升。重点在马铃薯主产区建立品种展示和配套栽培技术试验示范基地,围绕马铃薯产业需求和节本增效,重点建设马铃薯标准化种薯繁育示范基地3000亩。在五大商品薯生产区建设马铃薯绿色高产高效千亩示范田5片,建设马铃薯千亩极量创新试验区1个,"早春马铃薯+青饲玉米或特色经作"两季净种模式千亩示范样板亮点工程2片,马铃薯品比试验区2个、肥效试验区2个、病虫害防治试验区2个。依托高度组织化,精确把握各类区域的马铃薯种植节令,最大限度避开降雨集中时节,降低晚疫病和田间烂薯风险。建立气象、防雹等部门高效协作工作机制,提高极端天气等自然灾害应对处置能力和效率,尽最大努力降低极端天气对马铃薯产业的不利影响,减轻马铃薯种植过程中的灾害损失。充分考虑马铃薯产业发展的现实需要,制定相关鼓励政策,"有能人找能人、没能人找村委",精选扶持一批想做、会做、能做的马铃薯产业经营主体,加快培育善经营、懂管理的马铃薯营销户或职业经纪人,以农民专业合作组织为纽带,形成共享共赢的利益联结机制,实现小农户生产和现代农业共同发展。加强马铃薯交易市场和仓储设施建设,开拓比邻县的西南片区市场和对口帮扶镇雄的东莞市华南片区市场;建立"马铃薯专业合作社+营销经纪人+网络信息平台+产品批发市场"立体营销网络,探索"产前签订单,产中推技术,产后抓营销"生产组织模式,构建了集产、供、销于一体的市场流通机制。

2020年,按照产业扶贫规划,镇雄全县种植马铃薯74万亩,鲜薯总产量137万吨,实现收入16.44亿元。工作中,各级各部门精心组织,认真落实"良种+良法""合作社+贫困户""党支部+合作社"三个"全覆盖"要求,组织群众大力发展马铃薯产业,在贫瘠的土地上种出脱贫致富的"金疙瘩"。

镇雄的马铃薯种植,实现了三个"全覆盖"。一是"良种＋良法"全覆盖,实现种植标准化。通过县外调运、县内自行繁育相结合,实现了马铃薯良种种植全覆盖。五德镇鹿角坡村代前坤家有土地17亩,过去自种马铃薯撑破天也只能达到0.8吨/亩,2020年,在祥宏农机化种养殖农民专业合作社的带动下,9亩土地流转给合作社集中繁育种薯,剩余8亩也在合作社的指导下按照良种良法自种了马铃薯,仅马铃薯一项就增收5.22万元,顺利实现脱贫。二是"合作社＋贫困户"全覆盖,实现经营市场化。按照"有能人找能人、没能人找村委"的思路,通过能人领办、村干部创办两种途径,全县29个乡镇(街道)成立马铃薯专业合作社,马铃薯主产区农户全部加入合作社,通过"合作社＋贫困户"模式,实现小生产与大市场有机联结,提升生产水平和经济效益。林口乡林口村邓声仲家每年都要种植马铃薯15亩,过去收获的鲜薯除了人吃、喂猪外,基本卖不出去,每年要白白烂掉4吨左右。邓声仲说:"2020年好了,村里成立了军巴种植养殖农民专业合作社,马铃薯挖出来就有人到地里收购,家里除了留足人吃的外,卖出20吨,马铃薯产业增收2.8万元。"三是"党支部＋合作社"全覆盖,实现高度组织化。在马铃薯产业发展过程中,充分发挥村级党组织在合作社、薯农之间的桥梁、纽带作用,通过党支部开展群众宣传发动、合作社运营监督,实现村集体、合作社、农户共赢发展。2018年,五德镇鹿角坡村祥宏农机化种养殖农民专业合作社在村党总支的宣传发动下,开展马铃薯二级种薯繁育800亩,平均亩值2.5吨,是传统种植的2.5倍,极量创新地块亩产达到4.23吨。合作社实现纯利润100万元,带动380户贫困群众获利267.8万元,实现全部脱贫;村集体获得经济收益5万元。"党支部＋合作社"模式在带富群众的同时,也解决了集体经济"空壳村"问题。

良策雄开新画卷,古邦盛产"金疙瘩"。镇雄县在马铃薯产业发展的道路上,凝心聚力,交出了带动广大群众增产增收的良好答卷,如今马铃薯产业在大雄古邦已开出了鲜艳的花,结出了丰硕的果。

## "猪"来运到,有利可"突"

喻杰是四川泸州人,30岁出头,是镇雄县雄泰农业开发公司的法人代表、中屯镇郭家河村养猪场的场长。作为一位"外来和尚",这位从事生猪养殖多年的商人经过反复考察,改变了最初的经营方向,不养生猪,改养母猪和仔猪。

太湖猪是世界上产崽数最多的猪种,享有"国宝"之誉,但肥肉偏多。喻杰的养猪场在购进太湖猪后,与镇雄本地种猪进行杂交,以提高太湖猪的瘦肉含量,迎合镇雄市场。2019年,养猪场实现母猪存栏1000头、仔猪出栏3万头的目标。

雄泰公司也好,养猪场也罢,商人的目的是赚钱,但在这个养猪场的大门口挂有两块牌子:"镇雄县青畜农民种养殖专业合作社""镇雄县柳昌农民养殖专业合作社"。养猪场虽然选址在郭家河村,但合作社的社员是青山村的265户965名建档立卡贫困户,他们将90万元的产业发展资金进行入股,参与盈利分红。

喻杰表示:1年下来,如果养猪场没有赢利,贫困户也有保底收入。如果养猪场赚了,贫困户还可以分红。也就是说,养殖场为贫困户降低了不少市场风险。

按照喻杰的规划,今后,公司将在包括贫困户在内的农户中推行"家庭养殖场"模式:在自愿的前提下,公司为农户免费提供断奶一个月的仔猪以及养殖技术、饲料,农户负责喂养到约定的时间后,公司将仔猪回收,并支付给农户约定的资金,从而实现双方互利共赢。"在公司的指导下,老百姓只需要两三万元,就能建起一个150平方米的家庭养殖场,可养仔猪100头。按一头分红100元计算,几个月就能赚至少1万元钱。"喻杰说。

在发展生猪产业方面,这只是一个个案。

镇雄是云南畜牧养殖大县,也是全国生猪调出大县。2019年,生猪产值达21.5亿元,占据了该县整个农业产业的"半壁江山"。按照确定的"1+3+N"产业发展布局,镇雄生猪产业作为全县三大主导产业之一,必须加快推进健康持续发展。近年来,各级各部门围绕"通过2~3年发展,生猪产值达到50亿元,逐步实现由生猪生产大县到生猪产业强县的跨越"这一发展目标,采取各种有效措施,大力发展生猪产业,经济效益不断显现。

2015年以来,镇雄利用生猪调出大县项目政策资金2314万元,扶持发展中小规模养殖场149个,吸纳社会资本6000万元以上;利用"三通一平"政策资金3126万元,吸纳养猪企业资金4.5亿元。政策引领如甘露,让有限的资金发挥了"杠杆""酵母"作用,推动生猪产业不断向前迈进。2017年以来,镇雄县先后引进佑康、民泰、根源、双猪、猪猪侠等企业入驻发展生猪养殖业,一期工程计划养殖生猪60万头。其中,佑康12.5万头,民泰4万头,根源6万头,双猪25万头,猪猪侠12.5万头。合作方式是企业自建种猪扩繁场,政府配套建设代养场,由村集体或合作社组织建档立卡贫困户与企业开展肥猪代养业务,每代养1头肥猪就能获得130~200元代养费,不承担肥猪销售和市场风险,也可按不低于投资总额的8%直接租赁给企业自养。代养费(租金)少部分用于村集体经济,大部分用于建档立卡贫困户分红。以"公司+合作社+农户"的产业发展模式,形成了以龙头企业带动生猪产业发展的大格局。

　　针对生猪产业投入不足、基础设施相对落后、规模化和自动化程度不高、良种繁育体系不健全等方面的问题,2019年以来,镇雄结合实际,投入产业资金3.9亿元,建设生猪代养场,支持龙头企业建设种猪扩繁场和原种场。养殖场建设布局规范、功能齐备,配置了自动上料、自动饮水、自动控温、自动清粪、自动换气的现代化养殖装备,养殖基础设施得到大幅度提升。

　　在创新产业资金管理办法的过程中,镇雄一改过去简单发钱发物的方式,以公司或专业合作社为载体集中投入,参与管理和分红,提高产业组织化程度;同时,重点加强养猪基础设施建设,主要建设生猪代养场与企业进行合作,由村集体(合作社)组织建档立卡贫困户开展生猪代养业务,如无能力组织代养就直接租赁给企业自养,每年按不低于投入资金总额8%进行收益。这种投资模式,兼顾了各方利益,实现了多方共赢。

　　延伸产业链条,实现产值最大化,是产业发展的长久之策。在目前没有畜产品深加工企业的情况下,鱼洞乡刘俊平野香猪养殖场、尖山根源乌金猪养殖场积极探索产、加、销"三产融合"发展模式,每年自己生产,自己屠宰加工,自己销售近千头,并成功申报注册了"俊平鱼洞"牌野香猪腊肉、香肠,

"根源"牌乌金猪腊肉、火腿、香肠,增加产品附加值30%以上,使产业得以健康持续发展,为全县生猪产业"三产融合"发展做了典范,起了带动作用。另外,招商引进的双猪公司计划在2年内建设原种猪场1个、年产30万吨饲料厂1个、年屠宰加工生猪200万头屠宰场1个,目前各项工作有序推进,为镇雄全县生猪产业真正实现高效养殖、全产业链发展输入了新鲜血液。

如今,通过招商引资和实施生猪产业项目,随着佑康、双猪、猪猪侠、根源、民泰一期项目如期投产,预计到2021年底,可新增出栏肥猪60万头,新增产值18亿元,规模化养殖比例提高到50%以上,在实现区域内猪肉食品自给的同时,每年可向县外调运生猪50万头以上,为满足人们日益增长的肉食品需求和市场菜篮子保供做出积极贡献,为后续畜产品加工提供较为稳定的优质原料,为加快生猪产业化发展、助推群众奔小康奠定坚实基础。

镇雄的生猪养殖,也有体现"镇雄特色"的地方。比如,场坝镇摩多村的做法就有点独特。摩多村贫困面大,贫困程度深,农村富余劳动力充足,劳务输出是当地群众增收的主要途径。

2017年2月,在县招商引资推荐会上,安徽满贯农业科技有限公司有意到镇雄发展生猪产业。该公司主要发展以"生猪养殖+构树种植"一体化项目为主,以沼气生产与利用、有机肥加工为辅的可持续可循环生态环保绿色农业。如果项目落地,当地农民不仅可以就近到企业上班,还能够依靠种植构树、采摘构树叶出售给企业等方式增收。对这样的产业项目,场坝镇党委、镇政府领导很是上心。经过多次对接,他们用真诚打动了投资方,安徽满贯农业科技有限公司负责人唐伟红决定让产业项目在场坝镇摩多村落地。

2017年9月,该项目顺利开工建设,总投资9000万元,流转土地500余亩,按年出栏生猪3.2万头的规模分两期建设养殖场。

建设过程中,摩多村采取"支部+合作社+基地+农户"的模式,通过土地流转、产业扶贫资金入股、劳务用工等形式,龙头带动发展生态产业,创新产业扶贫机制,示范推进资源可持续利用,实现资源整合促群众共同致富。由村党总支领办,党员牵头,成立大志专业合作社。支部负责组织,农户负责种植，合作社与公司形成长期合作，由公司免费提供"航天一号"构树苗和沼液、沼渣施肥。整个养殖基地生猪满栏需要3000亩构树提供嫩枝叶，现已建设构树种植区1000亩，其中公司基地340亩，农户集中连片种植660亩。产生嫩枝叶后采摘销售给养殖场，按每斤0.4元，每亩可产嫩枝叶6000斤计算，每亩产值2400元左右，且劳动力投入少，老人也可以采摘，没有劳动技能要求，让原本浪费的零散劳力产生大收益，鼓起群众钱袋子。

"以前种地累得要命不说，产量还不高。现在省心多了，树苗是免费的，技术有人教，肥料有人供，成熟的时候还有人专门来收购！"现在，贫困户陈兴军很是欣慰和满足。

该公司现有固定员工40余人，其中周边群众23人，建档立卡贫困户18人，月工资最低3500元，最高5000元。公司每天临时用工20余人，每人每天工资最低120元，最高150元。同时，公司还吸纳摩多村专项产业扶贫资金500万元，通过大志专业合作社入股公司，让利于民，支持脱贫。按照生猪出栏行情，采用市场化方式分红，预计收益会在8%左右，可实现收益40万元，项目覆盖的89户405人贫困家庭，年户均可增收4400多元，年人均可增收987元。

镇雄县鱼洞乡发展野香猪的故事，也值得说道。

前些年，鱼洞乡党委、乡政府与当地能人刘俊平经过反复磋商探讨，组织考察团多次到四川诚鸵公司等养殖企业实地考察，反复考察论证成效与养殖产业潜力、市场风险等情况，结合乡情，决定成立镇雄县刘俊平养殖农民专业合作社，以发展构树种植为辅助，以野香猪养殖为主打产业，带动其他企业及个体种养殖业共同发展。

2016年9月，专业合作社在鱼洞乡银厂村一个叫发石脚的村民组正式动工建设，流转荒芜的土地500亩做草山，种植皇竹草、构树、甜高粱、玉米等作物作为野香猪饲料；兴修3千米长、5米宽的村组路，并全部按标准硬化，在解决养殖场通行问题的同时，将发石脚村民组上下两个寨子50户户间道全部硬化；在专业技术人员指导下，修建了6000平方米有"产房""产床""保育室"的带地暖的标准化圈舍；新建两层办公楼，并制定了相关规章制度；依山而建的鱼塘,一改养殖场在人们心中"脏乱臭"的印象……首期投资800万元的养殖场基本建成后,鱼洞乡党委、乡政府还整合1078户贫困户涉农资金453.75万元,入股该合作社,并协议按时给贫困户分红。据养殖场管理人刘俊银介绍,随着规模的不断扩大,该养殖场已累计投入资金2000万余元。

基础设施初具规模后,很快,14头秦岭山区小野猪公猪与250头被称为"巴马香猪"的母猪,从四川诚舵公司出发,跨越千山万水,落户该养殖场。秦岭野猪抗病性强,易于饲养,巴马香猪肉质可口,两者杂交后的野香猪,肉质可口,富含维生素,还祛除了野猪腥味,极具市场竞争力。

2016年底,14头"小个子"公猪与250头"袖珍型"母猪分别以每头4300元、2400元的"千金"之躯在鱼洞乡养殖场安家。作为镇雄县有史以来第一家引进野香猪养殖的企业,刘俊平养殖农民专业合作社名副其实地成为"第一个吃螃蟹"者。虽然之前再三评估、反复论证,但面对未来风险的不可知,人们依然充满担忧:这远道而来的"不速之客",是否会伤风感冒拉肚子?是否会"水土不服""贵体有恙"?

可喜的是,在智能化设备的科学检测与专业兽医的精心管护下,猪猪们熬过漫漫隆冬,迎来2017年春夏间和煦的阳光,开始了"自由恋爱",技术人员"牵线搭桥"人工配种,所有母猪上半年陆续有孕在身。经过四个月的孕育,2017年底,2000头野香猪陆续出生。虽然时值寒冬,但由于生活在安装了地暖的保育室,加上天生良好的抵抗力,小野香猪们顺利度过那个冬天,茁壮成长。2018年至2019年上半年,在皇竹草、甜高粱与构树叶、玉米及麦麸、豆粕等原生态饲料"招呼"下,长到180斤左右的野香猪出栏了。

一年半长180斤!刘俊平说,这便是鱼洞野香猪有别于普通猪种的地方,不用添加催眠催长的饲料喂养,所有饲料在养殖场流转的草山上种植生产,不用化肥不打农药,保证野香猪肉质"原生态"的同时,不追求经济利益最大化,用养普通猪3头的工夫,精心养育1头野香猪。事实证明,由于采用先进的管理技术与喂养技术,智能化养殖在提升产品质量的同时,保证了合作社"有利可图"。

如果不是非洲猪瘟这场意外"考试",养殖场将会按照之前与四川诚舵公司签订的合约养殖、销售野香猪——由专业合作社负责喂养,诚舵公司以每斤37元的价格统一收购。但非洲猪瘟的意外横行,给野香猪常态化饲养增添难度,疫情防控、销售都面临危机,一旦有猪瘟病毒进入养殖场,就会给2000余头种猪、野香猪带来"灭顶之灾"。针对这种隐患,刘俊平一声令下:养殖场实行全封闭式管理,所有闲杂人员禁入养殖场,场内的20余名工作人员不经报备禁止外出;所有人员的生活物资统一由养殖场提供,禁止采购市场上的猪肉,一律食用养殖场生产的肉,玉米、洋芋、瓜果等一律使用养殖场自种自产的,对于必须从外面购进的物资,实行统一安全化采购。

全封闭,意味着最大限度杜绝病毒感染,同时物资也进不去,但每天两三千张猪嘴巴可不管这些,每天三顿科学化喂养一顿也不能少;疫情之严重,更意味着即将出栏的肥猪外销到诚舵公司的计划化为泡影。关键时候,养殖场储备的40吨青贮饲料派上用场,野香猪的吃喝解决了。但是出栏猪运不出去,怎么办?

难题当然由鱼洞乡党委、乡政府解决。那么多的日子费劲吃苦担风险,即将出栏的野香猪不能外销,可怎么"吃香"?他们找来刘俊平反复合计:销售不到四川,得先在县内吃香!说干就干,该乡在镇雄县城新村小区农贸市场设立了销售点。然而,新的问题又来了,这野香猪在镇雄销售可是"大姑娘上轿——头一回",在消费者眼中到底是"香"还是"臭"呢?何况价格不菲!不管了,为了把所有达到出栏条件的野香猪卖出去,他们一边设置销售点,一边录制宣传视频,在自媒体与销售点上滚动播出反复宣传。同时,建立微信销售群,从领导到工作人员频发朋友圈,专门的"宣传员"与"送货团队"保证了市场咨询与销售渠道无障碍沟通。

每斤野香猪肉只比普通猪肉贵3块钱,再加上"现烤野香猪"等独辟蹊径的经营之道,野香猪肉一进销售点就被抢购一空。野香猪肉以"高大上"的档次与"接地气"的价格,赢得了市民们的青睐。2019年底,2000余头出栏野香猪销售一空。

截至2020年7月,养殖场出栏的5000头肥猪,已销售完4000头,其中600头远销四川,剩下的还不够年内市场供应,野香猪总算开始"吃香"啦。

当然,鱼洞乡的野香猪养殖,还面临着市场知名度不够高、消费者受众有限、养殖周期较长、成本过高等发展"瓶颈",野香猪要真正"吃香",特色农产业要取得长足进步,还有很长的路要走。

## 耕田陌上,农家有"菜"

盛夏时节,一个个整齐的大棚,一棵棵鲜嫩欲滴的白菜,一丛丛青翠诱人的香葱,一垄垄火红火红的辣椒遍布在大雄古邦广袤的田野间,孕育出无限生机。蔬菜产业的发展,为广大贫困户铸就了脱贫致富的梦想。

蔬菜种植在镇雄时间久远,春季多套种于种植苞谷、马铃薯等的地里,秋季净种于房前屋后园地或冬闲地。长期以来,蔬菜多为农家自种自食或用作饲料,唯县城周围及各乡镇集散地附近的农户才专门种植上市销售,种植面积及上市量不大。

近年来,镇雄将蔬菜作为重点发展的三大产业之一,通过基地项目示范引领,公司(合作社)、能人带动,因地制宜,科学规划发展商品蔬菜种植,推行五化措施,即产业布局区域化、基础设施规范化、品种良种化、生产过程标准化、生产经营组织化,有效带动了全县蔬菜产业的发展。

目前,全县已形成以乌峰、中屯、赤水源、芒部、木卓、母享等乡镇(街道)为中心的夏秋补淡型商品蔬菜基地,以五德、罗坎为优势生产区的低矮河谷冬早商品蔬菜基地,品种结构主要是叶菜类、茄果类、瓜类,种植种类主要有辣椒、白菜、青菜、西蓝花、甘蓝、莴笋、茄子、西红柿、黄瓜、萝卜等蔬菜优良品种。每年有5000吨左右蔬菜销往昆明、贵阳、重庆、宜宾等地。

2016年,朝晖种植专业合作社"喜门红"蔬菜产品(黄瓜、茄子、辣椒、西葫芦、番茄)通过中国绿色食品发展中心绿色食品认证。2019年,长合蔬菜种植专业合作社的白菜获得绿色产品认证并注册了"源赤"商标。2019年,全县蔬菜种植面积达32万亩,总产量48.75万吨,产值9.75亿元;全县有涉及蔬菜生产的专业合作社(公司)45家,蔬菜生产产值仅次于粮食。

进入7月,林口乡木黑村的第一茬香葱开始采收了。放眼望去,葱田里泛着绿意,生机勃勃。几十名工人正忙着收获香葱,他们有的在采收整理,有的在清洗捆绑,田间地头散发出阵阵浓郁的葱香。

2020年,林口乡将昭通葱源农业开发有限公司成功引进木黑村,建造香葱基地,大力种植香葱。按照公司的规划,在木黑村2年内种植香葱将达3000亩,在已种植300多亩的基础上,计划年内种植面积扩大到1500亩。香葱每年可循环种植三茬,属于传统的劳动密集型产业,用工需求量大,用工种类多,可以帮助群众实现就近就业务工。香葱基地负责人杨彪介绍说:"基地从种植到采收,每天务工需求量将达到500人以上,一年用工天数可以达到180天。从今年情况看,务工者平均工资每天在120元以上,一年三茬种下来,带动老百姓总的就业收入就在1000万元以上。"

得益于香葱基地的建立,木黑村的群众除了获得每亩500元的土地流转费外,在当前严峻的就业形势下,在家门口就找到了就业岗位,拓宽了增收渠道。

小香葱能远销大市场,与林口乡木黑村大力发展香葱产业分不开。2018年,林口乡领导班子积极探索如何利用土地资源和剩余劳动力优势搞好产业发展,认为要搞产业发展,必须以供给侧改革和产业结构调整为重点,按照"人无我有,人有我优,人优我特"的思路,实现产业发展、农民增收、企业增效、财政增长多重效应,要做到政府、企业、合作社、农民齐发力,让林口现代农业驶入发展快车道。在讨论适合发展什么产业时,扶贫办主任李光怀提议说:"以我在林口工作10多年的经验来看,目前只有木黑村拥有产业发展的土地和劳动力资源双重优势。"但发展什么?如何引进企业?一连串的难题困扰着大家。

行胜于言。乡领导班子派出了以李光怀为代表的考察队伍,去玉溪、毕节和泸西等地学习和考察。大家都认识到香葱种植不仅可以带动大量劳动力就业,且种植投资回报率相对较高。2019年11月任木黑村党支部书记的李光怀对考察学习时的判断非常自信:在木黑村,虽然气候相对较差,但一年仍可种植三季香葱,1亩保守产值可达8000元,如果连片种植规模大的话,收益是相当可观的。

经过多方考察,乡党委、乡政府决定走农业产业标准化发展之路,树香葱产业特色品牌,与有实力的昭通葱源农业开发有限公司合作,一定要实现"产得出、卖得掉、效益高"的目标。葱源公司认为林口乡木黑村气候、土壤和水资源等自然条件完全符合发展香葱种植的相关要求,为确保万无一失,与云南地汇农业有限公司达成战略合作伙伴关系,进一步完善了香葱种植技术细节,拓展了香葱销售网络。2019年10月,昭通葱源农业开发有限公司与林口乡党委、乡政府签订土地流转协议,在木黑村流转土地3000亩建立香葱种植基地。

基地建成后,为使不能外出务工的劳动力实现就近就业,林口乡党委、乡政府多次组织开展香葱种植技能培训,培训内容涉及农机操作、土地整理、喷灌技术、种植、田间管理、香葱洗选及包装等业务技能,受训人数1000多人,有效地为香葱基地的发展提供了人力资源保障,同时也促进了群众思想观念的转变,让科学种植理念深入人心。

昭通葱源农业开发有限公司于2020年4月底启动种植计划,投入2000万元用于香葱种植。7月,第一批小香葱开始上市,远销上海及江苏、湖南和江西等地。1000亩香葱年产三季,每亩年产约7500公斤,按均价每公斤4元算,亩产值可达3万元,年产值可达3000万元以上,实现利润1800万元。目前,葱源农业木黑香葱基地已辐射带动周边300余户贫困家庭实现就近就业,其中建档立卡贫困户劳动力就有200余人,年人均增收2800元左右。

高家寨的张文武身体残疾,无法外出务工,之前一直靠政府低保兜底。自从葱源农业入驻木黑村,在村干部陆剑鸣的帮助下,他来到香葱基地种葱、拔葱,从一开始的40元慢慢做到100—120元每天。现在只要香葱基地有活,他就会第一时间赶到。他经常说,现在靠自己的双手每月能挣到2000—2500元,这让他感受到了只有通过自己奋斗得来的钱,用着才更有骨气、底气。

通过努力,昭通葱源农业开发有限公司今年在林口乡香葱种植面积突破1万亩,有效带动全乡更多的贫困户稳定就近就业增收,有效巩固了高质量脱贫成果。

万亩香葱托起致富路,万众一心斩断贫困根,林口乡农业产业结构调整正以坚定的步伐向前迈进。

蔬菜采收季节,赤水源镇银厂村一派繁忙景象,割菜、扒叶、装袋、装车,劳作人员忙得不亦乐乎。银厂村是赤水河发源地,以往主要依靠以马铃薯和玉米为主的传统种植,农户收入不高。随着蔬菜、中药材产业的发展,农户经济收入大幅增加。

2016年,饶德菊成立长合蔬菜种植农民专业合作社,种植高山冷凉蔬菜,先后在尖山乡、林口乡等地种植蔬菜5000余亩。2018年3月,饶德菊在银厂村流转1500亩土地,种植大白菜。

"在合作社工作的基本是贫困户。目前,合作社固定用工中有建档立卡贫困户劳动力80人,每人每天有100元收入。除了银厂村,螳螂村等村寨的贫困户也在合作社务工。"饶德菊介绍说。

在提供技术支持的基础上,饶德菊也帮助贫困户联系白菜销路。"联系好买主,他们自己交易,卖出去钱直接给贫困户。"饶德菊说,"都是乡里乡亲的,肯定要帮衬一把。"

"有合作社还是好,我把土地租给他们,又给他们打工,一年三季蔬菜种下来,一家两个人在基地打工至少有半年时间,有2万多块钱的收入。这还不说,剩余的土地我又自己种点蔬菜,搭着合作社卖,加上养2头猪,这几年日子是一天比一天好起来了。"村民说。"农户种苞谷,除去成本,1年下来,1亩地的收入也就几百块钱。如果算上投入的工钱,1年下来没几个钱。即使种蔬菜,由于技术、销售等环节不成熟,收入也不高。"银厂村党总支书记文鹏说,"现在就大不一样了,合作社共带动银厂村225户建档立卡贫困户种植白菜,实现了增收。再加上中药材产业,今年脱贫出列完全没问题。"他的话语中透露出满满的信心。

普普通通的白菜,发展好了就成为贫困户的"百财"。从银厂村的变化可以看到,通过土地流转、规模种植、专业合作社引领,有效促进蔬菜产业发展是不争的事实。

顺赤水河而行,倮倘村绵延成片的塑料大棚不时映入眼帘,棚内绿意盎然、生机勃勃。菜农们正忙着对西红柿、辣椒、茄子等进行移栽和管护。

结合实际,镇雄县按照基础设施跟着产业走的思路,统一规划,科学布局,加强农田水利基础设施建设,近年来建设高标准农田8.63万亩,在赤水源、泼机、牛场等乡镇建设大棚1024.5亩,在芒部、赤水源、木卓、母享等乡镇建设冷库8座共3.8万平方米,有效解决了蔬菜种植中用水、灌溉以及冷库等困难和问题,为蔬菜产业的发展壮大铺平了道路。2020年,全县通过绿浪、新红利、雨河富兴源、尖山青竹梅等公司和合作社带动,按照"公司+村委+农户"模式,发展辣椒订单种植4.4251万亩。

地处乌蒙群山深处的雨河镇小洛村,曾经是一个贫困落后的村庄。2020年在县农业农村局、县扶贫办等部门的指导下,该村结合村情,大力发展辣椒产业。年初,村委会积极开展入户宣传,发放种苗、地膜,克服疫情影响;县农业农村局针对群众种植辣椒存在的技术问题,组织专家开展技术指导,提供相关咨询,召开农民科技培训会及现场观摩会,让农户掌握辣椒种植技术。依托雨河镇富兴源养殖农民专业合作社,发展辣椒种植1000亩,为种植辣椒的建档立卡贫困户争取项目支持,给予种苗、地膜补助,以"公司+基地+贫困户"模式,实行订单生产,确保销路顺畅。

7月以来,辣椒陆续上市,丰收的喜悦在小洛村的线椒种植基地蔓延。一根根色泽青亮的线椒挂在枝头等待采摘,村民在一道道田垄中往来穿行,或采摘,或除草,或提篮,或装车,好一幅繁忙的夏日采收图。

合作社理事长陈明元介绍道:"我们的市场主要是泸州、成都等周边城市,通过以销定产,保证了销路不愁。目前基地每天的采收量保持在1万公斤左右。"正在采摘辣椒的村民高兴地说:"每亩地产个三四千斤,除掉成本,每亩纯收入4000块钱不成问题。"此时,一些刚从地里摘来的新鲜辣椒被村民们分拣、称秤、装箱、装车,田间地头充满了欢声笑语。

按照"做大做强特色产业,做精做细特色产品"的总体发展思路,镇雄县把蔬菜产业作为调整产业结构、促进农民增收、推进脱贫攻坚的重点产业来培育,以"龙头企业+基地+合作社+农户"的产业发展模式,带动贫困户发展蔬菜产业、稳定增收，有力推动了现代农业的快速发展和全县脱贫攻坚进程。

## 山水间有甜蜜的蜂房

"这个产业选得非常好！能创业起步，并不断突破瓶颈发展壮大，很不容易。要力争带动更多建档立卡贫困户养蜂致富。"2019年夏天，国务院扶贫办调研组成员、北方工业大学硕士叶辉在镇雄县大湾镇仕里村养蜂基地调研时，对镇雄县金雨蜜蜂养殖有限公司发展蜜蜂养殖业的做法和业绩给予了高度肯定。

叶辉看到的当然不仅仅是重重叠叠的蜂房，也不仅仅是一桶桶金灿灿的蜂蜜，他看到的，更是一种前景——随着退耕还林政策的持续实施，镇雄的山青了，水秀了，花开了，蜜蜂迎来了适宜生长的环境，养蜂产业在镇雄绝对不会成为一种徒有虚名的"产业现象"。

在镇雄，全县30个乡镇（街道）都适宜养蜂。县农业农村局给出的数据是：2017年，全县共养蜂1.232万箱，蜂蜜产量184.8吨，产值554万元；2018年增至1.6万多箱，但罕见的气候异常导致增产不增收；2019年，蜂群增至3.5万箱左右，产值突破镇雄养蜂历史纪录，其中，金雨蜜蜂养殖有限公司发展到6000多箱，且带动了600余户建档立卡贫困户养蜂增收，是镇雄县养殖蜜蜂的成功典型之一。

大湾镇仕里村小岩村民组青年吴学刚，在大学里学的是临床医学，毕业后一直在贵州一家民营医院工作，工作得心应手，生活衣食无忧。2010年，吴学刚回乡探亲，重游从小神往的蜂桶岩，养殖蜜蜂的念头油然而生。

蜂桶岩位于大湾镇西北角，海拔1000余米，形似宝塔。相传曾有大量土蜜蜂筑巢穴居于悬崖峭壁间，是当地人采摘野生蜂蜜及收集土蜂蜜的风水宝地。

绿水青山，百花千蕊，让吴学刚看到了触手可及的亿万财富。想起家传的养蜂技术，想起镇雄悠久的养蜂历史，他毅然决定返乡养蜂，回馈家乡。在家人的一致支持下，吴学刚倾其所有，就近招募了3名专业技术人员，在仕里村养殖了200桶蜜蜂。2015年7月,吴学刚凑足100万元,注册镇雄县金雨蜜蜂养殖有限公司。

为了能发展、走得远,公司成立了镇雄县乌蒙云蜜养蜂协会,致力于镇雄本地蜜蜂养殖文化和技术的传承,弘扬蜜蜂精神,培养更多的养蜂专业人才。在县直有关部门和大湾镇党委、镇政府的大力支持下,该公司2018年注入集体资金50万元,2019年注入产业培育资金200多万元,产品通过了China GAP认证,注册"金雨云蜜""乌峰蜂蜜"商标,蜂蜜远销北京、上海、广州、深圳等,近年来一直处于供不应求的状态,先后被评为镇雄优秀民营企业、昭通市农业产业化龙头企业。

金雨蜜蜂养殖有限公司的模式,同样是"公司+支部+农民专业合作社+建档立卡贫困户",不同的是,他们和村委会、农民专业合作社、农户合作,公司负责技术服务和产品兜底销售,分红则以单个养蜂基地为单元,建档立卡贫困户占58%,公司占42%。时至2019年8月,蜂场覆盖大湾、芒部、雨河、罗坎、以古、盐源、泼机、以勒、中屯、黑树、花朗、果珠12个乡镇80多个养殖点,放置蜂群6000余箱,带动600余户建档立卡贫困户养蜂。

2016年,大湾镇仕里村大岩村民组23岁的吴祥在浙江金华某防盗门厂打工负伤,右手除拇指以外的四个指头部分截除,严重影响正常的生产生活,妻子抛下1岁的女儿走了,爷爷、奶奶和父母眼中的家庭支柱一度沦为家庭负担。

吴祥"走投无路"之际,吴学刚上门请他帮忙看管蜂场,每月给1500元工钱。工作中,年轻好学的吴祥感受到了养蜂的甜头,很快便学会了技术,决定走种植果树和养殖蜜蜂相结合的路子。2017年,他租了50亩地,全部栽上桃子、李子和猕猴桃,2018年实现了全部嫁接,长势良好。与此同时,吴祥与金雨公司合作,在林下放置100箱蜜蜂,采取以短养长、长短结合的办法发展绿色产业,从目前的情况来看,养活一家人已经不是问题。

谈到未来的打算,吴学刚说,公司将在3年内把养殖规模扩大到50000箱,在5年内实现蜂蜜产品深加工,做到生产规模化、产品品牌化、技术精细化,通过更多的渠道拓展国内外市场,实现直接经济收益上亿元,持续带动万余卡户实现创业增收目标,为脱贫攻坚做出更大的贡献。

## 药农种药,群众分红

2018年3月,镇雄乍暖还寒。在距离镇雄县城22千米的赤水源镇银厂村,呈现出一派春耕忙碌的景象,村民们正悉心打理着自己的"摇钱树"——2013亩名贵中药材。

白芨、重楼、黄精、苍术、吴茱萸……这些布满银厂村田间地头、争相吐绿的药材小苗,承载着银厂村群众发家致富的美好憧憬。给他们带来希望的,正是村里一名普普通通的在外务工能人周美虎。

周美虎是赤水源镇银厂村贾家坝人,出生于1978年。因家境贫寒,当地又没有就业渠道,高中毕业后,周美虎便被迫背井离乡外出务工。2017年春节返乡探亲,结识了当时在镇雄县种植中药材的罗飞,两人一见如故,经常相约探讨中药材种植方面的知识和经验。银厂村委会和县政协驻村扶贫工作队得知周美虎想回家创业的意愿后,积极引导和帮助,让周美虎吃下"定心丸",一颗回乡创业的"种子"在周美虎心里生根发芽。

"我的脑袋里每天都会出现一万个想法,哪怕有一个想法变成现实,我离成功都会更近一步。"为了让自己的想法尽快付诸实践,周美虎特意邀请罗飞到银厂村考察。土地、气候、环境——银厂村确实比较适合种植中药材!然而,当地村民并不看好周美虎的判断,他们认为自己世世代代在土地里耕种也没有种出什么"摇钱树",眼前这个年轻人能有多大能耐要改变传统种植科目?

万事开头难。周美虎回乡创业的第一只大"拦路虎"——前期规划土地流转涉及208户人家!为让村民们支持自己,自愿把土地拿出来给自己种植中药材,周美虎使出浑身解数也没打开局面。银厂村委会和县政协驻村扶贫工作队跟他一起一家一家地走访,多次召开群众会,反复给村民做思想工作。在多方共同努力下,种植中药材的土地问题终于解决了。随后,周美虎果断拿出多年务工打拼的积蓄,完善手续、引入设施设备、购置中药材种苗。2018年初,成立了镇雄县致济高远种植养殖农民专业合作社,中药材项目顺利启动。2019年,赤水源镇党委镇政府积极协调东西部扶贫协作资金,为合作社的基地配套建成280平方米的扶贫车间1个和占地10亩的育苗大棚一个,修通了产业发展所需的田间道。

同样,合作社采取"党支部+合作社+能人+农户"的模式,借助退耕还林政策,让农户享受相应补助,合作社贴补种苗费的不足部分,提供药材苗给农户种植,向农户订单保底回收药材。截至目前,中药材种植面积已达2013亩,其中基地种植1013亩、农户订单种植1000亩。

致济高远种植养殖农民专业合作社开启了中药材种植征程,为当地村民带来了丰厚的收益。一是农户有491亩以土地入股分红的,分红方式是以自家土地所种的药材品种,按每年收益的10%分红。如,以一亩土地3年流转金1500元入股,黄精3年能收益5.5万元,农户3年后每亩可以分红5500元。二是农户有522亩土地流转给合作社逐年获得流转金的,每亩每年得500元。三是产业资金入股合作社的,每年可分得投入产业资金在合作社收益的8%。

据周美虎介绍,合作社还为当地村民创造了较好的就业岗位,帮助当地部分村民解决了就业问题。项目带动建档立卡贫困户67人在药材基地务工,每个人从事种植、除草、施肥、浇水等工作每天可获得工资106元,平均每人每月收入2200元左右。

昔日的荒坡变成绿地,以往的贫穷成为回忆。2年多来,当地村民的生活发生了翻天覆地的变化,住房慢慢从茅草屋翻新为水泥房,电饭锅、电磁炉、冰箱、彩电逐渐进入家家户户,适龄儿童不仅能够顺利入学,还能提前送进幼儿园接受学前教育……村民们昔日脸上的愁容变成了今天的笑靥,他们对镇村干部、驻村扶贫工作队以及周美虎赞不绝口。

镇雄县致济高远种植养殖农民专业合作社很快就被当地树为农民工返乡创业的典范,赤水源镇党委镇政府对这种合作社发展模式进行大力推广,应用于蔬菜、马铃薯、方竹种植等扶贫产业发展相关领域。

"比起一桶鱼,我们更需要一根钓竿和钓鱼的方法。"周美虎说。确实,虽然国家扶贫工作惠及千家万户,各种补贴、政策接踵而至,但作为老百姓,不能等靠要，自己得有志气，有敢拼敢干的魄力，形成自己的"造血"系统，有稳定的经济收入来源，才能真正摘掉"贫困帽"，改变自己的生活，彻底扭转整个家庭的命运，正步走上脱贫致富的光明大道。

## 把小蘑菇做成大文章

2019年10月，鱼洞乡整合涉农资金200万、胜明种养殖农民专业合作社自筹资金210万，建成鱼洞乡规模化羊肚菌产业基地。

2020年8月，我们到羊肚菌基地参观，了解过去一年羊肚菌的试种情况。

在种植基地，见到管理人邓成刚，就迫不及待地问道："羊肚菌为什么每市斤能卖800元？"

"因为羊肚菌是宴席上的珍品，又是久负盛名的中药材，是'菌中之王'，很难种植成功，用我们的方言说，叫'小气'，所以昂贵。"

一问一答间，已进入羊肚菌加工车间。这是由一幢破落的烤烟收购点改造而来的厂房，左边是一间办公室，中间便是宽敞的烘焙车间，装羊肚菌的塑料兜子与规整的烘焙架子排满屋，一套占地约30平方米的设备吸引了我们的注意。

"这是羊肚菌的烘焙设备，羊肚菌干货就是通过这里加工的。去年的4000多千克羊肚菌，就有2000公斤鲜菇从这里烘烤成200公斤左右的干货，其余的鲜菇经过冷库保鲜处理等一系列工序后，再供应到鲜货市场。"邓成刚介绍。

在70立方左右的冷库里，放满了盛放羊肚菌的兜子与架子。邓成刚说："羊肚菌从地里采摘分拣后，如果没第一时间进冷库，就会变质腐烂，造成经济损失。"

羊肚菌种植基地位于两山之间，74个钢架大棚整齐划一，黑色的遮阳网呈弧形铺在钢架大棚的塑料膜顶上。8月的基地，早已收获完了第一批试种的羊肚菌，接下来将种植大棚蔬菜，实现土地使用效率最大化。

羊肚菌之所以"小气"，主要是存在选址难、技术实践难、不靠天吃饭难等难题。

种植业不靠天吃饭,的确难度不小。从 2019 年 12 月起,邓成刚的羊肚菌种植基地就先后经历了风灾、雪灾,导致产量大幅下滑。加上技术不成熟,2020 年 5 月采收的菌菇质量较差,干菇以近每公斤 680 元的价格廉价处理。

吃一堑,长一智。如今,当地对羊肚菌的种植有了新的安排和部署。鱼洞乡党委乡政府对接县农业农村局,为种植基地搭建了抗强风、雨雪灾害的钢架大棚,增置了微耕机、温度计等设备,完善了滴灌设施,为羊肚菌抵抗各种灾害加上了"保险"。

经过初次试种考验的邓成刚等人下定决心,必须尽快掌握相关技术,按照羊肚菌种植规律,抢抓时令,确保羊肚菌能在春节上市,实现平时羊肚菌每市斤 80 元到春节时期每市斤 200 元的突破,抢占市场先机。

从计划吸纳当地建档立卡贫困户劳动力 77 人就近就业,到实际长期务工 45 人;从每人每月 2000 元工资的收入支撑,到每天 100 元至 150 元不等的零工收入补充;从每亩 300 元至 500 元以上不等的土地流转价格计划创收 10 万元,到 2021 年推广至 1000 亩与带动周边群众种植的辐射效应目标,是鱼洞乡发展"小气鬼"大产业的愿景。

受本地鲜货销售量有限、规模生产需要深加工增加成本等因素制约,意味着产业发展是动态过程,羊肚菌作为鱼洞乡"原生态、可持续、再循环、零污染"的产业,要实现每亩 200 千克以上产量与净利润万元以上目标,还有很长的路要走。

如果说羊肚菌是菌中贵族,普通的食用菌就是菌中百姓。在脱贫攻坚的当下,不管发展哪一种,都是为了让群众增收致富,让产业发展壮大。在镇雄县芒部镇庙河村,当地用小蘑菇撑起美好愿景,强产业建设幸福家园。

谈起这个话题,就不能不提镇雄朝晖种植养殖农民专业合作社。

镇雄朝晖种植养殖农民专业合作社位于芒部镇庙河村,2010 年成立以来主要从事果蔬、中药材种植及渔业、畜牧业养殖销售。采取"支部+合作社+基地+研究所+农户"的运作方式,按照绿色产品生产要求进行"五统一管理"（统一种苗、农资、技术规程、品牌、销售），建立标准化生产基地。

目前，合作社建有生产大棚72座150亩，有育苗中心1座1.3亩，合作社生产的黄瓜、番茄、白菜、辣椒、西葫芦五个产品获得中国绿色食品发展中心绿色食品认证。现在，已获得国家商标局颁发的"云菌云蔬""昭晖""喜门红""古芒部""林多""古府人家"6个品牌50个类别的商标注册认证。

合作社法人代表任宗朝，2004年毕业于西南交通大学，2004年至2006年在昆明市建设监理咨询监理公司从事项目管理工作，2006年至2010年在西南交通大学土木工程设计公司从事设计工作，2010年担任西南交通大学土木工程设计公司昭通分公司总经理。就在学业和工作都小有成就的时候，他却不走寻常路：选择了回乡创业，为家乡脱贫攻坚助力！

朝晖人瞄准了芒部独特的自然禀赋——交通优势明显，气候呈"春迟、夏短、秋早、冬长"特点。素有"千年古府""云雾古芒"之称的芒部，非常适宜菌类繁殖，野生菌种丰富多样，其中庙河村发展食用菌条件尤为优厚。他们做足了食用菌种植技术储备，从部分群众的自给自足到部分散户的小作坊，合作社系统地对食用菌产业进行研究和深挖，通过精细打磨每个环节，科学提升传统工艺。从一个人的独自探索到拥有社员100余人、专业技术人员5名、技术工人10名；从培养料的储存到处理，从培养基的制作到使用，从生产中的冷却到接种，从食用菌的培养到储存，合作社结合现代科学技术手段，对食用菌生产流程不断进行优化。

当然，更为重要的是，朝晖人因为找准了食用菌的丰厚市场，立足芒部镇优厚的自然资源和人力条件，大力推动食用菌规模化、组织化、科学化种植。合作社建成食用菌大棚50座，建设6000立方米冷库一座、液体菌种生产线1条，能满足1000万袋食用菌生产规模；建成具有研发能力的实验室一座、China GMP标准净化车间200平方米。一步一个脚印，合作社由小变强，一改传统粗放型生产方式，精细化控制在培养中的食用菌的温度，健全各库区温控系统，还配套建设年生产菌种200万瓶（袋）的标准化灭环菌菌种场一座。

随着朝晖合作社的不断发展，在庙河村带动当地群众自发培养和种植食用菌,辐射松林、关口两村群众,提升了群众对食用菌种植的认知度、认可度和参与度。在资金方面,有效发挥扶贫资金"四两拨千斤"的作用,聚焦本地产业优势,积极投身社会扶贫,吸引了当地贫困群众就地就业,参与产业收益分红,推动建档立卡贫困户长效脱贫,真正把食用菌发展成了惠民产业。截至目前,合作社接受松林村"四位一体"资金60万元,关口村集体经济发展资金60万元、扶贫产业发展资金59.55万元,以及庙河村驻村工作队产业扶贫资金10万元。

2018年8月,镇雄县食用菌研究所、合作社党支部同时成立。通过"两新"支部达标创建,结合三会一课、政治生日、主题党日等,组织脱贫党员讲感恩教育、优秀党员讲经验方法、业务能手讲农业技术,引导广大社员和群众听党话、感党恩、跟党走,形成了组织凝聚党员、党员推动产业、产业助推群众致富的党建引领新格局。

为优化产业结构,2019年,朝晖合作社调整了产业发展方向,将香菇、平菇等产品向群众进行让渡,释放合作社产能,专注菌种配置和高附加值菌类生产。结合庙河、松林村实际,统筹民间小作坊和散户,承接普通菌类生产,由合作社提供菌棒和技术服务,群众参与市场销售,最大限度为合作社节约时间成本和销售成本,也带动贫困群众劳动增收,实现合作社和贫困群众互利共赢。

截至目前,朝晖合作社年产值将近1600万元,产业收益近300万元,其中社员分红150万元。在食用菌种植项目中辐射带动700余户农户在生产、销售、加工等环节中勤劳致富,15名建档立卡户务工人员每月收入不低于2500元。

如今,"食用菌"变成"致富菌",食用菌产业成了芒部镇乃至镇雄县带动群众脱贫致富、实现强镇富民的重要支柱之一。

## 养"有机牛",让百姓"有机可乘"

云南日报报业集团全媒体"寻走云南之昭通篇"采访组讲述了一件发生在芒部镇口袋沟村石灰窑村民组的稀奇事,是关于"有机牛"和"致富牛"的。

在石灰窑村民组的深山里,"藏"着一家由镇雄县盛农养殖农民专业合作社掌舵的生态养牛场。正是这个地方,养出了被大家津津乐道的"有机牛""致富牛"。

这些牛跟普通牛相比有啥不一样？这家养牛场又凭啥这么"牛"呢？

在绵延起伏的草山中,几百头黄牛在草地上"舞动",时而低头吃草,时而趴着反刍,时而追逐殴斗,时而"哞哞"吟唱……

在草山上,望着这群膘肥体壮的黄牛,牛主人——合作社理事长郭志胜禁不住频频点头,脸上笑容绽放。

"这群黄牛不一般,我们和群众都称它们为'有机牛'或'生态牛'。"郭志胜说,"这些牛由昭通本土特色小黄牛和西门达尔牛杂交配种而成,从小生长在当地潮湿多雨的深山草场中,实行放养和圈养相结合,吃的是没有污染、农残和激素的青草或青贮饲料,喝的是清澈甘甜的山泉水。"

经过4年的不断发展,这家养牛场规模不断扩大,建成了3410亩的人工草场、2000立方米的沉淀池、2400平方米的堆粪棚、80平方米的消毒室,共有牛舍4800平方米,储草棚800平方米,青贮窖9000立方米。

在这里,办公生活区等相关附属设施一应俱全。利用30度的斜坡将圈养牛产生的粪便和尿液导入沉淀池,让牛圈保持干净;利用干湿分离机对沉淀池里的粪便和尿液进行分离,分离出来的尿液通过水管、水泵、管网送达草山后进行有机肥灌溉,分离出来的粪渣用于山地种植牧草,给玉米、魔芋做施肥还田;堆放棚里的干粪进行发酵后,用作牧草和全株玉米等养牛饲料种植所需施加的普通有机肥,防止养牛中所产生的污染。

"在家乡发展生态养殖业,就必须保护好家乡的生态环境和生态旅游资源。"郭志胜拿出一大摞证书,如数家珍地对人们说。2015年合作社成立以来,他一直践行"生态、环保、绿色、无公害"的养殖理念,始终进行严格的质量检测与过程管控,最终让合作社的草山、青草、肉牛及加工制品均获得了国家有机转换认证证书或国家有机食品认证证书。

成立并运营3年来,生态养牛场紧紧抓住国家优化农业产业结构、加大草食畜发展资金投入和开展扶贫攻坚等机遇,养殖规模不断扩大。2017年,肉牛存栏680头、出栏408头,销售农业机械580台,总产值达860万元;2018年,存栏966头、出栏683头,销售农业机械466台,产值达1068万元;2019年上半年,养殖场存栏468头,农户领养1000多头,上半年出栏800余头,全年出栏量和总产值在上年的基础上大幅增加。

"现在,这些出栏的商品牛都是'有机牛',暂时的卖价不算高,主要是为了让更多的人吃了后爱上它,在行业内赚个口碑,为今后扩展市场,加速创建品牌。"郭志胜坦言,养殖场生产的有机商品牛、活牛每公斤卖价为20至30元,每公斤鲜牛肉卖价为70至80元,少数在本地销售,绝大部分销往北京、上海、广州等一线城市的高端牛肉市场。养殖场一直是订单式生产和加工,产品在市场上供不应求。

已经54岁的芒部镇三滴水村坡上组村民肖章俊,就在这个生态养殖场里打工,他的工作是喂养牛圈里的商品牛,每天上班工资为100元。掐指一算,他和妻子冯佑飞已经轮换着在这里打工1年多了。

"我家是贫困户,要争取在今年年底脱贫,所以要多辛苦一点才行。"肖章俊一家八口人,他和老伴没文化没技能,2个儿子智力残障,1个儿媳照料3个年幼的孙子,以前主要靠种苞谷、洋芋为生,日子过得紧巴巴的,"现在,每月能挣2000多,比种庄稼划算多了。"

"这些母牛真是我们家的'致富牛'呀!"芒部镇口袋沟村石灰窑组村民常吕贵的欢悦发自心底。2018年,他从合作社领养了4头能繁母牛。前不久,2头母牛产下了2头犊牛,市场价在七八千元,再过两三个月,另外2头母牛又要产崽了。"按规定,第一窝犊牛归我,第二窝归合作社。"

最近3年来,合作社立足"建一个场、养一批牛、富一方百姓"的发展宗旨,采取"公司+合作社+基地+建档立卡贫困户"的运作模式,通过以下几种方式和渠道,让"有机牛"摇身一变为当地群众特别是建档立卡贫困户增产增收、脱贫致富的"致富牛"。其主要做法是,流转了3400多亩在当地已经撂荒或闲置的荒地、山地用于种草养牛,不仅绿化了荒山,农户每亩每年还获得流转金50元至200元。为实行粮改饲项目,租赁了1680亩土地,种植用于加工牲畜青贮饲料的全株玉米,亩产4至5吨,合作社统一按每吨

275

450元价格回收,亩产值达1800元至2200元,亩产值比农户种植玉米洋芋高出1000元,为农户增收168余万元。当地农户就地就近来养殖场打工,日工资为80元至100元。目前养殖场有享受固定工资人员20人,每人平均月工资2000元(包吃包住),做零工的农户有时六七十人。2017年合作社发放务工农民工资65万元,周边受益农户达300余户。3年来,共发动81户农户共领养母牛463头,按照"第一窝、第三窝犊牛归农户,第二窝、第四窝犊牛归合作社所有,4年后合作社收回已无繁殖价值的母牛"的方法来助农增收,养殖户在每头母牛养殖繁殖期内每年可获得8000元以上的收入。与此同时,合作社与芒部镇的口袋沟村、新地方村、三滴水村、茶园村和芒部村建档立卡贫困户2579户签订入股分红协议,农民变股民,共吸纳产业发展资金473万余元,按8%的比例分红,每年可为全部入股贫困户增收近50万元。

2016年,合作社吸纳了口袋沟村委会的100万元入股资金,前3年每年年末分红给口袋沟村委会8万元,第4年和第5年每年年末分红给口袋沟村委会12万元,增强口袋沟村的集体经济实力,促进全村公益设施和基础设施建设。

谈及未来的发展愿景,43岁的郭志胜和他的团队清晰地确定了"今后5年内分三期走"的发展目标,目前,投资1000万元的第一期工程目标已基本实现,发展到了现有的养殖规模和相关配套设施,通过销售农用机械增加收入;第二期目标是再投资1000万元,修建6000平方米的牛舍,提升粪渣、尿液的分离利用率,实施利于放牧管理的草场护栏网分段隔开,同时再流转周边土地7000亩以上,开展有机水果种植,逐步将养殖场打造成天然生态、旅游观光的产业园;第三期目标,是投资3000万元,改善现有交通条件、坡顶草场用水紧张的状况,引进牛肉分割屠宰深加工设施设备,推行"工厂化运作",由合作社统一提供能繁母牛,采用统一技术规范、统一调配品种、统一防疫治病、统一销售经营的"四统一"原则进行饲养,通过今后3至5年的发展,实现年出栏商品牛2000头以上,同时进行"云盛农"品牌认证和推广,并通过电商把产品推向全国市场,实现年产值2500万元以上,最终把合作社打造成集生态、特色、循环养殖、休闲避暑、旅游观光为一体的现代养殖庄园、农业体验园和昭通黄牛保种繁育基地。

得天独厚的养殖场地,生态环保的养殖方法,天然有机食品的认证证书,各地食客竞相"争食"有机食品的趋势,广阔的特色农产品市场前景,与群众抱团发展的做法、思路清晰的发展规划,都紧紧抓住了国家决战脱贫、决胜小康的良好机遇……不言而喻,在一系列资源优势和利好因素的"哺乳"下,这个生态养殖场将会养出更多的"有机牛""致富牛",这个合作社也将会越来越"牛"!

脱贫致富奔小康,关键在贫困户是否有稳定增收的产业。发展生产脱贫一批,镇雄已探索出不少成功的经验和做法。以上这些事例,只是发生在镇雄大地上的一小部分事实,可能有代表性,也可能不够典型,但我们知道,一个个变得越发漂亮了的村子,一群群富裕起来的村民,乃是对发展生产谋长远这项扶贫措施最为生动的注脚。

十

2009年6月,《昭通日报》刊发了一则题为《红色沙漠变绿洲》的摄影报道。这是两张色彩对比鲜明的图片,都拍摄于镇雄县黑树镇磺区。一张拍摄于2000年,整个画面呈苍凉的土黄色,地上寸草不生;一张拍摄于2009年,满山青翠,葱葱郁郁,中间偶有几处磺区留下的伤痕。

这则摄影报道呈现了这样一个新闻事实:自1958年至1996年近40年间,土法冶炼硫黄在带动黑树镇经济快速发展的同时,也使当地约3万亩国土面积生态遭到严重破坏,形成了大面积的"红色沙漠"。从1997年开始,当地积极争取上级资金支持,采取多项措施,向6000多亩"红色沙漠"宣战。通过10余年的生态治理,目前全镇约有80%以上的受污染土地生态环境逐步得到恢复,硫黄矿区重现绿水青山。

转眼之间,9年时间过去了。2018年1月初,我们又一次到黑树镇进行追踪采访,再一次站在黑树镇关口梁子,放眼望去,虽是寒冬,映入眼帘的却是一片片树林和满山的牛羊,昔日"红色沙漠"留下的疮痍与焦黄已然不见。

依靠科技大量植树种草,把寸草难生的磺区废弃地变成绿洲,黑树镇党委镇政府2001年就投资1000多万元在当地实施磺区荒漠治理工程,主要措施是栽树种草,目的是尽快恢复生态。经过反复实验和大面推广,到2004年成功栽活了10000多亩速生杨和5000多亩欧洲菊蕨。

恢复磺区生态,并不轻松。这一干,就是整整17年。通过这些年的顽强拼搏,当地先后栽种核桃25000多亩、板栗4000多亩、种草3000亩,黑树人民硬是把黑树磺区从荒漠变成了绿洲。

截至2016年底,黑树镇森林覆盖率达到了47.14%。有了绿水青山,当地也赢得了金山银山。2017年,黑树镇实现整体脱贫出列。

过去,黑树镇因为硫黄污染导致生态脆弱;而在镇雄其他地方,因乱砍滥伐,让山的土黄与石的墨白抢尽了镇雄主色调的风头。如今,行走于古邦大地,我们一次次惊诧地发现,大地上的"绿衣"是越来越多了。

"早些年回镇雄,感觉灰蒙蒙的看也看不清楚,现在清爽多了,也能看见树了,特别是路边的格桑花,真漂亮。"外嫁浙江多年的吴女士夫妇,前不久回了一趟镇雄县城郊的老家,沿途的"花花绿绿"让他们很是意外。

他们哪里知道,这些"花花绿绿"岂止是看起来漂亮?事实上,它们正是以这种鲜艳的色彩,映衬出当前镇雄正在实施的一个扶贫工程——生态补偿脱贫。

"环境承载能力得不到增强,镇雄就会陷入'为生存而破坏生态、为生态而不能生存'的怪圈。必须对居住在生态脆弱或生态保护区的贫困人口实行生态保护补偿,确保贫困群众脱贫致富。"在脱贫攻坚的道路上,镇雄县精准帮扶,深入开展生态补偿脱贫一批攻坚行动,大力发展林业产业,加大退耕还林、生态修复、农村环境整治力度,加强森林资源保护,切实打响"绿色"脱贫战役,全力为古邦脱贫的版图增添一抹"绿"。

既要金山银山,更要绿水青山。这是镇雄县始终坚持的发展理念。生态建设与脱贫攻坚的有机结合,让镇雄找到了"生态+脱贫"的解题答案,使新时代的镇雄精准扶贫精准脱贫呈现出全新的视野和格局。继续坚持绿色发展、绿色富县、绿色惠民的脱贫攻坚理念,按照生态产业化、产业生态化的原则,进一步加快民生林业发展步伐,大力实施以核桃、板栗、竹子、木漆为主的经济林果建设,大力扶持培育龙头企业,着力发展林产业,优化农村产业结构,增加农民收入。

目前,镇雄林业产业已初具规模,板栗、核桃、木漆、竹子"四大林产业"实有保存面积达125.7万亩,柑橘、桃、李、梨、杏等经济林果面积达33万亩,累计经济林果面积达158.7万亩,基本实现了人均拥有1亩经济林的既定目标,林业产业逐步成为镇雄广大山区新的经济增长点。

体系化建设、保障式发展。这是镇雄绿色林产业快速发展的"法宝"。近年来,镇雄始终坚持做大做强、普惠群众的体系化发展理念,将"好生态"与"富百姓"巧妙结合,积极推进25度以上坡地依法有序流转,实施10.43万亩退耕还林项目,落实127.98万亩公益林生态效益补偿,建设40万亩林产业示范样板,指导8个重点村完成林产业建设,抓好1万亩木本油料基地和1万亩核桃提质增效项目建设,有效丰富林产业发展体系。

近年来,镇雄依托林业优势资源,大力招商引资,鼓励支持龙头企业和能人发展特色优势林产业,重点探索"公司+基地+农户""能人+农民"的发展模式,培育发展集生产、加工、销售为一体的林产业龙头企业,丰富林业科技支撑体系,增强产业发展后劲,让更多的贫困群众受益,加快脱贫致富奔小康的步伐。

沿途格桑花绚丽绽放,两旁行道树绿意盎然,这是镇雄县生态发展、绿色建设的亮丽一笔。

近年来,镇雄因地制宜、科学规划、突出特色、整体推进,采取宜林路段常青树与落叶树共生、裸岩地段爬藤覆盖、树下格桑花点缀的绿化模式,大力开展二级公路及县乡村公路沿线绿化,加快实施农村"四旁"绿化工程,强力整治农村环境,全面推进绿色廊带建设,"林在路旁、花在树下、车在林中、人在车中"的道路和乡村绿色景观各具特色,生态效应明显,人居环境显著提升。

2018年,全县完成退耕还林还草19万亩,2019年度完成32.29万亩,

2020 年将查缺补漏 1 万亩。在 2020 年底以前，全面完成 90.82 万亩退耕还林还草工程。

天更蓝、地更绿、水更清，诗意栖居、永续发展的美好图景正在绘就，全县森林覆盖率由 2012 年 24.4% 提高到 2018 年 28.54%，林木绿化率达 68% 以上。

通过这些年的努力，一座座荒山正披上了"绿装"，"绿水青山就是金山银山"的理念正成为越来越多镇雄人的基本共识。

杉树乡细沙河村 10 多年前是镇雄全县最穷的村。如今 10 多年过去了，细沙河村已经成为镇雄发展最好的村之一，被国家六部委评为"全国绿色小康示范村"。

"细沙河村能有今天，退耕还林起了大作用。"谈起细沙河村的变化，村民姚某说，"当年退耕还林还草工程规划在我们村发展竹子，没想到几年后，竹子不仅让荒山变绿，还让我们摆脱了贫困，过上了好日子。"

跟姚姓村民的感慨相映衬的，是这样一组数据：退耕还林 30 余万亩，核桃、竹子、木漆、板栗 125.5 万亩，农村义务植树 50 万株，"四旁"绿化 661606 株……

绿色，正成为镇雄经济社会发展的底色。随着"生态立县"战略的不断实施，一个天蓝、地绿、水清的美丽家园正逐步形成。

随着"绿水青山就是金山银山"的发展理念深入人心，一个绿色生态产业体系正在构建。全县农业龙头企业达 42 家，农民专业合作社、家庭农场等新型经营主体达 989 个……绿色，正成为镇雄贫困群众增收致富的又一法宝。

## 十一

如何让鳏、寡、孤、独、残等特殊困难群众同全县人民一道如期脱贫致富奔小康？镇雄的答案是认真实施国家确定的"社会保障兜底脱贫一批"这项惠民政策。

在严格把好"准入关"的前提下,镇雄县以健全综合社会救助体系为目标,积极探索创新社会救助体系和困难群众帮扶机制,完善以城乡低保、特困人员救助供养为基础,临时救助、医疗救助等专项救助为补充的社会救助体系,织牢织密基本民生网底,保障困难群众基本生活。

城乡低保,兜底线。仅2017年,全县先后组织城乡低保对象清理排查3次,动态调整城乡低保对象10792人次,全县共纳入城乡低保保障217370人,全年发放低保资金60041.09万元。根据贫困现状,按照每人每月补助229元、169元、138元的标准着力进行兜底帮扶。

临时救助,救急难。2017年以来,共受理了求助41035人次,发放临时救助资金1981.88万元。其中开展"一门受理,协同办理"会商439次。救助标准:一次性给予临时救助金为500元至5000元;个别特殊困难的,最高不超过20000元。

特困供养,脱困境。全县现有特困供养对象4579人,仅2017年就发放特困供养资金2420.8万元。

医疗救助,解民忧。2017年,实施医疗救助3.2万余人次,支出医疗救助资金3000万元。

各类优抚,惠民生。核发八类重点优抚对象各类优抚对象抚恤补助费3815.04万元,惠及优抚对象6171人;发放80周岁以上老年人高龄津贴1344.66万元,办理老年优待证900余份;全县69331名留守儿童都有帮扶教师;县财政对16至60周岁的非在校生贫困人口按照100元的标准,代缴贫困人口养老保险参保金2797.43万元……

2018年农历小年。这天对于中屯镇青山村的特困供养人员、孤儿来说,是一个大喜的日子。

当天,中屯镇党委镇政府为每户人家送上棉被、毛毯、大米、菜油和慰问红包,中屯镇挂村领导、镇雄县新闻宣传中心驻青山村工作队、青山村村"三委"成员等和特困供养人员一起欢度小年。

"辞旧岁朱红春帖千门瑞,迎新年翠绿柳风万户兴。"位于中屯镇青山村大营村民组的爱心房被大红对联映衬得格外喜庆,谭家荣、成联正、成联仕、许绍凯、刘远福、成忠情、成兴民 7 户特困供养人员或孤儿乔迁新居,浓浓的年味温暖着他们的心。

走进室内,崭新的床及床上用品、桌凳、碗柜等陈设整齐。年过古稀的聋哑老人成联正坐在床上,由衷地竖起大拇指,脸上绽放出灿烂的笑容。年近八旬的谭家荣兴奋地说:"想都没想过,这辈子还能住上这么好的房子。"这幢爱心房投资 26 万元,设计建筑面积 280 平方米,有 3 层楼 7 套房,每套户型一室一厅一厨一卫,楼前有一个 200 平方米的院坝,村组公路直达门口。所有投资由政府划拨,全部工程由村委监督实施,谭家荣、成联正等 7 户特困供养人员乘风入住。

在镇雄,这样的事例不胜枚举。正是通过这张织密的民生网底,让越来越多的特殊困难群众过上了好日子。

## 十二

2017 年 2 月 17 日,《新华每日电讯》第 6 版以整版的篇幅,关注了"归雁经济"这个不容忽视的时代现象。在该版的报尾,一则署名为白靖利的稿件就提到了镇雄的社会扶贫工作。

这篇题为《贫困县吸引"归雁",靠的是耐心和诚意》的文章,在介绍了"归雁"也就是返乡创业者们当前遇到的各种问题后,对镇雄如何吸引"归雁"的做法进行了推介。

文章认为,云南省镇雄县过去 1 年来在开展社会扶贫方面的尝试,尤其是在此过程中表现出来的耐心和诚意,不失为一种有效的借鉴。文章对镇雄县开展社会扶贫的第一大措施就是将"归雁"们请回来建设家乡这一点尤为关注,还介绍了邓坤、邓友两位"归雁"在镇雄脱贫攻坚"大业"中发挥的积极作用。

说起邓坤,在镇雄的名气并不小。前些年,在昆明从事家居建材行业,后来回到家乡,在县城开了一家家居建材城,解决了近 400 人的就业问题。后来,他成立镇雄县雄峰房地产开发有限公司,成了在镇雄享有盛名的房地产商。

自2013年起,邓坤便担任老家赤水源镇螳螂村的经济发展顾问。他不仅帮助螳螂村在经济发展上出谋划策,还无偿捐资2000万元,支持家乡的易地搬迁项目。

如今,驱车从镇雄县城出发,二十多分钟后,就来到赤水源镇螳螂村。道路右侧,一排黑瓦、黄墙、红线条的"别墅群"让人眼前一亮,这就是邓坤投资参与修建的银厂坪安置点。

说起这个安置点,邓坤感慨颇多,"穷则独善其身,达则兼济天下",他自己就是从螳螂村走出去的,富了不能忘本。

房子建好不是最终目的,如何找到一个可持续发展的路子让村子摆脱穷根,成了邓坤一直思考的一个问题。经过反复考虑,他决定帮助家乡开展乡村旅游。

邓坤算了一笔账:等这个集易地搬迁、休闲旅游为一体的安置点全部建好后,可以带动3个村1000多人共同致富。邓坤说:"因为村里离镇雄县也就十几千米,开车到这里也就是二十分钟。加上现在城里人都喜欢出来透气,吃健康生态食物。我们村非常适合做镇雄的休闲后花园。"

邓坤口中反复提到的这个地方,官方名称叫"赤水源镇螳螂村银厂坪社会扶贫示范点",位于赤水源镇西北部,距县城12千米,项目占地150余亩,总投资4000余万元,涉及3个村民组116户435人,其中建档立卡贫困户42户195人。这是镇雄县采取"两梳理、两出力"社会扶贫思路,通过"能人+"模式打造的示范项目。

"能人加什么,怎么加?""能人+政府",合力打造新家园;"能人+'两委'",齐心谋定新思路;"能人+群众",抱团发展新产业。"能人+某某"的效果是明显的。银厂坪社会扶贫示范点在成功争取到村内企业家邓坤个人捐资2000万元和其他能人捐资150余万元的基础上,大力整合易地扶贫搬迁、"农危改"、美丽乡村建设等政府性项目资金2000余万元,解决了示范点建设资金不足的问题。

如今的银厂坪,建成了"青瓦黄墙红线条、花窗露台斜屋顶"和"人畜分离、厨卫入户、庭院美化"且具有抗震设防功能的安全住房116套,特色文化活动广场、幼儿园、卫生室及排污系统、供水管网配套到位,已是一个"望得见山、看得见水、记得住乡愁"的美丽宜居新村。

如今的银厂坪,三阳野生食用菌种植专业合作社已吸纳120户群众参与种植,每年户均增收4000元以上;已成功组建冰脆李和蔬菜2个专业合作社,带动群众种植蔬菜800亩、冰脆李400余亩。

今后的银厂坪,还将由能人组建乡村旅游服务公司,发动群众以山林、土地等要素入股,通过发展农家乐、休闲垂钓和户外攀岩活动等形成生态旅游产业链,以新业态带动新发展。

银厂坪社会扶贫示范点,是镇雄大力开展社会扶贫工作取得的一大亮点和缩影,其示范效应早已显现。2017年,邓坤获得云南省脱贫攻坚奖"社会扶贫模范"。这一嘉奖,他受之无愧。

在吸引一大批镇雄籍能人返乡创业的同时,积极联系协调,镇雄县委、县政府切实帮助"归雁"们解决遇到的现实问题,建立信息动态反馈机制,让他们回乡创业顺心、安心。

林口乡,大山深处,一家服装工厂内,缝纫机嗡嗡作响,百名贫困工人按照岗位分岗,裁剪、熨烫、缝制着各式各样的服装、手包、布袋……脱贫攻坚为当地承接东部劳动密集型产业转移创造出条件,吸引镇雄昔日外出打工青年"带着工厂"返乡创业。

这家服装厂的老板名叫彭聪,今年36岁的他,出生在镇雄县林口乡。16岁那年,家境贫寒的彭聪成了镇雄县百万外出打工者中的一员,到上海、浙江、江苏等经济发达城市打工。刚开始,他在服装厂做一个生产技工,后来努力学习,当上了管理者;再后来,经过一番原始积累和努力,彭聪最终在浙江省嘉兴市开办起自己的第一家服装厂。近年来,随着产业转型调整,东部沿海劳动密集型产业不断向中西部地区转移。嘉兴处于长三角的中心地段,这些年大力招揽高科技产业,迫使劳动密集型工厂向其他地区转移。彭聪说:"工厂陆续迁至中西部后,原本来自中西部的劳动力实现就近就业,不愿再远赴东部沿海打工。"产业调整、用工困难等一系列因素催促彭聪向西部转移工厂。于是,他将目光转回到家乡镇雄。"家乡是人口大县,劳动力充足,脱贫攻坚改善了交通条件,易地扶贫搬迁又将分散的劳动力集中在一起。"2018年,彭聪将嘉兴的房产变卖、工厂关停,举家回到镇雄县林口乡,在家门口办起了云南中润服饰有限公司。"当时计划招工200人,竟有1700人报名。"后来,彭聪又在菜子村、木黑村、硝林村建起了15个就业扶贫车间。2019年,他在以勒镇易地扶贫搬迁点建设服装产业园,建成后将有30条加工生产线规模,可招收2000名贫困人口就近就地就业。

像"中润"这样的扶贫车间,镇雄有大大小小30家。据统计,截至2018年,当地已经与以邓坤、杨友、彭聪等为代表的"归雁"签订了204份社会扶贫帮扶意向协议,涉及资金4.2亿元,到位资金8500万元。与此同时,还聘请了25位企业家担任家乡村级经济发展顾问。

"在全力推进行业扶贫、专项扶贫的同时,我们必须动员会集社会力量助力脱贫攻坚,这是镇雄的现实所决定的。"镇雄县委副书记、县人民政府县长张洪坤如是说。张县长所说的"现实",一是指镇雄的贫困现实,二是指丰富的社会资源。"两梳理、两出力"社会扶贫机制落实落细后,镇雄县委、县政府在实践中创新,用十足的耐心和诚意,不仅吸引了一群"归雁",还吸引了一大波国内大型企业,推动形成了全社会参与扶贫的新格局。

所谓"两梳理两出力"社会扶贫机制,就是广泛梳理镇雄在外和外来企业家及能人、全面梳理上级暂无计划的建设项目,动员企业为脱贫攻坚出财力、聘请能人为家乡发展出智力,让镇雄籍企业家和能人、社会组织和爱心人士等积极参与社会扶贫。近年来,镇雄县四大班子主要领导每年至少3次前往镇雄籍在外人士较为集中的昆明、深圳、永康等地开展社会扶贫暨招商引资座谈会,通过引导镇雄籍在外企业家回乡投资兴业,聘请有实力、有"头脑"的镇雄籍能人担任贫困村经济社会发展顾问等,积极引导社会各界人士开展产业扶贫、订单扶贫、人才扶贫、爱心扶贫和智力扶贫。企业或个人根据自身实际情况和镇雄缺口项目,自己选择承接不同帮扶任务。这些任务,可以是修一条道路,可以是建一座桥梁,也可以是关爱一名留守儿童。能力不分大小,善举不分先后。截至目前,已有200多家企业陆续回到镇雄,签订社会扶贫项目近50个,涉及教育、卫生、道路等基础设施建设及贫困群众扶助等多个方面。

农夫控股(香港)有限公司投资2亿元,建日产1.8万瓶的啤酒厂;深圳格诺集团投资16亿元,建镇雄县"南城壹号"城市综合体;新中德教育集团在镇雄成立幼教集团,投资2亿元在镇雄建设12所幼儿园等招商、扶贫项目在东莞市清溪镇成功签约……

这份成绩来之不易。这些年来,镇雄县充分利用"互联网+"扶贫模式,构建连接贫困户脱贫致富多元化需求和社会爱心资源有效对接的网络平台,积极鼓励支持民营企业、社会组织、个人参与扶贫开发,拓宽扶贫开发资金筹集和力量汇聚渠道,实现社会帮扶资源和精准扶贫有效对接,探索发展公益众筹社会扶贫大格局。截至目前,全县累计签订210余份帮扶协议,协议帮扶资金达4.5亿元;启动建设项目138个,累计捐款捐物2.5亿元,建成了赤水源镇螳螂村社会扶贫易地扶贫搬迁示范点等社会项目。与此同时,大力构建"互联网+"精准社会扶贫平台。成立县乡村三级管理工作机构,加快推广应用"中国社会扶贫网",充分运用"爱心帮扶、扶贫众筹、电商扶贫、扶贫展示、扶贫榜样"五大平台,认真做好"截至中国社会扶贫网"的有效衔接,打破"定点""结对"帮扶制度瓶颈和区域障碍,促进社会资源与贫困地区、贫困群众帮扶需求的无缝对接,实现"互联网+"精准社会扶贫"双平台、双推进"。截至目前,通过平台已关联"宋庆龄基金会"等社会公益机构34家,对接帮扶镇雄贫困群众4210户,受益1.57万人。

与此同时,加大对龙头民营企业扶持力度。制定民营企业扶持办法,把有市场、有效益、信用好的民营企业列入重点服务对象,不断增强企业辐射带动贫困户增收的能力,县财政安排300万元民营经济发展专项资金,用于奖励扶持民营企业中成效突出的优秀企业,对吸纳建档立卡贫困劳动力就业、稳定就业时间8个月以上、最低月工资在2000元以上的民营企业,就业人数达到10人的每家奖励3万元,每增加1人奖励1000元;达到50人的每家奖励10万元,每增加1人奖励2000元。

在挂钩扶贫的各级单位中,有两家企业不能不提,它们就是五矿集团和云天化集团。它们也为社会扶贫贡献了自己的力量。

五矿集团的全称是中国五矿集团有限公司,这家成立于1950年的公司,是以金属、矿产品开发、生产、贸易和综合服务为主,兼营金融、房地产、物流业务,进行全球化经营的大型企业集团,2018年《财富》世界500强排行榜第109名。

从2002年开始,中国五矿集团对镇雄县进行挂钩帮扶。它们挂钩扶贫镇雄最有力的措施之一,就是每两年下派一名干部到镇雄任挂职副县长。这些年来,这家企业积极在我县产业发展、社会事业、招商引资、劳动力就业等方面给予了大量支持。截至2017年,累计向镇雄提供了1580万元的资助。2018年9月15日,由中国五矿集团捐资270万元建设的以古中心小学学生宿舍楼项目举行开工仪式,正式破土动工。这是中国五矿集团继捐建镇雄县花山黄连小学学生宿舍后,捐资建设的又一项目;2018年10月29日,中国五矿集团捐赠31.15万元助学金,帮助89名木卓镇贫困大学生圆梦;2018年11月17日,中国五矿集团援助花山乡贫困大学生捐赠仪式举行,援助花山乡153名建档立卡贫困大学生每人3500元,共计捐赠53.55万元;2018年12月21日下午,中国扶贫基金会(五矿集团)筑梦计划助学金发放仪式在镇雄县一中举行,向镇雄县援助学生资助资金99.1万元。

时间定格在2019年3月12日。云天化集团党委副书记陇贤君率队到镇雄调研脱贫攻坚工作,为挂钩帮扶的雨河镇捐赠春耕化肥150吨,并决定在当年原有帮扶项目的基础上增加1000万元帮扶资金,用于支持镇雄脱贫攻坚产业发展,此决定在2020年4月30日变成现实。

我们了解到,自2012年挂钩帮扶镇雄以来,云天化集团累计投入4000余万元物力、财力,在镇雄实施产业扶持、易地扶贫搬迁、集镇改造、学校建设等一批项目。挂钩帮扶雨河镇后,集团先后安排24名驻村扶贫工作队员长期蹲点龙井村、雨河村进行帮扶工作,重点聚焦当地基础设施、产业、教育、健康、党建、现代农业发展六大板块。

除了这两家企业,到镇雄奉献爱心助推脱贫攻坚的企业也不少。

董胜是乌峰镇人,云南和成投资开发集团董事长。2013年与段政廷、王朗、宋邦宁、朱绍聪、朱绍虞、蔡国显六人携手创立云南和谊公益基金会,每年筹集150万元以上的资金用于支持全县教育事业发展、帮扶贫困大学生,项目计划连续实施10年。

出生于以勒镇茶木村的罗太熙,现为云南金寰投资有限公司董事长,捐资400万,用于老家茶木村修建村级文化广场、改善村委会办公条件、美化村庄环境等项目,该项目惠及茶木村等5000多村民;同时,他还捐资70万元,用于修建乌峰街道办小河村村级文化广场,帮助解决小河村5000多村民无农闲活动场所的困难。

热心扶贫的张启东是乌峰镇人,现为东川金水矿业公司董事长,为雨河镇乐利村捐资170万,用于修建村级幼儿园、村级图书室,帮助解决当地幼儿入学难、村民阅读难的问题。

云南智璟建设有限公司总经理汪祥书,捐资648万元,硬化老家五德集镇至新田村的村组道路并完成路灯安装、修建大营村级文化广场,帮助大营、杉林、新田等村5个村民组2000多群众解决出行难、活动难的问题,该项目现已完成60%。

镇雄雄狮建筑公司总经理吴波,捐资250万,修建雨河镇龙井村幼儿园、乐利村老年文化活动场所;此外,他还捐资530余万,完成县城南台路的升级改造,帮助解决了南台路通行难、排污难等问题。

云南志宏建设集团董事长赵泽富在县内倡议成立了同仁桥快乐公益促进会,倾力关心关注全县教育扶贫,扶持贫困大学生完成学业。

此外,在上海的黄霞,在佛山的王天才,在宁波的罗开碧……在县委、县政府的感召之下,慷慨投身于镇雄社会扶贫事业中。

至2020年10月,全县已落实无偿帮扶资金4.7亿元,引回创业资金10亿余元,启动建设社会扶贫项目438个,370位能人被聘为家乡村级经济发展顾问。

万夫一力,天下无敌。社会力量助力脱贫攻坚,让镇雄这个全国脱贫攻坚主战场多点开花,基础设施建设、产业培育、教育、文化……无论是哪个方面,那些让人无法忘记的场景,让大爱绵延,让故乡动容。

2017年9月27日,罗坎镇纸槽村村委会,昭通远大集团现场捐资6.6万元用于村级活动场所建设。今后,集团还将利用资源优势,为纸槽村提供教育、医疗、产业培育、劳动力转移等方面的帮助扶持。

2018年2月1日,海力控股集团有限公司向镇雄县红十字会捐资250万元,在镇雄修建50个村卫生室,助力改善镇雄基层卫生条件。

2018年6月20日,由中润国盈投资(集团)有限公司发起组成的"爱心助学,共建和谐,精准扶贫公益活动"志愿者们,千里迢迢从上海赶到以勒镇,为以堡村以堡小学、岩上小学、瓜果村瓜果小学、石丫口小学、大堰小学捐赠了一批总价值约10.3万元的教育、体育设备和学习用具。

2018年10月17日,云南世博车市集团负责人张爱到以古镇各校点深入了解贫困情况,并向建档立卡贫困户学生捐赠毛毯1720床,其中岩洞脚九年一贯制学校636床,安尔九年一贯制学校500床,其他校点584床。

2018年10月26日,在"2018书香彩云南"开幕式上,云南出版集团董事长李维代表云南出版集团向五德二中捐赠了价值10万元的图书。

2019年5月8日,圣商慈善"寻根镇雄"助学行动在镇雄县塘房镇凉水小学启动,镇雄籍企业家汪宗阳通过圣商慈善基金会向塘房、林口两乡(镇)的38名贫困学生捐赠92000元善款,助力教育扶贫。

2020年4月28日,云南能投集团向镇雄县捐赠1000万元帮扶资金和60吨爱心食盐,这是该集团自2019年投入帮扶资金874万元、派出工作队挂钩帮扶以勒镇木城村基础上的又一重大善举。

……

近些年来,我们通过各种渠道了解到,一批又一批在异地他乡发展的镇雄籍企业家纷纷回乡创业,投入扶贫攻坚的大潮中来。一些在广东深圳、浙江永康、云南昆明发展得不错的镇雄企业家告诉我们,之所以回乡做事,是因为被浓浓的乡愁的力量所牵引,是因为故乡人和故乡事让一个远在异乡的镇雄人在"此情此景"中获取了使命感,让他们坚定了永恒的"回乡之路"。

"此情此景"到底何为,"回乡之路"又是如何开启的?更多飞越关山重渡回来的镇雄人,内心都装着"一首诗"。

2015年9月20日下午,镇雄籍企业家社会扶贫座谈会在深圳召开,镇雄县委书记翟玉龙参加会议并做了热情洋溢的讲话。讲话结束时,他即兴朗诵了一首名为《家乡》的诗歌,与参会的企业家分享。

什么是家乡
家乡就是你从小多次发誓要远离
但长大后一有机会
即使辗转奔波也要回去看一眼的地方

什么是家乡
家乡就是你可以每天埋怨她十次
却不允许别人
用任何理由去玷污她一次的地方

什么是家乡
家乡就是你在远方吃着鲍鱼海鲜
却禁不住那红豆酸汤诱惑的地方

什么是家乡
家乡就是你虽住着带空调的高楼大厦
你却始终认为那间有回风炉房子是最温暖的地方

家乡不仅只用来想念的
还是用来凝聚乡愁的
家乡不仅只用来回味的

也是用来回报的

正是这样一首朴素而又饱含深情的诗歌,唤起了镇雄游子对家乡的思念,激发了镇雄籍在外企业家回乡投资兴业的念头。我们在这个时候解读到的,并不仅限于一首诗所体现出来的"感召"力量,还有一种人文情怀的释放,一种"归属"与"责任"的唤醒。这样的"唤醒",对于一个贫困大县来说,是多么重要和必要!脱贫攻坚是一场战争,战争是需要发布作战令的,是需要奏响冲锋号的,更是需要争取各方力量的。相关资料显示,近年来,镇雄县委、县政府坚持"党委领导、政府主导、能人带动、大众参与",形成"人人皆愿为、人人皆可为、人人皆能为"的社会扶贫参与机制,引导了以镇雄籍在外经商成功人士为核心的社会力量向脱贫攻坚聚力,为脱贫攻坚出力。如今,在驻外党组织的广泛宣传引导下,在流动党员的示范带动下,一大批经济上有实力、政治上有影响的镇雄籍企业家深受感召,纷纷表达了参与社会扶贫的意愿。截至目前,全县通过社会扶贫渠道募集各类社会资金,完成村组道路建设 128 千米、新建学校 4 所、资助贫困学生 7000 多名、新建卫生院 2 所、新建文化广场 2 个、完成易地搬迁项目 1 个、老集镇改造 1 个、旅游开发项目 1 个、种植产业基地 3 个,发展特色产业 1500 万亩。

"我无非是一个召集人,但特别'着急',今天把大家召集起来,就是希望大家和我一起'着急',助力脱贫攻坚,助力家乡发展。"说这话的,还是镇雄县委书记翟玉龙。

2019 年 9 月 8 日,翟玉龙率队到昆明开展社会扶贫暨招商引资工作,与在昆镇雄籍企业家亲切座谈,聆听乡音、汇聚乡力,助力镇雄脱贫攻坚,助推家乡跨越发展。这是时隔 4 年之后,翟玉龙与镇雄籍老乡在昆明的再度聚首。

"我从不放过任何一个机会,因为我拥有这样的机会太少,因此我无比地珍惜。'知我者谓我心忧,不知我者谓我何求',希望大家团结一致向前看,通过在昆企业家这个关键少数,影响可以影响到的每一个人,捐出正能量,传播正能量,为家乡镇雄的社会扶贫、招商引资做出应有的贡献。"会上,翟玉龙对企业家们多年以来对家乡镇雄的倾情付出与细心呵护、共同铸就镇雄凤凰涅槃般的跨越式发展表示感谢，也深情地向与会企业家发出倡议。

"月光光，照堰塘，骑竹马，过花朗；月光光，照塘房，背着行囊去远方。月光光，照坪上，快马加鞭回故乡……"翟玉龙现场吟唱起镇雄本土民谣，呼唤企业家们带着对家乡的爱回到镇雄，共同建设美丽的家乡。

翟玉龙的深情讲话，引起了与会人员的共鸣。企业家们表达了对近年来家乡跨越式发展的赞誉之情以及回报家乡、助力家乡脱贫攻坚的心愿，并号召大家一起出钱出力，帮助家乡脱贫，助力家乡发展。

当天，天津亿联集团向镇雄县捐赠了1000万元，镇雄中悦房地产开发有限公司捐赠1000万元，云南志宏建设集团捐赠900万元，镇雄晟锦房地产开发有限公司捐赠900万元，云南俊洲建设工程有限公司捐赠600万元，云南滇邦建设工程有限公司捐赠600万元，云南天成教育有限公司捐赠35万元，云南一座山旅游文化有限公司捐赠30万元，镇雄老乡况启庆个人捐赠20万元……

当天，镇雄县人民政府与江西双胞胎集团投资发展中心、重庆猪猪侠集团、乌蒙印象生物科技有限公司、嘉兴市阳光制衣有限公司等签订投资发展协议，协议引资11.5亿元，涉及生猪养殖、果桑全产业链建设、制衣扶贫车间等项目……

目前，镇雄正处于交通建设大提速、基础设施大提升、民生事业大发展、发展环境大改善、筑牢起飞跑道的重要时期，也将迎来前所未有的政策机遇、市场机遇和发展机遇，投资范围更加广阔，投资机制更加灵活，投资舞台更加广阔。越来越多的镇雄籍企业家带着诚意、带着项目、带着资金回乡发展，为家乡的脱贫攻坚做出了不可磨灭的贡献。

## 十三

2018年春节前夕，笔者从昆明长水机场乘坐飞往浙江义乌的航班，目的地是金华永康。前来接机的是一个瘦瘦的、皮肤黝黑的镇雄小伙子。得知我是去参加镇雄驻浙江党工委、劳务输出工作站2018年年会,小伙子健谈起来,从8年前自己经历的一桩讨薪案说到农民工维权,从永康的10万劳务大军谈到镇雄的打工群体,看得出,这个叫何其波的年轻人是一个地地道道的"打工者"。汽车在高速路上行驶,短短一个小时的时光,我的聆听逐渐进入一种"打探"状态,快到永康时,他告诉我,他现在是永康一家五金厂的老板,目前一年能挣个几百万。

"那是相当丰盈了。"我的羡慕让他轻易觉察出来。

"但也相当辛苦。"他说,"要在异地他乡站稳脚跟,谈何容易!"

"是不容易,包括我自己。"我这样说,仅仅是为了拔掉我们之间仅存的最后的生分。

接下来的几天,他几乎天天陪着我。走工厂,下社区,入民居,俨然一个向导的身份。几天下来,我知道,和他一样在永康当老板的镇雄人有好几十个,从事着不同的行业,用他们多年打拼出来的实力接纳着一批批潮水般涌向江浙大地的镇雄人,用实际行动捍卫着故乡的高度。

在年会上,我结识了众多镇雄籍在浙务工者,他们有的是身家千万的老板,有的是羽翼渐丰的创业能人,有的是靠从事体力劳动获取生存意志的普通劳动者……各种表情掩映下的镇雄面孔,在这个隆冬的夜晚分别以不同的方式将乡愁书写得淋漓尽致。

年会的主题是"凝聚共识,抱团发展,做有能量的镇雄人"。这样的活动,每年都会举办一次,邀请镇雄在浙江创业和打工的代表参加,活动的组织机构,是镇雄县外出务工党员驻浙江党工委、镇雄县驻浙江劳务输出工作站。实际上,两块牌子的背后,只有一个机构,其职能是为在浙打工者服务。

镇雄县外出务工党员驻浙江党工委成立于2011年1月,当时的名称还是"镇雄县外出务工党员驻永康党支部",2015年1月,经镇雄县委批准,正式更名,并扩大其工作范围,由原来的永康市延伸到整个浙江,是镇雄县委设立的3个外出务工党员党组织之一,由县委、县政府列支专项经费保障工作运转。党工委在浙江永康、浦江、义乌、宁波、临海、温岭、玉环建立了13个党支部,登记在册流动党员共915名,分布在金华、台州、宁波、温州、嘉兴、杭州、丽水、绍兴、湖州、衢州、舟山等11个市。镇雄县驻浙江劳务输出工作站成立于2016年，与党工委一班人马共事。

在一个遥远的外省成立党工委和劳务输出工作站，其意义非同寻常，同时也折射出镇雄劳务经济在整个经济体系中的比例是多么重要。

究其实际，镇雄的脱贫攻坚，无论是发展生产、易地搬迁、生态补偿、教育事业、社会保障兜底等"五个一批"，还是社会扶贫、健康扶贫，这些措施基本上都是聚焦县内，而要让贫困群众尽快脱贫致富奔小康，如何有序、有目的地引导他们外出打工，让劳动力实现稳岗就业，更是一个值得思考的问题。

作为一个农村劳动力转移输出大县，镇雄每年在外打工的人数接近60万人。要打赢脱贫攻坚战，按照标准，必须确保至少97%的贫困人口退出贫困标准。对于他们来说，要想脱贫致富，外出打工是一条十分有效的途径。

近年来，镇雄县依托自身的人力资源优势，突出"抓组织保障，着力整合攻坚；抓百日行动，着力攥紧就业黄金期；抓精准培训，着力提升素质；抓百场招聘，着力转移就业；抓劳务协作，着力东莞转移；抓岗位开发，着力内转外输"的"六抓六着力"思路，为脱贫攻坚寻找到有力支撑。从出台的《关于进一步做强劳务产业助推脱贫攻坚的意见》中可以看出，镇雄劳务输出的目标定位是"把镇雄打造成全省劳务经济发展示范基地"。这项工作的压力可想而知，需要付出的心血、做出的努力不言而喻。劳务输出"三年提升行动"开展以来，截至2018年，全县累计转移就业55万人，实现务工收入155亿元，劳务经济在脱贫攻坚中的贡献近80%，务工收入已经是贫困群众"两不愁"的重要保障，已成为贫困群众脱贫致富最主要、最有力、最有效的支撑。

来自镇雄县人社局的资料显示：2018年，全县培训"卡户"劳动力12.71万人次，转移输出"卡户"劳动力19.93万人次，90%有劳动力家庭实现了至少稳定就业1人的目标；2019年1—9月，全县累计转移就业59.88万人，其中"卡户"22.81万人，实现务工收入148.47亿元，"卡户"收入76.98亿元。

为了继续扩大人力资源优势，发展壮大劳务输出产业，镇雄县不敢懈怠，也不能懈怠。2018年3月28日，县扶贫开发领导小组召开2018年第二次全体会议,这次会议的主要任务是贯彻落实昭通市脱贫攻坚推进会议精神,专题研究部署全县劳务输出工作。

这样的会议此前有过,但这一次显然尤为特殊——规格高、规模大、纪律严明,充分体现了镇雄"劳务经济唱大戏"方法的战略地位。而事实上,发展壮大劳务输出产业,镇雄县从未懈怠过。

2018年春节前,镇雄县就放出酝酿已久的"大招",为广大群众准备了一大波务工福利:赴(迁户)新疆图木舒克市草湖镇务工人员在住房、工资待遇、生活补贴等方面享受大幅优惠,举家落户者更有万元奖励;组织开展2018年春节前后农村贫困劳动力转移万人招聘会暨实施农村劳动力定向转移就业专项行动。春节后,举办了"万人招聘会",为广东省东莞市清溪镇定向招聘、定岗转移一批农村贫困劳动力。

2018年2月24日,大年初九,这是春节长假后的第一个星期六。不过,根据春节调休的规定,这一天却变成了一个并不寻常的工作日。上午11时,镇雄县城赤水源广场人头攒动,放眼望去,彩虹门、红灯笼、飘扬的横幅将整个广场装点得十分喜庆,一场声势浩大的专场招聘会正在这里举行。来自全县30个乡镇(街道)上万名务工人员到场应聘,他们可以从用工企业提供的数万个岗位中挑选自己心仪的工作岗位。

招聘会上,镇雄县委书记翟玉龙要求全县上下务必始终牢记习近平总书记的嘱托,用心用情用力抓好劳务输出工作,把劳动力转移就业打造成群众脱贫致富的"铁杆庄稼"和支柱产业,把镇雄从劳务输出大县打造成劳务输出强县。

翟玉龙口中的"牢记习近平总书记的嘱托",并非套话。十多天前,也就是2018年2月12日下午,中共中央总书记、国家主席、中央军委主席习近平在四川成都市主持召开"打好精准脱贫攻坚战座谈会"并发表重要讲话。在这个举国关注的座谈会上,翟玉龙有幸面对面向总书记介绍镇雄县的脱贫攻坚情况。在这段短暂而又珍贵的时间内,习近平总书记谆谆教导:镇雄要继续抓紧抓好劳动力转移工作。

参加完座谈会,翟玉龙立即赶回镇雄,召开会议,就贯彻落实习近平总书记的这一重要指示精神做了传达,并就当前全县劳务输出工作提出了相关要求。"全县上下忙输出"一时成为镇雄广大干部的工作常态。

事实上,镇雄每年都组织开展各类现场招聘活动,由用工地的用工企业带着岗位亲自上门招聘,让镇雄县广大务工人员在家门口应聘工作,省去了到务工地后东奔西走寻找工作的时间和经济开支。

此次招聘会虽为东莞专场,实际到场招聘的企业有60余家,均是来自"长三角""珠三角"地区的实力企业,涉及纺织、电子加工、食品加工、通信等各行各业,提供岗位达30000余个,薪资待遇3500元至10000元不等,大多数企业还提供住宿和来回车旅费等。

诱人的待遇吸引了许多人到场应聘,现场人山人海,热闹异常。招聘企业用醒目而温馨的广告语在招聘展板上标明企业的规模、经营类型、招聘工种、工作待遇等。各地前来应聘的人员将每个企业的招聘展位围得水泄不通,与企业咨询洽谈,寻找符合自己意愿的工作。

招聘中,各招聘企业与应聘人员面对面双向选择,现场报名,现场洽谈,达成一致的便现场签订就业协议。应聘成功的人员于2月25日体检后,2月26日统一出发前往务工地。

送走一批,再送一批。一年之后的2019年2月13日,镇雄县2019年农村贫困劳动力转移就业"百日行动"暨"春风行动"欢送仪式隆重举行,2600余名农村贫困劳动力乘车远行,踏上前往广东省东莞市、浙江省永康市、安徽省芜湖市等长三角、珠三角城市的务工之路,实现就业脱贫。

"要想日子好,目前还得往外跑。"当天,镇雄县委书记翟玉龙出席了欢送仪式并致辞,向大家致以美好的祝愿,勉励他们坚定不移走出去、坚持不懈走出去、风风光光走回来。

数据显示,2019年春节期间,镇雄成功对接企业54家,为广大群众筹集岗位28000余个。成功召开了安徽芜湖·云南镇雄劳务协作座谈会、东莞清溪·云南镇雄劳务协作座谈会、浙江永康·云南镇雄劳务协作座谈会等"五个专题会",共计组织发动3860人春节期间外出转移就业。

为扎实推进"安徽芜湖·云南镇雄就业扶贫协作示范"打造,两地积极实施"乡味搬迁工程"。芜湖市人社部门积极支持"镇雄酸汤猪脚""镇雄三鲜米线"等"乡味"搬迁,对镇雄籍在芜湖开设乡味餐馆的创业人员给予第一年每月2000元的经营补贴,并实行第一年店面租金免费。

"输得出"只是第一步,"稳得住、能致富"才是关键。如何让外出的贫困劳动力找到一个稳定、赚钱的工作？让他们通过外出务工持续稳定致富,成了镇雄县委、县政府十分重视的一大民生工程。

驻浙江党工委书记曹安富告诉笔者,2017年以来,镇雄县驻浙党工委、工作站共登记各类来访人员8000余人,平均每月接待来访人员340余人次,解决矛盾纠纷3200余起,为务工人员依法追讨各类款项600余万元,极大地方便和服务务工人员,真正起到了务工人员"想得起、找得到、信得过、靠得住"的"娘家人"作用。

以上数据说明了一个问题:务工人员无论去哪个地方,都不可能顺利地稳定下来,各种实际、各种原因导致的不稳定因素着实不少。要实现务工人员稳岗就业,真正"抱财回家"不是一件简单的事。在镇雄劳动力密集的地方设立党工委和工作站,也是做足"镇雄戏份"的一个惊艳之笔。

"抓党建、树形象、促发展",是党工委工作的总体要求；而"搞好配合、服务群众、促进和谐,充分发挥党组织的战斗堡垒作用和党员先锋模范作用",则是工作的核心要义。镇雄驻浙党工委成立以来,不断提高流动党员的政治素质和思想水平,扎实有效开展党建和思想政治工作,逐步摸索出一条有利于流动党员教育管理的好方法和途径,积极为广大务工群众营造良好的工作氛围,为稳定20余万镇雄籍在浙务工群体,助推镇雄扶贫攻坚做出了积极贡献。

有了保障,"稳得住"的问题算是解决了,而大规模的转移能否促进大面积的致富,却是一个不得不去思考的问题。除了浙江,广东也是镇雄劳动力的"第二故乡"。"镇雄与广东东莞的扶贫协作重点是劳动力转移,要把这件事抓紧抓实。"

为将总书记的重要指示进一步落实到位,2018年3月7日,翟玉龙又一次率队前往广东省东莞市清溪镇,就劳务输出工作进行深度考察。第二天,对接完工作，翟玉龙一行走进清溪镇中德技校，看望在这里免费读书的150名镇雄县建档立卡贫困家庭的学生。

"同学们，你们镇雄县的翟书记过来看望你们了！"当学校工作人员告诉"镇雄班"的孩子们这个消息时，备受思乡之情煎熬的同学们再也抑制不住内心的情感，泪水夺眶而出。

深受感动的翟玉龙，在安慰孩子们的同时，以自己的成长经历为例，勉励"镇雄班"的孩子们珍惜这来之不易的学习机会，希望他们在这三年的学习生活中要坚持，学会克制和规划；要勤思考，能吃苦，"好好学习，天天向上"，永不放弃，努力成为一个有用的人，为家乡的建设添砖加瓦。

2018年5月，镇雄县人口大镇罗坎镇与工业重镇安徽芜湖湾沚镇建立了双向协作关系，将罗坎镇丰富的劳动力资源与安徽芜湖湾沚镇工业园区旺盛的用工需求进行有效对接，并选派2名有耐心、有责任心、群众工作经验丰富的机关干部入驻湾沚镇，成立罗坎镇驻安徽芜湖湾沚镇劳务输出工作站，全程为务工人员提供"保姆式"服务。

为保证输出人员拧成绳、干得好、挣到钱，镇里还精心挑选了干事精练、有一定组织协调能力的村干部王贤刚带领本地劳动力在湾沚镇建立了"盾安公司罗坎生产线"，由王贤刚担任生产线"线长"，蹲点对接务工事宜，加强管理服务，充分凝聚老乡情感、发挥团队力量、展现罗坎风采，极大增强了外出务工人员的安全感归宿感认同感。

以村干部王贤刚为首的罗坎籍务工人员，还在湾沚镇开了一家镇雄风味餐馆，把家乡的味道带到芜湖，让务工人员在安徽也能记住乡愁红豆酸汤老腊肉！积极与安徽芜湖技师学院对接，动员158名外出务工人员子女到芜湖技师学院就读，实现了家长在企业打工、子女在身边就学，实现了家长务工与管理教育子女两不误。

2020年4月19日，刚上任的镇雄县人社局驻清溪劳务输出工作站站长张勇接到县教育局派到广东负责教育扶贫的王智老师的电话，说镇雄有个叫张省的老乡找工作站几天了，已经在清溪流浪半个月，他还让清溪招聘中心的小朱借了他50元生活费。挂断电话,张勇即刻赶到工作站,等待第一单"业务"的到来。半小时后,一个邋里邋遢的中年人走进了工作站。通过了解本人和村办、泼机派出所,得知他就是张省,泼机镇鹿角村人,建档立卡贫困户、刑满释放人员。张省今年42岁,未婚,家中父母年老,弟兄三人,兄长已结婚,在浙江务工。据张省说,他从浙江到清溪务工,钱包、手机、身份证在车上全被偷走了,住不了宾馆,进不了厂,到处流浪,以捡废品卖维持生活。对于此类群众,张勇多少知道一些"缘由",首先想的是帮助他改过自新,激发内生动力。做了半小时思想工作,张省愿意痛改前非,就业意愿也非常强烈,承诺今后好好务工。于是,张勇便联系了清溪金旺玩具厂,解决了他的工作、食宿问题,协调人事部经理冒着瓢泼大雨到清溪公安分局罗马警务室为其办理居住证,到公安分局办理身份证。入职那一刻,张省腼腆地说:"我文化水平低,不会说什么,所有的都在心里面了,谢谢你,张站长。如果没有工作站,我可能还要继续以乞讨为生。"

抓好劳务输出工作,镇雄要重点考虑的,除了"输出"利用,还要不停歇地把剩余劳动力资源开发出来,在高位推进每一项重要工作的同时,盯准新增劳动力、返乡劳动力,以"输出"为手段,以"增收"为目的,全力打造好具有"镇雄特色"的劳务经济平台,筑牢民生阵营。

2019年,镇雄出台实施劳务输出"增收年"行动22条意见,制定并落实"四大工程、一个保障"工作措施,带领全县各级各部门干部职工砥砺前行,取得丰硕成果。

所谓"四大工程",一是精准开展就业培训,实施以"培"促增工程。紧盯未转移劳动力,加大定向培训力度、大力推进转岗培训,有效提升就业技能,实现以"培"促增。全县年内开展农村劳动力各类培训14.02万人(建档立卡贫困户8.26万人),其中县人社局开展就业培训481期38652人。二是大力推动充分就业,实施以"转"促增工程。开展"清零"行动,强势推进县外劳务输出,盘活县内岗位推进就近就业,大力发展乡村扶贫车间,加强乡村劳务队规范化管理,精准抓好兜底就业,实现能转尽转,以"转"促增。全县年内转移就业农村劳动力61.49万人,其中建档立卡贫困户23.5万人。实现务工收入188.32亿元,其中建档立卡贫困户76.85亿元。三是全方位开展稳岗服务,实施以"稳"促增工程。加快县外劳务输出机构建设,健全协调联动稳岗机制,加强对用工企业的跟踪监测,做细做实留守人员关爱工作,切实做好稳岗服务,实现以"稳"促增。四是全面提高组织化程度,实施有"序"促增工程。加大成建制转移输出力度,发挥流动党组织作用,强化务工能人帮带作用,加快推进劳务协作示范建设,全面提高劳务输出组织化程度,以有序输出、集中输出促进稳定就业、持续增收。全县年内有组织成建制转移就业3.9万人,其中建档立卡贫困户3.15万人。

而"一个保障",就是全面提高就业扶贫工作保障水平。在这方面,需要完善劳务信息动态管理机制,健全以奖代补机制,强化纪律作风保障,压实乡村两级劳务输出主体责任,全面提高劳务输出工作保障水平。

2020年春节,新冠肺炎疫情席卷而来,与全国一样,镇雄县的许多工作不得不按下暂停键。在疫情防控后期,作为一个劳务输出大县,如何让县内众多务工人员返岗就业,成了镇雄必须想方设法推进的一项重要工作。

劳务经济已然成了镇雄变人口包袱为人力资源财富的重要途径,潜力巨大、前景广阔,任重道远,马虎不得、松懈不得。单就浙江永康来说,镇雄就有10万多务工群众,受疫情影响,有4万多回乡过年的员工暂时无法返岗。

怎么办?镇雄切合实际,不等不靠、积极作为,坚持用"剥笋子的方法"对待劳务输出,想尽一切办法尽快把能外出务工的群众转移输送出去,全力以赴帮助务工群众稳住"钱袋子"。

2020年2月中旬,镇雄、永康两地政府通力合作,开通绿色通道,为企业和员工展开了一次长达1400多千米的"牵线搭桥"。永康市政府承担返程车费,镇雄县就地组织60辆大巴车将员工送回永康。为保证安全,每辆车都将配备随车干部、医生,并给每一名员工发放就业承诺书、体检报告等。2月17日凌晨,第一批镇雄籍员工抵达永康市,守在寒风中的当地企业主们,打出横幅欢迎来自镇雄的返岗农民工。

在疫情防控期间,镇雄采取了"四个精准"措施,有序组织劳动力返岗就业,全力消解疫情对劳务输出产业的冲击。一是精准摸底核查。逐户逐人开展摸底核查,准确掌握辖区内劳动力总数、就业人数、返乡人数等信息,建立建准劳动力就业台账。二是精准对接沟通。对接镇雄人集中务工地已复工复产的企业,对接劳务中介和务工能人,对用工企业需求、开工时间以及对所需相关证明等进行明确。三是精准组织转移。及时组织开展务工人员健康服务,免费办理相关证明,统一包车并安排稳岗人员随车护送,确保务工人员出门上车、下车进厂、安全到达。四是精准提供保障。派出工作组前往东莞、永康、芜湖等镇雄务工人员聚集地开展成建制、组织化输出对接工作。积极发挥5个驻外劳务输出工作站和39个外出务工党组织作用,帮助务工人员解决实际困难。

新冠肺炎疫情全球蔓延,部分企业特别是外贸企业遭遇订单减少、产能缩减,出现降薪裁员的情况。针对这一实际,镇雄将全县劳务输出工作重心从应输尽输调整为应稳尽稳,并制定应对疫情影响稳定就业工作方案,落实电话回访、建立基地、教育保障、强化培训、做好服务、开发岗位"六稳岗"措施,解决了外面如何稳的问题;针对因疫情返乡的劳动力,切实做到"转"字当先促就业,通过外输就业、内转就业、公岗安置、政策保障"四步工作法",解决了回来怎么办的问题。疫情防控期间,镇雄共有1724名返乡劳动力,经过政府组织,1648人到安徽、浙江、昆明、福建等地实现稳定就业,剩余76人为返乡建房,暂未外出就业。

截至2020年8月,全县转移就业劳动力666067人,占劳动力总数的85.58%。其中,建档立卡贫困户劳动力转移就业264390人,占卡户劳动力总数302054人的87.53%;"点对点、一站式"转移输出76611人,成建制转移组织化率得到大幅提升,全县劳务输出非但没受疫情影响,相较2019年反而有所增加。

"到2020年末,镇雄常年稳定务工人员将突破59万人,务工工资性收入将突破180亿元,一定能把镇雄县打造成为全云南省重要的劳务经济示范基

地,绝不辜负总书记的殷切嘱托。"提起镇雄的劳务经济,镇雄县人力资源和社会保障局局长王万辉满怀信心。

"确保有劳动力的贫困家庭每户至少有1人稳定就业,夯实脱贫出列收入基础。"这是镇雄县就业扶贫工作的一大特色,也是考验镇雄广大干部职工的一项光荣而坚决的任务。

要完成这一任务,难题不少,其中之一就是无法离乡、无业可扶、无力脱贫即"一有三无"贫困劳动力的就业问题。困难总要解决,只有攻坚克难,破题破局,才能保证贫困群众的收入。

公益性岗位的合理性开发,是解决"一有三无"贫困劳动力就业、凝聚就业扶贫工作合力的有效途径。

2019年上半年,镇雄组织全县30个乡镇(街道)对机关后勤、就业扶贫信息岗位空缺情况和"一有三无"贫困劳动力就业需求进行全面调查,按照"上下结合,供需对接,侧重需求"的原则,科学拟订了乡村公益性岗位开发计划,制定乡村公益专岗管理办法,为拓宽贫困劳动力就业渠道、提升就业扶贫质量夯实基础。

2019年7月,县里召开就业扶贫工作推进会,通过乡镇(街道)研判上报,将283个城镇公益性岗位(就业扶贫信息员)和2875个乡村公益性岗位开发需求目标下达到各镇(街道)。各用人单位主动作为,经招聘、公示、申报、录用等程序,一个月内便完成所有贫困劳动力安置工作,并签订劳务协议。8月,县扶贫开发领导小组召开脱贫人口困难问题县级研判会,各乡镇(街道)报送需新增安置贫困劳动力乡村公益性岗位674名。10月,县委、县政府召开脱贫攻坚困难问题研判解决会议,乡镇(街道)报送需新增公益性岗位201人。

2020年3月,各乡镇(街道)研判上报县脱贫摘帽指挥部未脱贫建档立卡贫困户劳动力41091人中,需新增乡村公益性岗位安置1883人;4月,研判上报需新增乡村公益性岗位安置贫困劳动力824人;5月,研判上报需新增乡村公益性岗位45人;6月,研判上报需新增乡村公益性岗位14人;7月,花朗乡研判上报需新增乡村公益性岗位4人。通过行业部门的积极作为,采取系列举措,以上新增乡村公益性岗位陆续就位,不仅有效解决了一部分贫困劳动力稳定就业难题,还为各用人单位缓解了人手不足困难,全县就业扶贫工作合力得到有效凝聚。

镇雄在公益性岗位的开发方面,突出"按需就位",高度聚焦就业困难群体。从2018年全县开发城镇公益性岗位615人开始,到2019年,利用推进"美丽乡村建设"和实施劳务输出"增收年"行动契机,经过招聘、公示,累计开发机关后勤、就业扶贫信息员等城镇公益性岗位安置1356人。开发乡村公益性岗位(环境保洁员、河道治理员、治安巡逻员)安置贫困劳动力3921人,给予每人每月500元岗位补贴。

2020年,全县累计开发城镇公益性岗位1578人,累计开发乡村公益性岗位5850人,每人每年可增收6000元至14160元不等。

至此,在全县254个贫困行政村实现了乡村公益性岗位全覆盖,这些贫困劳动力感受到了温暖,参与公益事业的工作积极性空前高涨。

就业扶贫是大事,公益性岗位必须加强管理,不能养懒汉。近年来,镇雄县相继制定出台了公益性岗位管理暂行办法,各乡镇(街道)按要求制定了就业扶贫公益性岗位工作、考勤、考核等制度,规范签订劳动合同(协议),严肃工作纪律,强化对公益岗位人员的管理和使用。

47岁的常开美,是五德镇渡船坝社区河道治理员,老伴残疾丧失劳动力,儿子在读高中三年级,母亲70多岁生活无法自理。从2019年主动担任村级河道保洁员以来,在管理好自己所辖河段的同时,宣传引导村民养成良好的爱护环境卫生的习惯。如今,白水江畔这段河道变干净了,他也被当地干部群众称为"最美河道保洁员"。

母享镇就业扶贫信息员刘泽军,自2019年10月被聘用以来,不管是宣传脱贫攻坚政策,还是统计全村劳动力就业情况,从不叫苦喊累,圆满完成各项任务。疫情防控期间,他连续40多天带病坚持在疫情防控、脱贫攻坚一线,用实际行动践行着一名返乡大学生的初心和使命。2020年3月7日,《昭通日报》以《青春无悔写忠诚》为题报道了他的事迹。

## 十四

号称"世界工厂"的东莞市,是"广东四小虎"之首,全国四个不设县的地级市之一,2016年度中国城市GDP二十强,2017年GDP突破7000亿。而同为地级市的昭通,2016年的GDP仅为768.23亿元。

如果说东莞市与镇雄县是一大一小两个行政区,GDP没有可比性的话,我们不妨再看看镇雄县与清溪镇之间的差距。数据显示,2017年,镇雄县GDP总量完成113.1亿元。而作为东莞市下属的一个镇,2017年清溪镇全镇生产总值260.88亿元。两相对比,差距不言而喻。可喜的是,地处东西的两个地方,因为扶贫走到了一起。

2016年12月7日,中共中央办公厅、国务院办公厅印发《关于进一步加强东西部扶贫协作工作的指导意见》后,东莞市帮扶云南省昭通市镇雄县,自此,原本一东一西、相距千里、并无交集的两地,立足"东莞所能,镇雄所需",亲密牵手"联姻",结下山海"扶贫亲情",把先进的发展理念、丰富的帮扶资源、社会的爱心捐助源源不断地汇集到镇雄县贫困乡村,产业帮扶、就业扶贫、基础改善等措施落地见效,一股东西部地区同心协作谋脱贫的劲风吹遍了镇雄县脱贫攻坚主战场,共同谱写了一曲"东莞镇雄一家亲、携手并进奔小康"的扶贫协作新篇章。

为深化结对帮扶关系,东莞市紧跟东西部扶贫协作深入推进步伐,先后派出清溪镇、企石镇、桥头镇、谢岗镇结对帮扶镇雄,按照"携手奔小康行动"要求,广泛开展教育、文化、卫生、科技等方面合作,瞄准贫困任务重、贫困程度深、脱贫难度大的乡镇、村,积极探索"1帮N""1对1"结对帮扶新模式,推动全方位、多层次、宽领域的扶贫协作,助力镇雄县全面打赢脱贫攻坚战。扶贫协作开展以来,东莞市组织32个镇街、78个村(股份经济合作社)、18个社会组织结对帮扶镇雄县10个乡镇、96个村;东莞9所学校结对帮扶我县6所学校,6家医院结对帮扶我县2家医院。5年来,东莞市与镇雄县迅速行动、主动对接,协同联动、抓实工作,携手朝着奔小康目标砥砺前行。

在对口帮扶中,东莞市立足两地人力、物力资源实际,重点围绕"6个聚焦"开展工作,即,聚焦小康目标,共商扶贫协作大计;聚焦引培人才,共筑双向交流平台;聚焦产业合作,共建脱贫致富支柱;聚焦劳务协作,共拓就业创业门路;聚焦社会帮扶,共打脱贫攻坚硬仗;聚焦短板弱项,共奏惠及民生乐章。

2016年以来,东莞、镇雄两地加强人才交流互动,从东莞市赴镇雄"传经送宝"的不仅有挂职领导干部,还有教育、医疗卫生、科技等各个领域的专业技术人才,他们把东部沿海开放地区的先进理念、技术、信息、经验等毫无保留地传导到镇雄,进一步增强了贫困地区干部人才队伍带贫减贫能力。同时,镇雄县派出干部和专业技术人才到东莞市挂职锻炼、学习交流、提升能力。5年来,东莞市派驻镇雄挂职干部共计2人,其中县处级1人,科级2人,分别挂职县委常委、副县长和县扶贫办副主任,通过补充急缺人才,解决镇雄干部"思路贫困""办法贫困"的问题,为脱贫攻坚注入"新鲜血液";共选派36名教师、27名医生、10名农技人才到镇雄开展教育、医疗、农技等领域对口帮扶,帮助镇雄培训教育、医疗卫生、农业等领域专业技术人才4589人次,助力镇雄打造一支带不走的教育队、医疗队、农技专业队。镇雄先后选派干部16人次到东莞市挂职锻炼,选派24名教师、34名医生到东莞市跟岗培训。通过全方位、多层次人才交流,帮助镇雄干部和专业技术人员更新理念、提升能力。

"人才和干部的交流,带来了思想观念的撞击,为镇雄发展带来了新鲜经验。镇雄前往东莞挂职的干部看到了自身差距、拓宽了思想视野、更新了发展观念,坚定了脱贫致富的信心和决心。在镇雄挂职的东莞干部们则纷纷表示,镇雄干部群众自力更生、艰苦奋斗的精神,进一步磨炼了他们干事创业的意志。"东莞、镇雄两地交流干部彼此道出了心中最真实的感受。

2017年,深圳市新中德教育集团特派李君丽老师到镇雄县以古中心小学挂职,任校长。以古生活条件艰苦,学校没有宿舍,她只能借宿在以古镇政府办公大楼。以古的气候,一般都是国庆后就开始转冷,而且大多都是雨雾天气,这对一个来自南方"温室"里的姑娘来说,是一个极大的考验。

刚在以古落脚,李君丽便收到集团给她的一个"大礼包"——捐资 100 多万人民币,用于当地薄弱学校教学设备添置及校舍维护;投入 580 多万,用于以古中心小学的基础建设。在调研过程中,李君丽了解到,离镇区 4 千米之外的田坝分校点地处山坳、交通极其不便,每天要请当地村民用背篓把饭菜送给师生,孩子们无法享受到优质的教学资源。于是,她向集团领导建议对该分校点进行撤并,得到了首肯。57 个复式班孩子搬迁到新学校上学的当天,所有护送孩子进学校的家长向她鞠躬致谢。"那一刻,我觉得再苦再累都是值得的。"李君丽说。

在以古支教的日子里,为了培养孩子们按时上学、见到老师主动问好等习惯,李君丽坚持每天早上 7 点到学校门口迎接学生进校,下午放学在校门口护送孩子们回家。寒冷的冬天也不例外,后来,这个习惯就变成了行政值日管理模式。经过一年的努力,以古中心小学的教育教学工作基本达到她的预想:教育教学设备完善、学生食堂正常使用、200 多个寄宿学生顺利入住学生公寓、生活老师全天服务管理、教师住宿条件和办公条件都得到改善、师生们的精神面貌得到质的飞跃,各科教学成绩稳步上升——"规范、和谐、质量、品牌"八字办学理念在以古得到推广并取得喜人成绩!

"以古镇中心校多次组织其他学校的老师、领导到我校学习、交流。我们的教育扶贫工作也得到了东莞市、昭通市两地党委政府的认可与支持,此举在东、西部扶贫战略合作中起到了积极推进和友好深交的作用。"谈到这里,李君丽腼腆地笑了笑。

李君丽的支教历程,无疑是饱满的。在以古,她克服种种困难,战胜了高寒气候,敢于与麻辣菜肴作挑战,爱上了镇雄的红豆酸汤,不再害怕蜿蜒的山路。她把满腔的教育情怀撒在以古这片美丽的土地上,那些翻山越岭家访的日子,那些夜里陪护孩子看病的回忆,那些与孩子们唱歌跳舞的欢乐……都让她获得了无限的快乐。

"是新中德教育集团的信任和嘱托,让我带着所有亲人和同事的祝福,来到千里之外的云南镇雄支教。在这里,我结识了一群群天真烂漫的孩子,与那么多有着不同经历的乡村教师成为同事,这对我来说,是将来教育生涯中最珍贵的回忆了。"如今,李君丽已回到原来的工作岗位,但以古一直是她的回忆,以古的孩子一直是她的牵挂。

蔡文煊是东莞市优秀教师,东莞市第五批小学数学学科带头人,东莞市第二批小学数学、第三批小学科学教学能手。2019年8月,她积极响应国家东西部扶贫协作的号召,从东莞前往离家千里之外的镇雄支教,担任东莞驻镇雄支教队队长,挂职镇雄县教体局教研室副主任,主导小学数学教研工作。

"终于深切体会到,能让你'吐得怀疑人生,却仍心怀感恩'的事情,除了怀孕,还有支教。"这是蔡文煊老师写在日记本里的一句话。

镇雄县域地理位置特殊,难以开展集中教研活动。结合实际,镇雄县教体局将5所县直小学、28个乡镇中心学校划分为5个教研片区。蔡文煊来到镇雄后,走遍全县5个教研片区,足迹遍及所有乡镇,共开展示范课25场、专题讲座30场,辐射学生1300余人、教师2000余人次。她说:"要用心和双脚丈量镇雄的土地,用爱和责任点燃教师的热情。我坚信,星星之火可以燎原。只有把火种传递给老师,才能造福更多的学生!"

蜿蜒起伏的群山之中,星星点点地分布着许多乡镇学校。走进课堂,蔡文煊与老师交流,与学生沟通,了解镇雄的"教情""学情",和老师们一道全面分析教育教学中存在的短板,深入探讨补齐短板的方法措施,感受到了老师们对学生的关爱,更深刻地体会到"满堂灌"教学观念的弊端。通过大量调研,蔡文煊便开始着手"盘活"小学数学教研活动。考虑到镇雄辖区内学校量大分散、无法实现大规模集中培训的实际,她便参照2018年《镇雄县教育教学研究改革和发展意见》中的5个片区划分方式,制定《镇雄县教育体育局小学教研活动方案》,此举在镇雄县教研活动史上实属首创,得到县教体局领导的高度重视。

山路蜿蜒曲折、深沟高壑,翻山越岭间,坐在车上的蔡文煊老师心惊胆寒、呕吐不已。但当她走进教室,看到连过道都坐满老师的课堂,那一双双清澈明亮而又充满期待的眼睛,又让她瞬间精神了起来。

每一堂示范课，每一个讲座，她始终坚持放手让学生去探索知识的奥秘，去展示自学的收获，扮演好教师"导"的角色。从东到西，从教学条件相对较好的县直小学到边远民族乡镇、落后乡镇的"学困班级"，她讲授了20多节示范课。每一堂课、每一个班，蔡文煊的课堂时时处处注重课堂生成、问题驱动，尊重孩子的语言，尊重孩子的起点，尊重孩子的思维，在课堂上孩子们的主动表现，让在场所有老师心存的各种故步自封"理由"不攻自破。

一种理念、一种精神正在逐步融入镇雄这片古老而充满生机的土地。在一年时间里，蔡文煊走遍了5个片区、28个乡镇，躬亲示范，用实际行动促进各学校教研活动深入开展。

蔡文煊对先进教学理念的"现身说法"，在老师们心里打开一扇窗，增射一束光，促使"送教送培"在全县铺开。然而，支教时间有限，一些思想、经验会不会随着她的离开而烟消云散了呢？蔡文煊想，授人以鱼不如授人以渔，帮扶支教不能持续一辈子，只有增强贫困地区教育的造血功能，才能真正做到教育脱贫。

于是，深思熟虑之后，她提出了一个大胆的构想：出台《镇雄县小学数学骨干教师培训培养实施方案》，从全县范围内抽选26位教研骨干、教师骨干进行培养，努力为镇雄小学数学教育留下一支永远不走的骨干教师队伍。这一全新的尝试，得到镇雄县教体局领导的高度重视，给予了大力支持。

2019年12月24日上午，镇雄县小学骨干教师培养培训系列活动开班仪式在县教体局教研室会议室正式启动。培训紧扣"从教师基本功培养到学科专业能力提升""从常态课堂教学到多媒体设备使用"等专题开展，既有学科深度，又有能力强度。

新冠肺炎疫情蔓延以来，蔡文煊老师结合实际，大胆提出充分利用网络平台转"危"为"机"，推出多种线上培训，切实做到"停课不停研"的思路，推动钉钉（一款新媒体软件）直播进行阅读交流分享，化被动接受为主动参与，引起了极大的反响。

作为东莞市的小学数学学科带头人，疫情期间，蔡文煊老师承担了东莞小学数学五年级的录课工作。受场地限制，她就在镇雄的办公室里架起手机、装上补光灯,将录制视频传送到 1800 千米外的东莞;同时,将东莞集结各科优秀教师录制的所有线上课程全数传回镇雄,再传给全县各中心学校,作为疫情期间镇雄线上教研资源。

目前,骨干教师培训工作已圆满地交上答卷,参训骨干教师逐渐成长为镇雄县各项目学校、基层各片区教研工作的"种子"选手和中坚力量。实实在在地组织参训教师深入学习、开展实战,使他们在教育理论、教学技能上都能向教育发达地方教师水平靠近。

"蔡文煊老师犹如飞翔在镇雄教育天空的一只百灵鸟,她的欢唱,引来镇雄教育界无数只百灵鸟的共鸣,我们集体演绎了大雄古邦优质教育的天籁。"镇雄县第三小学教师曾德胜这样称赞蔡文煊。

1 年的支教时间,蔡文煊在镇雄播下的教研种子,已然慢慢发芽、长大,增强了镇雄教育的"造血"能力,真正留下了一支不走的队伍!

电话采访罗润发的时候,他已经回到东莞桥头医院上班 2 个月了。这个于 2018 年主动请缨到镇雄支医的年轻医生,给我们讲了一个故事:

> 2018 年国庆第三天,我带着几个应届毕业的医生值夜班。23 点 34 分,我刚做完一个清创缝合手术,正打算给家人打个电话聊聊天,以解思乡之愁,突然听到急诊科门外有人大声呼喊:"医生,救救我小孩!"多年的急诊工作经历告诉我,这肯定是一危重病人,又得抢救了!抬头往急诊科门口一看,一位看似 40 多岁的农村妇女,衣着沾满污泥、表情惊恐万分,抱着一个五六岁的小孩冲进急诊大厅。我与分诊护士迅速上前接过小孩,送入抢救室,立即进行抢救。检查发现,患儿无任何反应,瞳孔散大、角膜干燥、肢体冰冷、心电监护无心电波形。经诊断:呼吸循环骤停。几人各自分工进行胸外心脏按压、呼吸球囊辅助呼吸,建立静脉通道,静推肾上腺素、气管插管、呼吸机抢救……抢救期间,这位中年妇女的目光始终紧盯着床上的小孩,眼神里充斥着满满的期待——在她的眼里,小孩仍未死亡,还有机会好起来。

通过询问,知道她曾有两个儿子,大儿子在 4 岁时不慎从山上坠落摔死,这是她的小儿子,名叫苏俊阳,于五小时前在远离县城约 15 千米的地方被三轮车撞伤。被撞后还清醒,能站起来,前额少许皮肤挫裂伤,少量出血,身上其他地方没有其他反应,只是说腹痛。她当时以为伤得不严重,没及时送医院检查。她丈夫在成贵高铁工地务工,很少回家,她认为小孩不会有什么大事,送医院检查又是一笔不少的费用,于是没过多在意,继续在家忙活。

镇雄大山里的农村进城非常困难,雨雾天路上满是泥泞,能见度相当低,驾车行驶盘山公路极其危险,晚上根本不会有出租车。当地卫生院没有相应检查设备,要是呼县 120 接诊,来到现场也至少等三五个小时,且费用昂贵,农村建档立卡户不到危重濒死的地步几乎都不会呼叫 120 接送。大概在受伤一小时后,小孩腹痛剧烈,面色苍白,此时,他的母亲才开始紧张,哀求附近有车的邻居帮忙送到当地卫生院就诊。卫生院不敢接诊,叫她转送县医院。送院途中,小孩慢慢"睡着了",快进城的时候,已叫不醒。

小孩是创伤致腹腔脏器破裂出血,引致失血性休克,心肺骤停,脾脏破裂可能性很大。虽然明知抢救成功的可能性极微,我们还是尽全力抢救。一个多小时过后,小孩心电呈直线,瞳孔放大,对光已无反应,我们不得不向这位可怜的母亲宣布孩子死亡的事实。我一度不敢直视,她绝望的眼神凝视着儿子的遗体,双下肢软瘫靠着墙壁,一动不动,对我们的话无任何反应。当我与护士撤离各种设备,用白床单覆盖孩子到颈部时,她突然站起,冲过来抱着孩子,撕心裂肺地痛哭,哭喊声响彻整个医院……

天刚亮时,她面容憔悴,脸上布满斑驳的泪迹。她慢慢走过来,有气无力地跟我说:"来得太匆忙,没带钱,医院的费用只能等他爸爸回来再结算了。"

看着这位悲伤的女人,医者本身的恻隐之心从心里骤然升起。我借口说要登记小孩个人信息以开具死亡证明,带她来到另一间办公室,把身上仅有的400元现金塞在她手里,让她租车回去。她只说声"谢谢,我们要回家了",便转身离开。

待我重又走到抢救室门口时,看见她右手轻抚小孩前额,躬身轻轻靠在她儿子耳边说:"宝贝,妈带你回家,你靠我的肩膀继续睡觉,乖孩子!"她慢慢抱起被白床单包裹的儿子,让他的头轻轻贴在她的肩膀上,右手不住地拍着孩子的背,自言自语:"阳阳不怕,不怕,妈妈在这儿,咱们回家继续睡。"很快,她已经消失在湿冷的雨雾中。

罗润发在讲故事的时候,几度在电话里哽咽。他说:"尽管结果无法改变,但我们还是可以提出很多假设:如果此事发生在交通发达和医疗水平较高的东莞,相同程度的病情就是另一种结局;如果这位母亲有一定的常识,意外发生时她可以立即送孩子到医院检查;如果家庭条件不是太差,她可以把健康安全放在首位,而不是首先考虑费用问题;如果在送院途中能识别呼吸心搏骤停并给予心肺复苏……"

罗润发知道,一切假设在贫穷、落后、交通极不便利的镇雄山区都是奢望。在感慨生命脆弱的同时,他思考得最多的是,作为来自东部发达地区的支医人员在有限的支医工作期间,如何力所能及地给当地人提供更多的帮助,不负支医初心。

2018年12月,罗润发加入蓝豹救援队,跟队外出演练,参与现场救援,义务提供急救课程培训。数月里,他在镇雄10余所边远乡镇中学给教职工现场提供心肺复苏急救培训、创伤包扎、气道异物急救、危重病人识别。在交通不便利的落后山区,普及一定的急救知识与技能,老师与学生作为第一响应人,能及时采取基本急救措施,为患者转送提供基本生命支持,可以为挽救生命提供更多可能。加入蓝豹救援队的半年里,罗润发把急救知识与技能带到镇雄多所乡镇学校,通过参加救援行动,有机会在第一时间给受伤的患者进行及时、有效的处理。在2019年3月27日,罗润发在赶赴牛场中学演练的途中救助了一名因车祸致伤的患者;4月28日,参加溺水学生遗体打捞行动;6月18日,参加宜宾市长宁县地震救灾行动;7月3日,联合宜宾蓝豹救援队给五粮液集团中层干部进行地震应急培训……

作为一名医生,罗润发利用业余时间参与救援行动,让患者第一时间接受正规医疗处置,为挽救生命提供有力支持,避免更多上述类似事件发生。同时,他用对社会的正能量行动影响身边的同事,促使更多医疗专业人员加入,方便院前救援与院内急诊协同。

"苏俊阳只是我们急诊科抢救病人中普通的一个,但就这一个普通生命的逝去,给肩负支医使命的我很多思考。东莞与镇雄山海相连、守望相助。伴随着脱贫攻坚的滚滚洪流,我选择了跟随救援队到乡镇基层救援、讲授急救知识,用有效的、可持续的行动来改善当地的医疗救助状况,让悲痛终结在昨天的烟云里,这是我们支医人起码的担当!"

这样的采访会结束吗?其实,当我们在罗润发离开镇雄1年多的今天再次审视镇雄的现实时,或许他在电话里所说的那些"假设"已经变成了现实。"东西部扶贫协作"这一国家层面上的暖心行动,在人才支援方面为镇雄提供的不仅仅是文化、理念、技术意义上的东西,更多的是一种对未来塑造的信仰、勇气和动力。

"镇雄脱贫攻坚任务重、难度大,这是不争的事实。产业发展薄弱、交通瓶颈还未完全打破,目前群众主要收入来源一定程度上依靠外出务工。但是,我对镇雄如期实现高质量脱贫充满了信心,因镇雄的基础设施已经建设已经取得了巨大的成就,产业培育动力十足,有望一翅冲天。"东莞派驻镇雄挂职副县长张伟华这样说。

在产业扶持方面,2016年以来,东莞市累计支持产业帮扶资金1.41亿元,为镇雄县精心谋划实施产业项目29个,建成产业扶贫车间17个、规范化大棚334亩,共建产业园区2个、生猪代养场5个,为贫困群众稳定脱贫和增收致富提供坚实支撑。同时,镇雄县出台系列优惠政策,通过东莞市牵线搭桥,建立与沿海地区协作纽带,大力推进招商引资、招大引强,成功引进25家东部企业来镇雄投资发展,创建了14家公司和17个扶贫车间,完成投资4.8亿元,吸纳周边建档立卡贫困户劳动力1178人就近就业,有力促进其家庭持续稳定增收。

产业扶贫是解决生存和发展的根本手段,是脱贫的必由之路。自2017年开始,东莞市对口帮扶镇雄县泼机镇,立足全镇产业基础,把发展产业、扩大就业作为增强群众自我发展能力、实现稳定脱贫致富的根本途径,两地携手做大做强脱贫产业,夯实脱贫致富根基。

家住亨地村尖山村民小组的邓书秀是建档立卡贫困户,扶贫车间让她看到了脱贫的希望。"现在工厂开到了村里,能够兼顾种地、家务的劳作和工厂车间的工作,还能照顾老人,带子女读书,感觉生活一下子有了奔头。"谈起如今的生活,她脸上洋溢着幸福的笑容。

扶贫协作开展以来,东莞市紧紧扭住产业扶贫"牛鼻子",以建设扶贫车间为抓手,聚力发展劳动就业产业,为贫困群众稳定脱贫和逐步致富提供坚实支撑。2020年6月,投资190万元建成扶贫车间1个,车间厂房面积1100平方米、办公楼面积440平方米,可容200人就近务工,实现年人均增加收入30000元;投资927.5万元,帮助7个"国务院脱贫挂牌督战村"部分群众参加大火地工业园区扶贫车间建设,解决临时就业问题。

为确保泼机镇弯弯田易地搬迁安置点搬迁户稳定增加收入,东莞市充分考虑搬迁对象实际,围绕发展生猪养殖,在易迁点配套建设猪舍110间1760米,让搬迁群众在保持养殖习惯的同时增加收入,变居不变情、离乡不离土。

为充分发挥泼机镇全县第一人口大镇的优势,两地坚持把劳务输出作为促进困难群众增收最快捷、最有效、最稳定的途径,切实加强劳务协作,打出就业培训、召开用工招聘会、劳务对接、转移就业系列"组合拳",加大应输尽输、应转尽转力度,最大限度组织输送劳动力到东莞务工就业。同时,强化包车护送、发放交通补贴、稳岗补贴等政策支撑,深入推进就业帮扶工作,激发贫困劳动力就业积极性和脱贫致富的内生动力。"我是第一次外出打工,还是我的帮扶人与政府对接,给我联系了广东东莞一家工厂,工资4000元左右。我到那里以后,一定会努力工作,多挣些钱,好好过日子!"亨地村建档立卡贫困户高丽华说。

"一技傍身,彻底翻身;一人就业,全家脱贫。"泼机镇只是东莞"对口"帮扶的一个乡镇,可以作为一个"点",而就全县来说,则是由无数个"点"构成的"面"。面上的事情更庞杂,更需要精准的策应和系统的谋划。东莞市把劳务输出作为精准帮扶贫困群众增收致富的根本途径,通过两地签订劳务输出扶贫协作协议、联袂实施职业教育培训,设立镇雄县人社局驻清溪劳务输出工作站,架起劳务输转"立交桥",促进镇雄农村劳动力稳定就业,助推精准脱贫。与此同时,强化稳岗补贴、交通补贴等政策支撑,加强政策宣传引导,开展送政策、送岗位、送服务上门等活动,提升就业帮扶质量,积极引导其消除"不想出去"的思想和"不敢出去"的顾虑,激发贫困劳动力就业积极性和脱贫致富的内生动力。

2017年9月12日,清溪镇、镇雄县两地人社部门举行劳务输出扶贫协作协议签订仪式,拉开了劳务协作的大幕。

在劳务输出方面,两地始终围绕精准摸底、解决"底数不清"的问题,精准培训、解决"实效性不强"的问题,精准转移、解决"组织化不高"的问题,精准服务、解决"就业不稳定"的问题的工作要求,着力提高劳动力转移组织化程度。2017年以来,共举办培训21期,培训贫困人口2.5万人次,2.1万贫困劳动力实现有计划、有保障的转移就业,其中成建制转移7479名贫困劳动力到东莞就业。

"拉着巨人的手,我们脱贫的捷径才更好走!"在清溪镇·昭通市镇雄县第二次扶贫协作党政联席会上,翟玉龙与清溪镇镇党委书记范燕彬就两地扶贫协作工作进行了深入的探讨和交流,并对清溪镇对镇雄的无私帮助表示衷心感谢。

一组组数据,记录下5年间东莞、镇雄两地推进劳务协作的成绩。

面对打赢脱贫攻坚战这场硬仗,东莞市组织社会帮扶力量与镇雄县牵手扶贫协作。2016年以来,东莞市筹集社会帮扶资金11110.21万元,重点帮助镇雄县实施贫困村产业发展、文明实践超市物资购置、太阳能路灯安装、卫生公厕建设、村组路建设、人居环境提升等项目,受益人口达5万余人;

2016年至2019年,东莞市组织157家企业结对帮扶镇雄县96个贫困村,为镇雄决战脱贫攻坚注入了一股强大而温暖的力量,助推2万余贫困人口实现脱贫;2020年,东莞市深入贯彻落实国务院扶贫办关于动员社会力量助力挂牌督战的要求,制定印发《东莞市东西部扶贫协作全面加力行动方案》,创新采取"包干制",按照"1+1"模式落实双覆盖,组织东莞市20个市直部门或单位,5家东莞大型企业,78个村(股份经济合作社),148个民营企业和18个社会组织共计269家单位和企业,采取"一企对一村""一企对多村""多企对一村"等方式,结对帮扶镇雄县96个挂牌督战村,实现挂牌督战村结对全覆盖、双覆盖。同时,坚持规定动作和自选动作相结合,签订帮扶协议,支援每个结对督战村资金或物资不少于5万元,帮扶对接不少于1次,扎实抓好结对帮扶工作。结对企业通过资金帮助、人才援助、劳务互助、产业协助、消费扶助、特困救助等多种方式进行精准帮扶。

"山呼海应"战贫困,扶贫协作结硕果。东西部扶贫协作工作开展以来,东莞市共向镇雄县援助财政帮扶资金26255万元,从建立机制到结对帮扶,从产业对接到落地见效,从经济援助到社会事业多领域深度合作,两地开创出一条具有示范意义的扶贫协作道路。

除了东莞市,广东省中山市也在对口帮扶镇雄的过程中做出了积极贡献。

根据广东·云南扶贫协作工作联席会议和东莞市、中山市与昭通市扶贫协作座谈会议精神,选取泼机镇亨地村弯弯田村民组作为协作示范点,打造东莞市、中山市和镇雄"手拉手"帮扶工程,计划搬迁亨地村24个村民组中受地灾隐患威胁、居住危房或无房的建档立卡贫困户110户449人。项目占地总面积90亩,规划总投资3814万元,其中,东莞市、中山市对口帮扶资金1000万元,整合扶贫资金近3000万元。整个工程按统规联建的方式建设。

这样的"精准结对帮扶",镇雄县难啃的"贫困硬骨头"正被滴水穿石,脱贫致富的美好愿景看得见、摸得着。在越来越紧密的交往中,广东东莞、中山与镇雄共建帮扶大格局,奏响实现全面小康大合唱。

## 十五

随着交通基础设施的不断完善和大交通网络的形成,"雄关漫道"禁锢中的镇雄与这个世界的距离不再遥远;农村电网改造在成就镇雄3696平方千米大地灯火通明的同时,也促进了通信事业的全面覆盖。越来越多的镇雄人不再畏惧"走出去"的遥远,不再担心故乡在长久的"留守"中成为内心的"飞地"。关山重构只是一种地域上的里程概念,"天涯"其实就在身边。

无论是QQ、微博、微信、抖音等人们已经无法回避的网络平台,还是淘宝购物、直播带货等便捷商务窗口,都无比直观地指向一个事实——通讯至上。20年前,在镇雄这样的地方,广大人民群众在被动地接受"从前慢"的生活状态时,若有若无的电视信号曾让人们"思绪痉挛"。很难想象,20年过去,在光纤宽带、4G网络全覆盖的大背景下,我们在各种大数据织就的快捷时代相遇,才猛然发现,我们面对的现实竟然有无数个出口。

镇雄的通讯事业,其发展过程充满其他地方想象不到的艰辛。

都无法回避的一个事实是,由于山峦起伏、沟壑纵横、灾害频繁、险情频发,通信网络的建设、维护及保障难度大、体系脆弱;人口多、分布广,基础差、需求大,"民情"网络一不留神就会成为社会问题……当然,到了今天,我们无须再去回顾历史,在脱贫攻坚大决战的5年间,镇雄通信事业的发展已经不再是"从量变到质变"的"腾飞"逻辑,而是在关注民生、服务攻坚中进一步体现精准覆盖、精准升级的创新工程。

近年来,镇雄县大力发展乡村网络建设,"宽带乡村""普遍服务""网络扶贫"等信息网络建设已成为运营商的"服务经",全县城镇光网覆盖率100%,移动网络信号100%,行政村网络信号覆盖率90%以上,农村区域4G建设快速延伸……广大农村用户享受到了更为快捷的移动上网体验,越来越多的老百姓搭上信息快车,打开了通过网络成长嬗变、就业创业的通道,探索出一条条适合新时代农民脱贫致富的新路子;"高清影视""光纤宽带",这一个个看似遥远的名词,已悄悄走进广大农村中,正为广大村民带来翻天覆地的变化,越来越多的农民与城区市民一样,过上了与国际接轨的现代化、信息化生活。

中国移动镇雄分公司在网络建设以及维护保障中,优先关注农村、山区群众的通信需求,从扶贫基站建设到"乡乡通"工程,再到行政村网络覆盖"村村通",全面加大通信基站和光缆基础设施建设力度,脚踏实地推进农村信息化建设;中国电信深入贯彻落实"宽带镇雄"战略和"互联网+"行动计划、乡村振兴战略,将全县所有行政村分三批纳入电信普遍服务试点,推进宽带建设,关注民生改善的"关键细节",进一步提升群众获得感;镇雄县联通公司全面实施"六度"扶贫行动(政治站位有高度、组织保障有力度、网络扶贫有专度、产业扶贫有精度、扶贫动员有广度、扶贫持续有温度),在定点扶贫、网络扶贫、产业扶贫、扶志扶智等方面取得了显著成效;镇雄广播电视无线信号覆盖全县90%以上的地区,全县30个乡镇(街道)、254个行政村(社区)、5283个村(居)民小组广播电视卫星信号实现全覆盖,覆盖率为100%。

通信事业的发展,为镇雄脱贫攻坚提供了"指尖上"的决策通道,畅通了干部与群众之间的阻隔,拉直了梦想实现的路劲,让镇雄的发展有了更多"拓宽渠道,填补缝隙"的机会,让脱贫攻坚工程在一项项规定动作之外,获得更多"自选"空间,在电商扶贫上实现积极有效的探索。

发展电子商务是贫困地区实现"弯道超车"的有效途径,有利于"小农村"与"大市场"的紧密对接。镇雄县积极探索电商扶贫新路子,按照夯实基础、建设网点、培育人才、拓展市场的思路推进电商扶贫。

当然,说起电商扶贫,我们不能不提到阿里巴巴这个中国电商巨头。经过3年的"拉锯式"谈判,2018年11月24日,镇雄县政府、阿里巴巴(中国)软件有限公司电子商务发展项目合作暨天猫优品招募正式启动,开启了镇雄县农村电子商务发展的崭新时代。

镇雄实施电商扶贫的做法,是快速推进、完善农产品的"三品一标",通过电商平台带动农业产业化、带动农产品上线;建立县级与阿里巴巴大数据平台，通过大数据平台比对研判，指导规划县域经济发展、电商发展；培养本地的一些电商企业，带动群众致富。通过发展，把镇雄建成电商大县、强县。

一项项传统产业、特色产业的落地生根、发展壮大，内销、外售，关键时刻，电子商务发挥了重要作用。

为抢抓电子商务发展新机遇，培育新的经济增长点，进一步优化电子商务发展环境，提升电子商务发展水平，镇雄县紧扣全县脱贫攻坚工作总体要求，以产业培育发展为支撑，以电商示范县项目建设为契机，以全县人民脱贫致富为目标，充分发挥市场与政府合力，重点依托邮政、大型龙头流通企业、供销合作社、电商企业，有效调动县、乡、村三级积极性，建设完善全县电子商务配送及综合服务网络，引领电子商务在全县更大范围推广应用，促进全县传统商贸流通企业转型升级，充分发挥了电商扶贫拓市场、促消费、带就业、稳增长的重要引擎作用。

早在2016年，镇雄县就成功申报了全国电子商务进农村综合示范项目，成为滇东北地区第一个示范县。为确保项目高起点谋划、高质量运行、高效益产出，镇雄县紧紧围绕"搭建电商服务体系，扩大农村电商应用领域；开展电子商务培训，提升农村电商应用水平；建设物流配送体系，改善农村电商发展环境"三大体系建设，全力推动全县电商物流产业建设工作。

截至2020年6月，全县累计投入电子商务建设资金5574万元，在建电商物流产业园1个，已建成县级农村电子商务公共服务中心1个、县级电子商务物流仓储配送中心1个、农村电子商务服务站257个（含物流快递配送站），实现乡镇（街道）覆盖率100%、行政村覆盖率100%；累计开展电商知识培训68期11284人次；新增有机产品、China GAP认证33个，其中29个已经获得认证证书；全年累计实现电子商务交易额10亿元以上，年均同比增长超过15%，其中农特产品上行电商交易额1亿余元，年均同比增长18%。

原烟草公司复烤厂旧址，自2003年闲置以来，长期处于荒废状态。为有效促进全县电商物流产业发展，更好盘活国有资产，实现国有资产保值增值，镇雄县因地制宜，将其改造为电商物流产业园，作为县级农村电子商务公共服务中心和县级电子商务物流仓储配送中心。园区一期规划占地面积

57000平方米，建筑面积87000平方米，设置由电商大数据展示中心、产品展示中心、物流仓储配送中心、政府业务指导中心、商务招商洽谈中心、物业服务中心、图文制作中心、休闲互动中心、综合咨询受理中心等九大服务功能。截至目前，园区累计入驻电商、物流快递仓储等各类企业76家，吸纳就业人员1500余人，累计产生物流快递包裹4385万件，成为全市乃至全省县级城市中最大的电商物流产业综合园区。

为积极打通广大农村地区农产品上下行通道，解决老百姓"买""卖"两难的问题，破解农村"最后一千米"发展瓶颈，镇雄借助电商示范县项目，启动农村电子商务服务站建设。服务站点投入使用后，直接带动就业650余人，其中建档立卡贫困户85人，累计辐射建档立卡贫困人口35万余人，每年帮助建档立卡贫困人口节约、增收上千万元；通过快递收发、代买代卖、便民缴费、业务咨询、金融、包快、渠道、保险等便民服务功能，不仅为服务站店面带动人流量，增加人气及群众关注度，还大大方便了广大人民群众的生产生活，降低广大农村地区建档立卡贫困户生产生活成本，切实发挥了电商扶贫的重要作用。

近年来，镇雄结合县域发展实际，着力提高电子商务普及应用能力，努力探索"电子商务与实体经济、百姓生活深度融合""乡村旅游+农村电商"新模式；加快区域公共品牌打造，努力形成集"农产品供应、过程监管、质量保障、渠道拓展"聚合为一体的农产品生态链；积极推广"电商公共服务站点+合作社+贫困户""电商主体+合作社+贫困户"等电商扶贫模式，为电商发展注入生动的内容。

2018年3月7日至8日，商务部专家组对镇雄县"全国电子商务进农村综合示范项目"进行绩效评价，高度认可镇雄示范性项目建设成绩。

镇雄金雨公司是一家集蜂产品生产、加工、科研、销售为一体的专营公司，注册了以"乌峰蜂蜜""金雨云蜜"为品牌的系列农副土特产正式商标。借助电子商务的东风，公司在发展壮大自身产业的同时，也为促进"镇品出山"发挥了积极作用。

公司负责人吴学刚说,产品销售渠道是一个重要环节,公司每年最担忧的就是销售问题,全靠身边的亲戚朋友帮忙销售,每年上一季蜂蜜还没卖完、下一季蜂蜜就酿出来了,看着堆积如山的蜂蜜变不成钱,心里干着急!2020年,在镇雄县公投公司的技术指导及政策扶持下,通过天猫、淘宝、农银e管家、邮乐购、优帮帮、微店、微信朋友圈及抖音、快手等短视频平台引流带货,在镇雄县电商物流产业园设置专门展位、办公室、库房等公共服务区域,结合本地的实体体验店,线上线下两个渠道将金雨云蜜、乌峰土蜂蜜销售地域由产蜜地、乡镇、县域扩展到全国各地,乃至国外。如今,金雨公司的蜂蜜经常供不应求。2019年,公司销售额达600多万元,创历史新高。

万峰之上,旌旗蔽日。镇雄在脱贫攻坚5年大决战中,始终坚持整铁军、扬士气,戮力同心、团结一致,瞄准靶心、精准射击,攻陷了一座座堡垒,拿下了一座座城池;始终坚持团体会战与小队突击相结合,祛贫疾、斩穷根,兵分多路、合力突围,让"聚焦"之处所向无敌,让胜利之花永不凋谢。

梦想是无边界的,镇雄人在新时代的激越鼓点中,以"收官"的姿态留给世人下一个期待。一切美好的期待背后,是一班人马的砥砺奋进,是一个时代的科学照应。

# 尾　　声

2020年6月29日,云南省决战决胜脱贫攻坚昭通市专场新闻发布会在昆明召开,昭通市委书记杨亚林率全市奋战在脱贫攻坚一线的部分代表出席发布会,介绍昭通决战决胜脱贫攻坚工作情况并回答记者提问。这个发布会释放的主要信息是:截至6月底,昭通全市15.99万未脱贫人口全部实现"两不愁、三保障",104个未出列贫困村均达到出列和摘帽标准,昭通可望如期实现脱贫。

这个重要的时间节点,成为有关部门动态监测的"黄金分割线"。也就是说,自这一刻起,包括镇雄在内的昭通市各项扶贫任务全部清零。"千百年来的绝对贫困问题即将变成历史记忆,数百万昭通各族人民梦寐以求的小康生活即将变成美好的现实。"省人民政府官网上的这句话,让贫困地区的广大干部群众倍感欣慰。作为"主战场"的镇雄,这一刻来临之前,171万各族人民用汗水和忠诚浇灌了一座坚固的"人心堡垒",用非凡的智慧和坚忍的意志谱写了一曲铿锵的脱贫进行曲。此时此刻,他们似乎更愿意以一种"守护"的姿态来表达内心的激动,以一种"回首"的虔诚来告慰1000多个日日夜夜的艰难奋斗和绝地冲刺。

2020年10月25日,云南省扶贫绩效评估工作组进驻镇雄;12月5日,国务院第三方评估组到镇雄开展工作……经历了无数"小考"之后,在最后的两次"大考"中,镇雄交上了一份完美的答卷。

雄关踞构,立面突围。脱贫攻坚战打响以来,镇雄广大干部群众披挂齐整,摧城拔寨,攻克了一个又一个山头,占领了一个又一个高地,把饱含幸福信仰的鲜艳旗帜插在广大人民群众的心坎上。面对如此辉煌的战绩,镇雄广大干部"百感交集";面对幸福生活的良好根基,镇雄广大百姓在高度认可的同时也倍感珍惜。脱贫攻坚是一场看不见硝烟的战争,脱贫攻坚镇雄战场的所有故事是一部具有镇雄色彩的"战事实录"。不可回避的是,当我们在用灵魂打量这场伟大的民生战役时,所有的语言都显得那么苍白,所有动人的辞藻都无法抵达脱贫攻坚战役中每一个撼动人心的瞬间。

时间回拨到2018年12月25日晚,"镇雄好人"颁奖典礼在县城灯光球场隆重举行,17个类别103名"镇雄好人"的动人事迹在这里传诵,一个个榜样的人格魅力在这里焕发光芒:镇雄籍扶贫干部王秋婷在工作途中遭遇车祸因公殉职,年轻的生命永远定格在26岁;扶贫干部张金银出钱、出力地帮助贫困户,把自己掏空成一个"贫困干部",被老百姓誉为"真心英雄";最美司机赵双用实际行动诠释了"最美交通人、昭通好司机"的人生意义和生命价值,以对人民高度负责、对事业无比热爱的崇高精神,让每一个人为之动容,备受鼓舞;在和患病妻子相濡以沫的爱情里,好丈夫赵明东的担当与坚守、黄芸的勇敢与毅力让人们深深地感动着……一个个模范,一个个标杆,温润着古邦大地每一颗崇德向善的心灵。

时间回拨到2020年疫情防控期间,镇雄广大扶贫干部舍小家顾大家,与广大贫困群众走心相伴,以大无畏的逆行精神守护着网格天地,在一副口罩之外与贫困群众攀谈农桑之本,近距离合计发家致富之事;以"剥笋子"的办法把青壮年劳动力输送到远方的务工岗位上去,让他们在"有钱进账"的工作中实现收入的"兜底";千方百计动员社会力量捐款捐物,帮助贫困群众减少疫情带来的损失……

时间回拨到2020年3月1日,镇雄县召开全县决战决胜脱贫攻坚誓师大会,昭通市委书记杨亚林亲临现场作动员讲话,明确攻坚"路线图",发出决战"动员令",立下必胜"军令状"。号角长风万里,攻坚一触即发,一场以101个未出列贫困村和12.23万未脱贫人口为聚焦,以开展"六个专项行动和一个保障"为主要内容的初心之战、使命之战、荣誉之战正式打响。3696平方千米的古邦大地上,干部走访的身影在居室院中、田畴垄下汇成一道道亮丽的风景线;县、乡镇(街道)、村(社区)的会议室里,深夜研判的人们在"倒计时"的钟摆里把疲惫的身影影印在飞速流逝的时光中……户户增收、户户安居、户户饮水达标、社会事业、基础设施、人居环境巩固提升——每一个专属于"战时状态"的条目,都有一个建立在"决战、决胜"基础上的前提,这个"前提",就是如期高质量实现脱贫摘帽。

  时间无限回拨,攻坚刻不容缓。省里陆续追加了工作组,市里派出了督战队,东西部协作对口帮扶不断拓宽渠道,爱心企业温暖结对贫困村……在镇雄脱贫攻坚最吃紧的关键时刻,社会各界力量无私解囊、倾情相助,扶贫措施多点开花,硕果绽放。全县所有包扶干部更是响应号召,全力下沉,剑指"精准",把办公地点挪到贫困村,把服务窗口设在贫困群众之间,从"一收入四保障"到"九有四无",从产业培育、劳动力转移到巩固到人居环境提升、群众认可度测评,一项一项研判,一项一项清零。

  可以体会到的是,一次次精准摸底,一次次亮剑帮扶,无论有多困难,镇雄干部附身基层背水一战的形象是那么高大,镇雄的贫困群众在一步步站起来的过程中所收获的信心和勇气是那么强大,镇雄广大城乡在美丽的蝶变中所焕发出来的朝气与活力是那么强劲。

  这些年来,百万镇雄人以冲锋号结集,以加速度发展,一路披荆斩棘、负重前行,建设乌蒙山片区扶贫攻坚先行区,云南对内开放的重要门户,毕节试验区、成渝经济圈、长江经济带的重要辐射交汇中心,云南重要的煤化工生产基地、生物资源加工基地、劳务经济发展示范基地、承接产业转移基地……一项项目标逐一完成,一个个梦想不断实现。

  这些年来,镇雄经济社会发展成功实现"弯道超车",步入快速发展轨道,先后赢得了"全国粮食生产先进单位""全国煤炭工业先进集体""中国最具投资潜力特色示范县200强""云南省县域经济发展先进县""云南省第一批高原特色农业示范县""全国产粮大县""云南省卫生城市""云南省文明城市"等荣誉称号。

  这些年来,镇雄用一组组数据让世人感知到一个深度贫困大县崛起的姿态,感受到党的扶贫政策照耀下强劲的民生活力:2017年,全县生产总值达113.1亿元,农民人均纯收入达8739元;实现6个贫困村出列、12934户62433人脱贫。2018年,全县生产总值完成123.6亿元,同比增长10%;城乡居民人均可支配收入分别达25540元、9551元,同比分别增长8.4%、9.3%;实现3个贫困村出列、13643户64749人脱贫,贫困发生率下降到17.6%。2019年,全县生产总值完成201亿元,同比增长11%;城乡居民人均可支配收入分别达27736元、10639元,同比分别增长8.6%和11.4%;实现68个贫困村出列、25526户115988人脱贫,贫困发生率下降到9.26%。截至2020年6月30日,镇雄剩余101个贫困村12.23万人全部达到脱贫标准,贫困发生率降为0。2020年11月2日,云南省人民政府官网公示,昭通市镇雄县达到贫困县退出标准,拟退出贫困县序列。

"心动不如行动,实干才能干实。"这是一句再朴实不过的语言,镇雄县委书记翟玉龙将之用于全会报告的标题,其用意可想而知。2019年9月2日,中共镇雄县第十二届委员会第五次全体(扩大)会议在镇雄县城隆重召开,翟玉龙代表十二届县委常委会向全会作《心动不如行动,实干才能干实,坚决确保圆满完成全年各项目标任务》的主题报告。在这份报告中,翟玉龙说:"在决战全面脱贫、决胜全面小康的伟大征程中,我们已经被逼到了无路可退的墙角,我们必须坚定不移以习近平新时代中国特色社会主义思想为指引,不忘初心、牢记使命,人人在状态、时时有激情,走实走好新时代镇雄人敢拼敢干敢担当、不负良心不负党的'长征路',坚决确保完成全年工作目标任务。动员令一出,人心振奋,正如翟玉龙在9月3日的闭幕式上所讲的那样:全县各级干部要努力做到'攻坚要有攻坚的样子,冲锋要有冲锋的状态',在风雨交加中搏击前行、迎难前进,爆发自己的'小宇宙',释放自己的'洪荒力',带头想干、愿干、积极干、能干、会干、善于干,干出自己的风采、干出群众的幸福、干出镇雄的发展,以出色的表现向组织、向群众交上一份满意的答卷。"

无论是数据,还是做法,或许都可以统称为"镇雄模式"。不可否认,在

"县大财政穷、事多人手少"的窘迫现实中,短短几年,镇雄人统筹推进以脱贫攻坚为引领的各项工作,取得了历史性、突破性成就,干成了一批全局性、标志性的大事。根本性解决了"两不愁、三保障"问题,6年完成GDP从100亿到200亿跨越、3年完成品牌中学和品牌医院从无到有创建、1年完成近5万人从大山深处到县城集镇搬迁、同一周期内完成从"省级卫生县城"到"国家卫生县城"创建,这是"镇雄新速度";广大人民群众切身感到交通更便捷、县城更宜居、乡村更美丽、社会更安宁,这是"镇雄新变化";斗"山崩"、战"洪水"、灭"猪瘟"、阻"疫情",镇雄干部群众在困难面前勇于迎难而上、重任之下敢于负重进取,在关键时刻敢拼敢干、能战能胜,这是"镇雄新精神"。创造一连串"高光时刻"的背后,"镇雄模式"的诞生与升华是一个漫长而又艰难的过程,而这个过程的核心要义,其实就是"实干与干实"。

如何实干?怎样干实?具体一些,就是让每一个镇雄干部都做到"路过不放过、看破也说破、盘活不出错",就是在脱贫攻坚这场艰苦卓绝的战争中,让每一个镇雄人都做到"心中有事,眼中有活,手中有招"。

雄关突围,长歌回荡。镇雄人在谱写中华民族伟大复兴的中国梦镇雄篇章的过程中,攀登了比"崎岖"更有"高度"的路,践行着让一个贫困大县与全国一道同步进入小康的深刻诺言,描画出一条让171万各族人民走出桎梏、迈向坦途、奔向世界的春风大道。

从边缘末梢到枢纽前沿,当经济社会实现绝地腾飞,一个积淀着厚重人文底蕴、站在新的历史起点上的镇雄,必将在脱贫攻坚战役的全力突围中,意气风发地迎来更加灿烂辉煌的明天。